U0564144

先秦文学与文化研究丛书

赵逵夫／主编

楚辞综论

徐志啸／著

上海古籍出版社

图书在版编目（CIP）数据

楚辞综论／徐志啸著. —上海：上海古籍出版社，
2015.6
（先秦文学与文化研究丛书／赵逵夫主编）
ISBN 978－7－5325－7629－6

Ⅰ.①楚… Ⅱ.①徐… Ⅲ.①楚辞研究 Ⅳ.
①I207.22

中国版本图书馆 CIP 数据核字（2015）第 093071 号

先秦文学与文化研究丛书

楚 辞 综 论

徐志啸 著

上海世纪出版股份有限公司
上 海 古 籍 出 版 社 出版
（上海瑞金二路 272 号　邮政编码 200020）
（1）网址：www.guji.com.cn
（2）E－mail：gujil@guji.com.cn
（3）易文网网址：www.ewen.co
上海世纪出版股份有限公司发行中心发行经销
上海商务联西印刷有限公司印刷

开本 635×965　1/16　印张 17.25　插页 2　字数 250,000
2015 年 6 月第 1 版　2015 年 6 月第 1 次印刷
印数：1—1,100
ISBN 978－7－5325－7629－6
Ⅰ·2921　定价：58.00 元
如有质量问题,请与承印公司联系

《先秦文学与文化研究丛书》序

赵逵夫

在今日的社会环境与学术条件下,应该对先秦文学与文化进行集中的、系统的、更深入的研究。中华民族有五千年的文明史。一般说来,距当今社会越近者,与当今社会的共同性越多,对当今社会的影响便越大,借鉴意义也越大。但是,先秦时期既是中华民族的形成时期,也是中华民族精神的确立时期,它对后代在文学和文化各方面的影响,此后任何一个时代不能与之相比。

在学术领域的情形是,从古到今,有关这一段的研究最多(包括经学范围内的论著),但近代以来学者同古代人们的看法之差距却最大,而且近代以来学者之间争论亦最多,分歧也最大。读读《古史辨》以来的有关论著,便可以明白。至于文学史著作,先秦一段似乎只是同汉、魏、晋、南北朝、唐、宋、元、明、清并列的一个时段,同各朝分体论述的情形一样,大多分为"《诗经》"、"历史散文"、"诸子散文"、"楚辞"四大部分,有的在前面加上"概述"或"原始歌谣与神话",后面带上"秦代文学"。而事实上,就中国文明史言之,秦以前的一段同汉以后一段时间大体相等①。先秦时代没有摄影、录音、录像设备,我们对先秦时两千年社会的认识,除了有关史书、诸子著作之外,一靠地下出土的材料,二靠当时留下来的文学作品。文学作品不仅是当时社会的反映,也是当时人们心灵的反映。一部文学史,便是一部心灵史。至今存在一个比较普遍的错误观念,认为先秦时代没有纯文学。

---

① 秦朝从统一全国至灭亡,前后十六年,秦统一之前同之后的历史,无论人物、文件都很难截然分开,故虽然严格的"先秦"指秦统一六国以前的两千多年,但很多学术著作将秦代也附于战国之后。研究政治思想史者,则多将"秦汉"连接论述之。大体上根据研究的内容,各取其便。

《诗经》中的三百多首诗难道不是纯文学? 世界各个民族中,文学不同体裁的发展是不平衡的。但一般说来,诗歌都是产生最早的。我国西周末年宣王时代即产生了以召伯虎、尹吉甫、南仲、张仲为代表的中兴诗人,成为中国文学史上最早的文学群体,这也是很多学者未能想到的①。

我们要展现中华民族五千年的文明史,必须对先秦时代的文学与文化各方面有一个科学、明晰的认识,既消除种种盲目信古的谬说,也克服一味疑古的心理与思想,从而对它们作科学的、更为细致的研究。

百年来地下出土的大量文物资料及一些学者们的研究,已为我们奠定了一个好的基础,即使是"疑古派"学者所提出的种种问题,也对我们彻底地清理理论场地、对不少问题的考察与研究抛开各种旧说的束缚而从头做起,起到了积极的作用。而近几十年出土的大量文字资料,更使我们有可能弄清前人无法弄清的问题,纠正前人的某些错误,解决一些历史的悬案,补出某些历史的缺环。

我们的先民大约从公元前 3500 年左右进入铜石并用的时代(在距今六七千年的陕西临潼姜寨文化遗址中已发现铜片)。在仰韶文化中期已出现中心聚落,表现出明显的阶段、阶层的差异,有的大墓葬中还有象征着权威、武力、生杀大权的玉钺。到仰韶文化晚期,社会分化更为明显。如秦安大地湾中心聚落出现了建筑规格甚高的原始殿堂②。可见,当时已确立了强制性权力系统。而阶段或阶层的存在,强制性权力系统的确立,是国家形成的标志③。炎帝族、黄帝族争战于阪泉,黄帝族、蚩尤族争战于涿鹿,以及颛顼、共工之战,实际上就反映了在一定王权之下,各部族间为扩大势力,争得更多生活、生产资源而进行的战争。当时的帝(部族集团的首领)或由各部族首领协商确定,或由上一任的部族集团首领提名确定。与由选举产生的

---

① 参拙文《周宣王中兴功臣诗考论》,载《中华文史论丛》第 55 辑,上海古籍出版社,1996 年。学术界普遍以"屈宋"为最早的作家群体,其实屈原、宋玉并不完全同时。

② 李学勤主编《中国古代文明与国家形成研究》,云南人民出版社,1997 年第 1 版,第 197 页。

③ 同上,第 7 页。

制度相比,逐渐带有强制确定的性质,已为以后的世袭王权奠定了基础。《山海经·海外南经》郭璞注:"昔尧以天下让舜,三苗之君非之,帝杀之。"《韩非子·外储说右上》和《吕氏春秋·行论》有类似的记载①。《韩非子》中言鲧因反对传于舜,尧"举兵而诛杀鲧于羽山之郊",并说时舜为"匹夫",说明舜此前在部落集团中并无高的地位。尧为什么不顾其他首领的反对而一意传位于一个并无地位的人呢?因为这样就可以使继位者完全听他的话,维护他的利益,包括他的声誉。而《史记正义·五帝本纪》引《竹书》,又说"舜囚尧,复偃塞丹朱,使不与父相见也"。这或者是尧初言传于舜只是一个姿态,本意是要传于儿子丹朱,后来舜在培植了自己的势力之后强取之;或者尧虽打算百年之后传于舜,舜等不及,因而抢班夺权。总之,"尧舜禅让"乃是儒家为了宣传自己的政治理想而改造了的历史,其实当时已开始了家天下的前奏。禹的宣言传位于益,而实欲传于子,表现得更为明显。《韩非子·饰邪》说:"禹朝诸侯之君会稽之上,防风之君后至,而禹斩之。"一个部落的首领或曰酋长因朝会迟到而被杀,帝(君主)的地位如此之威严,其法令如此之峻急,则其个人与家族的势力到了怎样的程度,便可想而知。古代文献中说禹年老之后在部落集团会议上提出继承人的问题,大家推举皋陶,但皋陶早死。后又推举了益。其实这时推举帝的继承人在禹来说,只是因袭旧制度与习俗进行的一种形式而已,因为他将天下传于自己儿子启已经是水到渠成,只需交接的过程了。《晋书·束皙传》引《竹书纪年》说:"益干启位,启杀之。"《淮南子·齐俗》说:"昔有扈氏为义而亡。"高诱注:"有扈……以尧、舜举贤,禹独与子,故伐启,启亡之。"("启亡之"言启灭了有扈氏。)《尚书·虞夏书》中有《甘誓》,即记启灭有扈氏之事。

　　扫除儒家所散迷雾,由古代文献即可以看出,中华民族从炎黄时代已经开始进入文明社会。而近几十年地下挖掘的资料,也充分地证明了这一点。对中国远古时代历史、文化的正确认识,也有利于对

---

①　《韩非子·外储说右上》:"尧欲传天下于舜,鲧谏曰:'不祥哉!孰以天下而传之于匹夫乎?'尧不听,而举兵诛杀鲧于羽山之郊。"《吕氏春秋·行论》:"尧以天下让舜。鲧为诸侯,怒于尧曰:'得天之道者为帝,得地之道者为三公,今我得地之道,而不以我为三公。'以尧为失论,欲得三公。怒甚猛兽,欲以为乱。"

"轴心时期"我国文化的繁荣及各种思想的来源、形成与发展有更为深入的研究。

远古时代由于人类无力治理河道,洪水暴发会淹没平原地带居民的房屋等生活资源,故先民多居于丘陵地带。西北的黄土高原是中华民族远祖生存栖息地之一。随着人类对自然规律(如一年四季的变化,洪水的发作、消退,果实谷物的生长、成熟等)的逐渐掌握,防止河患能力的增强(局部的围堵、疏通等),人类慢慢向平原地带发展。古代传说伏羲"生于仇夷,长于起城","徙治陈仓"(《路史》。其说本荣氏《遁甲开山图》,见《路史·后纪一》罗苹注引),正说明了远古氏族生存、迁徙的一般状况。甘肃秦安大地湾一期文化距今7800年,已发现绳纹,则作为八卦前身的结绳记事,具有了产生的基础。那么,作为远古时先民记数、记事、判断吉凶的"八索",也应该已经形成。这就是八卦的前身①。周人使用八进位制,这就同"八索"有关。全世界大部分地区用十进位制,因为人的两手共十个指头,是人类最早的、与生俱来的计算工具;有的民族用十二进位,因为一年十二个月,这种进制起源于对一年十二个月事件的记载。周人最早用八进位制,涉及度、量、衡、历算等社会生活各个方面,文献中有大量证据,只是学者们熟视无睹懵然不知而已。如:

"八尺曰寻,倍寻曰常"(《考工记·庐人》郑玄注,《左传》成公十二年杜预注),"八寸曰咫"(《国语·鲁语下》韦昭注)。《说文》:"中妇人手长八寸谓之咫,周尺也。"明言"咫"为周尺,则"八尺为寻,信寻为常",也是周人度制。

《国语·周语中》韦昭注:"十六斗曰庾。"又出土战国金文中有"趄"字,学者们多释为"半",实误。此乃是半庾之义,即八斗,为周人衡制之单位。八斗曰趄,倍八曰庾,略同于长度单位之"八尺曰寻,倍寻曰常"。又据《仪礼·丧服》注,二十四铢为一升。二十四也是八的倍数。则八进位制在量制中也自成系统。

---

① 《左传》昭公十二年载楚灵王言左史倚相"能读《三坟》、《五典》、《八索》、《九丘》"。"索"即绳索之"索"。"八索"为远古时记数、记事之工具,后也因奇偶之数以示吉凶。为八卦的前身。参拙文《八进位制孑遗与八卦的起源及演变》,刊《伏羲文化》,中国社会出版社,1994年5月。

《汉书·律历志上》:"二十四铢为两,十六两为斤。"又据《孟子·公孙丑下》:"一镒是为二十四两也。"

周人的八进位制在历算中也留下了深远的影响。湖北云梦出土秦简《日书》中的《日夕表》,便是将一天分为十六等分。一年中日、夕的变化,从"日六夕十"到白天最短、夜晚最长的"日五夕十一",再恢复到"日六夕十",按月变化,直至白天最长,夜晚最短的"日十一夕五",再又一月月向日短夜长变化。秦人发祥于今甘肃礼县东部、西和县北部、天水西南之地,周人最早发祥于陇东马莲河流域①。后来周人东迁,秦人有周岐以西之地,"收周余民而有之"(《史记·周本纪》),形成周秦文化的交融,则秦人在某些方面也采用了周人八进位制。

"八节二十四气"民间至今十分重视②,十六两为一斤,这种衡制一直使用到20世纪50年代,"半斤八两"这句俗语至今活在语言中。则可见周人八进位制影响之深远。"八卦"的变化规则、卦爻辞及对这些进行解说的《易传》,组成《周易》。不仅八卦,整个《周易》的理论框架也同周人的八进位制有着密切的关系。八八六十四,为重卦,在远古周人应是整数。《周易·系辞上》:"是故《易》有太极,是生两仪,两仪生四象,四象生八卦,八卦定吉凶。"这是《周易》哲学体系中有关阴阳学说的基本概念。《周易》的很多理论基于此。

"八卦"固然是用来占卜的,但它起于记事,而且影响了我国上古时代的度、量、衡、历算等同生产、生活、科学研究密不可分的各个方面,又影响到中华民族的思维方式和哲学思想。充满了辩证思想的阴阳学说虽然其产生同我国先民从远古即主要以农业生产(由采集农业到种植农业)有关,但其系统化为一种思想方法,也应同起于"八索"的"八卦"从一开始即以奇偶示吉凶有关。中华民族美学思想中的"对称美"以及"和而不同"等重要思想,也无不与《周易》及其前身有关。与传说的伏羲时代相当的秦安大地湾一期文化中,已发现刻

① 参李学勤主编《中国古代文明与国家形成研究》,第486~487页。
② 《周髀算经》下二:"凡为八节二十四气。"注:"二'至'者,寒暑之极;二'分'者,阴阳之和;四'立'者,生长收藏之始。是为八节。""二十四气"即二十四节气,农历中是物候变化的重要坐标。

画符号,这既是文字的滥觞,也是后代八卦形成的基础。今天我们看到的八卦卦画,是产生较迟的。由八索到今日之卦画之间,是数字卦,作连山形,用"一"、"五"、"六"、"七"、"八"这五个数字组成。为什么没有"二"、"三"、"四"?因为这几个数在上古分别用两个、三个、四个"一"重叠来表示。恐相互间不易识别,故奇数有三个,而偶数只有两个。当时五作"×",六作"∧",七作"十",八作"八",竖写如连山形。这其实就是古代文献中说的"连山易"。至今有不少学者对八卦的形成,八种卦画的来源以及"连山易"作出种种完全出于猜想的解释,其实都是向壁之说。

在上世纪的数十年之中,研究中国古代文学与文化,学者们多能上溯至先秦时《易》、《书》、《诗》、《礼》、《春秋》,而能更上求其形成之基础与根源者并不多。研究儒家上至孔子为止,研究道家上至老子为止,研究墨家上至墨子而止,研究兵家上至孙武为止。其实,这些学术祖师的思想也不是凭空产生的,老子上承容成,孔丘上承周公旦(当今学者多改为"姬旦",误。先秦时男子称氏不称姓。秦始皇亦当称"赵政",而不当称"嬴政",新出土文献已证明之)。这样看来似乎中国文化发轫于春秋时期,此前似乎是一片空白。这与中国五千年的文明史是不适应的。近若干年中,李学勤等先生进行的"夏商周断代工程"与"中华文明与国家的形成"的研究,张光直、余英时、陈来等对"前轴心时代"的探讨,使人们对我国春秋中期以前的历史有了较明晰的认识,在《周易》、《尚书》、《诗经》及《逸周书》、《国语》、《左氏春秋》、《楚辞》、三《礼》等文化元典的研究方面,在先秦诸子的研究方面也都取得了突出的成绩;先秦时代文学、史学、哲学、教育、艺术以至科技史、逻辑学等,一百多年来产生了大量具有开拓性、具有创见的论著。总的说来,成绩是巨大的。但应该重新研究、重新审视的问题尚多。在上下贯通、溯源辨流、打破旧有的藩篱、更准确地恢复历史真相方面,还有些工作可做;在消除经学、旧史学的束缚,同时又打通学科的界线,对先秦一些文学、文化现象作新的审视方面,也有些工作可做。因此,我们准备出一套《先秦文学与文化研究丛书》。

如前所言,甘肃是伏羲氏发祥地。伏羲氏是远古一个氏族,有氏族就有氏族首领,所以在长久的传说中伏羲是指一个具体的人。关于这个氏族的延续迁徙情况,我们先不说,但文献中说的伏羲时代,确实代表了我国史前社会种植农业繁荣以前,以渔猎为主要生产方式的一个时代。甘肃秦安大地湾文化、天水西山坪一期文化、天水师赵村一期文化,都早于仰韶文化早期的半坡类型;包括天水师赵村、秦安王家阴洼、秦安大地湾等遗址在内的不少文化遗址中,保存着丰富的仰韶早、中、晚各期文化,上世纪 20 年代以前首先发现于甘肃临洮马家窑的马家窑文化(年代为公元前 3300 ~ 前 2050 年),以及首先发现于甘肃广河县齐家坪,大体相当于夏商时期的齐家文化,为弄清中华民族早期阶段的情况提供了重要的依据。庆阳县董志塬、韩滩庙嘴等处的商代遗存,陇东灵台、泾川、崇信、合水、正宁、宁、庆阳等县,及天水、陇南一些县的大量西周文化遗址,以及布于甘肃很多地方的春秋战国文化遗址,如辛店文化(因 1924 年在临洮县辛店村首先发现而得名)、寺洼文化(因 1923 年在临洮县寺洼山首先发现而得名)、沙井文化(因 1924 年在民勤县沙井村首先发现而得名)、四坝文化(因 1948 年在山丹县四坝首先发现而得名)等,显示了中华民族的发展进程和民族交融过程。尤其礼县大堡子山、圆顶山秦早期先公先王及贵族墓葬群,使我们对秦国从西周末年到春秋时代状况有了清楚的认识。周人、秦人都发祥于甘肃,都先后达到不同程度的统一局面,从而形成周王朝与秦王朝。周代的礼制、文化影响中国文化两千多年,秦王朝通过实行郡县制及"一法度衡石丈尺,车同轨,书同文字"(《史记·秦始皇本纪》),达到完全意义上的统一,其政体亦影响以后两千余年。而周秦文化的交融,形成了中国四大民间传说中孕育最久、流传时间最长、传播最广的牛郎织女传说,并形成一个"七夕"节①。这都是以前学者们未能注意到的。

近几年来在甘肃和全国很多地方出土大量刻画符号、陶文、文字资料及实物资料,不只是解决了一些学术上的历史疑案,使我们在有关先秦历史、文学、艺术、哲学等方面所持的观念大大转变。在今天新的条件下,以一种新的观念来解读先秦时文学、文献,可能会发现

---

① 参拙文《先周历史与牵牛传说》,《人文杂志》2009 年第 1 期;《汉水与西、礼两县的乞巧风俗》,《西北师大学报》2005 年第 6 期。

以往不曾注意到的问题。

甘肃省先秦文学与文化研究中心经我省领导关心,于 2008 年在原西北师范大学先秦文学与文化研究中心的基础上组建,由省内一些高校和科研单位的研究人员组成,而仍附设于西北师范大学。本省和学校领导对中心工作给予了大力支持。我们一定共同努力,在这一套丛书中推出一些有价值的论著,以与学界朋友共商。希望得到学界朋友的批评与帮助。

2010 年 2 月 22 日

目　录

《先秦文学与文化研究丛书》序 ……………………… 赵逵夫

楚辞起源论

荆楚历史条件 ………………………………………………… 3
荆楚文化因素 ………………………………………………… 11
南北文学渊源 ………………………………………………… 28

屈原论

屈原思想辨析 ………………………………………………… 49
屈原的"好修" ……………………………………………… 54
屈原与但丁、普希金的比较 ………………………………… 62

《九歌》论

东皇太一新考 ………………………………………………… 79
求生长繁殖之歌 ……………………………………………… 101
篇数、原貌及创作时间考证 ………………………………… 115

楚骚论

论楚骚美 ……………………………………………………… 133

汉代拟骚诗之兴盛 …………………………………………… 144

汉承楚文化说 ………………………………………………… 149

辞赋论

屈赋辨析 ……………………………………………………… 155

赋概说 ………………………………………………………… 159

历代赋论述要 ………………………………………………… 166

楚学论

汉代楚辞学 …………………………………………………… 179

魏晋迄唐楚辞学 ……………………………………………… 187

刘勰论楚辞 …………………………………………………… 195

近代楚辞学 …………………………………………………… 203

宏观比较论

屈原在世界文学史上的地位 ………………………………… 215

与日本学者商榷——论《天问》与《橘颂》的题旨与来源 ……… 226

中西神游诗论 ………………………………………………… 235

附：论楚文化的起源、发展及特点 ………………………… 245

后记 …………………………………………………………… 263

楚辞起源论

荆楚历史条件

促使楚辞产生的各种因素在屈原时代的形成,很大程度上与楚的早期发展和兴盛史有关,因此,了解并探讨楚在怀王之前走过的历程,对深入了解楚辞的产生甚有裨益。

楚在屈原之前的历史,大致可以分为两大阶段:先楚至楚成王前,作为南方一弱小"蛮夷",始与殷商往来,继受周封,立楚国,为"荆蛮"时期;楚成王后,由于楚人长期奋斗和楚君励精图治、征伐列国,政治、经济、军事均逐臻强盛,进入"楚霸"阶段,霸势基本维持到怀王前期。下面,分别就"荆蛮"与"楚霸"两个时期的历史状况及特点作一阐述,看它们对楚辞产生的直接与间接的影响因素。

一、"荆蛮"时期

此段历史我们首先须辨明:楚究竟由何人所建? 一种看法认为,楚系北方殷人南下后所建①。由历史记载看,此说有误。《史记·五帝本纪》云:"轩辕之时,神农氏世衰。诸侯相侵伐,暴虐百姓,而神农氏弗能征。于是轩辕乃习用干戈,以征不享,诸侯咸来宾从。而蚩尤最为暴,莫能伐。……蚩尤作乱,不用帝命,于是黄帝乃征师诸侯,与蚩尤战于涿鹿之野,遂禽杀蚩尤。"《尚书·吕刑》云:"蚩尤惟始作乱,延及于平民,罔不寇贼,鸱义奸宄,夺攘矫虔。苗民弗用灵,制以刑,

---

① 参见郭沫若《屈原研究》。另,关于楚民族先源问题,有四种说法:1. 东来说,认为原居淮河下游,后沿长江西上,定居江汉间;2. 西来说,认为楚夏同祖,楚后由陕西东部迁入;3. 北来说,楚人由北向西南发展,后移居汉水之南;4. 土居说,楚系土生土长于长江中下游地区。

惟作五虐之刑曰法。"《帝王世纪》云:"蚩尤氏叛,不用帝命……黄帝于是乃扰驯猛兽,与神农氏战于阪泉之野,三战而克之。又征诸侯,使力牧,神皇直讨蚩尤氏,擒之于涿鹿之野。"有关上述这段历史,范文澜《中国通史》上有一段比较清楚的说明:

> 居住在南方的人统被称为"蛮族"。其中九黎族最先进入中部地区。……蚩尤是九黎族的首领,兄弟八十一人,即八十一个氏族酋长。……九黎族驱逐炎帝族,直到涿鹿……后来炎帝族联合黄帝族与九黎族在涿鹿大械斗,蚩尤请风伯雨师作大风雨,黄帝也请天女魃下来相助。这些荒诞的神话,暗示着这一场冲突非常激烈,结果蚩尤斗败被杀。九黎族经长期斗争后,一部分被迫退回南方,一部分留在北方,后来建立黎国,一部分被炎黄族俘获,到西周时还留有"黎氏"的名称。

那部分退回南方的人仍不服,帝尧时,"三苗在江淮,荆州数为乱"(《史记·五帝本纪》),"诸侯有苗氏,处南蛮而不服,尧征而克之于丹水之浦"(《帝王世纪》)。这里,"三苗"即"有苗",与楚人属同一祖源,《史记·孙子吴起列传》曰:"三苗之国,左洞庭,而右彭蠡。"《史记·五帝本纪》张守节正义曰:"洞庭,湖名,在岳州巴陵西南一里,南与青草湖连。彭蠡,湖名,在江州浔阳县东南五十二里,以天子在北,故洞庭在西为左,彭蠡在东为右。今江州、鄂州、岳州,三苗之地也。"说明三苗之地与楚地属同一区域。又,苗、蛮古音同,《广雅·释诂》曰:苗、蛮均训伤。苗、蛮属异名同族,原居中国南部。这就形成了三苗—有苗—楚的发展线索。另,《国语·郑语》载史伯答郑桓公曰:"夫荆子……且重、黎之后也,夫黎为高辛氏火正……故命为'祝融'……融之兴者,其在芈姓乎?"《楚语》曰:"及少皞之衰也,九黎乱德,民神杂糅,不可方物。……颛顼受之,乃命南正重,司天以属神,命火正黎,司地以属民,使复旧常,无相侵渎,是谓绝地天通。其后,三苗复九黎之德,尧复育重黎之后,不忘旧者,使复典之,以至于夏、商。故重黎氏世叙天地,而别其分主者也。"可见,重黎是楚人的先祖,三苗从黎氏发展而来,是重黎的另一支重要后裔。这就证明了楚和三苗的祖源均为重黎,而重黎是颛顼的后代:"高阳者,黄帝之孙,昌意之子也。高阳生称,称生卷章,卷章生重黎。"(《史记·楚世家》)这与《离骚》所述"帝高阳之苗裔兮"正相合。

那么,由黄帝是北人祖先,高阳是黄帝之孙,楚人是"高阳之苗裔",是否可推断楚人为北人的后裔呢?答曰:否,因为此推论疏忽了重要一点:黄帝是上古传说人物,他不但是北人祖先,而且是东南西北四境各族人的共同祖先。《山海经》载:"黄帝妻雷祖,生昌意,昌意降生若水,生韩流……生帝颛顼。"(《海内经》)"颛顼生骓头,骓头生苗民,苗民釐姓。""黄帝生苗龙,苗龙生融吾,融吾生弄明,弄明生白犬。"(《大荒北经》)"黄帝生禺虢,禺虢生禺京,禺京处北海,禺虢处东海,是为海神。"(《大荒北经》)"有北狄之国。黄帝之孙曰始均,始均生北狄。"(《大荒西经》)"黄帝生骆明,骆明生白马,白马是为鲧。"(《海内经》)可见,如单从黄帝是北人祖先臆断楚人为北人后裔、楚由北人南下所建,难以使人信服。

是否可由"封熊绎于楚蛮……居丹阳",推断丹阳为楚都,从而认为楚由北人所建呢①?笔者认为,此种说法也难以成立。熊绎前,楚已在荆山一带建国,梁玉绳《史记志疑》云:"丽是绎祖,雎是楚望,然则绎之前已建国楚地,成王盖因而封之,非成王封绎,始有国耳。"《墨子·非攻下》云:"昔者楚熊丽始封此雎山之间。"熊丽是鬻熊之子,熊绎之祖父,雎山在丹阳东北,居荆山地区范围,可见,至少在熊丽时,楚已建国于荆山一带。另外,熊绎所居丹阳,即尧时有苗氏所居之"丹水之浦",是个地区,不是都邑②。即此可以说明,楚确非北人南下所建。

以上所记,另有考古发现可资佐证:

"江汉流域具有南方特色的新石器时代的大溪文化,屈家岭文化……晚于屈家岭文化的一个受中原文化影响而又有长江中游原始文化的湖北龙山文化",这些文化,"在地层上有直接的叠层关系和

---

① 参见清宋翔凤《楚鬻熊居丹阳、武王徙郢考》(《过庭录》卷九)及吕思勉《先秦史》。
② 关于楚早期都城丹阳的地望,约有秭归说、枝江说、淅川(丹淅)说、秭归—枝江说多种。

文化内涵的承继关系"，它们的"文化遗址分布的主要范围，恰好与楚文化的范围大体一致"，"很可能是楚的原始阶段，即楚的先身"①。这就又从考古发掘上下了结论：楚人是土生土长于南方的民族。

由此，我们可以大致作出如下推断：楚人是长期生活在南方的落后民族（这样说并不排斥它的组成中可能有其他地区融合而入的成分），因为发展迟缓，原始远古传统保存较多，这就相当程度上决定了楚辞产生的可能性，以及楚辞（包括楚文化）的民族特色与地方特色；另外，由于楚系楚人自己所建，它不同于北方的发展史，因而楚在相当长时期内曾不断遭到北方民族歧视、欺凌与征伐，它在客观上促成了楚人的发愤图强，这与楚辞的题材内容又有了一定的内在联系。

楚与北方的关系，即受歧视、遭征伐的历史，大致可分为两个阶段。第一阶段，殷商时期。其时，楚与殷商开始有往来，但这种往来，常常是楚遭欺挨凌。《诗·商颂·殷武》载："挞彼殷武，奋伐荆楚。罙入其阻，裒荆之旅。……维女荆楚，居国南乡。昔有成汤，自彼氐羌，莫敢不来享，莫敢不来王，曰商是常。"朱熹《诗集传》云："盖自盘庚没，而殷道衰，楚人叛之，高宗挞然用武以伐其国。入其险阻，以致其众，尽平其地，使截然齐一，皆高宗之功也。《易》曰：'高宗伐鬼方，三年克之'，盖谓此欤。""苏氏曰，既克之，则告之曰：尔虽远，亦居吾国之南耳。昔成汤之世，虽氐羌之远，犹莫敢不来朝。曰此商之常礼也，况汝荆楚，曷敢不至哉。"第二阶段，西周时期。《史记·楚世家》载："鬻熊子事文王。"说明周文王时，楚已被周人称为"子"，以"子"地位归附周。同类记载尚有《周本纪》，曰："太颠、闳夭、散宜生、鬻子、辛甲大夫之徒皆往归之。"1977年陕西岐山周原遗址出土西周初年的甲骨文中有"曰今秋楚子来告"。到周成王时，熊绎正式接受周封号，《楚世家》载："熊绎当周成王之时，举文、武勤劳之后嗣，而封熊绎于楚蛮，封以子男之田，姓芈氏，居丹阳。"但这种受封，其实还是一种形式，楚仍受北方歧视，最明显的例子即是所谓的"与鲜牟守燎"，《国语·晋语》载："昔成王盟诸侯于岐阳，楚为荆蛮，置茅蕝，设望

① 《文物》1980年第10期，《楚人在湖南的活动遗址概述》。

表,与鲜牟守燎,故不与盟。"①楚因仍属"蛮夷",故不能参与盟会,只可"置茅蕝"、"设望表"、"守燎"。又,《诗·采芑》有云:"蠢尔蛮荆,大邦为仇。""显允方叔,征伐狎狁,蛮荆来威。"楚人的如此境遇,促励他们不得不奋发图强,熊绎、若敖、蚡冒等几代君主"辟在荆山,筚路蓝缕,以处草莽"(《左传·昭公十二年》),"训之以若敖、蚡冒,筚路蓝缕,以启山林。箴之曰:民生在勤,勤则不匮"(《左传·宣公十二年》)。

说到楚人"辟在荆山",有一个问题在此似不可不辩。郭沫若《屈原研究》有云:"荆是楚以外的人对于楚国的恶名,楚人自己是决不称荆的。"此说似不确。虽然,《春秋》一书中载及楚时,前部写荆,后部称楚,以明示北人在早期曾蔑视楚而卑称楚为荆。但细辨荆、楚两字,实属异字同义,《说文解字》所载可一证:"荆,楚木也。""楚,丛木,一名荆也。"而楚称荆,并非楚以外之人对楚之恶名,而是荆山在楚境内,故楚也称荆。况且,楚人自己实际上并不忌讳"荆"字,且不说"我先王熊绎,辟在荆山",更有甚者,楚人还自称"蛮夷",熊渠曰:"我蛮夷也,不与中国之号谥。"楚曰:"我蛮夷也。……请王室尊吾号。"(《史记·楚世家》)试想,"蛮夷"敢自称,难道还忌讳"荆"吗?还是俞樾《宾萌集·释荆楚》说得好:"楚之见于《春秋》也,始于庄公之十年,其称曰荆。至僖公之元年,乃始以'楚'称。……夫荆与楚一而已矣。《说文》曰:'荆,楚木也。'又曰:'楚,丛木。一曰荆也。'然则荆楚本无异义。……若以书荆书楚为有异义,凿矣。"②

"荆蛮"阶段的最后时期,即西周晚期,楚与周往来频繁,周穆王三十七年,"荆人来贡",周厉王元年,"楚子来献龟贝"(《竹书纪年辨正》卷三)。但此时的楚,已非昔日纯属可欺之邦,而是羽翼逐渐丰满了。周昭王时,亲率军队南征伐楚,结果六师丧尽,自己亦溺水而死。穆王时,又南征,亦无战果。而楚则在周夷王时"熊渠甚得江汉间民和,乃兴兵伐庸、杨粤,至于鄂。……乃立其长子康为句亶王,中子江为鄂王,少子执疵为越章王,皆在江上楚蛮之地"(《史记·楚世家》),

---

① 此"鲜牟",即根牟,东夷族。别本误作"鲜卑"。参见《江汉论坛》1981 年第 5 期,杨宽《西周时代的楚国》。

② 关于荆楚名实问题,《楚史论丛·初集》(张正明主编,湖北人民出版社,1984 年版)载王兴镐《荆楚名实综议》一文,列举并评说了目前对荆楚名实的诸种说法。

熊渠后,楚又征伐小国。武王卒,文王即位都郢以后,楚真正开始逐步强盛,结束了"荆蛮"阶段的历史。这一阶段的历史既反映了楚与北方的往来,其中多半是楚的落后、弱小而挨欺,然也同时增进了南北方的交往,这对楚接受北方文化无疑起了一定的作用。

二、"楚霸"时期

如果说,第一阶段的"荆蛮"期,对楚辞形成其鲜明的民族与地方特色、接受北方文化成分起了一定作用,那么第二阶段的楚的霸主强盛史,为楚辞的内容与题材从另一角度提供了有形无形的素材。

从楚成王开始,楚进入了一个新阶段。"成王恽元年,初即位,布德施惠,结旧好于诸侯。使人献天子,天子赐胙,曰'镇尔南方夷越之乱,无侵中国。'于是楚地千里。"(《史记·楚世家》)自成王到庄王,楚势迅速趋向鼎盛。成王分别伐许、灭英、伐黄、伐宋等小国,逐步扩大地盘,到庄王时,"周之子孙在汉川者,楚尽灭之"(《左传·定公四年》)。"汉阳诸姬,楚实尽之。"(《左传·僖公二十八年》)"南卷沅湘,北绕颍泗,西包巴蜀,东裹郯邳,颍汝以为洫,江汉以为池,垣之以郑林,绵之以方城。""楚国之强,大地计众,中分天下。"(《淮南子·兵略训》)最能说明楚的强大的,是庄王问鼎之事,《史记·楚世家》载:"八年,(楚)伐陆浑戎,遂至洛,观兵于周郊。周定王使王孙满劳楚王。楚王问鼎小大轻重,对曰:'在德不在鼎。'庄王曰:'子无阻九鼎!楚国折钩之喙,足以为九鼎。'"这以后,"赫赫楚国,而君临之,抚征南海,训及诸夏"(《国语·楚语》),"抚有蛮夷,奄征南海,以属诸夏"(《左传·襄公十三年》)。此时的楚确成了天下一霸,"秦之所害于天下莫如楚,楚强则秦弱,楚弱则秦强"(《战国策·楚策》)。"楚,天下之强国也,地方六千余里,带甲百万,车千乘,骑万匹,粟支十年,此霸王之资也。"(《资治通鉴·周纪》)

楚国为何能在较短时期内迅速由弱致强呢? 从诸方面考察,其原因大致有以下几条:

其一,楚人从早期开始即在君主熊绎、若敖、蚡冒等人率领下"跋涉山林",艰苦奋斗,发愤图强。

其二,楚在一百多年内四出征伐吞并诸侯小国,使疆域大大扩展,辽阔的幅员为楚提供了雄厚的物质基础:"荆阳,南有桂林之饶,内有江湖之利;左陵阳之金,右蜀汉之材;伐木而树谷,燔菜而播粟;火耕而水耨,地广而饶财。"(《盐铁论·通有》)

其三,对被征服之国,实行"安抚"、"和协"政策,存其宗庙,用其贤能,抚其臣民,宽容蛮夷,并在此基础上首建中央集权下的行政区域县①。

其四,楚史上出现了一些贤明君主,如楚庄王、楚悼王等,这是楚国强盛的重要因素之一。梁启超《国史研究六篇·春秋载记》曰:"成王享国最久,盖四十六年……继之者……皆雄鸷能善用其国,而庄王最贤。晋国代有名卿,而楚国代有名王,世卿专政,为中原诸国通患,楚独无之,此其所以久雄强而最后亡也。"这里特别指出了"代有名王"之因。这当中楚庄王的任贤纳谏、治国有方,楚悼王的任用吴起变法,确是楚国历史上著名例子。

其五,北方周室衰微、平王东迁,周统治力削弱,使楚乘机可迅猛发展。

其六,楚民族开疆拓土,"抚有蛮夷……以属诸夏",力求建夷夏混一大国,有助于民族融合、社会发展,促使楚能迅速发展、繁荣②。

以上我们分别对屈原之前的楚国历史按其自身发展的阶段,作了一番阐述与分析,我们发现,这段历史与楚辞的产生及其内容、主题的构成有着十分重要的关系:

第一,楚人为什么会具有异常强烈的民族自尊心与民族自豪感(包括屈原),其原因与楚人长期受欺凌、遭歧视有关,与楚人发愤图强、不畏艰险奋斗,并使楚由弱小而变强大有关。正由于他们是从昔日受歧视的弱小之邦变为强盛之国的,因而对故土的感情就显得分外真切、强烈,这大概就是屈原为什么会写作《橘颂》、《国殇》等诗的

---

① 参见洪亮吉《更生斋文甲集·春秋十论·春秋时的大邑为县始于楚论》及《江汉论坛》1981 年第 4 期,杨范中、祝马鑫《春秋时期楚国集权政治初探》。

② 参见张正明《楚文化史》,第 64 页,上海人民出版社,1987 年版。

原因之一,也是为什么会创作《离骚》,充分抒发自我热爱楚国楚人民情感的原因之一。

第二,正由于楚国历史上有过由弱转强的先例,加上楚国在战国初、中期所拥有的辽阔疆域、丰饶物产,才会促使屈原萌生希图由楚来统一天下的美政理想,倘无此先决条件,屈原怕很难产生这种一统理想,并为之孜孜奋斗。

第三,楚国历史上有过贤明君主,他们为楚国的强盛作出过贡献,这恐怕也在一定程度上启发或开导了屈原,使他会将理想实现的厚望深深寄在君主身上,直至沉身于汨罗江,以尸为谏。

第四,楚在逐步强盛过程中征伐吞并了四围许多小国,这些小国归并楚后,它们的风俗文化无疑也会同时传导给楚地、楚人(反之亦然),这对楚文化来说,增加了内容与色彩;表现在楚辞中,这方面虽不明显,但也或多或少可以分辨,如比较突出的,楚歌中的《越人歌》即是一例。

荆楚文化因素

楚文化背景

楚辞的产生，与楚国的历史发展固然有关，然而同时也与屈原所处楚国、楚地的文化背景密切相关。楚文化是一个独特的包孕多方面因子的文化，它为楚辞的产生提供了良好的土壤条件。

从广义的角度言，自然环境、地理条件也应属文化背景范围之内，楚国优越的山川自然地理，是造成楚辞诞生乃至具有多采风格的因素之一，对此，刘勰有一段话说得切中肯綮："若乃山林皋壤，实文思之奥府，略语则阙，详说则繁。然则屈平所以能洞监《风》《骚》之情者，抑亦江山之助乎？"①郭沫若《屈原研究》则说得更直接些："屈原是产生在巫峡邻近的人，他的气魄的宏伟、端直而又娓婉，他的文辞的雄浑、奇特而又清丽，恐怕也是受了些山水的影响。"

那么，楚地的山川形胜究竟如何呢？我们只要引述两段话，即可充分明晓。王夫之《楚辞通释·序例》云："楚，泽国也，其南沅湘之交，抑山国也。叠波旷宇，以荡遥情，而迫之以釜歆戍削之幽菀。故推宕天涯，而天采矗发，江山光怪之气，莫能掩抑。"陆侃如《中国韵文通论》说："荆楚为西南之泽国，实神州之奥区，东接庐沰，西通巫巴，南极潇湘，北带汉沔，仰眺衡岳、九疑、荆、岘、大别之峻，俯窥湘、沅、资、澧、洞庭、彭蠡之浸，山林蓊郁，江湖浚阔，溪流湍激，崖谷欹崎，山川之美，超乎朔，缘此风俗人情，蒙其影响，遂以下列诸事，特著于载籍焉：——民丰土闲，无土山，无浊水，人秉是气，往往清慧而文；山

---

① 《文心雕龙·物色》，人民文学出版社，1978 年版。

川奇丽,人民俯仰其间,浣濯清远,爱美之情特著;民狃于山泽之饶,无饥寒冻馁之虑,人间实际生活,非所顾虑,如骋怀闳伟窈眇之理想界焉。"实际情况确也如此,要不屈原何以会在其作品中展示出山川形胜、草木花卉呢? 尤其《九歌》中的《湘君》、《湘夫人》、《山鬼》,所描绘的山水之景象,令人如临其境、如睹其景。

　　楚地的自然环境不仅给屈原的创作提供了山水景物,触发了文思,影响导致了奇丽诗风,而且这块土地上所生长、所出产的丰饶物产,为楚国的经济发展提供了雄厚的物质基础,是楚国由弱转强的重要经济因素。《墨子·公输》载:"荆有云梦,犀、兕、麋鹿满之,江汉之鱼、鳖、鼋、鼍,为天下富……荆有长松、文梓、梗、楠、豫章……"《汉书·地理志》载:"荆及衡阳惟荆州。江、汉朝宗于海。……贡羽旄、齿、革,金三品,杶、干、栝、柏,厉、砥、砮、丹,惟箘簬、楛,三国底贡厥名,包匦菁茅,厥篚纁玑组,九江纳锡大龟。浮于江、沱、灊、汉,逾于洛,至于南河。""正南曰荆州:其山曰衡,薮曰云梦,川曰江、汉,寖曰颖、湛;其利丹、银、齿、革;民一男二女;畜及谷宜,与扬州同。""楚有江汉川泽山林之饶;江南地广,或火耕水耨,民食鱼稻,以渔猎山伐为业,果蓏蠃蛤,食物常足,故呰窳偷生,而亡积聚,饮食还给,不忧冻饿,亦亡千金之家。"《管子·轻重甲》云:"楚有汝汉之黄金。"《战国策·楚策》云:"黄金、珠玑、犀象出于楚。"这些记载足以说明,楚地具有天然优越的自然条件。同时,这些丰富的物产本身也为楚辞作品提供了素材,我们读《招魂》、《大招》中那些饮食方面的诗句,如"稻粢穱麦,挐黄梁些","肥牛之腱,臑若芳些","腼鳖炮羔,有柘浆些。……"(《招魂》)"鲜蠵甘鸡,和楚酪只。醢豚苦狗,脍苴蒪只。……"(《大招》)岂不又是楚地特产的展览吗? 自然条件为文学创作提供了素材,文学创作又从侧面反映了自然条件,两者相辅相成,殊属难得之印证材料。

　　再进一步说,楚地绝美的山川、丰饶的物产,也一定程度上促发了楚人民族自豪感和民族感情,否则很难解释楚人何以较之春秋战国时期其他国家的人更热爱自己的故土故国。

　　楚文化背景的另一更主要的反映,是历年在楚地及其周围地区出土的文物和考古发现,它们充分显示了丰富灿烂的楚文化,是楚国文化发达的标志,也是楚辞产生的肥沃土壤。

　　能反映楚貌的出土文物,主要集中于今日的湖北、湖南、安徽、河南等省内,其中尤以长沙、寿春等地为代表。战国时代长沙地区的文化,反映了楚文化的主要特点。长沙楚墓中出土的铁器,种类众多,不仅有斧、锄、铲、削、夯钟等生产工具,有剑、戟、镞等兵器,还有铁鼎,表明铁器在当时的楚国已广泛使用。早期楚墓还发现,铁铲、铁削与陶质鬲、钵、壶共存,说明楚是最早使用铁器的国家。出土的铜器中,见到镂金,其装饰和造型均呈前所未有的风格,标志楚的金属加工业已相当发达。铜器中,兵器居多,有剑、矛、戈、镂、镞等,还发现许多造型美观、花纹繁缛的铜镜。据化验,上述铜器均由铜、锡、锌、锑、镍、铁等多种金属合成,反映当时楚的青铜冶铸技术已有相当高水平。出土的生活用具如鼎、敦、壶奁等,一般胎质轻薄、纹饰简朴,漆木器和丝织品工艺精巧,说明手工业也相当发达。从日用品奁盒、羽觞及兵器弓、盾、剑鞘上的漆画上可以看出当时漆工已广泛使用。木工技术也已很进步,巨大的楠木、柏木制成的棺椁采用了复杂的木榫结构。出土的许多琉璃器,如璧、瑗、珠饰,以及兵器上的装饰品如剑首、剑珥等,从形制、纹饰、风格均可证实,最早的琉璃器不是由外国传入。长沙出土的弩,弩机用铜制,整个机由牙、钩心、扳机、栓塞组成,工艺水平相当高。1976 年十五号墓出土一柄铜格钢剑,是个重要发现,经金相学考察,属球状珠光体组织,含碳量百分之零点五到零点六,是我国目前最早的一柄钢剑;与钢剑同时出土的铁鼎,据考察,属莱氏体铸铁,表明我国在春秋末期的楚国已发明铸铁。楚境内许多墓葬中还发现了金币、银币("郢爰")、铜贝,以及称量货币的砝码和天平,这是楚地产金的物证,也是楚经济发展的标志之一。楚墓出土还曾发现战国时代最高冶金技术和最精密镶金、雕玉技术相结合的产物——玉具剑。《淮南子·兵略训》曰:"卒民勇敢,蛟革犀兕,以为甲胄,修铩短铍,齐为前行,积弩陪后,错车卫旁,疾如锥矣……"《荀子·议兵》曰:"楚人鲛革犀兕以为甲,鞈如金石,宛巨铁铊,惨如蜂虿……"看来楚的国力强盛与军事力密切有关,而军事力的强弱又与经济力如冶铸业、炼铁业、炼钢技术等有直接关系,以上记载充分说明了楚文化(包括经济实力)

达到了何等水平——"只要知道某一民族使用什么金属——金、铜、银或铁——制造自己的武器、用具或装饰品,就可以臆断地确定它的文化水平"①。

楚地大量出土的工艺品,包括帛画、缯书、乐器、毛笔、竹简等,反映了楚的高度文化与艺术水平。楚墓出土的漆器、丝织品上绘有许多线条优美、栩栩如生的龙凤纹、几何纹、狩猎纹图案,这些线条图案反映了楚宗教风格方面的内容。抗战期间在长沙东郊杜家坡出土的缯书,是我国发现最早的用毛笔墨书和彩绘的缯帛,缯书上所记古史传说和对天神的崇拜,与《山海经》、《庄子》、《楚辞》等载颇多相合之处,缯书上所写楚人对"天""帝""神"的概念,与中原地区大体相同,某些传说人物,如"炎帝""祝融"等也相同,表明楚文化中渗透着中原文化,是南北文化交融的印证,可惜缯书遭窃,现存美国耶鲁大学图书馆。1973 年 5 月,湖南省博物馆新发现一幅帛画,画面内容表现乘龙升天形象,反映了战国时代盛行的神仙思想,也为楚辞的龙形象提供了渊源线索。后长沙陈家大山楚墓又发现了一幅帛画,画面表现的也是成仙登天,又是一个佐证。出土文物中还有不少乐器、石磬、甬钟、铜编钟、排箫等,河南淅川春秋楚墓一号墓出土的钮钟,经鉴定,是我国古代保存至今音色最佳的一套铜制编钟。长沙楚墓出土的兔毫竹管的毛笔,据考证,比秦代蒙恬的毛笔时间更早②。又,湖北省江陵县马山一号楚墓出土了大量精美丝绸,几乎包容了战国时的主要丝织物品种,且质地精良、工艺精巧③。上述这些,充分可以反映出楚的高度发达的文化。

史料记载,也能说明一些问题。楚国典籍丰富,《孟子·离娄下》曰:"晋之《乘》、楚之《梼杌》、鲁之《春秋》,一也。"《左传·昭公十二年》云楚左史倚相"能读《三坟》、《五典》、《八索》、《九丘》"。据考证,《梼杌》及《三坟》、《五典》、《八索》、《九丘》均楚典籍。《左传·

---

① 《马克思恩格斯论艺术》第 1 卷,中国社会科学出版社,1982 年版。
② 本节论述参考资料有:《考古学报》(1959 年第 1 期)、《文物》(1963 年第 9 期、1973 年第 7 期、1980 年第 10 期)、《考古》(1973 年第 1 期)、《文物考古工作三十年》、《中国考古学会第一次年会论文集》等。
③ 见《文汇报》1982 年 2 月 28 日载。

昭公二十六年》载："十一月辛酉，晋师克巩。召伯盈逐王子朝。王子朝及召氏之族、毛伯得、尹氏固、南宫嚚奉周之典籍以奔楚。"说明北方典籍曾南下楚，这无疑又大大丰富了楚的文化资料，故王应麟云："及王子朝奔楚，于是观射父、倚相皆诵古训，以华其国，以得典籍故也。"（《困学纪闻》）清人洪亮吉在《更生斋文甲集·春秋十论》中论及了楚多人才，也从侧面反映了楚文化的发达：

　　春秋时人材惟楚最盛。其见用于本国者不具论，其波及他国者，蔡声子言之已详，亦不复述。外此则百里奚霸秦，伍子胥霸吴，大夫种、范蠡霸越，皆楚人也。刘向《新序》：百里奚，楚宛人；《吴越春秋》：范蠡，楚宛县三户人；大夫种，亦楚人。他若文采风流，楚亦较胜他国，不独左史倚相能读《三坟》、《五典》、《八索》、《九丘》也。《史记·楚世家》：析父善言故事楚语，共王傅士亹能通训典六艺，观射父能辩山川百神。盖楚之先鬻熊为周文王师，著《鬻子》二十二篇，其后即诸子百家，亦大半出于楚。《史记》：老子，楚苦县厉乡曲仁里人。老莱子，亦楚人，《汉书·艺文志》：道家，《老莱子》十六篇，楚人。又，《文子》九篇，班固注：老子弟子，并与孔子同时。今读其书，有《与平王问答篇》，盖楚平王班固以为周平王，误也。又有《蜎子》十三篇，班固注：名渊，楚人，老子弟子。《鹖冠子》一篇，注：楚人，居深山，以鹖为冠。《楚子》三篇，不注姓名。又，孔子、墨子皆尝入楚矣。《史记·孔子弟子列传》：公孙龙、任不齐、秦商，郑康成注：皆楚人。《艺文志》：《公孙龙》十六篇即为坚白之论者。《儒林传》：澹台子羽，居楚。至庄子，虽宋蒙县人，而踪迹多在楚，观本传及《越世家》等可见。《孟子列传》载环渊，楚人，著书《上下篇》，即《蜎子》也。又云，楚有尸子、长卢，刘向《别录》：楚有《尸子》；张守节《正义》：长卢，楚人，有《卢子》九篇。《孟子·内篇》言：陈良，楚产也，悦周公仲尼之道。又，为神农之言者许行，亦楚人。《鬼谷子》，皇甫谧注：楚人。荀况则尝为楚兰陵令，《荀卿》三十三篇是也。……至词赋家则又原始于楚，屈原、唐勒、景差、宋玉诸人皆是。盖天地之气盛于东南，而楚之山川又奇杰伟丽，足以发抒人之性情,故异材辈出……

说"天地之气盛",固然是洪亮吉带有唯心的论见,但楚地山川奇伟、文化发达、人材辈出,则是毋庸置疑的事实,这给楚辞的诞生创造了天然优越的先天条件。

楚风俗——巫风

楚辞之所以姓"楚",是因为它具有浓郁的楚民族和楚地方色彩,这当中,风俗因素也是个不可忽视的重要原因,战国时代的南方楚国,盛行巫风,它导致楚辞作品深深印上了巫风之迹。

楚盛行巫风,始于何时,我们今日已难以确考。今可见记载楚巫风的最早材料,是《诗经》。《诗·宛丘》有云:"坎其击鼓,宛丘之下。无冬无夏,持(值)其鹭羽。"《东门之枌》有云:"东门之枌,宛丘之栩,子仲之子,婆娑其下。"关于这两段诗句,班固《汉书·地理志》有一段话可资参考:"陈国,今淮阳之地。陈本太昊之虚,周武王封舜后妫满于陈,是为胡公,妻以元女大姬。妇人尊贵,好祭祀,用史巫,故其俗巫鬼。《陈》诗曰:'坎其击鼓……'又曰:'东门之枌……'此其《风》也。吴季札闻《陈》之歌,曰:'国亡主,其能久乎!'自胡公以后二十三世,为楚所灭。"刘玉汝《诗缵绪》说:"《谱》谓歌舞之俗本于大姬。愚谓歌舞祭祀而亵慢无礼,楚俗尤甚,屈原《九歌》犹然。陈南近楚,此其楚俗之熏染欤?"这就告诉我们,《诗经》所载实为楚地巫风之一斑。除《诗经》外,其他记载尚有,《列子·统符》曰:"楚人鬼,越人礼。"《国语·楚语》载:"昭王问于观射父曰:'《周书》所谓重黎实使天地不通者,何也?若无然,民将能登天乎?'对曰:'非此之谓也。古者民神不杂,民之精爽不携贰者,而又能齐肃衷正,其智能上下比义,其圣能光远宣朗,其明能光照之,其聪能听彻之,如是则神明降之,在男曰觋,在女曰巫。'""及少皞之衰也,九黎乱德,民神杂糅,不可方物。夫人作享,家为巫史,(韦注:夫人,人人也;享,祀也;巫,主接神;史,次位序。言人人自为之。)无有要质。民匮于祀,而不知其福。丞享无度,民神同位。民渎齐盟,无有严威,神狎民则,不蠲其为。嘉生不降,无物以享。祸灾荐臻,莫尽其气。"《汉书·地理志》曰楚"信巫鬼,重淫祀"。产于楚地、由楚人撰著的有关上古时代的神话集《山海经》中,记载巫风材料更多些。《五藏山经》部分,记录了各种祭典与祀奉半人半兽的怪神,这些祭典祀礼与巫术显然关系密切;《海经》中叙述了诸巫的各种频繁活动;《海外西经》写的巫咸国,是"群巫所从上下"于天之地,借助的天梯是登葆山;《海内西经》载,昆仑山"开明东有巫彭、巫抵、巫阳、巫履、巫凡、巫相";《海外北经》中有蛇巫山,是西王母居住之地;《大荒南经》记有"巫载民";《大荒西经》中的灵山,"巫咸、巫即、巫盼、巫彭、巫姑、巫真、巫礼、巫抵、巫谢、巫罗十巫,从此升降,百药爰在"。另外,《越绝书》的《外传记·吴地传》有载:"巫门外冢者,阖庐冰室也。""巫栖城者,阖庐所置。"《越地传》载:"巫里,勾践所徙巫为一里。""巫山者,越魋神巫之官也,死葬其上。""江东中巫葬者,越神巫无杜之孙也。"春秋时期,吴国被越国所灭,而越国又被楚所归并,故而此载吴越风俗,实亦楚俗之一斑。还有,《吕氏春秋·侈乐篇》云:"楚之衰也,作为巫音。"《异宝篇》云:"荆人畏鬼而越人信机。"《隋书·经籍志》曰:"荆州尤重祀祠。"《太平寰宇记》卷一四三载汉中风俗信巫鬼,重淫祀,尤好楚歌。《湖广通志·风俗》载:荆州府"有江汉之饶,春夏力农,秋冬业渔,少积聚,信卜筮"。襄阳府"人民朴野,信鬼,好楚歌"。岳州府"士知义而好文,俗信巫而尚鬼"。荆州、襄阳、岳州三州所处地域正是故楚之地,故而其风俗当为楚风俗之表现。

　　以上简略引述,证明了楚地(国)盛行巫风的事实(至少楚辞产生之时及其前);同时也证实了楚辞研究者王逸、朱熹的论断不误。王逸曰:"昔楚国南郢之邑,沅、湘之间,其俗信鬼而好祠,其祠必作歌舞以乐诸神。"(《楚辞章句·九歌序》)朱熹曰:"其(楚)俗信鬼而好祀,其祀必使巫觋作乐,歌舞以娱神。蛮荆陋俗,词既鄙俚,而其阴阳人鬼之间,又或不能无亵慢淫荒之杂。"(《楚辞集注·九歌序》)"楚俗祠祭之歌,今不可得而闻矣,然计其间,或以阴巫下阳神,或以阳主接阴鬼,则其乱之亵慢淫荒,当有不可道者。"(《楚辞辩证·九歌》)"而荆楚之俗,乃或以是施之主人……恐魂魄离散而不复还,遂因国俗,托帝命,假巫语以招之。"(《楚辞集注·招魂序》)

正由于上述如此盛行的巫风,造成了屈原在创作其诗歌作品中大量溶入了巫风色彩,使之产生了奇特的艺术效果。

第一,《九歌》十一篇,除《国殇》系专门哀悼为国捐躯之楚将士的壮歌外,其余十篇纯为在楚巫歌基础上的艺术加工品,无论主题、风格、形式,均可见一脉相贯之迹。从《山海经》所云"夏后开上三嫔于天,得《九辩》与《九歌》以下",并参以《离骚》"奏《九歌》而舞《韶》兮",《天问》"启棘宾商,《九辩》《九歌》",我们知道,"九歌"相传久远,它是上古时代楚人原始宗教生活中的一种歌舞乐歌,它在楚国的流行,是楚人崇尚巫风的具体表现。王逸云:"屈原放逐……出见俗人祭祀之礼,歌舞之乐,其词鄙陋,因为作《九歌》之曲,上陈事神之敬,下见己之冤结,托之以风谏。"(《楚辞章句·九歌序》)这说明,屈原创作《九歌》,与巫歌有着不可分割的直接渊源关系。

第二,《招魂》与《大招》两篇,题名不一,实质相同,都是"因国俗,托帝命,假巫语以招之。"(朱熹《楚辞集注》)两篇诗中所写"魂兮归来"、"魂乎归徕"的句式,乃是民间巫术招魂的习见语。读两诗,尚可见直接写求巫占卜语:"帝告巫阳曰:'有人在下,我欲辅之;魂魄离散,汝筮予之。'巫阳对曰:'掌梦,上帝其难从。若必筮予之,恐后之谢,不能复用巫阳焉。'乃下招曰……"(《招魂》)

第三,楚辞中多次出现"灵"字,如:"夫唯灵修之故也"、"伤灵修之数化"、"怨灵修之浩荡兮"、"欲少留此灵琐兮"、"命灵氛为余占之"、"皇剡剡其扬灵兮"、"灵氛既告余以吉占兮"(《离骚》),"灵偃蹇兮姣服"、"灵连蜷兮既留"、"灵皇皇兮既降"、"扬灵兮未极"(《九歌》)等。"灵",王逸注云:"灵,巫也。楚人名巫为灵子。"(《楚辞章句·九歌·云中君》)洪兴祖注云:"古者巫以降神,'灵偃蹇兮姣服',言神降而托于巫也。"(《楚辞补注·东皇太一》)《说文解字》云:"灵,巫。以玉事神。"王国维《宋元戏曲考》云:"古之所谓巫,楚人谓之曰灵。……楚辞之灵,殆以巫而兼尸之用者也。其词谓巫曰灵,或谓之灵保。"可见,楚辞中的"灵"字与巫风很有关系。

第四,《离骚》诗中,诗人展开想象的翅膀,上天入地、求佚女、乘云车、驰天津、使飞廉、入昆仑、漫游神国,这种超乎现实的浪漫主义风格的充分表现,是借助巫之手段,受巫术影响启发的结果。原始社会时期的宗教巫术活动,有祀祷神一项,祀祷时,人们往往一面诵祭歌,一面念咒语;伴随着歌舞,参加祀祷活动的人们会自然而然地浮生登天之念,意在上天叩见想象中的神。这是古代神仙说所谓的"登霞",即《远游》中所云:"载营魄而登霞兮,掩浮云而上征。"今"仙"字,古作"僊",《说文解字》曰:"僊,升高也。"可见,古人认为,人升高即可成"僊"(仙)。有关这方面情况,楚墓出土的文物可资印证。1970 年代出土的楚帛画中,有一幅被命名为"人物龙凤帛画"的,据考证,画面所表现的即是楚地人们信巫神及灵魂登天飞仙的思想,"综观全画,天空左上方有龙,它生动有力,夭矫上腾,作扶摇直上的形态。右上方为凤,苍颈奋起,似欲飞向'天国'。龙与凤紧相呼应,并与妇人息息相连。面部表情穆肃,宽袖细腰,曳地的长袍迎风摆地,它的双手向着已在天空中的升天驾驭之龙凤,显然是在合掌祈求,希望飞腾的神龙神凤引导或驾驭她的幽灵早日登天飞仙"(见《江汉论坛》1981 年第 1 期《楚国人物龙凤帛画》)。又,1958 年长沙烈士公园发掘的三号墓内棺外表丝织物上,图案为刺绣的龙凤,意在引导墓中死者灵魂登天飞仙;1973 年长沙子弹库一号墓出土的"人物御龙帛画",画面上所现即为墓主人灵魂驾驭龙升天情景;"1978 年湖北随县发掘的曾侯乙墓,内棺上画有鸟身执戈奋翅的羽人,羽人上方有凤,其意也在卫护死者灵魂升天。这些都充分说明,借龙凤登天飞仙是楚巫风的重要内容之一。可见,《离骚》的神游天国绝非屈原主观臆想,而是有所凭据,并在此基础上作艺术想象与发挥。楚辞其他作品中也有表现登天思想的,如《惜诵》有云:"昔余梦登天兮,魂中道而无杭。吾使厉神占之兮,曰有志极而无旁。""欲释阶而登天兮,犹有曩之态也。"《远游》有云:"载营魄而登遐兮,掩浮云而上征。"

第五,《离骚》写三求女,写人神杂糅,与巫术也有关系。原始社会宗教巫术与男女性爱关系密切,祭祀神祇往往是男女发展爱情的佳时。《诗·生民》中写姜嫄出祀郊禖,怀孕而后生后稷,即是一例。《九歌》中神神互恋与祭祀发生联系,也是一例。

第六,《离骚》中屈原写自己"好修",以香花美草修饰自己,以象征高洁。这种形式,巫风中早有表现。古代祭祀崇尚整洁,每个祭祀者必先沐浴,而后方可参加祭祀,古人认为,沐浴能被除不祥,否则神不会降临。《九歌·云中君》有云:"浴兰汤兮沐芳,华采衣兮若英。"王逸注:"言己将修缮祭以事云神,乃使灵巫先浴兰汤,沐香芷,衣五采,华衣饰以杜若之英,以自洁清也。"以香花美草饰身以示高洁的,除《离骚》外,尚有《大司命》"灵衣兮披披,玉佩兮陆离",《少司命》"荷衣兮蕙带",《山鬼》"被薜荔兮带女萝"。毋庸置疑,屈原的修身显与巫风有关。

第七,选择吉日良辰以表示吉祥,也是宗教因素影响的结果。按楚俗,庚寅日是吉宜之日,寅日是男子出生的吉祥日,故而《离骚》开首,作者言及自己的生辰日时,说:"摄提贞于孟陬兮,惟庚寅吾以降。"以此炫示自己的生辰美——先天具有的内美之一。《九歌·东皇太一》写祭祀,其时也选在吉时良辰:"吉日兮辰良,穆将愉兮上皇。"

楚辞(主要指屈原作品)中既有如上述典型而又具体的巫风影响表现(当然不止于此),也就更进一步说明了楚国巫风的盛行,否则,屈原在创作过程中决不会受如此濡染、沾溉。那么,人们不禁要问,何以其时的楚国(包括其前),会如此盛行巫风?

其实,巫风作为原始宗教的表现,并非独盛于南方楚国。《史记·龟策列传》载:"太史公曰:自古圣王将建国受命,兴动事业,何尝不宝卜筮以助善。唐虞以上,不可记已。自三代之兴,各据祯祥。……王者决定诸疑,参以卜筮,断以蓍龟,不易之道也。蛮夷氐羌虽无君臣之序,亦有决疑之卜。或以金石,或以草木,国不同俗。然皆可以战伐攻击,推兵求胜,各信其神,以知来事。"这条史料说明,上古社会由于生产力极其低下,祈神占卜之风早已弥漫,南北皆然。《尚书·召诰》有云"有夏服天命",《论语·泰伯》有云"禹致孝乎鬼神",可知信鬼祀神在夏商两代曾蔚成风气。至西周,情况发生了变化,信鬼祀神在北方受到阻碍,《礼记·表记》云:"殷人尊神率民以事神,先鬼而后礼。……周人礼尚施,事鬼敬神而远之。"造成此状的原因有二:一、周公制礼作乐,对祭祀典礼作出了一系列明确规定,制约了巫风的发展蔓延;二、儒家思想及其学说在北方逐步占了主导地位,孔子不语"怪、力、乱、神",鄙视神话鬼怪,"文不雅训,缙绅先生难言之"(《史记·五帝本纪》),"太古荒唐之说,俱为儒者所不道"(鲁迅《中国小说史略》)。两方面的因素导致巫风难以再生存发展,被逐步削弱。而南方不然，一方面，因长期处于生产力低下、发展迟缓状态下，原始氏族传统基本上仍顽固保留；另一方面，北方礼乐制度与儒家势力难以波及，使南方受影响不大；再一方面，南楚君主信鬼祀神，提倡巫风；诸种主客观因素，导致了楚巫风久盛不衰。其中，楚君主的信奉与倡导巫风，似为人们所忽略，这里略引述之。

楚成王信巫，曾以大神巫咸为质，与秦穆公"斧盟"。（据董说《七国考》引）

楚共王立太子，卜之于神，《左传·昭公十三年》载："初，楚共王无冢嫡，有宠子五人，无嫡立焉。乃大有事于群望，而祈曰：'请神择于五人者，使主社稷。'"

楚灵王本人似即一位大巫，桓谭《新论》曰："（楚灵王）信巫祝之道，斋戒洁鲜，以祀上帝，礼群神，躬执羽绂，起舞坛前。吴人来攻，其国人告急，而灵王鼓舞自若，顾应之曰：'寡人方祭上帝，乐明神，当蒙福祐焉。'不敢赴救。而吴兵遂至，俘获其太子及后姬以下。"

楚昭王曾和大夫观射父讨论巫祝之事。（引语见前引）

楚怀王与秦战，战前"隆祭祀，事鬼神，欲以获福，却秦师"（《七国考·杂记》引）。毫无疑问，楚国历代君主的重巫、信巫，自然对巫风在楚的盛行起了推波助澜作用。

我们若查阅一些历史资料，会发现，楚巫风的盛行，不仅仅在屈原时代及其前，且相沿持续了两千年之久。据《晋书·隐逸传》载："（会稽）女巫章丹、陈珠二人，并有国色，庄服甚丽，善歌，又能隐形匿影。甲夜之初，撞钟击鼓，间以丝竹，丹、珠乃拔刀破舌，吞刀吐火，云雾杳冥，流光电发。"这是写的晋朝时吴楚一带的巫风表现。唐代，荆楚一带仍"鼓舞"《九歌》："昔屈原居沅湘间，其民迎神，词多鄙陋，乃为作《九歌》。到于今荆楚鼓舞之。"（刘禹锡《竹枝词序》）宋代，"洪（今南昌）俗尚鬼，多巫觋惑民"（《宋史·夏竦传》），"荆湖南、北路……归、峡信巫鬼，重淫祀，故尝下令禁之"（《宋史·地理志》）。明代，湖北一带仍沿袭"楚俗尚鬼，而傩尤甚"（明顾景星《蕲州志》）。直至50年代初，南方故楚之地——湖北、湖南、江西，还流行保留有原始祀神歌舞特征的"傩戏"、"巫舞"、"鬼舞"，这些戏、舞，大多戴"神"面具，载歌载舞，表现神的身世事迹。

综上可见,正因为楚国特有的社会风俗条件——巫风盛,才导致楚辞染上了浓郁的"楚"风,而楚辞的反映与表现巫风,又在客观上让我们看到了楚国巫风兴盛的原貌。社会风俗会影响作家创作,作家的作品又能反映社会风俗,这是文学与社会风俗两者在任何一个历史阶段都可能发生的艺术辩证关系。从这个意义上说,楚辞实际上是记录楚风俗史的重要篇章。

楚人的宇宙意识

屈原在他的叙事性抒情长诗《离骚》中,以大段篇幅写到了他离开人间远游天国的幻想情景:在向重华陈辞后,他踏上了"往观乎四荒"的征程——"驷玉虬以乘鹥兮,溘埃风余上征",开始向天国进发,早晨从苍梧出发,傍晚到达昆仑山的县圃,于神灵境界之门的灵琐稍事停留后,再继续行程;在天国境界内,他任情驱遣:"前望舒使先驱兮,后飞廉使奔属。鸾皇为余先戒兮,雷师告余以未具。吾令凤鸟飞腾兮,继之以日夜。飘风屯其相离兮,帅云霓而来御。""吾令帝阍开关兮,倚阊阖而望予。""吾令丰隆乘云兮,求宓妃之所在。"几乎整首《离骚》后半部分,诗人围绕"求女",一直在幻想的广阔天国世界遨游,上下求索,"览相观于四极兮,周流乎天余乃下",只是由于毕竟心系楚国,不忍去而不返,才中止了天国之行,重新回到了现实人间。类似的描述,在《离骚》之外的其他作品中也有体现。如《惜诵》有曰:"昔余梦登天兮,魂中道而无杭。""欲释阶而登天兮,犹有曩之态也。"《涉江》有曰:"驾青虬兮骖白螭,吾与重华游兮瑶之圃。登昆仑兮食玉英,与天地兮同寿,与日月兮齐光。"《远游》篇中更是表现集中突出①,通篇均是天国神游的描写:"悲时俗之迫阨兮,愿轻举而远游。质菲薄而无因兮,焉托乘而上浮。"之后详尽地写了入天国后的食宿行止:"餐六气而饮沆瀣兮,漱正阳而含朝霞。……顺凯风以从游兮,至南巢而壹息。……朝濯发于汤谷兮,夕晞余身兮九阳。……"诗人

① 对《远游》一诗的作者是何人迄无定论,笔者主张屈原说。

"经营四荒"、"周流六漠",慨"天地之无穷","哀人生之长勤",整个天国漫游展示得淋漓尽致、惟妙惟肖,令人神眩目迷。

屈原会在他创作的一系列诗作中,如此神奇自如地描画出一幅幅天国神游图,熟稔巧妙地调遣日月星辰、风云雷电,这自然同他本人高度浪漫的想象力不无关系。但是,仅凭此似乎还难以使人信服:这惊人的时空穿透力在当时历史条件下单由诗人个人的奇思异想就能达到吗?试看屈原时代之前北方的文学作品,无论《诗经》还是其他民歌民谣,均未见如此令人惊叹的天国神游描写,这就不得不使人产生疑问:是否屈原时代及其前南方楚国特殊的条件促成了它呢?答案只能在此中。

从史料及有关出土文物中,我们发现,居于南方楚地的楚人,较之北方更早也更多地具有超越时空的宇宙意识,虽然这种意识从今人眼光来看,只能称之为朦胧的或萌芽状的,但它在战国时代的华夏诸民族中,已具有明显的超越性与社会文化基础。我们试略证之。

首先应当肯定,屈原诗歌中所蕴含的内涵,充分展示了屈原本人企图超越人世污浊,远离黑暗,摆脱痛苦,求得人生解脱、自由乃至理想永恒的意识,这种意识正是试图求得如整个宇宙天际(包括天国的神仙)那样永恒、那样无限的目的,所谓"与天地兮同寿,与日月兮齐光",即是如此,这是楚人以整个永恒无限的宇宙作为审美对象的宇宙意识的体现。我们发现,这种意识不仅仅表现于屈原诗篇中,楚国的许多出土文物中,尤其工艺品中,也有同样的类似体现。例如楚漆器的造型、丝织品的纹饰、绘画的图式,从外观上看,我们似乎都能隐隐感觉出其间透露的一种神秘的宇宙意识,它们都经过抽象化、超时空化的处理,营造出一种特别的幻化空间,从而产生超脱感与升腾感。如江陵雨台山一六六号楚墓出土的虎座立凤,一只踏在虎座上的凤鸟,昂首展翅,神奇地占据了四围空间,那插在背上的一对鹿角,给观者留下了辽阔空间背景的想象余地。又如长沙子弹库一号墓出土的帛画——"人物御龙图",画面上的人物与龙,给人一种飘浮感,使人会自然联想到幻化空间之外的宇宙苍穹。再如江陵马山一号墓出土的"凤龙虎纹绣罗禅衣"、江陵战国楚墓出土的圆盒等,其造型与纹饰,都能唤起人们一种强烈的鸟兽与云霞在宇宙空间不断翱翔飘飞的动感①。

　　楚人的这种表现于诗歌及工艺品中的宇宙意识,其来源可溯之
于他们早期已具有的观象授时的天文知识及其实践。《史记·楚世
家》载:"重黎为帝喾高辛居火正,甚有功,能光融天下,帝喾命曰祝
融。"火正的重要职责是观象授时——观察大火和鹑火的星象位置,
对此,《左传·襄公九年》有曰:"古之火正,或食于心,或食于咮,以出
内火。是故咮为鹑火;心为大火。"而高辛的火正重黎,《国语·楚语
下》云:"重司天以属神","黎司地以属民",可见重黎——祝融——火
正,作为楚人的先祖,是华夏诸民族中史载最早的天文学家,具有丰
富的观象授时的实践与经验。这无疑早早地便开拓了楚人窥探宇宙
苍穹的视野,丰富了楚人的空间想象,为楚人轻灵升腾感与辽阔空间
感的产生奠下了基础。需要指出的是,楚国的职官中专设了太史、卜
尹两职:太史兼为史官与历官,其主要职责之一是掌天文历法;卜尹
掌占卜,而占卜往往同星象不可分割;这就足以见天文星象在楚国受
重视的程度。特别应当提到的,是战国时代已有了专门观察星辰运
行的占星家,如甘德、唐昧、尹皋、石申等人,他们之中,唐昧是楚国
人,甘德《史记·天官书》以为是齐国人,而《史记正义》引《七录》认
为应是楚国人②。甘德曾长期观察研究天象,精密记录了恒星的位
置,编成了恒星表,并著有《岁星经》与《天文星占》③。据《史记·天
官书》与《汉书·天文志》,甘德还创立了二十八宿体系(或谓与石申
共创)。二十八宿体系的建立,对于天文学、历法学的发展有重大意
义。1978 年,湖北随州市擂鼓墩一号墓出土的漆箱盖上写有二十八
宿星名,其时代虽早于甘、石,但它证明了《甘石星经》记载的可靠,二
十八宿能作为装饰性图画绘于箱盖,说明二十八宿学说在当时楚国
已甚为流行。1973 年,长沙马王堆三号汉墓出土的文物中,也有天文
学方面的资料,如《五星占》、《天文气象杂占》、《彗星图》等,虽然该
墓出土之物的时代应在汉代,但据书中所载,这些书的成书可判断为

　　①　参见张正明著《楚文化史》,上海人民出版社,1987 年版。
　　②　《七录》系南朝梁阮孝绪撰,一般认为较可靠。
　　③　后人合《天文星占》与石申《天文》二书为一,题名《甘石星经》,此为世界上最古老
的恒星表,可惜今已失传,仅可见零星片断。

在战国时代。这些书的内容，颇能反映楚国的天文学成就。如《天文气象杂占》，以象征十四国的云气开头，特将"楚云"排于第一："楚云，如日而白；赵云；燕云；秦云；……"可以推测，此书作者很可能是楚人。另外，此书中还载录了楚天文学家任氏、北宫等人有关天文方面的论述；书中所载各种形状的彗星图，是世界上流传至今最早的彗星图。《五星占》一书所记载的内容，虽属秦始皇元年至汉文帝三年时期，但其中对行星的精确观测记录，世所罕见。可以设想，倘无之前楚国天文学发达的基础，汉代要达到上述如此成就，恐怕是难以想象的。

正是由于天文学成就的历史条件，楚人才可能具有广泛而又浓厚的宇宙意识。上引《离骚》中的反映还只是艺术的折射，《天问》一诗则是直截了当地表现了楚人对宇宙天象的怀疑（其实是认识，以发问的方式叙述之）："曰遂古之初，谁传道之？上下未形，何由考之？冥昭瞢暗，谁能极之？冯翼惟像，何以识之？明明暗暗，惟时何为？阴阳三合，何本何化？……何阖而晦？何开而明？角宿未旦，曜灵安藏？"这段话至少可以使我们看到两点：其一，屈原在这里虽是用疑问的形式提出问题，实际上却反映了楚人及屈原本人对宇宙天象的基本认识，说明当时的楚人（包括屈原）已具备了相当浓厚的宇宙意识，敢于在文学作品中大胆予以表现，并使之为创作者的主观情感服务——尽管其表现形式（发问）本身并不是为了解决宇宙科学问题；其二，这些发问所涉及的宇宙天象知识之深、之广，即使在今人看来，也是令人吃惊的，它们包括了天地的形成、地球早期的混沌状态、运动着的大气层、地球的昼夜运转、天宇的高度、地球运转的轴心、日月的运动与会合、二十八宿星辰的位置排列、十二时辰的划分等等。虽然据东汉王逸等学者判断，屈原这一系列发问乃是在他仰观楚先王之庙及公卿祠堂内壁画后所作，但这些发问的客观性与合理性，致使人们不得不相信，屈原其时楚人对宇宙天象的认识已达到了相当高度，而屈原本人在这方面也毫无疑问地有着博闻广识，否则，他笔下绝写不出如此的《天问》，也绝不可能提出如此多涉及宇宙天象的问题。类似的发问，《庄子·天下》中也有，如南人黄缭问"天地所以不坠不陷、风雨雷霆之故"。

　　除了天文星象的原因,楚人宇宙意识形成的另一重要原因是南方楚地浓厚的原始巫教色彩与远古传统遗存,这是南方楚国迥异于北方的特点,也是促成楚人具有大胆、浪漫风格的缘由之一。

　　相对中原北方而言,南方楚地更多地保存了原始氏族的制度、风俗、习惯与意识。《国语·楚语》载观射父答楚王问曰:"古者民神不杂,民之精爽不携贰者,而又能齐肃衷正,其智能上下比义,其圣能光远宣朗,其明能光照之,其聪能听彻之,如是则明神降之,在男曰觋,在女曰巫。""及少皞之衰也,九黎乱德,民神杂糅,不可方物。夫人作享,家为巫史,无有要质。民匮于祀,而不知其福。烝享无度,民神同位。民渎齐盟,无有严威,神狎民则,不蠲其为。嘉生不降,无物以享。祸灾荐臻,莫尽其气。"正因此,《汉书·地理志》曰楚"信巫鬼,重淫祀"。这种状况,导致了它没有北方那样严格的礼法束缚(北方至西周,"周人礼尚施,事鬼敬神而远之"——《礼记·表记》),可以更多地发挥人的个性,使艺术作品自然地呈现热烈、奔放、飘逸、无拘无束的特色,这是北方"止乎礼义"的说教规范所难以企及的。也正由于此,"其俗信鬼而好祠"(王逸《楚辞章句》)的楚人,凭借巫术,"或以阴巫下阳神,或以阳主接阴鬼"(朱熹《楚辞集注》),奇异的祭祀巫风,促使楚人作出大胆的异想天开的登天梦想。从南方产生的两部奇书中,我们也可侧面看到楚地巫风对楚人宇宙意识形成所起的作用。《山海经》是一部被称为"古之巫书"的奇书,该书虽至今对其创作时地及作者尚无确考,然其产于南方,由南方所撰,出现于战国至汉初时期,则是大致不误的。书中所录半人半兽的巫怪神兽,典型地反映了南方人楚地及其相邻之地巫风盛行的状况,构成了一幅幅奇妙怪异的图画。其中有关天文星象内容的记载,与神怪传说融合交织,透出了巫风影响下楚人对宇宙星象的朦胧意识:《海外西经》中的巫咸国,是"群巫所从上下"于天之地,其上天之梯是登葆山。《大荒西经》中的灵山,是巫咸、巫即等十巫的升降之处。《大荒西经》载,名叫噎者,"处于西极,以行日月星辰之行次";《大荒东经》载,名叫鹓者,"处东极隅,以止日月,使无相间出没,司其短长"。他们(噎者、鹓者)似都直接观察天空中的星象,以确定日月星辰之运行轨迹;《大荒西经》又载:"有方山者,上有青树,名曰柜格之松,日月所出入也。""大荒中,有山名曰月山,天枢也。吴姬天门,日月所入。……"其中日月出入、天枢、天门,均与天象观测有关。另一部由庄周所撰的《庄子》,其时代略早于屈原,书中第一章《逍遥游》,明显地表现了与《离骚》相似的远游天国的内容:开篇即写鲲鹏展翅,"抟扶摇而上者九万里","绝云气,负青天,然后图南,且适南冥也"。继而是"乘天地之正,而御六气之辨,以游无穷者"。又写姑射山神人,"不食五谷,吸风饮露","乘云气,御飞龙,而游乎四海之外"。这同《离骚》的"览相观于四极"、"周流观乎上下",从而寻求永恒、无限的宇宙意识,是相通的。庄子曾到过楚国,不管他是否直接受到楚人宇宙意识的影响,至少从《逍遥游》中的表现可以看出,宇宙意识在当时的南方已相当流行。

　　从以上简单分析,我们可以看到,屈原作品中之所以会出现远游天国的内容,除了屈原本人天才的想象力之外,同由楚地盛行的巫风、远古风俗遗存、发达的天文学成就影响而形成的楚人广泛、浓厚的宇宙意识有密切关系,其中尤其是楚国渊源有继的天文学成就,打开了"博闻强志"的屈原的"天窗",使之涌出了超脱人世、遨游天国、寻求世外理想境界的奇思异想,并诉诸诗章,从而铸成了流传千载百代的惊世绝唱。可见,楚人的宇宙意识在促成楚辞产生中也起了不可忽视的作用。

南北文学渊源

《诗经》与楚歌

在探讨楚辞起源时,除了要考虑社会历史、文化背景条件外,我们还应从文学本身的因素找原因,因为任何一种文学新形式、新体制的诞生,都既与社会大背景有密切关系,也与文学的发展、沿革、承继有缘,否则新的文学形式不可能凭空降生。

从楚辞来看,文学发展到战国时代,它可能继承与借鉴的主要来自两个方面:其一,北方的《诗经》(从时代上看,其实不能称《诗经》,因为此称乃汉代方生,这里为叙述方便,故称之),其二为南方的楚歌;屈原创作其作品肯定受了这两者的影响与启发。不过,学界对《诗经》与楚辞的关系向有争议,这儿有必要先谈一谈两者之间有无影响的可能性。

春秋时代,北方诸国赋诗、歌诗,乃至引诗作为外交辞令蔚成风气,这种状况,也影响波及南方楚国。试看《左传》有载:文公十年,子舟引诗曰,"刚亦不吐,柔亦不茹"(《大雅·烝民》),"毋纵诡随,以谨罔极"(《大雅·民劳》)。宣公十二年,孙叔引诗曰:"元戎十乘,以先启行。"(《小雅·六月》)楚子引诗:"载戢干戈,载櫜弓矢。我求懿德,肆于时夏,允王保之。"(《周颂·时迈》)又引"耆定尔功"(《周颂·武》),"敷时绎思,我徂惟求定"(《周颂·赉》),"绥万邦,娄丰年"(《周颂·桓》)。成公二年,申叔跪曰:"异哉!夫子有三军之惧,而又有《桑中》之喜!"(《鄘风》)子重引诗曰:"济济多士,文王以宁。"(《大雅·文王》)襄公二十七年,"楚蒍罢如晋莅盟,晋侯享之。将出,赋《既醉》"(《大雅》)。昭公三年,"郑伯如楚,子产相。楚子享之。赋《吉日》"(《小雅》)。昭公七年,芋尹无宇引诗曰:"普天之下,莫非王土;率土之滨,莫非王臣。"(《小雅·北山》)昭公十二年,子革引逸诗曰:"祈招之愔愔,式昭德音。思我王度,式如玉式如金。形民之力,而无醉饱之心。"(《祈招》)昭公二十四年,沈尹戎又引诗曰:"谁生厉阶,至今为梗?"(《大雅·桑柔》)

由上所引,足以说明,南方楚国受《诗经》影响并不小,其赋诗、引诗之风不亚于北方,故而鲁迅先生说:"楚虽蛮夷,久为大国,春秋之世,已能赋诗,风雅之教,宁所未习,幸其固有文化,尚未沦亡,交错为文,遂生壮采。"①那么,作为"博闻强志"的屈原,在"接遇宾客,应对诸侯"时会不沾溉《风》《雅》吗②?

对于《诗经》与《楚辞》的关系,其实前人论及颇多,如淮南王刘安谓:"《国风》好色而不淫,《小雅》怨诽而不乱,若《离骚》者,可谓兼之矣。"③刘勰曰:"故其陈尧舜之耿介,称禹汤之祗敬,典诰之体也;讥桀纣之猖披也,伤羿浇之颠陨,规讽之旨也;虬龙以喻君子,云蜺以譬谗邪,比兴之义也;每一顾而掩涕,叹君门之九重,忠怨之辞也;观兹四事,同于《风》、《雅》者也。"④朱熹曰:"赋则直陈其事,比则取物为比,兴则托物兴词……不特《诗》也,楚人之词,亦以是而求之,则其寓情草木,托意男女,以极游观之适者,变《风》之流也;……其叙事陈情,感今怀古,以不忘乎君臣之义者,变《雅》之类也。至于语冥婚而越礼,据怨愤而失中,则又《风》、《雅》之再变矣。其语祀神歌舞之盛,则几乎《颂》,而其变也,又有甚焉。其为赋,则如《骚经》首章之云也;比,则香草恶物之类也;兴,则托物兴词,初不取义,如《九歌》沅芷澧兰以兴思公子而未敢言之属也。然《诗》之兴多而比、赋少,《骚》则兴少而比,赋多,要必辨此,而后词义可寻,读者不可以不察也。"⑤蒋骥曰:"《骚》者《诗》之变,《诗》有赋比兴,惟《骚》亦然。但《三百篇》边幅短窄,易可窥寻,若《骚》则浑沌变化,其赋比兴,错杂而出。固未可以一律求也。"⑥刘熙载谓:"赋,古诗之流。古诗如《风》、《雅》、《颂》

① 《汉文学史纲要》。
② 《史记·屈原列传》。
③ 同上注。
④ 《文心雕龙·辨骚》。
⑤ 《楚辞集注·离骚序》,上海古籍出版社,1978年版。
⑥ 《山带阁注楚辞·楚辞余论》,中华书局,1958年版。

是也,即《离骚》出于《国风》、《小雅》可见。"①程廷祚曰:"屈子之作称尧、舜之耿介,讥桀纣之昌披,以寓其规讽;誓九死而不悔,嗟黄昏之改期,以致其忠怨;近于《诗》之陈情与志者矣。……故《诗》者,《骚》赋之大原也。""……盖《风》、《雅》、《颂》之再变而后有《离骚》……《骚》之出于诗,犹王者之支庶封建为列侯也。""……《骚》出于变《风》《雅》而兼有赋比兴之义,故于《诗》也为最近。""……且《骚》之近于《诗》者,能具恻隐,含风谕。"②刘师培说:"屈原《离骚》,引辞表旨,譬物连类,以情为具,以物为表,抑郁沉怨,与《风》《雅》为节,其原出于《诗经》。"③闻一多说:"屈原的功绩,恢复了《诗经》时代艺术的健康性,而减免了它的朴质性。"④

综上之引,你能说,《诗经》与楚辞毫无瓜葛可言吗? 让我们再就两者的内容、句式、语词等作些比较。

(一)《诗经》以四言为主体;楚辞虽多参差长短句,然也有四字句诗,如《橘颂》、《天问》、《大招》以及《九歌·礼魂》、《怀沙》的"乱"词。

(二)《诗经》中所习用的"兮"、"只"、"些"、"也"、"止"等语助词,楚辞也多袭用,以"兮"为主,并承继了《诗经》隔句用"兮"之法。

(三)楚辞中颇多化用《诗经》之语词者,略举如次:

《周南·卷耳》:"我马瘏矣,我仆痡矣。"
《离骚》:"仆夫悲余马怀兮。"

《小雅·正月》:"哀此茕独。"
《离骚》:"夫何茕独而不予听。"

《鲁颂·闷宫》:"奄有下土。"
《离骚》:"苟得用此下土。"

① 《艺概·赋概》,上海古籍出版社,1978 年版。
② 《骚赋论》,载《中国历代文论选》,上海古籍出版社,1980 年版。
③ 《论文杂记》,引同上注。
④ 《神话与诗》,载《闻一多全集》第一卷,生活·读书·新知三联书店,1982 年版。

《郑风·有女同车》:"将翱将翔,佩玉琼琚。"
《离骚》:"纫秋兰以为佩。"

《秦风·终南》:"佩玉锵锵。"
《东皇太一》:"璆锵鸣兮琳琅。"

《郑风·出其东门》:"有女如云。"
《湘夫人》:"灵之来兮如云。"

《秦风·车辚辚》:"有车邻邻(辚辚)。"
《大司命》:"乘龙兮辚辚。"

《小雅·湛露》:"匪阳不晞。"
《少司命》:"晞女发兮阳之阿。"

《小雅·大东》:"维北有斗,不可以把酒浆。"
《东君》:"援北斗兮酌桂浆。"

《卫风·硕人》:"巧笑倩兮,美目盼兮。"
《山鬼》:"既含睇兮又宜笑。"

《周南·关雎》:"窈窕淑女。"
《山鬼》:"子慕予兮善窈窕。"

《邶风·柏舟》:"忧心悄悄。"
《悲回风》:"愁悄悄之常悲兮。"

《卫风·伯兮》:"杲杲出日。"
《远游》:"阳杲杲其未光兮。"

另,《九辩》有云:"窃慕诗人之遗风兮,愿托志乎素餐。"朱熹《集注》曰:

"诗人言'不素餐兮',见《伐檀》篇。"王夫之《通释》云:"诗人《伐檀》之诗,托志素餐,以素餐为耻。此明属屈子之志与先圣之心合辙。"

(四)《诗经》中有少数反映南方楚地的诗篇,如《周南·汉广》、《周南·汝坟》、《召南·江有汜》、《小雅·四月》、《大雅·江汉》、《商颂·殷武》等,这些诗篇,或记载了楚的历史与风俗,或叙述了楚与北方的战争,其中《汉广》与《江有汜》一般认为是楚地民歌。这些虽难以说明《诗经》与楚辞的直接关系,但多少透露了北方文学中的南方成分,可显南北文化交融之一面。

再看楚歌与楚辞的关系。我们从目前已基本确认的几首楚歌看,可以发现,它们有一个比较清晰的发展变化轨迹,即由具有《诗经》四言体风格特征,演变为形似楚辞而又具有楚辞基本特征的诗体,它充分反映了楚辞继承发展楚歌的痕迹,说明民间文学在楚辞的形成中占有特殊地位。

我们试以楚歌发展的年代顺序简叙楚歌的演化过程①。

第一阶段,约公元前 7 世纪,即楚武王、文王、成王时代,其时楚歌的形式基本与《诗经》相同。如《说苑·至公篇》"楚人为令尹子文歌":"子文之族,犯国法程。廷理释之。子文不听,恤顾怨萌。方公平。"《说苑·正谏篇》"楚人为诸御已歌":"薪乎莱乎,无诸御已,论无子乎。莱乎薪乎,无诸御已,讫无人乎。"

第二阶段,约公元前 6 世纪中叶,楚共王、康王时期,此时楚歌形式已由四言演化成了新的形式,突破了四言体,句中或句尾开始带上"兮"字。如《新序·节士篇》"徐人歌":"延陵李子兮不忘故,脱千金之剑兮带丘墓。"《说苑·善说篇》"越人歌":"今夕何夕兮,搴洲中流。今日何日兮,得与王子同舟。蒙羞被好兮,不訾诟耻。心几烦而不绝兮,得知王子。山有木兮木有枝,心悦君兮君不知!"

第三阶段,公元前 5 世纪初,楚悼王之前一阶段,其时,楚歌已与楚辞在形式上相当接近了,且时间上与怀王、顷襄王相距不远。这些楚歌已明显带有句式参差、句中句尾用"兮"字的特点,但四字句仍存

---

① 清人林春溥《竹柏山房全书·古书拾遗卷四·古歌》中精录了不少南方古歌,因未遑详考,故不敢妄断。

在。如《论语·微子篇》"楚狂接舆歌"："凤兮凤兮,何德之衰。往者不可谏,来者犹可追。已而已而,今之从政者殆而。"《孟子·离娄篇》"孔子听孺子歌"："沧浪之水清兮,可以濯我缨。沧浪之水浊兮,可以濯我足。"《左传·哀公十三年》"庚癸歌"："佩玉累兮,余无所系之。旨酒一盛兮,余与褐之父睨之。"

由楚歌我们同时可知,楚辞在形式上曾仿楚音,与楚地音乐有一定关系。由此我们可以从楚辞已存形式推知它所仿照的楚地音乐、楚歌曲式:一、简单曲调多次重复的曲调,如《九歌》。二、一个或两个曲调若干次重复后,末尾加"乱"的曲式,如《离骚》、《哀郢》、《怀沙》。三、兼有"少歌"、"倡"与"乱",中间重起,两次结束、前后两截相联的曲式,如《抽思》,这里"少歌"是前半曲结束的小结,"倡"是前后两半曲的过渡。四、前有总起,中间曲调显著变化,最后有总结的曲式,如《招魂》。很显然,以上我们所已见的楚辞的几种曲式,当是楚辞受楚歌曲式影响后所形成的。关于楚地乐歌,即所谓的"南音",史书均有记载,如《左传·成公九年》云:"晋侯观于军府,见钟仪,问之曰:'南冠而絷者,谁也?'有对曰:'郑人所献楚囚也。'……使与之琴,操南音。"《吕氏春秋·音初篇》云:"禹行动,见涂山之女,禹未之遇,而巡省南土。涂山氏之女乃令其妾候禹于涂山之阳。女乃作歌,歌曰:'侯人兮猗',实始作为南音。""南音"后又被称作"楚声",《汉书·礼乐志》云:"《房中乐》高祖唐山夫人所作,高祖好楚声,故《房中乐》楚声也。"《隋书·经籍志》云:"隋释道骞能为楚声,音韵清切。"屈原创作楚辞作品曾借鉴楚歌及楚声(楚乐),看来是没有疑问的。

先秦诸子散文与楚辞

我们已将《诗经》与楚辞(以屈原作品为主,故以下简称屈骚)作了对照,发现两者在语言形式上有十分显著的差异:前者篇幅一般比较短小,句式相对整齐,大多以四言为主;而后者篇幅显著加大,出现像《离骚》这样的宏篇巨制,句式参差,除部分诗篇是四言为主外(如《橘颂》《天问》等),其余均为长短不一的杂言;后者的这种形式表现,人们习惯称其为"散文化"。

　　何以先秦时代的诗歌在继《诗经》之后,会发生如此大的变化,产生了具有"散文化"倾向的新诗体呢? 这当中的原因有多种。首先,时代风气是一个重要因素,诚如鲁迅在《汉文学史纲要》中指出的:"周室既衰,聘问歌咏,不行于列国,而游说之风寖盛,纵横之士,欲以唇吻奏功,遂竞为美辞,以动人主。……余波流衍,渐及文苑,繁辞华句,固已非《诗》之朴质之体式所能载矣。"其次,屈原本人"明于治乱,娴于辞令"(《史记·屈原列传》),可知是颇具纵横家风格者,在《离骚》与《抽思》中多次写到自己"陈辞","就重华而陈词","跪敷衽以陈辞兮","结微情以陈词兮","兹历情以陈辞兮",因而这种善于辞令的风格特长运用于自己的文学创作中,写出铺陈夸张的"散文化"、口语化诗作,也是合情理的。然而,造成屈骚"散文化"风格形成的另一重要原因,恐怕与屈原直接受先秦散文(屈原时代之前及当时的诸子散文)的影响,并有所借鉴,密不可分。我们试着重对此作些探讨、分析。

　　从时间上看,先于屈原产生的诸子散文有:《老子》、《论语》、《孟子》、《庄子》。老子、孔子、孟子、庄子的生活时代基本上都早于屈原,其中孟子、庄子虽与屈原大致上同时期(战国中期),但他们的出生时间都比屈原早几十年①。这几部书的成书年代:《老子》为春秋末叶和战国初期(《论语》、《庄子》中已有关于老子的言论和事迹记载),其作者主要是老子本人;《论语》的编著者虽非孔子本人,但其书成于春秋末期至战国初期,当也无疑②;《孟子》一书的作者主要是孟子本人,并于其生前已完成("万章之徒"参与);《庄子》系庄子及其门生后学所撰,其中内篇部分一般公认为庄子自撰。

　　既然上述几部散文著作的产生年代均在屈原之前,作为自幼好学,"博闻强记"的屈原,曾经读过并曾受到影响是完全有可能的。

　　以下我们试分别就各部散文著作与屈骚的关系作些对照、比较,看看它们之间的关系。

────────

　　① 对孟子与庄子的生卒年,学术界尚无定论,一般认为,孟子:公元前385年至公元前304年(杨伯峻说),庄子:公元前369年至公元前268年(马叙伦说),两者与屈原(公元前339年至公元前278年,浦江清说)相比,分别早了约四十六年和三十年。

　　② 参见杨伯峻《论语译注》导言,中华书局,1962年版。

　　第一，《老子》。

　　纵观《老子》一书，五千余言均疾徐长短韵文①，这些文句，词约义丰，颇富哲理，与屈骚对照，在句式上两者较相吻合，都长短参差。

　　书楚语——这本是屈骚的显著特征之一，而在《老子》中早有体现。《老子》一书运用楚语处比比可见，如楚语气词"兮"字，这是屈骚最具代表性的象征字，《老子》中出现了二十四次之多，第十五章尤其集中："豫焉若冬涉川，犹兮若畏四邻，俨兮其若容，涣兮若冰之将释，敦兮其若朴，旷兮其若谷，混兮其若浊。"又如楚发语词"夫唯"，《老子》中凡十见。《老子》中其他楚语还有"五味令人口爽"（第十二章），王逸《楚辞章句·招魂》注有云："楚人名羹败曰爽。""爽"系楚语。"善闭，无关键不可开"（第二十七章），《方言》有云："户钥自关而东，陈楚之间谓之键，字亦作籋。""键"系楚语。"吾将以为教父"（第四十二章），《方言》有曰："凡尊老南楚谓之父。""父"系楚语。等等。

　　考察《老子》与屈骚的声韵，我们发现，两者在韵部上极多相合处。兹举朱谦之撰《老子校释》附录"老子韵例"所云，以资说明：

　　　　次举其与《骚》韵同者，如五章穷、中韵。《楚辞·云中君》降、中、穷、懂韵；《涉江》中、穷韵。八章治、能、时、尤韵。《楚辞·惜往日》时、疑、治、之、否、欺、思、之、尤、之韵。四十四章止、殆、久韵。《楚辞·天问》止、殆韵；《招魂》止、里、久韵。十章离、儿、疵、雌、知韵。《楚辞·少司命》离、知韵。七章先、存韵。《楚辞·远游》存、先、门韵；《大招》存、先韵。十七章言、然韵。《楚辞·惜诵》言、然韵。二十五章、六十五章远、反韵。《楚辞·离骚》、《国殇》、《哀郢》同。二章生、成、形、倾韵。《楚辞·天问》菅、成、倾韵。三十七章静、定韵。《楚辞·大招》同。三十七章、五十七章为、化韵。《楚辞·天问》《思美人》同。六十八章武、怒、与、下韵。《楚辞·离骚》武、怒韵。六十四章土、下韵。《楚辞》以下、与、女、所、舞、予等字为韵。二章居（处）、去韵。

　　---

　　① 有人据此认为《老子》应属诗歌体裁，本文为论述便，不拟作辩，仍划归散文类。实际《老子》在文学体裁上应属哲理性散文诗。

《楚辞·悲回风》处、虑、曙、去韵。九章保、守、咎、道韵。《楚辞·惜诵》保、道韵。二十四章行、明、彰、长、行韵。《楚辞·天问》长、彰韵。二十二章明、彰、长韵。《楚辞·怀沙》章、明韵。五十九章啬、服、德、克、极、国韵。《楚辞·离骚》极、服韵;《天问》、《哀郢》极、得韵;《橘颂》服、国韵。六十五章贼、福、式、德韵。《楚辞·招魂》食、得、极、贼韵。十五章客、释韵。《楚辞·哀郢》蹠、客、薄、释韵。

由上所述,《五千言》(《老子》)……与《骚》韵亦同。知声音之道,与时转移,而如《易》如骚,以时考之,皆与《老子》相去不远。……老子为楚人,故又与楚声合。尚论世次,屈在老后。经文中"兮"字数见,与《骚》韵殆无二致,《五千言》其楚声之元祖乎!

以上是关于韵的比较,说明《老子》与楚辞间的关系。下面再看艺术手法与句式。

一般认为,屈骚中大量运用的比兴手法,是继承《诗经》基础上的发展。这自然不错。但我们也应同时看到,以形象的比喻阐发富有深邃哲理的手法,《老子》中运用得不少。如第五章云:"天地不仁,以万物为刍狗。圣人不仁,以百姓为刍狗。"刍狗原系一种结草为狗作为祭祀用的巫祝之物,老子这里将其为譬,说明人对刍狗无所谓爱憎,天地对于万物,圣人对于百姓亦如此,从而宣扬"无为"的观点。又如第八章,以水为喻,表现以"无私"达到自私的目的:"上善若水,水善利万物而不争,处众人之所恶,故几于道。"第六十四章以通俗形象的比喻,阐述事物变化、发展的观点:"合抱之木,生于毫末;九层之台,起于累土;千里之行,始于足下。"对照屈骚,尤其《离骚》一诗,屈原以香花美草喻圣贤君臣,并作为饰身取悦于人的象征,藉此寄寓自己的修身,追求人格美的内涵;以恶鸟臭物比奸党小人,发抒满腔愤恨之慨,体现了爱憎鲜明的感情立场;这种比喻中有深层寄托的手法,不能否认《老子》影响的痕迹。

在句式上,屈骚更有与《老子》如出一辙的地方,从中明显可见承袭、仿效之迹。《渔父》篇中,作者写道:"举世皆浊,我独清;众人皆醉,我独醒。""安能以身之察察,受物之汶汶者乎。"《老子》第二十章云:"众人熙熙,如享太牢,如春登台。我独泊兮,其未兆,如婴儿之未孩。儽儽兮,若无所归,众人皆有余,而我独若遗,我愚人之心也哉。沌沌兮,俗人昭昭,我独昏昏;俗人察察,我独闷闷。澹兮其若海,飂兮其若无止。众人皆有以,而我独顽似鄙,我独异于人,而贵食母。"两相比照,何其相似乃尔。又,《远游》曰:"载营魄而登霞兮。"王逸《楚辞章句》注:"'抱我灵魂而上升也。'屈子似即用老子语。"所言老子语为:"载营魄抱一,能无离?"(第十章)

第二,《论语》和《孟子》。

《论语》和《孟子》两书分别为记载孔子、孟子及其弟子言行的著作,它们在文体风格上有一个共同的特点,即为了更形象地表现人物的思想与言论,大量地载录了人物的对话;可以说,比较集中地以对话形式入文的方式,在散文史上始于《论语》、《孟子》。这种方式,屈骚中也不时可见:《离骚》中写女婆"申申其詈予"及主人翁"就重华而陈词",就有直录人物对话的迹象;比较典型的,如《卜居》、《渔父》两篇,通篇即是对话体例,通过一问一答,展示人物性格与形象,阐明主题思想①。

如将《论语》、《孟子》与屈骚有关篇章作句式对比,我们可以发现它们之间明显的类似之处。例如:

> 君子周而不比,小人比而不周。(《论语》)
> 兰芷变而不芳兮,荃蕙化而为茅。(《离骚》)

> 日月逝矣,岁不我与。(《论语》)
> 汩余若将不及兮,恐年岁之不我与。(《离骚》)

> 申申如也。(《论语》)
> 申申其詈予。(《离骚》)

> 已矣乎,吾未见好德如好色者也。(《论语》)

---

① 对《卜居》《渔父》的作者,历来有争议,本文赞同二十五篇皆为屈原所作。

已矣哉,国无人莫我知兮。(《离骚》)

管仲以其君霸,晏子以其君显。(《孟子》)
恌吾以其美好兮,览余以其修姱。(《抽思》)

如水之就下,沛然谁能御之? (《孟子》)
沛吾乘兮桂舟。(《九歌·湘君》)

今也不幸至于大故。(《孟子》)
舒忧娱哀兮,限之以大故。(《怀沙》)

从以上句式比照中,我们很难否认,它们之间存在着影响或承袭关系。

第三,《庄子》。

《庄子》与屈骚客观上有一个共同点:都是南方人所作,都产于南方。两者虽出于不同经历和追求的作者之手,却在风格上有相类的地方——体现了浪漫主义风格色彩。它们都如鲁迅所言:"放言无惮,为前人所不敢言。"(《摩罗诗力说》)在"叙事纪游,遗尘超物,荒唐谲怪"方面,也正像刘师培所说,屈骚与庄子相同(《南北文学不同论》)。正由于都体现了浪漫主义特色,因而两者成了中国文学史上两种流派(积极与消极)浪漫风格的代表。当然,我们不能断言,屈骚的浪漫风格系受庄子影响而生,然而地域和时间上的客观条件,使屈原可能有所沾溉,这种因素恐怕还是存在的。

我们若比较两者的句式与所用词汇,更可以看出两者间的关系①。

乘清气兮御阴阳。(《九歌·大司命》)
乘天地之正,御六气之辨。(《庄子》)

---

① 关于《庄子》内、外、杂篇的作者问题,迄无定论。本文为论述便,暂存疑。笔者认为,即便外、杂篇非庄子本人撰,本文所引内篇例证亦可说明问题。又,凡未注明篇名者,均参见洪兴祖《楚辞补注》。

与天地兮同寿，与日月兮同光。(《涉江》)
吾与日月参光，吾与天地为常。(《庄子》)

惮褰裳而濡足。(《思美人》)
褰裳躩步。(《庄子》)

望大河之洲渚兮，悲申徒之抗迹。(《悲回风》)
申徒狄谏而不听，负石自投于河。(《庄子·盗跖篇》)

奇傅说之托辰星兮。(《远游》)
傅说得之，以相武丁……骑箕尾，而比于列星。(《庄子·大
宗师》)

曰：道可受兮，不可传。(《远游》)
道可传而不可受。(《庄子》)

质销铄以汋约兮。(《远游》)
肌肤若冰雪，绰约若处子。(《庄子》)　.

十日代出，流金铄石些。(《招魂》)
昔者十日升出，万物皆照。(《庄子·齐物论》)

雄虺九首，倏忽焉在？(《天问》)
南海之帝为倏，北海之帝为忽。(《庄子·应帝王》)

　　有趣的是，《庄子》有《渔父》篇，写孔子游于缁帷之林，休坐乎杏
坛之上，弦歌鼓琴，恰有渔父过而听之，与子路对问，引起孔子兴趣，
孔子至于泽畔，并与渔父作了一系列问答。而屈骚的《渔父》基本线
索也是如此，屈原遭放后，游于江潭，行吟泽畔，渔父见而问之，两人
于是开始了一问一答。不同者在于：前者突出了渔父所言有道，引起
孔子敬之；后者以渔父作陪衬，反映屈原的不与世俗同流合污。虽然

我们尚不能断言,屈原的《渔父》一定系受《庄子·渔父》影响启发而作,因为《庄子·渔父》系《庄子》的杂篇部分,其作者与创作时间迄无定论,但是,两者对比的结果,又不能不使人们产生疑问:两者是否存在影响关系? 抑或纯属巧合?

以上我们分别对产生于屈骚之前的诸子散文与屈骚本身作了比较、对照、分析,发现它们之间确实存在着一定的联系,正如章学诚在《文史通义·诗教》中所说:"屈氏二十五篇,刘班著录以为屈原赋也。……是则赋家者流,纵横之派别,而兼诸子之余风,此其所以异于后世辞章之士也。"诚然,所谓"兼诸子之余风",首先应指诸子思想,这是无可非议的,前人对此论述已多,而我们这里所要强调的是,除了思想成分外,文学形式也是不可偏废忽略的,它是"散文化"的重要因素。

口头文学——神话传说

楚辞文学先源的又一组成部分,是上古时代的口头文学——神话传说,它凭着后人付诸文字,得以传世。马克思在《摩尔根〈古代社会〉一书摘要》中曾精辟指出:"在野蛮期的低级阶段,人类的高级属性开始发展起来。……想象,这一作用于人类发展如此之大的功能,开始于此时产生神话、传奇和传说来记载的文学,而业已给予人类以强有力的影响。"楚辞中记载了大量的神话传说,是我国古代保存神话传说资料较多者之一(《天问》最多,《离骚》、《九歌》、《招魂》等次之),这表明,屈原创作楚辞曾深受古代神话传说的影响,并将其融入自身的作品,构成作品丰富的内容和奇幻的特色。

楚辞借鉴的神话资料由何而来? 从迄今尚存者看,我国古代少有长篇完整的,大多为零星断片。其原因在于封建文化的正宗——儒家以"修身、齐家、治国、平天下"为唯一学问,鄙视采录神话,所谓"文不雅驯,缙绅先生难言之"(《史记·五帝本纪》),孔子"不语怪、力、乱、神"(《论语》),"太古荒唐之说,俱为儒者所不道,故其后不特无光大,而又有散亡"(鲁迅《中国小说史略》)。"黄帝四面",本言黄帝有四张脸,孔子却释为:"黄帝取合己者四人使治四方,不计而耦,不约而成,此之谓四面。"(《太平御览》卷七十九引《尸子》)"黄帝三百年",本言黄帝活了三百岁,孔子释曰:"生而民得其利百年,死而民畏其神百年,亡而民用其教百年。"(《大戴礼·五帝德》)如此,则神话大量湮灭,存者亦残缺不齐。次之,中国史学发达早,孔子时代即有《尚书》、《春秋》,儒家竭力将神人化,以理性诠释神话,致使神话历史化。种种原因,导致神话不发达,神话资料缺乏。然即使如此,屈原所居南方楚国依然神话丰富,资料不乏,有《山海经》《庄子》,以及屈原以后的《淮南子》等。考其原因,关键在于南楚的社会特点异于北方。古代神话最初由宗教嬗演,并藉宗教得以保存、流传。宗教在南方远较北方为深。楚宗教巫术盛行,自然为神话流传提供了条件和场所。《说文解字》云:"巫,祝也,女能事无形,以舞降神者也。""觋,能齐肃事神明者。"《国语·楚语》曰:"古者神明不杂,民之精爽不携贰者,而又能齐肃中正,如是神明降之,在男曰觋,在女曰巫。"朱熹《楚辞集注·九歌·东皇太一》曰:"古者巫以降神……盖身则巫而心则神也。"可见古者巫觋之职本以降神,巫以歌舞降神,神借巫口言语。楚的巫风盛行,自然为神话发达创造了先天的有利条件。

那么,楚辞的神话资料究竟从何而来呢?笔者认为,除了口头传说之外,由文献和文物考古分析,主要来源和依据是当时的壁画和《山海经》。

首先,不难推断,《天问》大多源自壁画。王逸言之有理:"屈原放逐,忧心愁悴。彷徨山泽,经历陵陆。嗟号昊旻,仰天叹息。见楚有先王之庙及公卿祠堂,图画天地山川神灵,琦玮僪佹,及古贤圣,怪物行事,周流罢倦,休息其下。仰见图画,因书其壁,呵而问之,以渫愤懑,舒泻愁思。"(《天问序》)王逸之子王延寿《鲁灵光殿赋》亦曰:"图画天地,品类群生,杂物奇怪,山神海灵,写载其状……"《孔子家语》载:"孔子观于明堂,睹四墉有尧、舜、桀、纣之象,而各有善恶之状。"(李善《文选》注引)从楚社会看,巫风盛,自然"先王之庙""公卿祠堂"多,这些庙、堂壁上刻画天地山川、神灵古怪、圣贤人物,也就不足为奇。由神话古籍《山海经》看,也可证实图画先于文字。茅盾先生认为,《山海经》大约是当时九鼎图象及庙堂绘画的说明①。顾颉刚先生说:"这部书(指《山海经》)本来是图画和文字并载的,而图画更早于文字。"②袁珂先生认为,《山海经》一书,尤其《海经》部分,大致是先有图画,后有文字,文字因图画而作③。他们的看法说明,《山海经》一书,很可能是庙堂壁画描摹后配以说明性文字而汇纂成籍。

　　除壁画外,楚辞借鉴的另一途径即《山海经》。鲁迅《中国小说史略》谓:《山海经》,"今所传本十八卷,记海内外山川神祇异物及祭祀所宜,以为禹益作者固非,而谓因楚辞而造者亦未是;所载祠神之物多用糈(精米)与巫术合,盖古之巫书也,然秦汉人亦有增益。"据考,《山海经》除少数篇章外,大多均产生于《楚辞》时代之前,是一部由楚人在楚地写成的古巫书④。让我们试比较一下《山海经》与楚辞,会发现诸多相似或相吻合之处⑤。

　　《山海经》和楚辞中都记载了大量有关龙凤之形迹。龙和凤是我国古代的图腾。远古时代,曾有过图腾崇拜,最早有史可稽的是《左传·昭公十七年》:"秋,郯子来朝,公与之宴。昭子问焉,曰:'少皞氏鸟名官,何故也?'郯子曰:'吾祖也,我知之。昔者黄帝氏以云纪,故为云师而云名;炎帝氏以火纪,故为火师而火名;共工氏以水纪,故为水师而水名;大皞氏以龙纪,故为龙师而龙名。我高祖少皞挚之立也,凤鸟适至,故纪于鸟,为鸟师而鸟名。'……自颛顼以来,不能纪远,乃纪于近,为民师而命以民事,则不能故也。"由史载推测,南方楚人的图腾是蛇,《说文》云:"蛮,南蛮,蛇神。"后以蛇为躯干,杂以它动物的头、角、足等,演变成了想象物——龙。从母系氏族到父系氏族,直至夏商时期,龙和凤(东夷族图腾)成了两面图腾旗帜,并由此化生了许多神话传说。比较《山海经》和楚辞,前者偏重于龙凤形貌描绘,后者侧重龙凤动态写生,藉以登天飞仙。试看,《山海经·南山经》:

　　①　茅盾:《神话研究·中国神话研究初探》,百花文艺出版社,1981年版。
　　②　顾颉刚:《〈山海经〉中的昆仑区》,《中国社会科学》,1982年第1期。
　　③　参见袁珂《〈山海经〉写作时地及篇目考》,《中华文史论丛》第7辑。
　　④　同上注。
　　⑤　关于《山海经》中篇目真伪问题,迄无定见,本文不拟考辨,存疑。

"其神状皆龙身而鸟首。""其神皆人身龙首。"《海外西经》："南方祝融,兽身人面,乘两龙。""大乐之野夏后启于此儛九代;乘两龙,云盖三层。"《大荒北经》："西南海之外,赤水之南,流沙之西,有人珥两青蛇,乘两龙。"《大荒北经》："西北海之外,赤水之北,有章尾山,有神,人面蛇身而赤⋯⋯是谓烛龙。"《南山经》："有鸟焉,其状如鸡,五采而文,名曰凤皇,首文曰德,翼文曰义,背文曰礼,膺文曰仁,腹文曰信。是鸟也,饮食自然,自歌自舞,见则天下安宁。"《大荒南经》："爰有歌舞之鸟,鸾鸟自歌,凤鸟自舞。"以上是《山海经》所载之龙凤。下面再看《楚辞》所叙。《九歌·云中君》云："龙驾兮帝服,聊翱翔兮周章。"《湘君》："驾飞龙兮北征,邅吾道兮洞庭。"《大司命》："乘龙兮辚辚,高驼兮冲天。"《涉江》："驾青虬兮骖白螭,吾与重华游兮瑶之圃。"《离骚》："驷玉虬以乘鹥兮,溘埃风余上征。""鸾凤为余先戒兮,雷师告余以未具。吾令凤鸟飞腾兮,继之以日夜。""为余驾飞龙兮,杂瑶象以为车。""为八龙之蜿蜿兮,载云旗之委蛇。""凤皇翼其承旂兮,高翱翔之翼翼。"等等。

《山海经·五藏山经》顺序排次是:《南山经》、《西山经》、《北山经》、《东山经》、《中山经》;《海外经》与《海内经》四篇依次排序亦是:南、西、北、东。比较《离骚》,其记漫游神国的第一次路线是:苍梧(南)、悬圃(西)、咸池(北)、扶桑(东),与《山海经》上述方位顺序吻合。这种南在首位的顺序无疑表明作者重南,这与作者为楚人,作品产于楚地有关;其次是西,这同西方是昆仑山所在地、而昆仑山是传说中的天帝居处有关。《离骚》的第二次漫游神国路线方向纯属西方,"朝发轫于天津兮,夕余至乎西极。⋯⋯路不周以左转兮,指西海以为期。"《山海经》则将昆仑作为神话中心,置昆仑于重要地位。试比较《山海经》描叙昆仑山和楚辞写向往、神游昆仑的文字,可辨两者关系。《西次三经》云："西南四百里,曰昆仑之丘,是实惟帝之下都,神陆吾司之。其神状虎身而九尾,人面而虎爪;是神也,司天之九部及帝之囿时。有兽焉⋯⋯有鸟焉⋯⋯河水出焉,而南流东注于无达。赤水出焉,而东南流注于汜天之水。洋水出焉,而西南流注于丑涂之水。黑水出焉,而西流于大杅。是多怪鸟兽。"《海内西经》云："海内昆仑之虚,在西北,帝之下都。昆仑之虚,方八百里,高万仞。上有木

禾,长五寻,大五围。面有九井,以玉为槛。面有九门,门有开明兽守
之,百神之所在。在八隅之岩,赤水之际,非仁羿莫能上冈之岩。"《九
歌·河伯》:"登昆仑兮四望,心飞扬兮浩荡。"《天问》:"昆仑悬圃,其
尻安在?"《涉江》:"登昆仑兮食玉英,吾与天地兮比寿,与日月兮齐
光。"《悲回风》:"冯昆仑以瞰雾兮,隐岐山以清江。"《离骚》:"遭吾道
夫昆仑兮,路修远以周流。扬云霓之暗霭兮,鸣玉鸾之啾啾。"

　　《离骚》中,诗人被女媭责骂后,为接受帝舜指导,"济湘沅以南
征",来到苍梧。考《山海经》,苍梧,楚人认作舜葬之地。《海内南
经》:"苍梧之山,帝舜葬于阳。"《海内经》:"南方苍梧之丘,苍梧之
渊,其中有九嶷山,舜之所葬。"又,《离骚》:"启《九辩》与《九歌》兮,
夏康娱以自纵。""奏《九歌》而舞《韶》兮,聊假日以偷乐。"《天问》:
"启棘宾商,九辩九歌。"《远游》:"二女御《九韶》歌,使湘灵鼓瑟兮。"
其中《九歌》《九韶》均出自《山海经》。《海外西经》:"大乐之
野,夏后启于此儛《九代》。"郝懿行《山海经笺疏》曰:"《九代》,疑乐
名也。《竹书》云:'夏帝启十年,帝巡狩,舞《九韶》于大穆之野。'《大
荒西经》亦云:'天穆之野,启始歌《九招》。'招即韶也。疑《九代》即
《九招》矣。"又,《山海经·中山经》所述魈武罗,"盖《楚辞·九歌·
山鬼》所写山鬼式的女神也。'小要白齿',所以'窈窕''宜笑';'赤
豹文狸'或即'人面豹文'之演化;'荀草服之美人色',山鬼所采'三
秀',说者亦谓是使人驻颜不老的芝草之属;而山鬼所思之'灵修',亦
此魈武罗所司密都之'帝',均高级天神也。"①又,《中山经》云:"又东
南一百二十里,曰洞庭之山……帝之二女居之,是常游于江渊。澧沅
之风,交潇湘之渊,是在九江之间,出入必以瓢风暴雨。"汪绂云:"帝
之二女,谓尧之二女以妻舜者娥皇女英也。相传谓舜南巡狩,崩于苍
梧,二妃奔赴哭之,陨于湘江,遂为湘水之神,屈原《九歌》所称湘君、
湘夫人是也。"②《楚辞·九歌·湘夫人》云:"帝子降兮北渚,目眇眇
兮愁予。袅袅兮秋风,洞庭波兮木叶下。"即咏其事也。③　又,《大荒西

---

① 袁珂:《山海经校注》,上海古籍出版社,1983 年版。
② 同上注。
③ 同上注。

经》云:"西南海之外,赤水之南,流沙之西,有人珥两青蛇,乘两龙,名曰夏后开。开上三嫔于天,得《九辩》以下。此天穆之野,高二千仞,开焉得始歌《九招》。"郝懿行《笺疏》云:"《离骚》云:'启《九辩》与《九歌》。'《天问》云:'启棘宾商,《九辩》《九歌》。'是宾、嫔古字通。棘与亟同。盖谓启三度宾于天帝,而得九奏之乐也。故《归藏郑母经》云:'夏后启筮,御飞龙登于天,吉。'"正谓此事。《周书·王子晋篇》云:"吾后三年,上宾于帝所。"亦其证也。又,《海内北经》:"从极之渊深三百仞,维冰夷恒都焉。冰夷人面,乘两龙,一曰忠极之渊。"郭璞《山海经注》云:"冰夷,冯夷也。《淮南子》云:'冯夷得道,以潜大川。'即河伯也。《穆天子传》所谓'河伯无夷'者,《竹书》作冯夷,字或作冰也。"又,《天问》云:"应龙何画? 河海何历?"《山海经》有曰:"禹治水,有应龙以尾画地,即水泉流通,禹因而治之也。"《天问》云:"靡蓱九衢,枲华安居? 灵蛇吞象,厥大何如?"《山海经》有曰:"浮山有草,其叶如枲。""南海内有巴蛇,身长百寻,其色青黄赤黑,食象,三年而出其骨。"《天问》云:"鲮鱼何所? 鬿堆焉处?"《山海经》曰:"西南海中近列姑射山,有鲮鱼,人面,人手,鱼身,见则风涛起。北号山有鸟,状如鸡,而白首鼠足,名曰鬿雀,食人。"《天问》有云:"出身汤谷,次于蒙记。"《大招》有云:"魂乎无东,汤谷寂寥只!"《海外东经》曰:"黑齿国……下有汤谷。汤谷上有扶桑,十日所浴。"《大荒东经》曰:"大荒之中……有谷曰温源谷。汤谷上有扶木,一日方至,一日方出……"另外,如流沙、赤水、不周山、扶桑、若木、崦嵫等许多地名,以及其他人物名、草木虫鱼名等,楚辞与《山海经》重合者更是不胜枚举。宋人吴仁杰撰《离骚草木疏》,《四库全书总目提要》谓"其大旨谓《离骚》之文,多本《山海经》,故书中引用,每以《山海经》为断"。此论恐不无道理。

　　鉴此,笔者认为,除了两者同产楚地、同出楚人之手是一原因外,《楚辞》曾受《山海经》影响,甚而受其启发并有所借鉴与运用,应是可资解释的又一原因。

　　至此,我们分别论述了楚辞与神话传说的关系,以及楚辞借鉴、汲取神话传说两大材料来源——壁画与《山海经》的来龙去脉,这对我们更好地读懂与了解楚辞是有相当意义的。

以上我们分别从历史、文化、文学等诸方面,对楚辞的产生作了比较全面、深入的探讨,由此,使我们比较清楚地明白,楚辞之所以产生于战国时代的楚国,并不是偶然的,而是有它深厚、广泛的社会条件、地理环境、民族文化等各种因素,这对我们更好地了解楚辞,并透过楚辞作品了解楚文化、楚国历史与社会,以及屈原其人,都是甚有裨益的。

屈　原　论

屈原思想辨析

郭沫若先生在他的《屈原研究》中曾对屈原的思想成分中有无道家影响提出一种看法："最可注意的，他（屈原）虽是南人，而于道家的虚无恬淡、寂寞无为的学说却毫没有沾染。（《远游》那一篇本有这种臭味的浓厚表现，但那并不是他的作品。）"

郭老此论是否有些武断？联系屈原的思想构成，我们试作一番剖析。

先看儒家思想对屈原的影响。对此郭老是持肯定观点的，他认为，用屈原作品中的诗句来概括，儒家思想对屈原的影响表现为：

1. 重仁义 "重仁袭义兮，谨厚以为丰。"（《怀沙》）
2. 怀忠贞 "事君而不贰兮，迷不知宠之门。"（《惜诵》）
3. 爱民生 "长太息以掩涕兮，哀民生之多艰。"（《离骚》）
   "怨灵修之浩荡兮，终不察夫民心。"（《离骚》）
4. 举贤能 "举贤而授能兮。"（《离骚》）
5. 尚修身 "余独好修以为常。"（《离骚》）

另外，屈原作品中提及的他所景仰的圣贤人物，如尧、舜、禹、汤、文王等，儒家典籍中均习见；屈原所称道的前人，如伯夷、伊尹、彭咸等，孔子、孟子亦均曾赞誉过；因而淮南王刘安赞屈原《离骚》曰："若《离骚》者，可谓兼之矣。"（指兼《国风》、《小雅》）王逸曰："《离骚》之文依五经立义。"（《离骚序》）戴震曰："二十五篇之书，盖经之亚。"（《屈原赋注序》）

然而，认真推敲、比照，郭说与王逸等人之评判均有欠全面之处。屈原其实并非一个纯儒家学者，他思想上虽有受儒家影响一面，却并不受其拘囿，刘勰对此看得比较清楚，他在《文心雕龙·辨骚》中既指出了楚辞与《诗经》（儒家经典）有"四同"，也同时指出了它们之间的

"四异",这"四同"无疑应当属于受儒家影响的结果,或称继承发展之果,而这"四异"则显然是自我发展、独立风格的产物,非如此,刘勰恐不会说"虽取镕经义,亦自铸伟辞"。细作辨析,我们可以发现,屈骚中虽然称道尧、舜、禹等儒家圣贤,但其内涵却是:仿效只是手段与途径,根本目的是要实现楚统一天下的理想;学习尧舜的"举贤授能",其旨在希望君主真正任用志士仁人,完成兴楚大业。同时,屈原实际上所信奉的一套,与儒家所宣扬的一套毕竟有所不同:儒家信"天命",屈原大胆怀疑"天命",写下了《天问》一诗;儒家不语"怪、力、乱、神",屈原作品中大量吸收、运用了神话传说,尤以《离骚》、《天问》等诗为甚;儒家虽有"民为贵"(孟子语)一面,却又有"民可使由之,不可使知之"(《论语》)、"劳心者治人,劳力者治于人"(《孟子》)的另一面,而屈原则真心爱人民,始终关心民生疾苦,《抽思》曰:"愿摇起而横奔兮,览民尤以自镇。"《哀郢》曰:"民离散而相失兮,方仲春而东迁。"《离骚》曰:"长太息以掩涕兮,哀民生之多艰。"可见,屈原虽受儒家思想影响,并化为自身思想之组成部分,但他并非一个纯儒学者,他对待儒家思想有他的目的性,采取了既吸取又舍弃的独特方法;伍子胥掘楚平王墓鞭其尸,这在儒家看来是大逆不道,而屈原却称赞伍为忠臣,亦可为一证。

屈原是否曾濡染道家思想? 我们可从几方面作分辨。南方楚国是道家的发源地,这是首先不可忽视的。老子是楚人;庄子虽是宋人,却多次到过楚;《老子》、《庄子》两书均产于楚。除此外,楚人道家著作尚有:《蜎子》十三篇、《长卢子》九篇、《老莱子》十六篇、《鹖冠子》一篇(据《汉书·艺文志》),生于楚、长于楚的屈原对这些能毫无沾溉?(注意,这些著作大多产生于屈原之前或其时。)且看屈原作品中表现道家思想之处。《离骚》有云:"步余马于兰皋兮,驰椒丘且焉止息。进不入以离忧兮,退将复修吾初服。"蒋骥注曰:"止息,归隐之意。"(《山带阁注楚辞》)戴震注曰:"鉴前车之进而遭尤,今固可修初服以隐退矣。"(《屈原赋注》)《惜诵》云:"矫兹媚以私处兮,愿曾思而远身。"朱熹注曰:"曾思所以虑微,远身所以避害。"(《楚辞集注》)读《卜居》、《渔父》,更可辨道家痕迹。《卜居》写屈原"心烦意乱,不知所从。乃往见太卜郑詹尹曰:余有所疑,愿因先生决之。詹尹乃端策拂龟曰……"。《渔父》中写渔父听罢屈原所言,"莞尔而笑,鼓枻而去,歌曰:沧浪之水清兮,可以濯吾缨;沧浪之水浊兮,可以濯吾足"。其情其理岂不是均有道家色彩?《离骚》、《涉江》、《思美人》等篇中都表现了仙游思想,亦可见出道家影响。《九歌·东皇太一》,其"太一"之称,在战国时代其实并不是神,而是道之名,如《吕氏春秋·太乐》曰:"道也者,至精也,不可为形,不可为名,强为之名,谓之太一。"又,《汉书·艺文志》述"道家"云:"道家者流,盖出于史官,历记成败存亡祸福古今之道,然后知秉要执本,清虚以自守,卑弱以自持,此君人南面之术也。"我们看屈原作品中述"古史"及"成败存亡祸福古今之道"处不少:"彼尧舜之耿介兮,既遵道而得路。何桀纣之昌披兮,夫唯捷径以窘步。""夏桀之常违兮,乃遂焉而逢殃。后辛之菹醢兮,殷宗用而不长。汤禹俨而祗敬兮,周论道而莫差。""说操筑于傅岩兮,武丁用而不疑。吕望之鼓刀兮,遭周文而得举。宁戚之讴歌兮,齐桓闻以该辅。"(《离骚》)"忠不必用兮,贤不必以。伍子逢殃兮,比干菹醢。"(《涉江》)"闻百里为虏兮,伊尹烹于庖厨。吕望屠于朝歌兮,宁戚歌而饭牛。不逢汤武与桓缪兮,世孰云而知之?吴信谗而弗味兮,子胥死而后忧。介子忠而立枯兮,文君寤而追求。封介山而为之禁兮,报大德之优游。"(《惜往日》)至于郭沫若所言《远游》,本文因篇幅所限,不拟详作考证,兹仅引几位《楚辞》研究者之语,资以说明《远游》篇系屈原借用道家思想附托和抒发自己的思想感情。王逸《楚辞章句》云:"《远游》者,屈原之所作也。屈原履方直之行,不容于世。上为谗佞所譖毁,下为俗人所困极,章皇山泽,无所告诉。乃深惟元一,修执恬漠。思欲济世,则意中愦然,文采铺发,遂叙妙思,托配仙人,与俱游戏,周历天地,无所不到。然犹忧念楚国,思慕旧故,忠信之笃,仁义之厚也。是以君子珍重其志,而玮其辞焉。"朱熹《楚辞集注》云:"屈原既放,悲叹之余,眇观宇宙,陋世俗之卑狭,悼年寿之不长,于是作为此篇,思欲制炼形魂,排空御气,浮游八极,后天而终,以尽反复无穷之世变。虽曰寓言,然其所设王子之词,苟能充之,实长生久视之要诀也。""司马相如作《大人赋》,多袭其语,然屈子所到,非相如所能窥其万一也。"王夫之《楚辞通释》曰:"此篇所赋,与《骚经》卒章之旨略同而畅言之。原之非婞直忘身,亦于斯见之矣。

所述游仙之说,已尽学者之奥。"蒋骥《山带阁注楚辞》:"幽忧之极,思欲飞举以舒其郁,故为此篇。""章首四语乃作文之旨也。原自以悲蹙无聊,故发愤欲远游以自广。然非轻举,不能远游,而质非仙圣,不能轻举,故慨然有志于延年度世之事,盖皆有激之言而非本意也。"梁启超《屈原研究》云:"《远游》一篇是屈原宇宙人生观的全部表现,当时南方哲学思想之现于文学者。"以上引述,归结一点:《远游》确系屈原所作。诚然,我们说作品为屈原所作,只是为了说明屈原曾受道家思想影响,而并非指他对道家思想兼收并蓄、毫无摒弃了。与受儒家思想影响一样,对于道家,屈原也只是吸取了其中一部分,表现在作品中,即富神奇色彩、浪漫想象的部分,屈原以此寄托自己痛苦忧郁的思绪,而其他芜杂部分,则一概弃去了。比如,《老子》有曰:"绝仁弃义,民复孝慈。"而屈原却是"重仁袭义";《老子》有曰:"不尚贤,使民不争。"屈原却曰"举贤授能";《老子》有曰:"处无为之事,行不言之教。"屈原则是积极用世,狷介耿直,等等。屈原最终投身于汨罗江,虽也可寻绎道家超脱尘世的成分,但毕竟以身殉理想、进而剖白自己为楚国前途焦灼、为人民涂炭太息、警醒君主的赤诚之心占了绝对比例。

由楚怀王任用屈原,屈原起草楚宪令,企图重新制定楚国政治法令,以法治精神革新旧制,我们可以肯定,屈原必然曾受法家思想影响。对这段史实,《史记·屈原列传》有清楚记载,另外,《惜往日》一诗所写亦可佐证。《惜往日》曰:"奉先功以照下兮,明法度之嫌疑。"此处的"先功"当指楚悼王任用吴起变法之事。吴起变法是屈原之前楚史上一件大事,不可能不对屈原有所影响;从某种程度言,屈原的起草楚宪令,欲一改楚政法令,从而振兴楚国,很可能是受了吴起变法的启发。又,《离骚》有曰:"举贤才而授能兮,循绳墨而不颇。""固时俗之工巧兮,偭规矩而改错;背绳墨以追曲兮,竟周容以为度。"此所言"绳墨",即法家所谓"法",《管子·法法》云:"引之以绳墨,绳之以诛僇,故万民之心皆服而从上。"《商君书·定分》云:"夫不待法令绳墨而无不正者,千万之一也。"《韩非子·奸劫弑臣》云:"无规矩之法,绳墨之端,虽王尔不能以方圆;无威严之势,赏罚之法,虽尧舜不能以为治。"故而屈原在回想往日受信任被委以重任时("惜往日之曾

信兮,受命诏以昭时"),会发出如下话语:"国富强而法立兮,属贞臣而日娭。"(《惜往日》)

屈原还曾受阴阳家思想影响。这可从以下几方面见出:一、屈原曾二次出使齐国,齐国的阴阳家甚多,并以邹衍为代表,虽然邹衍的时代较之屈原为迟,但阴阳家思想的产生当在邹衍之先,因而屈原的出使齐,不可能毫无影响。二、屈原作品中有受阴阳家影响之迹,如《惜诵》云"吾使厉神占之兮",《离骚》云"命灵氛为余占之","吾从灵氛之吉占兮"。三、《汉书·艺文志》"阴阳家"曰:"阴阳家者流,盖出于羲和之官,敬顺昊天,历象日月星辰,敬授民时,此其所长也。"对照屈原作品,发现其中不乏天象方面内容,如:"摄提贞于孟陬兮,惟庚寅吾以降。"(《离骚》)"曾不知路之曲直兮,南指月与列星。"(《抽思》)"召丰隆使先导兮,问太微之所居。集重阳入帝宫兮,造旬始而观清都。……揽彗星以为旍兮,举斗柄以为麾。……时暧曃其曭莽兮,召玄武而奔属。后文昌使掌行兮,选署众神以并毂。"(《远游》)"天何所沓? 十二焉分? 日月安属? 列星安陈? 出自汤谷,次于蒙氾。自明及晦,所行几里? 夜光何德,死则又育? 厥利维何,而顾菟在腹? ……何阖而晦? 何开而明? 角宿未旦,曜灵安藏? ……"(《天问》)由此我们可见屈原受阴阳家思想影响之一斑。

最后,屈原虽非与苏秦、张仪齐名之纵横家,然他"娴于辞令"之程度恐并不下于一般纵横游说之士,他曾"应对诸侯",又曾出使齐国,《离骚》中几次言及"陈词",且所著诗章颇具纵横风格(尤见于《离骚》、《大招》),可见他身上还染有纵横家风格色彩。

综上所析,郭沫若《屈原研究》中的观点是有片面性的,屈原在当时有其与众不同的思想:他既受了儒、道、法、阴阳、纵横等诸家思想影响,又不偏于某一家;他并不是思想家,诸子之列中也无他的一席,但他的思想却在战国时代独树一帜。他可称是战国时代乃至整个文学史上一位具有自身哲学、独家思想的伟大诗人。

屈原的"好修"

读屈原的叙事性抒情长诗《离骚》,我们发现,诗中有许多"修"字(脩、修古书相通,此皆作修)。为便于辨析论述,兹先抄录带"修"字的诗句于下:

1. 纷吾既有此内美兮,又重之以修能。
2. 指九天以为正兮,夫唯灵修之故也。
3. 余既不难夫离别兮,伤灵修之数化。
4. 老冉冉其将至兮,恐修名之不立。
5. 謇吾法夫前修兮,非世俗之所服。
6. 余虽好修姱以鞿羁兮,謇朝谇而夕替。
7. 怨灵修之浩荡兮,终不察夫民心。
8. 进不入以离尤兮,退将复修吾初服。
9. 民生各有所乐兮,余独好修以为常。
10. 汝何博謇而好修兮,纷独有此姱节。
11. 不量凿而正枘兮,固前修之菹醢。
12. 路曼曼其修远兮,吾将上下而求索。
13. 解佩纕以结言兮,吾令蹇修以为理。
14. 曰两美其必合兮,孰信修而慕之。
15. 苟中情其好修兮,又何必用夫行媒。
16. 岂其有他故兮,莫好修之害也。
17. 遭吾道夫昆仑兮,路修远以周流。
18. 路修远以多艰兮,腾众车使径待。

将以上诗句中带"修"字的词,依其含义,稍作归纳,大致可分为四类:①灵修、前修、蹇修;②修姱、信修;③修远;④修能、修名、修、好修。从意义上分析,前三类历代注骚者无甚异议:灵修,谓君主,或指楚怀王;前修,指古贤、前贤;蹇修,人名,或谓伏羲氏之臣;修娉,为"美好"意;信修,意近信娉、信芳,言真正的美好;修远之"修",毫无疑问释为"长"。唯独第四类中的"修"字,争议颇大。如"修能"之"修",王逸《楚辞章句》云:"修,远也。"朱熹《楚辞集注》云:"修,长也。"钱澄之《屈诂》云:"修能犹云长才也。"均不确。林云铭《楚辞灯》释曰:"修治之功",并认为:"下文许多修字,俱本于此。"戴震《屈原赋注》曰:"修能谓好修而贤能。"王树枏《离骚注》曰:"修能犹贤能。……此与下文修名、好修之修同义。"比较切近了本义,然还欠确凿。还是龚景瀚《离骚笺》说得较为妥帖:"修,《说文》曰,饰也。《玉篇》曰,治也。其义当与《大学》修身同,训为修饰、修治俱可。下文修名、好修皆因此。"可见,结合《离骚》全诗分析,"修能""修名""好修"之"修"字的本义,以释"修饰、修治"为确,其与儒家"修身"说教有一脉相承之处。

屈原为何在同一诗中反复运用"修"字?(他篇中也见"修"字,但不如《离骚》多而集中。)尤其"好修"一词竟出现了四次之多?这些"修"字(计十八个)之间大致上有否内涵联系?由此我们可以发现什么规律或特点?本文拟对这些问题作些概略剖析与探讨,以便更透彻地理解划时代巨作《离骚》,并进而窥探屈原的思想与品格。

第一,内美与修能。

《离骚》一开首,屈原就剖白了自己先天所具有的内美:

家世美——"帝高阳之苗裔兮,朕皇考曰伯庸。"

生辰美——"摄提贞于孟陬兮,惟庚寅吾以降。"

命名美——"皇览揆余于初度兮,肇锡余以嘉名;名余曰正则兮,字余曰灵均。"

对一般人来说,倘能具此三美,足以引为自豪了,但屈原不然,他虽很以自己能具此"内美"而欣慰,可更重要的,他要在此"内美"基础上"重之以修能",故而,"内美"一词及所言"三美"在《离骚》中不复再现,而与"修能"相关的"修"字一再出现,且包蕴了丰富的含义。

"修能"一词的诠释,笔者已于上文有所揭橥,它的确凿之义是修饰其(屈原)才能,从原诗的上下文含义看,应理解为:先天内美虽很美,而屈原并不满足,他要在"天赋"才能基础上重之以后天的修饰、修治,故"又重之以修能"之后紧随"扈江离与辟芷兮,纫秋兰以为佩""朝搴阰之木兰兮,夕揽洲之宿莽",这里,江离、辟芷、秋兰、木兰、宿莽,均系楚地的香花美草,扈、纫、搴、揽,则是修饰的具体行为动作。从诗的比兴角度言,后二句诗所指实际即"修能"的具体化——修饰容态,在天生丽质基础上装饰打扮,使自己的形象、外貌更美、更艳丽;而从诗的蕴涵理解,这实际上表明屈原还不满足自己的出身和先天优越的条件,他认为,要想成为贤人,必须重视加强品德修养和才能培养,唯如此,才能像前代圣君贤臣那样完成宏图大业,为楚国美政的实现贡献才华。对"内美"与"修能"的理解,汪瑗《楚辞集解》说得比较明确:"内美总言上二章祖、父、家世之类,日月生时之美,所取名字之美,故曰纷其盛也。内美是得之祖、父与天者,修能是勉之于己者,下文扈离芷、佩秋兰即是比喻自家修能。"林云铭《楚辞灯》也大致说得不错:"言既禀有许多美质,又加以修治之力。下文许多修字,俱本于此。"

"修能"既如上说,那么屈原是如何修饰自己的呢?

第二,怎样"修"。

《说文解字》段玉裁注"修"字曰:"饰即今之拭,拂拭则发其光彩,故引申为文饰,不去其尘垢,不可谓之修;不加以缛采,不可谓之修。修之从彡者,洒刷之也,藻绘之也。"可见,屈原的"修",就是加缛采,饰藻绘。如何具体"修"呢?

首先,博采众芳,修饰装扮自己。除上述采撷香花美草饰身外("扈江离"句,"朝搴阰"句),屈原还不满足,他又"揽木根以结茝兮,贯薜荔之落蕊。矫菌桂以纫蕙兮,索胡绳之纚纚"。甚至饮食也是香花美草:"朝饮木兰坠露兮,夕餐秋菊之落英。"如此采撷众芳,滋养、修饰自己,自然使容态更美丽了;更重要的,这表现了屈原为自己品德和学业的始终努力不懈。

其次,效法前修、不穿"世俗"之"服"。屈原在诗中以穿衣作譬,"謇吾法夫前修兮,非世俗之所服"。何谓"世俗"之"服"? 即不属香花美草的臭恶之草;"前修"之"服"是何? 曰:"彭咸之遗则"——"虽不周于今人兮,愿依彭咸之遗则"。屈原表白自己要效法前修,不穿"世俗"之"服",实际是剖白自己在品德修养上严于律己,绝不随俗从流。而一旦遭到世俗之诽——党人们非议、谣诼时，便"退将复修吾初服"，此"初服"即前所言及的以香花美草装饰的美服。与此同时，屈原又新制美服："制芰荷以为衣兮，集芙蓉以为裳。"着实表现了他对外界诽谤置之不理而毫不动摇自己坚持修己美德的决心，这种决心，即便在走投无路、愤而上天国神游、欲寻求新的世界时，仍然不变："溘吾游此春宫兮，折琼枝以为继佩。"

再次，除了仪态容貌上的修饰，屈原更注重内心情感上的修养：只要内心情感纯洁，无瑕疵，并严加约束，不放纵，那么体魄上受些苦累也无妨——"苟余情其信姱以练要兮，长顑颔亦何伤"。别人不了解自己倒也算了，但自己一定要保持内心的芳洁，情操的高尚，不可使之沾染任何污浊——"不吾知其亦已兮，苟余情其信芳"。只要自己内心情感上真正好修，又何必有人"行媒"求美——"苟中情其好修兮，又何必用夫行媒。"如此，即使无"媒"，也可做到"两美必合"——君主举用贤臣，贤臣幸遇明君。

第三，"好修"的原因。

屈原如此修饰自己，其原因何在呢？这可从《离骚》中"济沅湘以南征"后他就重华所陈之词明晓。陈词曰：

> 启《九辩》与《九歌》兮，夏康娱以自纵。
> 不顾难以图后兮，五子用失乎家巷。
> 羿淫游以佚畋兮，又好射夫封狐。
> 固乱流其鲜终兮，浞又贪夫厥家。
> 浇身被服强圉兮，纵欲而不忍。
> 日康娱而自忘兮，厥首用夫颠陨。
> 夏桀之常违兮，乃遂焉而逢殃。
> 后辛之菹醢兮，殷宗用而不长。

屈原写这段词，用意昭然：前车之履，后车之鉴，历史上的暴君之所以身败名裂，其根本原因在于放纵至极，完全抛弃了"好修"，正是没有"好修"，才会造成如此沉痛而又发人警醒的历史教训。屈原将这些历史教训拿来作为向怀王进谏规劝的最好材料，希冀怀王能从中引出经验教训,而同时,他自己也从中汲取可引以为戒的东西,从而严格约束控制自己。这是屈原之所以"好修"的原因之一。楚国的政治由于君主昏庸、奸人猖獗而日趋衰败,屈原对此痛心疾首,他写道:"兰芷变而不芳兮,荃蕙化而为茅。何昔日之芳草兮,今直为此萧艾也。"正由于恶劣的政局形势,导致了昔日的众芳草化为了恶草,屈原认为,这种局面的形成,根本原因在于没有"好修"——"岂其有他故兮,莫好修之害也"。朝廷上下不倡"好修",不修治君臣自身的品行,才会使芳草变为萧艾,为此,屈原更要大声疾呼——倡导"好修"。这是屈原提倡"好修"的又一原因。

第四,"好修"的楷模。

屈原的心目中应该说早就有了"好修"的楷模了,他时时以他们为自己效法的榜样。从《离骚》看,这些人是:"操筑于傅岩"而被殷高宗武丁信用的奴隶传说;曾做过屠夫、年老垂钓于渭水之滨而幸遇周文王受重用的吕望(姜太公);在饲牛时唱着"饭牛歌"、恰被齐桓公听见而任为辅佐大臣的小商贩宁戚;他们虽地位卑下、境遇困窘,但因"中情""好修",即使身处逆境也可"无媒"而受举,其根本原因在于遇上了"好修"之君,且本人又是个"好修"的贤者。

不过,这些人也只是一般的楷模,真正理想的楷模,是屈原诗中多次言及(《离骚》两次,他诗五次)的彭咸:"虽不周于今之人兮,愿依彭咸之遗则。""既莫足与为美政兮,吾将从彭咸之所居。"(《离骚》)"望三五以为像兮,指彭咸以为仪。"(《抽思》)"独茕茕而南行兮,思彭咸之故也。"(《思美人》)"夫何彭咸之造思兮,暨志介而不忘。……孰能思而不隐兮,昭彭咸之所闻。……凌大波而流风兮,托彭咸之所居。"(《悲回风》)

《离骚》中第一次出现彭咸之名时,屈原即已明确表示彭咸是"前修",自己决意效法之:"謇吾法夫前修兮";第二次出现彭咸名时,全诗接近尾声,诗人于诗尾写上这种诗句,乃是报国无门、走投无路境况下发出的最后心声,是最终以尸为谏、投身汨罗江前的呐喊,是充分显示至死不渝"好修"之志的表现。

第五,"好修"的特点。

由《离骚》全诗可知,屈原的"好修"具备以下几个特点:

　　1. 时时严于修己。屈原十分注重培养自身美好的人格,诗中采撷各种芳草奇葩修饰自己,即象征他努力培植自己各种美好的品德。与此同时,屈原还矢志不渝地坚持追求自己既定的理想。为了达到自身美好人格与美政理想的高度融合、统一与实现,屈原始终坚持严格要求自己"荃不察余之中情兮,反信谗而齌怒"时,他"固知謇謇之患",却"忍而不能舍也",依然不变他希图整治楚政、希冀君主觉悟的立场;当"众皆竞进以贪婪兮,凭不厌乎求索。羌内恕己以量人兮,各兴心而嫉妒"时,他"恐修名之不立",毅然表示"謇吾法夫前修兮,非世俗之所服。虽不周于今之人兮,愿依彭咸之遗则"。党人们"固时俗之工巧兮,偭规矩而改错。背绳墨以追曲兮,竞周容以为度"时,他决不随俗而从,"宁溘死以流亡兮,余不忍为此态也。"当"进不入以离尤"时,他就"退将复修吾初服",时时不忘修治自己,当"芳与泽其杂糅"时,他即检查自己,发觉自己没有改变初态——"唯昭质其犹未亏"。屈原如此注重在各种条件场合下严于律己,充分体现了他对保持自身崇高美德的高度重视。

　　2. 以"好修"衡量要求他人。屈原不仅自己"好修",也同样以"好修"观察、衡量、要求他人。他曾在任职期间教育、培养过一批学生,他殷切期望这些学生能成为楚国的人才,为楚国美政理想的实现作贡献:"余既滋兰之九畹兮,又树蕙之百亩。畦留夷与揭车兮,杂杜衡与芳芷。冀枝叶之峻茂兮,愿俟时乎吾将刈。"对楚国君主,屈原也以"好修"视之:前代贤君,如三后、尧舜、汤禹、武丁、周文、齐桓等,均称之以"前修",怀王称为"灵修"。黄文焕《楚辞听直》云:"其曰灵修者,原自矢以好修,望君以同修也。"王夫之《楚辞通释》云:"称君为灵修者,视其所为善而国祚长也。"自然,屈原称怀王为"灵修",并非怀王生前也像他一样"好修",不过是屈原自己内心愿望的一种寄托:期望怀王效法"前修",修明法度,举贤授能,使楚国"遵道""得路"。然而昏庸的怀王不纳忠言、反听信谗言,以至上当受骗,遭秦欺而亡命秦地,这对屈原无疑也是个沉重打击,但他没能从中汲取教训,后又将希望寄予顷襄王身上,结果重蹈覆辙。这是屈原思想局限的表现。

　　3. "独好修以为常"。由于屈原的"好修"并非为了达到某种私欲,因而他能坚持始终,贯穿至死。他奉行的观念是:"民生各有所乐兮,余独好修以为常。"这是将"好修"视作人生的一种准则、一种乐趣、一种难以移易的誓念。蒋骥《山带阁注楚辞》说得对:"始之事君以修能,其遇谗以修姱,其见废而誓死则法前修,即欲退以相君亦修初服,固始终一好修也。"由于"好修",屈原遇到了难以预料、难以想象的困难与阻力:"众女嫉余之蛾眉兮,谣诼谓余以善淫",连亲人也加入了责难者的行列:"汝何博謇而好修兮,纷独有此姱节","世并举而好朋兮,夫何茕独而不予听"。然他并没因遭此困境而改眉换态,变易初衷,相反,他一仍故往,发现尘世难以驻足,便另辟新途——往观四荒,神游天国,去漫漫天际寻找依靠与出路。他的这种坚持"好修"之态,达到了"虽九死其犹未悔","虽体解吾犹未变"的地步,实在令人叹服。

第六,"好修"的目的。

那么,屈原如此坚持"好修",图的是什么呢?《离骚》诗本身为我们作了解答。其一,曰:"恐修名之不立。"对"修名"的含义,历来说法不一,王逸《楚辞章句》云:"屈原建志清白,贪流名于后世也。"洪兴祖《楚辞补注》云:"修名,修洁之名也。屈子非贪名者,然无善名以传世,君子所耻。"朱冀《离骚辨》云:"徒以年华不再,恐上不能正君,下不能善俗,使修姱之名,不立于世,所以朝夕纳诲,如下文所云耳。"屈复《楚辞新注》云:"但恐衰老渐至,美名不立。"比较起来,洪兴祖与朱冀所言更贴近屈原之实际。屈原所云"修名",非时俗之"美名",也非孔子所云"君子疾没世而名不称焉"之"名",从《离骚》诗体味,"修名",当如司马迁《屈原列传》所说"其志洁,其行廉……推此志也,虽与日月争光可也"之"志",也即"修名"乃是堪与日月争光的"洁""志"。这就是说,屈原"好修",是因为"老冉冉其将至兮,恐修名之不立",为了"修名"能立,也就是"洁""志"能实现,他必须"好修"。其二,"好修"除了"洁"己,相当程度上也是期望"洁"人,希冀君主臣相能为了社稷大业而"好修",朝廷上下都"好修"了,楚政自然会巩固,一统大业也自然指日可待了。

现在,我们可以回过头来回答文章开头提出的问题了。很显然,诗中出现的诸多"修"字除个别(如"修远")外,大多与"好修"均有瓜葛,它们之间的关系可简述如下:

　　"修"、"修能"是"好修"的组成部分;"修名"是"好修"的目的之
一;"前修""灵修"是屈原给予前代与当代君主的美称,其中前代者指
贤君(臣),当代者蕴含希冀"好修"成分;修姱、信修,是屈原坚持"好
修"过程中企望达到的或所追求的境界与目标。一系列带"修"之词,
以"好修"贯穿、联系,构成了《离骚》整首诗的构架,展示了诗篇的主
题和主人公的崇高人格与理想,怪不得蒋骥要说"盖通篇以好修为纲
领"(《楚辞余论·离骚》)。

　　据此,我们可以这样认为:屈原思想与品格的形成与"好修"密不
可分;"好修"是他所有美德形成的基因;屈原之所以能成为我国历史
上受千百万人赞颂的伟大诗人与爱国者,"好修"是个重要因素,无
此,即无今日之屈原;抓住"好修",可以说是找到了一把打开《离骚》
大门的钥匙,通过它,可有助于我们更深刻地理解《离骚》。

屈原与但丁、普希金的比较

屈原是属于世界的。这并非故作恭维,也不是为了刻意拔高;他确是傲立于世界诗坛的伟大诗人中的一位——这些人为数很少。

如果当我们认真地将屈原与世界上第一流的大诗人,例如意大利的但丁、俄罗斯的普希金等,作过比较后,我们或许会更加坚定不移地确认:屈原是世界上可数的诗哲之一,他无愧于中华民族;不仅如此,我们还能通过比较,得到我们所企望得到的更重要的启迪——有关文学发展的本质规律诸问题。

让我们先就屈原与但丁作一窥探。

屈原与但丁,这两位堪称世界诗坛巨擘的伟大诗人,生不同时——相差近十六个世纪,所距国度相距万里——一个在东方亚洲的中国,一个在西方欧洲的意大利。然而,当我们将两人的作品拿来作番对照比较后,却惊异地发现,两者竟是如此相似:无论思想内容抑或艺术形式。

屈骚(屈原作品简称)与《神曲》(但丁代表作)在思想倾向上竟颇相一致——爱憎极为分明,主题深邃警人。

屈骚,乃屈原因"信而见疑,忠而被谤"情况下,囿于理想与政治主张无法实现,激愤而喷出,因而诗篇(主要《离骚》与《九章》)充溢了炽烈的爱憎感情:高度赞颂古代圣君贤臣,奉其为楷模,希冀君主觉悟,努力效法之;严厉痛斥前代暴君佞臣,一针见血揭露当朝谗人高张、贤士无名的黑白颠倒现象。诗中写道:"彼尧舜之耿介兮,既遵道而得路。""汤禹俨而祗敬兮,周论道而莫差。举贤而授能兮,循绳墨而不颇。"(《离骚》)这是对圣贤的热情褒扬。"何桀纣之昌披兮,夫唯捷径以窘步。""惟党人之偷乐兮,路幽昧以险隘。""众女妒余之蛾眉兮,谣诼谓余以善淫。固时俗之工巧兮,偭规矩而改错。背绳墨以追曲兮,竟周容以为度。"(《离骚》)痛快淋漓地斥责了暴君佞臣、奸党小人的无耻罪行。两相比照,感情色彩泾渭分明。屈原试图藉诗篇告诉君主(主要是楚怀王),圣贤之所以能治天下,关键在于"举贤而授能"、"循绳墨而不颇",而暴君们之所以会葬送社稷,以至身败名裂,原因在于他们"纵欲"、"康娱而自忘",屈原以此提醒君主,应效法前贤,改革楚政,为统一天下的美政理想实现而努力,同时,也向君主剖白自己甘愿为楚国的强大和美政实现奉献赤诚之心。

　　《神曲》是一部具有强烈政治倾向的长诗,作者的爱憎贯穿了诗篇的始终。全诗分为《地狱篇》、《炼狱篇》、《天堂篇》三部分。《地狱篇》的"候判所"中,作者特意安置了许多罗马古典文化名人:荷马、贺拉斯、奥维德、维吉尔、苏格拉底、亚里士多德、欧几里得等,诗人以充满敬意的诗句写道:"在我面前,绿油油的草地上,有许多英雄和伟人的灵魂都显现出来了。我能躬逢盛会,心里觉得非常光荣。"他称亚里士多德是"哲学家的大师"、荷马是"诗人之王"、维吉尔是"智慧的海洋"。诗中他对维吉尔说:"你是众诗人的火把,一切的光荣归于你!我已经是长久地学习过、研究过你的著作!你是我的老师、是我的模范!"《天堂篇》是作者设想的理想天国,安置于这个境地中的人物,都是作者尊崇颂扬者:四重天,对神学、哲学有研究的灵魂;五重天,为信仰而战死的灵魂;六重天,公正贤明的君主;八重天,基督及玛丽亚的形象①;九重天,天使的阶级。反之,对教会,对与教会有关的历史与现实的人物,但丁毫不客气地统统置于《地狱篇》中②,用饱含讥刺、讽喻的笔触,无情揭露了他们的各种丑态:"他们的脖子严重地歪曲着,面孔只能向着后面,眼睛望着臀部,身体向后倒退,因为他们已根本不能向前看了。""你看他是如何把自己的背当作胸,眼睛向后看,一步步往后退走。""还有一种是已经变成了兽性……人类的叛徒。"尤其对教皇逢尼发西,但丁厉斥他"使世界变得悲惨,把善良的踏在脚下,把凶恶的捧到天上"。地狱的第六层以下,但丁全部安置了已去世的品质恶劣者、政治反动者、损人利己者、贪官污吏、高利贷

① 但丁是虔诚的正统的天主教徒。
② 候判所例外。

者、伪君子、教皇，而对逢尼发西——这位尚健在者，则赐以"殊遇"，在第八层地狱的火窟里预留了一个位置，以表示对他的极度憎恨。按理，作为一个虔诚的正统的天主教徒，但丁应对教会与教皇尊重，起码也得遵从教规，不得无礼，更不容有任何亵渎教会与教皇的言行；而但丁不然，他痛恨教会与教皇，认为他们分裂了意大利，蹂躏了意大利人民，这反映了但丁的思想具有早期文艺复兴的人文主义色彩，肯定个性自由，理性至上，否定宗教神权主义；他的这种反教会的感情，与当时人民中反教会的倾向基本一致①。由此可见，《神曲》的主题，除了有寄托对女友贝雅特怀恋之感外，相当程度上是作者试图藉诗篇抒发对社会、对以教皇为代表的统治者的不满与憎恶，并进而向人们指出，在这个新旧交替的时代，应如何经过苦难与考验，达到理想境界；作者认为，自己负有揭露现实，唤醒人们，给人们指出政治上、道德上复兴道路的使命②。与屈原相比，但丁作品中所表现的爱憎感情常有矛盾之处，不像屈原始终如一。《神曲》中，但丁一面憎恶那些有罪之人，厉声斥责，而另一方面却又会歌颂这些人的某些行为，同情他们的某些遭遇，如比较典型的，对教皇逢尼发西，他虽然在逢尼发西未死之前即在地狱火窟中预留了位置，可又对他在阿那尼受污辱深为愤慨，表现了令人不解的矛盾，这种矛盾的产生，是他身处新旧两个交替时代自身思想矛盾的反映。另外，在爱憎感情的成分上，屈原始终忧国忧民，无个人生活色彩③，而《神曲》中爱情占了不可忽略的地位，但丁的创作本意之一，即是为了爱情——偿还久蕴于内心的夙愿——奉献给心中的恋人贝雅特④，而在写爱情中寄寓理想和爱憎，蕴藉人生哲学。可见，屈原与但丁的创作意图不尽合一，前者可谓由"怨"而生，后者乃系因"慕"而生，两者各自代表了中西诗的不同情趣⑤。

---

①　由于这种反教会本身是在宗教旗帜下进行，但丁又是天主教徒，因而不可能完全摆脱封建思想与神学的束缚。
②　这个道路在《神曲》中的体现，即为灵魂的进修历程：地狱→炼狱→天堂。
③　屈骚中所写有关爱情内容，与屈原本人生活均无涉。
④　这在某种程度上说，具有冲破中世纪禁欲主义成分。
⑤　参见朱光潜《诗论·中西诗在情趣上的比较》，生活·读书·新知三联书店，1984年版。

　　屈骚与《神曲》在内容上,都不约而同地写到了神游(梦游)。这是两位作者分别从本国宗教——巫教与天主教中获得启示,从本国神话传说中汲取养分,并进而作创造性地艺术加工的结果。《离骚》中,诗人写自己在人间无法容身,转而上天国,寻求理想境界,诗篇以神游方式展示了上天国游踪:"驷玉虬以乘鹥兮,溘埃风余上征。……吾令羲和弭节兮,望崦嵫而勿迫。……前望舒使先驱兮,后飞廉使奔属。……屯余车其千乘兮,齐玉轪而并驰。驾八龙之蜿蜿兮,载云旗之委蛇。"《远游》一诗更是通篇描写神游天国,充满了奇幻色彩。《神曲》一诗自始至终以中古梦幻形式展开故事情节,作者设想自己分别由维吉尔和贝雅特作向导,梦游"三界"——地狱、炼狱、天堂,而现实生活中人物与事件的种种素材,经作者综合、提炼后,有机地融入了"三界"及旅程中,从而向读者展现了充满浪漫色彩及丰富想象的离奇故事。

　　屈骚与《神曲》在艺术风格上,都具有真实与幻想、现实主义与浪漫主义相结合,而以浪漫主义为主的特点。具体分析起来,它们大致有以下几方面的共同表现:

　　第一,构思奇特、想象丰富。

　　上述神游的描述,既是屈骚与《神曲》在内容方面显出的相似,也是它们在艺术手法上一致的体现。《离骚》中写上天入地、求佚女、乘云车、驰天津、使飞廉、神游天国,向读者铺展开一幅神奇绚丽的画卷,令人读之心驰神往、赞叹不已,充分表现出作者构思的奇特与想象力的丰富。《神曲》由于采用了梦游方式,使整个作品染上了神奇色彩,作者大胆设想出所谓"三界":地狱——巨大无比的深渊,形似圆形剧场;炼狱——雄伟的高山,耸立在海洋中;天堂——由九重天和天国(净火天)构成;他们熔神话、历史、现实于一炉,表明作者的艺术匠心达到了炉火纯青的地步。很显然,上述两者艺术效果的形成,与两位诗人共同借助宗教与神话不无关系,相比起来,《神曲》在整体构思与想象规模上,似比屈骚更宏伟,气魄更大些。

　　第二,比喻和象征手法的运用。

　　王逸《楚辞章句·离骚序》云:"《离骚》之文,依《诗》取兴,引类譬喻。故善鸟香草,以配忠贞;恶禽臭物,以比谗佞;灵修善人,以媲于君；宓妃佚女，以譬贤臣……"此话点出了《离骚》大量运用比喻象征手法的特色，这一特色，在屈骚其他作品中比比可见，它是屈骚继承《诗经》比兴传统的一个显著艺术特征。《神曲》全诗也充满了比喻与象征，如比喻鬼魂们注视但丁与维吉尔像老裁缝凝视针眼般，比喻两队魂灵相遇时接吻致意像蚂蚁在路上觅食，等等；而象征手法的运用更为突出，是中世纪诗歌艺术的集中体现①。诗开首遇到的豹、狮、狼三只恶兽，分别象征"逸乐"、"野心、强暴"与"贪欲"，影射政治野心家、法兰西国王、罗马教皇；诗中两位向导，前者引导作者游历地狱、炼狱，象征在哲学指导下凭借理性认识罪恶，悔过自新，后者引导作者游历天堂，象征通过信仰途径和神学启发，认识真理，达到至善境界；梦游中经过"黑暗的森林"，象征黑暗的人生，隐指意大利现实社会；"三界"，则是痛苦、宁静、希望、幸福、喜悦的境界的象征。等等。有趣的是，《神曲》中当贝雅特作为向导出场时，出现一辆车子，车四周有各种怪物形象，那拉车的是半狮半鹰的怪物，此时，贝雅特自天而降，站到车上庄严的屏帏中；类似这种细节，居然《离骚》也有：屈原写自己上天国时，也乘坐一辆车子，驾驭者是太阳的侍御羲和，车前车后有月神望舒、风神飞廉侍卫，作者"令羲和弭节兮"，"前望舒使先驱兮，后飞廉使奔属"。何其相似！简直令人击节惊叹！

第三，继承、借鉴民族文化传统，创立新诗体。

读屈骚，我们明显发现，作者从楚文化，尤其楚民歌中吸收了大量养料，融为自身诗体不可分割的有机组成部分。最明显的，《九歌》原是一组楚民间巫歌，作者将其作了一定的艺术加工而成现状；其次，《离骚》等诗篇中，比比皆是楚语楚方言，不少处显可见楚巫风巫术影响的痕迹。如果没有楚文化传统，屈骚绝不会问世，更谈不上浓郁的楚风味。正是由于屈原从楚民歌中吸收了养分，才铸就了独特的诗体形式——骚体，在中国古代诗歌史上独树一帜，影响波及后代百世。《神曲》一诗全用三韵句写成，这是但丁在意大利民间流行格律基础上的独创，诗篇没有采用当时认为的正统官方语——拉丁文，

---

①　中世纪对文艺有一普遍看法，认为一切文艺均具有寓言性与象征性。《神曲》写作意图就包含有寓言意义，或谓象征意义。参见朱光潜《西方美学史》。

而是采用了佛罗伦萨——托斯堪尼地区的地方语,有人曾奉劝但丁,《神曲》这样严肃宏伟的诗篇,应用庄严崇高的拉丁文,然而但丁拒绝了。他坚持使用民族地方语言,并借鉴了民歌与民间行吟诗人的作品,在诗中穿插了大量民谣、民谚,为意大利民族语言在文艺作品中的应用与传播奠下了基础①。由于屈原与但丁能继承各自的民族文化传统,创立了具有民族地方风格特色的新诗体,这使他们分别成为自己国家文学史上第一个杰出的民族诗人。

第四,塑造了立体的人物形象。

屈骚与《神曲》各为读者塑造了一个以作者自我形象为写照的主人公形象,他们都经历了艰难曲折的人生旅程,都对理想有着想望与追求,都具有丰富复杂的内在情感与性格。两位作者着力的刻雕与细腻描述,使诗中的主人公以立体的形象凸现在读者眼前,经久难以磨灭。相比起来,屈骚中的主人公,对理想的追求更炽烈、更执著,至死不变初衷,"九死"不悔其志,直至发出"从彭咸之所居"的绝唱;而《神曲》主人公则在向导的引导下,完成了"三界"旅行,喜悦地进入了理想天国,以幸福而告终。两位主人公结局的迥异,反映了两位诗人对理想认识与追求的方式的相异,这是由他们所处时代条件与个性的不同而造成的。从人物形象看,由于屈骚是由二十五首单篇诗组成,不如《神曲》在故事发展上系统、连贯,因而主人公的性格发展缺乏连续过程;尽管如此,它留给读者的印象却毫不逊于《神曲》主人公,因为前者人格崇高,爱国感情炽烈,身上凝聚着伟大的民族精神,故而可以产生撼人心魄的感染力。

以上是对屈原与但丁的简略比较。我们不妨再看看屈原与普希金的对照。

俄罗斯诗人普希金在一首总结自己一生的诗篇《纪念碑》中曾写下这样的诗句:

> 不,我不会完全死亡,
> 我的灵魂在珍贵的诗歌中,

---

① 但丁有专论语言的理论著作《论俗语》,体现他对意大利民族语言的高度重视。

> 将比我的骨灰活得更久长和逃避了腐朽灭亡，
>
> 我将永远光荣，
>
> 直到还有一个诗人活在这月光下的世界上。①

这是普希金以自我总结的方式为自己"筑了一座非人工的纪念碑"，肯定了自己的成就与人格；无独有偶，大约在普希金之前两千多年的中国，也有一位"灵魂在珍贵的诗歌当中"、"不曾完全死亡"、"将永远光荣"的伟大诗人，他也拥有一座非人工建造的"纪念碑"，只是这座"纪念碑"不是他自身所"筑"，而由他之后的百代敬仰者所垒筑。他就是英名堪"与日月争光"的屈原。

屈原与普希金的作品都具有鲜明强烈的爱憎感情色彩。屈原早年作品《橘颂》中即流露了对楚国炽烈的感情："受命不迁，生南国兮。深固难徙，更壹志兮。"中年时期，他面对楚政腐败、国势危难之状，发出了忧心如焚的喟叹："惟党人之偷乐兮，路幽昧以险隘。岂余身之惮殃兮，恐皇舆之败绩。"（《离骚》）晚年，他虽身陷逆境，却依然满怀对楚国楚民的深挚情感："陟升皇之赫戏兮，忽临睨夫旧乡。仆夫悲余马怀兮，蜷局顾而不行。""长太息以掩涕兮，哀民生之多艰。""怨灵修之浩荡兮，终不察夫民心。"（《离骚》）强烈的爱国爱民之情感激励他誓为理想的实现而矢志奋斗，"虽体解吾犹未变"，"虽九死其犹未悔"。

普希金的诗篇充溢了对俄罗斯祖国的爱，《致恰达耶夫》一诗是比较集中的体现：

> 但我们的内心还燃烧着愿望，
>
> 在暴虐的政权的重压之下，
>
> 我们正怀着焦急的心情，
>
> 倾听祖国的召唤。
>
> 现在我们的内心还燃烧着自由之火，
>
> 现在我们为了荣誉的心还没有死亡，

---

① 《普希金文集》，戈宝权译，时代出版社，1947 年版。

> 我的朋友，
>
> 我们要把我们心灵的
>
> 美好的激情，
>
> 都献给我们的祖邦！①

　　普希金把自己的诗看作俄罗斯人民情绪的反映，人民感情和思想的表现，人民呼声与愿望的直接表露。《致普柳斯科娃》中，他写道："我的无法收买的声音，是俄罗斯人民的回声。"他愤慨"到处是皮鞭"与"铁掌"的沙俄社会，他同情"泪水汪汪"的奴隶们的悲惨遭遇，《乡村》、《叶甫盖尼·奥涅金》、《高加索的俘虏》、《强盗兄弟》等诗中，记录了农奴悲惨生活的真实现状。

　　在对待昏君与暴政，在反对外敌上，屈原与普希金几乎一致地发泄了共同的愤懑之感。

　　屈原在《离骚》一诗中以相当篇幅揭露、鞭笞了历史上的昏君暴君和奸党小人：

> 何桀纣之昌披兮，夫唯捷径以窘步。

> 启《九辩》与《九歌》兮，夏康娱以自纵。

> 夏桀之常违兮，乃遂焉而逢殃。后辛之菹醢兮，殷宗用而不长。

> 众皆竞进以贪婪兮，凭不厌乎求索。羌内恕己以量人兮，各兴心而嫉妒。

> 众女嫉余之蛾眉兮，谣诼谓余以善淫。

　　普希金的《致西伯利亚囚徒》、《阿里昂》、《毒树》等诗在表达对

---

① 《普希金文集》，戈宝权译。

自由者、十二月党人忠诚的同时,流露了对沙俄统治者强烈的不满,《自由颂》一诗更是将矛头直指沙皇:

> 我要向全世界歌颂自由,
> 使高踞王位的恶人胆战心惊。
>
> 你专制独裁的暴君,
> 我憎恨你,憎恨的宝座!
> 我以严峻和欢乐的眼光,
> 看待你的覆灭,你儿孙的死亡。

当残酷的现实使普希金从一度幻想中清醒过来时,他认清了沙皇是俄罗斯人民灾难之渊薮:"我可以做一个臣民,甚而做一个奴隶,我却永远不愿做个仆从和弄臣,哪怕是在上帝那里。"

在对待外敌态度上,屈原主张鲜明: 联齐抗秦;他竭力要求楚怀王联合六国,抵御与抑制秦势力的扩张,《离骚》《九章》等诗中一再有所剖白与表露。《国殇》一诗是他讴歌楚将士奋勇杀敌的精心之作,也是他憎恨强秦、反对秦入侵、鲸吞楚的内心表白;这是一首震撼人心的悲壮战歌,是楚人民族精神的杰出礼赞。普希金面对拿破仑入侵俄国国土,发出了与人民一致的呼声:

> 战栗吧,异国的铁骑!
> 俄罗斯的子孙开始行进,
> 无论老少都起来冲向暴敌!
> 复仇的火焰燃着他们的心。
> 战栗吧,暴君!
> 你的末日已经临近!
> 你会看到每一士兵都是勇士,
> 他们如不取胜,就战死沙场,
> 为了俄罗斯,为了祭坛的神圣。
>
> ——《皇村回忆》

试比较这呐喊之声与《国殇》的诗句：

　　旌蔽日兮敌若云,矢交坠兮士争先。

　　带长剑兮挟秦弓,首身离兮心不惩。诚既勇兮又以武,终刚强兮不可凌。身既死兮神以灵,魂魄毅兮为鬼雄。

岂非异曲同工、异口同声？两位诗人,在不同时代、不同国度、不同条件下,唱出了合乎同一理想与感情的共同心声。

　　屈原与普希金的作品在艺术风格特色上也表现出了比较相同的倾向特征,虽然普希金并非终其身为浪漫诗人,他的后半生创作转向了现实主义,但至少在诗歌的浪漫风格特色上,屈原与普希金是有共同之点的。它们大致表现于以下两个方面。

　　第一,高度浪漫的抒情风格。

　　屈原作品浓郁的浪漫主义色彩,集中体现于《离骚》后半部、《九歌》、《天问》及《招魂》诸篇中。《离骚》后半篇,作者在叙写自己生平经历之后,开始展开想象的翅膀,大量运用神话传说、日月风云、山川流沙入诗,织成一幅奇妙无比的画卷,画面上,诗人驾驭鸾凤,乘坐御车,上天国寻求天帝,月神、风神、雷神纷纷成了御从者,"前望舒使先驱兮,后飞廉使奔属;鸾皇为余先戒兮,雷师告余以未具。吾令凤鸟飞腾兮,继之以日夜;飘风屯其相离兮,帅云霓而来御;纷总总其离合兮,斑陆离其上下"。又,《九歌》组诗,诗人塑造了一群山川之神,写了它们之间的悲欢离合,真挚爱情,其间还穿插了一些动人的情节,创造了幽渺的幻想境界,令人神驰心往。这些,都充分展示了浪漫主义抒情风格特征。

　　普希金早期诗作《自由颂》、《致恰达耶夫》中,浪漫主义色彩已露端倪;流放南方后,这种色彩愈显浓烈,其中尤以《高加索的俘虏》一诗为代表,《高》诗系普希金流放后的第一部浪漫主义抒情长诗,诗中主人公"俘虏",实际上是诗人自我感情的表露者与承担者,是诗人自我心灵的写照。长诗描绘了南方奇异的生活环境,美妙的大自然景色,自始至终弥漫着浪漫气息。诗中普希金时而也会舒展想象的翅膀：

> 让我们离开这颓旧的欧罗巴的海岸，
> 去漫游于遥远的天空，遥远的地方。
> 我在地面住厌了，
> 渴求另一种自然，
> 让我跨进你的领域吧，
> 自由的海洋！

最能典型反映浪漫抒情风格的诗作，首推《致大海》，作者在此诗中将大海比作理想追求的目标——自由，诗人自己则以情人身份向大海诉情怀。别林斯基高度称赞普希金诗歌这种高度浪漫抒情性："它对读者具有一种魅力，在读者的心底深刻而有力地回荡着，和谐地震撼着他们的心弦。"①

第二，汲取民间文学养分，创制新格律、新诗体。

屈原作品，无论形式、风格、语言，都染上了浓郁的南楚特色，故而宋人黄伯思说："屈宋诸骚，皆书楚语，作楚声，纪楚地，名楚物，故可谓之楚辞。"（《翼骚序》）楚辞的特色显而可见：一、大量使用楚方言，以"兮"字为代表，形成独特楚语体系；二、受楚地巫风影响，沾染了奇特的巫色彩；三、以楚民歌为主要模式，参酌《诗经》形式，铸成具有新格调、新形体的"骚体"。这些特征的形成，与屈原有意识地大量汲取楚文化养分，进行创造性的劳动密不可分。同样，普希金也力倡从民族文化中吸收养料，他是俄国文学史上第一个把大众语引进文学、将通俗的民间口语与高雅的文学语言融为一体的大师。普希金创造了俄罗斯民族自己的文学语言。他的《鲁斯兰与柳德米拉》化用了很多民间童话材料；他的长诗《叶甫盖尼·奥涅金》采用了俄罗斯固有的四步抑扬格——"奥涅金诗节"。正由于此，果戈理称赞说："于俄国的天性、俄国的精神、俄国的文学、俄国的特质，表现得如此

---

① 转引自《普希金抒情诗选集》附录，江苏人民出版社，1982年版。

其'清醇',如此其'美妙',真像山光水色,反映于明镜中。"①高尔基评价道:"普希金是第一个注意到民间创作,并把它介绍到文学里来的俄国作家……他用他的天才的光辉来润饰民间歌谣和民间故事,但是无损于它们的思想和力量。"②正是由于两位诗人高度重视并实际运用了民间文学养料,才使他们真正成为各自民族具有崇高地位和声誉的民族诗人,享誉诗坛。

以上的比较对照,不免会使读者产生想法:为什么时间与空间跨度均极大的诗人,会在他们的作品中表现出如此令人惊异的相似?这是什么原因呢? 它又说明了什么呢?

我们在诗人各自生活的社会历史背景和诗人自身的身世际遇中找到了原因。我们发现,屈原、但丁、普希金,虽然各各所处国度、时代迥异,但却有着共同之处:一、他们各自生活的时代,均为社会形态结构发生变化、交替时期,屈原的楚国——奴隶社会向封建社会过渡时期,但丁的意大利——封建社会向资本主义过渡时期,普希金的俄国——封建农奴制向资本主义过渡时期;二、他们各自生活的国度都面临着危机,都呈政治危难、人民涂炭之状。屈原的楚国,政治腐败、君主昏庸,奸臣猖獗,人民"长太息",西秦随时企图吞并楚,一霸天下。但丁的意大利,面临统一与分裂的威胁,一面是反对教皇,反对外敌入侵,一面是维护封建贵族利益,教皇与皇帝勾结、蹂躏、统治人民。普希金的俄国,沙皇专制独裁,农奴制顽固残忍,且面临法国侵略者的入侵;三、他们三人的身世际遇有着某些相同,都属贵族出身——屈原是楚国三大望族之一的后裔,但丁祖先是贵族骑士,父辈是中产之家,普希金出身于一个古老而又衰微的贵族家庭。他们都好学而又知识广博——屈原"博闻强志",《离骚》、《天问》诗即是最好见证,但丁所作《神曲》一诗被誉为中世纪的百科全书,普希金聪慧好学、博览群书,作品中比比可见广泛的历史与文学知识。他们都有被放逐的经历,在政治上走了一条曲折的路。屈原因遭奸臣谗言,两度被君主离疏、放逐,第二次放逐后再未能重返朝廷。但丁因反对教

① 《普希金文集》,戈宝权译。
② 高尔基:《俄国文学史》中译本,上海译文出版社,1979年版。

皇而被判罚金流放,最终未能返回故乡佛罗伦萨。普希金因歌颂自由、呼唤革命,触怒沙皇,被贬谪流放至南方黑海沿岸一带。放逐生活,无疑给诗人们的生活带来了磨难与痛苦,但也使他们更多地接触了社会,接触了下层人民,了解到了民生的疾苦,感受到了民生的呼吸,增进了与人民的感情。放逐期是诗人思想成熟、升华的时期,也是创作的旺盛期,它给诗人提供了创作的契机与灵感之源,他们的代表作几乎都诞生于这一时期。但是,在寻求理想实现的途径中,诗人们都由于历史的与阶级的局限而犯了共同的错误,将希望一度或最终寄予君主身上。屈原"系心怀王"、"冀幸君之一悟",乃至身沉汨罗江的行动本身也多少包含了警醒君主、希望君主醒悟的成分。但丁对亨利第七存有好感,企图依靠亨利第七实现统一意大利的理想。普希金对沙皇抱有幻想,未能从本质上看清沙皇之心,以致最后决斗致死还不知是沙皇的阴谋。造成错误与悲剧结局的原因,一是因时代意识所致,认为君主高于一切,唯有君主才能决定一切,二是贵族出身,局限了他们的认识与视野,看不到人民的作用与力量。

那么,以上的比较对照与原因分析,告诉了我们什么呢?从中我们能获得哪些启示呢?

其一,屈原与但丁、普希金的相似,说明不同国度、不同时代的诗人,只要他们所处国度与时代的政治、经济、文化等社会条件大致相仿,各人的身世际遇有着大致的相合情况,那么,在这个基础上,当他们为了一个基本相同的理想与抱负而奋斗、而呐喊时,他们创作的作品即可能表现出相似,有时甚至是惊人的相似。这就又一次证明了,文学创作与社会生活、与作家的切身感受体验有着极为密切的关系,无后者即无前者,后者的相仿能导致前者的相似;文学创作中相似现象的产生,完全可以超越时空条件,或横向,或纵向,或纵横交并,并不一定存在影响与传播因素。这种相似,实际上告诉我们,人类诸民族在同社会与自然作斗争过程中,会遇到相类或相同的困难与阻力(包括个人),同这些困难与阻力作斗争的客观实践反映到意识形态上,就可能产生不谋而合的惊人相似现象,这表明,人类在发展过程中,虽有国度与地区、民族的差异,但却有其本质上的共性,这种共性决定了即使无直接联系和影响的国家与民族,当客观条件相仿时,其反映实践斗争的文学艺术作品会表现出或内容、或风格、或形式,或三者兼具的相同或相似。

其二,通过比较与对照,我们看到,民族的爱国的诗人(作家),往往出现于政治黑暗、民族危难之际,因为其时社会制度急剧变化,国家政局激烈动荡,人民生活遭到破坏,诗人身临其境,耳闻目睹社会现状,必然感情冲动,从而抒激情于笔端,涌现深刻反映社会现实、充分发抒个人情怀的作品。所谓"愤怒出诗人","发愤抒情",即是例证。这样诞生的作品,势必深深烙上了国家、民族、时代的印痕,铸上了传统民族意识与民族美学的风格特征,成为主题深邃、风格鲜明、形象生动的杰出作品,有的甚至是划时代的、传百世的惊人之作。而这些诗人(作家)本人,则往往是该国家、该民族的时代歌手,是民族文学的革新者、创始人,民族文学的杰出代表。

其三,中国古代诗歌主张"表现"理论,早在先秦时代即有"诗言志"说,《尚书·尧典》曰:"诗言志,歌永言。"《汉书·艺文志》曰:"《书》曰:'诗言志,歌永言。'故哀乐之心感而歌咏之声发。"继之,汉代以后又发展为"言志抒情"说。这种"言志抒情"说,概括地说明了诗歌表现作家(诗人)思想感情的特点,我们可称它为"表现"论,它对后代产生了深远影响,贯穿了中国历代诗歌理论与创作。屈原的创作,实践并应验了这种理论。而西方则不同。自柏拉图之后,长期倡导的是"摹仿"论,认为文艺是对现实事物的摹仿。亚里士多德对柏拉图的观点有所批判、修正与摒弃,他提出,文艺摹仿对象是"人的行动、生活",是现实世界及其规律。亚里士多德认为,诗或艺术起源于人的摹仿本能,由于摹仿的媒介不同,才有不同种类的艺术,摹仿的对象不同,才有悲喜剧之分,摹仿的方式不同,才有史诗、抒情诗、戏剧产生。依据"摹仿"说,亚里士多德在《诗学》中只论史诗、悲剧,而于抒情诗摒弃不道。这个"摹仿"理论一直主导了欧洲文坛至18世纪浪漫主义运动兴起前,因而欧洲始终史诗、戏剧十分发达。然而,我们又发现一个现象,产生于14世纪的但丁《神曲》,虽也受"摹仿"论影响,诗篇中展示了"再现"中世纪欧洲(尤其是意大利)的现状,但细读之,通篇抒情味甚浓,不仅流贯着对女友的炽烈怀恋之情,而且充满了对现实、对教皇的憎恶之情,可以说,《神曲》也是但丁的一部

"寄志抒情"之作：寄理想之志，抒爱恋、憎恶之情。这就无形中产生了这样一个效果：屈骚与《神曲》在诗歌理论的表现倾向上也有一致之处；18 世纪前的欧洲文坛，并非纯一色的"摹仿"论的一统天下。

其四，缪钺先生曾在《诗词散论·论词》一文中说道："西洋诗导源于希腊，重史诗及剧曲，剧曲之中，尤重悲剧，故亚里士多德《诗学》中，惟论史诗与悲剧，于抒情诗摒弃不道。抒情诗希腊亦有之，其流甚微。至 14 世纪，意大利诗人彼特拉克出，抒情诗渐兴。至 18 与 19 世纪之间，浪漫主义文学起，抒情诗金华敷荣，盛极一时。中国诗自古即重抒情，《诗经》中佳篇多抒情之什。屈宋之作，体裁虽变，亦均抒情。"屈原与但丁、普希金的比较，可以说，又一次印证了缪先生的论点。我们可以确信，东方中国抒情诗的发达，远早于西方，而屈原的抒情长诗《离骚》，既是中国古代抒情诗早期发达的标志，也是世界诗歌史上抒情诗的一座最早的里程碑。但丁的《神曲》即使作为抒情诗，也比屈原迟了一千六百多年，而普希金的时代则更要迟了。

鉴此，我们可以完全自信而又自豪地宣称：屈原是属于世界的，他是世界上最伟大、最杰出的诗圣之一。

《九歌》论

东皇太一新考

屈原《九歌》的开首篇《东皇太一》,究竟其题目是什么意思? 所祭祀的是什么神? 历来说法不一。东汉人王逸在《楚辞章句》中注"穆将愉兮上皇"一句时写道:"将修祭祀,必择吉良之日,斋戒恭敬,以晏乐天神也。"意思说,这句中的"上皇"是"天神"。又注道:"上皇,谓东皇太一也。"这就是说,在王逸看来,"东皇太一"是"天神"。应该肯定,王逸这一开创性的说法是不错的,以后历代研究者都承袭了他的这一观点,无不认为"东皇太一"是"天神"。但问题是,王逸的话没能说完整、具体:究竟是什么天神? 这就引来了诸说纷纭的歧见,归纳起来,大致有七种说法:

1. 东帝说

最先提出这一说的,据迄今所见资料,是《文选》唐五臣的注,他们认为:"太一星名,天之尊神。祠在楚地,以配东帝,故云东皇。"这以后,南宋洪兴祖的《楚辞补注》又作了进一步的具体阐发:"《汉书·郊祀志》云:天神,贵者太一。太一佐曰五帝。古者天子以春秋祭太一东南郊。《天文志》曰:中宫天极星,其一明者,太一常居也。《淮南子》曰:太微者,太一之庭;紫宫者,太一之居。说者曰:太一,天之尊神,曜魄宝也。《天文大象赋》注云:天皇大帝一星在紫微宫内,勾陈口中。其神曰曜魄宝,主御群灵,秉万机神图也。其星隐而不见。其占以见则为灾也。又曰:太一一星,次天一南,天帝之臣也。主使十六龙,知风雨、水旱、兵革、饥馑、疾疫。占不明反移为灾。"

朱熹《楚辞集注》基本引录唐五臣与洪兴祖之语。

按:对此说,清人王夫之在《楚辞通释》中已提出疑问,他说:"旧说中宫天极星,其一明者太一,则郑康成《礼》注所谓耀魄宝也。然太一在紫微中宫,而此言东皇,恐其说非是。"一针见血指出"东皇"与

"太一"的矛盾之处。一些清代学者补充五臣说,提出了自己的一些见解。如陈本礼《屈辞精义》说:"其曰东皇者,太乙木神,东方岁星之精,故曰东皇。"王闿运《楚词释》说:"东皇,苍帝,灵威仰,周郊之所祀也。"胡文英《屈骚指掌》说:"谓之东皇者,帝出乎震,震,东方也。"显然,五臣、洪兴祖等人对"东皇太一"的解释不能自圆其说。明显的矛盾在于:既然太一是天神,五帝是佐,两者怎么能混为一谈? 即使东皇配东帝,是执掌东方的天神,那也与尊神太一相冲突了,怎么可能混而为一呢? 更何况,太一居五帝之上,五帝乃太一之佐的说法是在西汉时代才产生的。(详见下文)

2. 伏羲说①

这是闻一多先生后期的观点。他认为:"既然承认了伏羲是开天辟地后最先出现的人物,这便意味着宇宙间的一切都是他创造的,因而他的权能就非有如上揭诸书所形容的太一那样不可了。以上我们比较了太一和伏羲的权能与功绩,觉得他们很有些类似,因而推测太一许就是伏羲的化名。""太一又称东皇太一,则东皇也就是伏羲。""神名东皇,显然是对西皇而言的,犹山名东皇(见《后汉书·郡国志》注),最初也当是对西皇之山而言的。西皇是少皞(《封禅书》:"秦襄王既侯,居西陲,自以主少皞之神,作西畤,祠白帝。")则东皇必是太皞。五帝系统中之太皞即三皇系统中之伏羲,东皇是太皞,也便是伏羲了。""太一既称东皇太一,东皇是伏羲,则太一也必定是伏羲了。""伏羲是苗族传说中全人类共同的始祖……如前面所说,伏羲即太一,那么楚人为什么祭他呢? 这是因为楚地本是苗族的原住地,楚人自北方移植到南方,征服了苗族,依照征服者的惯例,他们接受了被征服者的宗教,所以《九歌》里把太一当作自家的天神来祭,而《高唐赋》叙述楚襄王的故事,也说到'醮诸神,礼太一'。"

按:此说有两个问题:一、无论东方还是西方,祖先与上帝都并不同一。据丁山先生《中国古代宗教与神话考》,认为夏的上帝为"天",先祖是"禹",殷的上帝为"帝",先祖是"契",周的上帝是"昊天上帝",先祖是"后稷"。"东皇太一"既然是"上帝",就不可能是苗族

① 参见《文学遗产》1986 年第 1 期,闻一多《东皇太一考》。

或楚人的祖先。二、太皞与伏羲早先并非就是同一个人,它们之所以会合为一人,乃是后世齐鲁学者综合整理的结果,古传说并不如此说。如徐旭生先生就认为:"太皞氏族在东方,属于东夷集团;伏羲与女娲同一氏族,在南方,属于苗蛮集团。"①总之,先秦典籍中,太皞与伏羲原并不相关,它们的相连始于秦末汉初。(又,《高唐赋》系伪作,详论见后。)

3. 太乙说

此说认为:"东皇太一,其始就是'卜辞'中的'大乙',即商人的祖先成汤。成汤,由于他是商族的开国英雄,有伟大的武功,又是世俗权力与宗教权力的掌握者,所以,死后便被商人幻想做是上升于天的祖先神,以至于天神。楚民族是商奴隶制王国的属领,它有奉祭殷人太乙的义务。但太乙并不是楚民族自己的祖先神,而是东土商族的国王,因此,便称他们所奉祀的太乙为'东皇太一'。""'大'与'太'、'乙'与'一'古通。"②又,"东皇太一当源于成汤太乙的祀典,太一即太乙。""太一古与大乙相通。""《殷本纪》:'子天乙立,是为成汤。'卜辞则作大乙。大乙即成汤的庙号。""可知武丁曾派商贵族于楚地。此正是楚彻底从属于商的记实。……因此楚尊成汤为东皇太一,正是尊自己的祖先神为天帝。"③

按:这一说首先忽略了一个重要事实:殷商时代先公帝王的命名(谥号),几乎都用天干地支作为组成部分(主要是天干),试看成汤前的先公世系表:

王亥——上甲微——报丁——报乙——报丙——主壬——主癸——天乙(汤)

从成汤开始的帝王世系表:

天乙(汤)——外丙——中壬——太甲——沃丁——太庚——小甲——雍己——太戊——中丁——外壬——河亶甲——祖乙——祖辛——沃甲——祖丁——南庚——阳甲——盘庚——小辛——小

---

①　徐旭生:《中国古史的传说时代》,文物出版社,1985 年 10 月版。
②　丁山:《中国古代宗教与神话考》,龙门书局版。李光信:《九歌东皇太一篇题初探》,《学术月刊》1961 年第 9 期。
③　刘毓庆:《九歌与殷商祭典》,《山西大学学报》1985 年第 2 期。

乙——武丁——祖庚——祖甲——廪辛——康丁——武乙——文丁——帝乙——帝辛(纣)。

故张光直先生在《商王庙号新考》中说:"商王自上甲微之后,都以十干为谥;在殷王祭祖的祀典上,以各王之谥干定其祭日:祭名甲者用甲日,祭名乙者用乙日。此皆可见十干在商人观念上的重要性。""是自上甲微至帝辛止,三十七王,无不以十干为名。"①这就使我们想到,"乙"与"一"至少在这点——殷商时代帝王名号(谥号)上是不能相通的。我们读《史记·殷本纪》:"……微卒。子报丁立。报丁卒,子报乙立。报乙卒,子报丙立。报丙卒,子主壬立。主壬卒,子主癸立。主癸卒,子天乙立,是为成汤。"这可见,作为人名的成汤,是"天乙",而不是"天一"或"太一"。而"天一""太一"则另是星名,或谓北极星之别名,如《史记·天官书》云:"前列直斗口三星,隋北,端兑,若见若不,曰阴德,或曰天一。"《索隐》曰:"石氏云,天一太一各一星,在紫宫门外立,承事天皇大帝。"在作为星名时,"天一"、"太一"亦作"天乙"。

可见,所谓"乙"与"一"古通,要看具体对象与场合,并非一概相通。作为星名,"乙"与"一"固可通,然作为帝王名(庙号),成汤的"天乙"不能与"天一""大一""太一"相通,这是务必指出的。

其次,楚与商本属两个对立的部族,楚虽是商的属领,但楚族根本不愿服从商人的统治,《诗·商颂·殷武》载:"挞彼殷武,奋伐荆楚。罙入其阻,裒荆之旅。""维女荆楚,居国南乡。昔有成汤,自彼氐羌,莫敢不来享,莫敢不来王,曰商是常。"这段记载清楚说明了两个部族间的关系,很显然,受商人挞伐、欺凌的楚族,绝不可能去祭商人的祖先。

4. 战神说

此说何焯《义门读书记》、马其昶《屈赋微》都曾提出过,今人孙常叙先生将其具体化了,认为:"楚辞九歌就是在丹阳败后、蓝田战前,楚怀王为了战胜秦军,祠祭东皇太一,命屈原而作的。其目的在借助东皇太一的灵威以神力压倒秦国。东皇太一在战国神道观念中是天

---

① 张光直:《中国青铜时代》,生活·读书·新知三联书店,1983 年 9 月版。

神五帝之一。他既是五个上帝中的一员,同时又是五帝之长。其神为岁星。它的性质是战神,它的作用是所在国不可伐而可以伐人。"
"东皇谓其方,太一崇其位,其神为岁星,乃是一个战神,他在哪一国,哪一国就有好处;他冲着哪一国,哪一国就要遭殃。"①

按:孙常叙先生这段话虽然没有言明立论的依据,但很清楚,其来源是《韩非子·饰邪》中一段有关福星、祸星的论述。应该指出,岁星是福星,它并非战神,《韩非子》原文中毫无战神之意(详论见下文"太一说"部分)。所谓"战神",恐怕是持此论者的主观臆想。另,"战神"说将五帝视作五个上帝,也不妥,上古人的心目中,上帝只有一个,而五帝乃是后世五行说的产物,并非指上帝。

5. 日神说②

此说认为:"'太一'(大乙)或许是太阳里之'一'或'乙',就是'伟大的乙鸟'(乙鸟就是玄鸟,玄鸟曾被视同凤凰);太一神就是乙鸟神,玄鸟神,太阳神鸟之神。""东皇太一是太阳神,有鸟化身,还可能与某些祖先神(例如黄帝,或说还有庙号"大乙"的商汤)相依托,这和上述东夷鸟图腾文化的宗教风习观念完全符合。楚文化的主干最可能出于东方,所以继承了这些制度和观念。《九歌》首祀日神东皇太一为楚之天帝或最高神,尊祀日神东君为英雄神,肯定有它的东方渊源。""东皇即'穆将愉兮'东方之'上皇',就是东方的上帝(王注说"以配东帝"是小看了它),'东帝'犹如卜辞之'东母','东母'是女性的日神,是母系氏族农耕时代的产物(东帝之"帝"原义即为女阴)。东皇、东帝、东君,本质上是一个东西,就是兴于东方的太阳神。""当然以上说的只是东皇太一的原型。到了《楚辞·九歌》时代,他已经成为抽象含糊的'天之尊神'(天帝),他那日神的职司直至品格似乎都由他的'晚辈'、'年轻一代'的东君继承了。"

按:此说一反旧解,别倡新见。然而,人们注意到,《九歌》中的《东君》为日神是明白无疑的,持日神说者也无异议,那么如何理解同

---

① 孙常叙:《楚辞九歌十一章的整体关系》,《社会科学战线》1978 年第 1 期。
② 萧兵:《东皇太一和太阳神》,《杭州大学学报》1979 年第 4 期。另,丁山先生亦有此说。

一篇《九歌》中出现两个日神呢？况且《东皇太一》所写与《东君》篇所写在内容上并不相同，后者显写日神，而前者实在难辨太阳神或日神之迹。既然"东皇、东帝、东君，本质上是一个东西"，为何一首诗中重复写两个东西呢？即使楚民实际祭祀可能是如此，高明的屈原也不至于会在"去其泰甚"时不注意到。

6. 祖先神说

谭介甫先生在《屈赋新编》中提出，东皇太一是祖先神，这个祖先神就是楚武王。他说："……二十一年周郑交恶，诸侯放恣，熊通大约于此时乘机西迁于郢……他渐次逼近周畿，所以于三十五年伐随，三十七年自立为武王，跟着蚕食'汉阳诸姬'，并与丹阳北族汇合，势力更大。熊通在位五十一年，开疆辟土是很有成绩的。此文起头明言上皇，即指武王，因其东方迁郢，故称东皇。"

按：此说毫不解释"太一"，单凭诗中"上皇"两字下判断，未免片面；且望文生义，认为"上皇"即"上代之皇"——楚武王——东皇太一，难以令人信服。同时，论者还忽略了重要一点，人王称"皇"，始于秦始皇，此前，"皇"字并不作为人王的称号。（详见下文"东皇解"部分。）

7. 齐国上帝说①

持此说者以为："既然太一是道家的创造，而它的转化为神又是方士的伎俩，那么这种情况最有可能在何处发生？从天文、地理、人事等各方面的材料来看，这种情况应当发生在齐国。……战国之时的方士集中在燕、齐两地，而尤以齐国为盛。……按照《史记·天官书》上'（岁星）所在国不可伐'的说法，可以了解到，韩非是在证明魏国不顾岁星在东的忌讳出兵攻掠，照样出师得利。太一与太岁并列，可见在韩非的眼中，太一位于东方。韩非的活动地区不出当时中国的中、西部，他的观察星象是以所在地区为基准的，太一位于魏国的东方，即齐国的上空。"

按：这一说有两个问题：其一，齐国的方士们将太一神化是在什么时候——是屈原之前呢？还是之后？论者在其著述中似未点明；其二，凭什么根据认为太一星位于东方呢？论者的前后论述中似乎对星象的

① 周勋初：《九歌新考》，上海古籍出版社，1986年8月版。

阐发所依据的资料主要是《韩非子·饰邪》中的一段话,然其所阐述与历来《韩非子》一书注解者之意不相符合,未免令人生疑。对《韩非子》此段话的具体阐释,笔者拟于下文"太一说"中表述,此处不赘。

以上笔者引述并简略评论了历代主要七种(侧重于当代)对"东皇太一"的解释。看来问题不少。笔者拟对东皇太一究竟是何神这一长期以来悬而未决之疑题谈些个人看法,不当之处恳请批评指正。

太 一 说

"东皇太一"中的"太一"究竟应该解释什么,至今没有确切定论。要考察"太一"的确切含义,它在《九歌》中的意义与作用,首先必须对"太一"概念有个历史的了解,它的产生,它的发展演变,然后才能作出比较科学的、符合历史事实的判断。

笔者认为,从先秦到西汉,"太一"一词经过了一个由哲学概念到神概念的演化过程,这个过程经历了相当长的历史阶段(至少数百年),其发生质的变化时期(即由哲学意义转化至神意义),大约在西汉武帝时代;换言之,"太一"是在西汉武帝时方被人们视作神的称代与象征,并被置于崇高的地位的。这就是说,屈原时代,太一还仅仅是个哲学意义上的名词,尚无神的含义与成分。以下试作些较详尽的阐述论证。

《老子·道德经》第二十五章说:

> 有物混成,先天地生,寂兮寥兮,独立而不改,周行而不殆,可以为天下母。吾不知其名,故强字曰道,强为之名曰大。

在老子看来,宇宙天地形成之前,已经存在着一个"可以为天下母"的东西,它不是别的,就是"道"(或叫"本体"),也即"大"。很显然,这里所谓的"大"是象征混沌元气的抽象概念。老子认为,"大"就是道,而后便有:"道生一,一生二,二生三,三生万物,万物负阴而抱阳,冲气以为和。"(第四十二章)又有:"天得一以清,地得一以宁,神得一以灵,谷得一以盈,万物得一以生,侯王得一以为天下贞。"(第三十九章)这里的"一",是包罗、主宰万物的"一",是体现绝对统一的道;换言之,"一"是趋于具体化的"道","道"是处于混沌状态的"一"。《韩非子·解老》对《老子》第三十九章解释说:"道者,万物之所然也,万理之所稽也。……天得之以高,地得之以藏,维斗得之以成其威,日月得之以恒其光,五常得之以常其位,列星得之以端其行,四时得之以御其变气,轩辕得之以擅四方,赤松得之以与天地统,圣人得之以成文章。"这就比较清楚地解释了"一"(即"道")的地位与作用。

《老子》之后,《庄子》一书中出现了"太一"一词。《天下》说:"古之道术有在于是者,关尹老聃闻其风而悦之,建之以常无有,主之以太一,以濡弱谦下为表,以空虚不毁万物为实。"这里的"太一",其含义与《老子》中的"大"基本相似,也是作为主天体万物的道来理解的。《天下》又说:"神何由降,日月何由出? 圣有所生,王有所生,皆原于一。"郭象注:"使物各抱其根,抱一而已。"成玄英疏云:"原,本也。一,道也。虽复降灵接物,混迹和光,应物不离其常,抱一而归本者也。"除《天下》外,《庄子》中的《徐无鬼》、《列御寇》等篇也分别出现了大一、太一,它们的含义或为绝对的同一性,或为万物同一的境界。《庄子》一书虽有内篇、外篇、杂篇之分,其写作时代及作者也不尽一,但从论述"太一"看,有两点是可以肯定的:一,时代上均迟于《老子》;二,所述"太一"均为哲学概念;因而,这儿的引证完全可以说明问题,不必受内、外、杂篇之拘囿。

之后,《荀子》一书也出现了"太一",它是继《老子》以后道的概念的发展。《荀子·礼论》说:"贵本而亲用也。贵本之谓文,亲用之谓理,两者合而成文,以归大一。夫是之谓大隆。"司马贞释云:"贵本、亲用两者,合而成文,以归于太一。太一者,天地之本也。得礼之文理,是合于太一也。隆者,盛也,高也,得礼之文理而归于太一,是谓礼之盛也。"《礼论》又说:"凡礼:始乎悦,成乎文,终乎悦校。故至备,情文俱尽;其次,情文代胜;其下复情以归太一也。"司马贞释道:"言其失,情文俱失,归心混沌天地之初,复礼之本,是归太一也。"

由此,可以看到,《荀子》一书中的"太一"依然是个哲学名词,其概念直至《吕氏春秋》、《淮南子》仍未改变。

　　《吕氏春秋·大乐》有云:"音乐之所由来者远矣,生于度量,本于太一。太一出两仪,两仪出阴阳。阴阳变化,一上一下,合而成章。浑浑沌沌,离则复合,合则复离,是谓天常。……四时代兴,或暑或寒,或短或长,或柔或刚。万物所出,造于太一,化于阴阳。"又云:"道也者,至精也。不可为形,不可为名。强为之名,谓之太一。"

　　《淮南子·原道训》云:"所谓无形者,一之谓也。所谓一者,无匹合于天下者也。卓然独立,块然独处,上通九天,下贯九野,圆不中规,方不中矩,大浑而为一。……是故一之理施四海,一之解际天地,其全也纯兮若璞,其散也混兮若浊。……万物之总皆阅一孔,百事之根皆出一门。"《天文训》云:"道始于一。一而不生,故分而为阴阳,阴阳和而万物生。"《精神训》云:"夫天地运而相通,万物总而为一。能知一则无一之不知也,不能知一则无一之能知也。"《本经训》云:"太一者,牢笼天地,弹压山川,含吐阴阳,伸曳四时,纪纲八极,经纬六合。"《诠言训》云:"洞同天地,浑沌为朴,未造而成物,谓之太一。""一也者,万物之本也,无故之道也。"

　　由《吕氏春秋》、《淮南子》所载,我们至少可以知道,直到秦末汉初时代,太一、道的讲法依然只是沿袭了老子——庄子——荀子的线索发展,一直到汉初之儒,也仍然是"太一"为道说,而非"太一"为神说。

　　太一一词从阴阳未分的道发展演变到总理阴阳之神,是西汉初期汉武帝时代的事。《史记·封禅书》载:"自齐威宣之时,驺子之徒,论著终始五德之运,及秦帝而齐人奏之。故始皇采用之。而宋母忌、正伯侨、充尚、羡门子高,最后皆燕人,为方仙道,形解销化,依于鬼神之事。驺衍以阴阳五运,显于诸侯,而燕齐海上之方士,传其术不能通,然则怪迂阿谀苟合之徒自此兴,不可胜数也。"这就是说,邹(驺)衍提出了五行说,之后的燕齐方士之流,依据当时幼稚的天文知识、齐地流传的神仙方术之说,以及一些子史书籍中有关太一的说法,糅合成了"太一天神说",于是道家所称的太一,成了方士家奉祠的神君太一,古神话中的浑沌太一成了天神,直至被列入祭典祠仪。此时已到了西汉武帝时期,"亳人谬忌祠太一方,曰:'天神贵者太一,太一佐曰五帝。古者天子以春秋祭太一东南郊,用太牢,七日,为坛开八通之鬼道。'于是天子令太祝立其祠长安东南郊,常奉祠如忌方"。"又作甘泉宫,中为台室,画天、地、太一诸鬼神,而置祭具,以致天神"。"寿宫神君,最贵者太一,其佐曰大禁、司命之属"①。与此同时,汉代出现了大量有关太一(泰一)的各类著作,如数术类有《泰一阴阳》二十三卷,《泰一杂子星》二十八卷;方技类有《泰一杂子十五家方》二十二卷。等等②。这就是说,"太一"作为神的名词与形象,正式确立于西汉,在西汉人的心目中,它才是"天神""贵者"。

由此,问题应该比较显豁了:"太一"在屈原时代,只是哲学意义上的"太一",绝不指神。

不过,有关"太一"的话还没有结束。还有两个问题需要解决。第一,虽说屈原时代的"太一"上文已证明了非指神,然而相传为宋玉所作的《高唐赋》中却有写到"太一",并将其作为神祭祀的:"有方之士,羡门高溪。上成郁林,公乐聚谷。进纯牺,祷璇室。醮诸神,礼太一。传祀已具,言辞已毕。"刘良注:"诸神,百神也;太一,天神也。"这该如何解释呢? ——宋玉与屈原是同一时代人。

笔者认为,托名宋玉的《高唐赋》并非宋玉所作,而显系后人伪托。首先,赋作为一种文体,最早的胚胎是荀子的《赋篇》,它包括《礼赋》、《知赋》、《云赋》、《蚕赋》、《箴赋》。这是最早以"赋"字命名文学作品篇名的开端。《赋篇》的五篇作品均具有篇幅短小、形似谜语、通篇体物状物而至篇末揭题的特征,这些特征与伪托宋玉的《高唐赋》相去较远。读《高唐赋》,我们会发觉,它无论体式、内容、语言均近于汉赋。作品先描写怀王与巫女相合,然后极力铺叙高唐景物,篇末劝诫襄王以国事为重,与一般汉赋作品格式大致相类;赋自始至终几乎都是宋玉与襄王的对话,对话中又以铺叙高唐景物占的比重较大,几乎一半以上,从这些铺叙的文字可以分辨,它与一般汉赋作品在风格、语言色彩上几无二致。不妨抄录一段,以资说明:

　　玉曰:唯唯。惟高唐之大体兮,殊无物类之可仪比。巫山赫其无畴兮,道互折而层累。登巉岩而下望兮,临大阺之稽水。遇

---

①　《史记·封禅书》;又,同类记载《汉书·郊祀志》亦见。
②　详《汉书·艺文志》。

天雨之新霁兮,观百谷之俱集。潺汩汩其无声兮,溃淡淡而并入。滂洋洋而四施兮,蓊湛湛而弗止。长风至而波起兮,若丽山之孤亩。势薄岸而相击兮,隘交引而却会。崒中怒而特高兮,若浮海而望碣石。砾磝磝而相摩兮,嶵震天之礚礚。巨石溺溺之瀺灂兮,沫潼潼而高厉。……

且看这段文字,岂不与司马相如的那些大赋有如出一辙之感?宋玉与荀子俩人大致处于同一时代,相比起来,荀子可能还要稍晚些,宋玉受荀子《赋篇》影响的可能性是几乎没有的。因而人们不得不怀疑:《高唐赋》是否真出于宋玉之手?

其次,《高唐赋》以第三人称叙写,似也难以令人相信作品系宋玉所作。因为,从文学创作规律看,作者一般不会将自己置于作品中而以第三人称叙述描写,而《高唐赋》则不然,一开首便是:"昔者楚襄王与宋玉游于云梦之台",而后便是"王问"、"王曰"的长篇问答;不仅《高唐赋》如此,且托名宋玉的其他赋篇均如此:

楚襄王游于兰台之宫,宋玉、景差侍。

——《风赋》

楚襄王与唐勒、景差、宋玉游于阳云之台。

——《大言赋》

楚襄王既登阳云之台,令诸大夫景差、唐勒、宋玉等并造大言赋,赋毕而宋玉受赏。

——《小言赋》

楚襄王时,宋玉休归,唐勒谗之于王曰……

——《讽赋》

楚襄王与宋玉游于云梦之浦。

——《神女赋》

大夫登徒子侍于楚王,短宋玉曰……

——《登徒子好色赋》

宋玉与登徒子偕受钓于玄洲,止而并见于楚襄王。

——《钓赋》

> 楚襄王问于宋玉曰……
>
> ——《对楚王问》
>
> 楚襄王与宋玉游于云梦之野,将使宋玉赋高唐之事。
>
> ——《高唐对》

像这样以相同形式开头,并自称名字,用第三人称叙写,并在如此多的作品中重复出现,不得不引起人们的疑问:这都是宋玉自作的吗?

更重要者,如将《高唐赋》与今已公认为宋玉作品的《九辩》相比较,我们发现,两者无论风格、内容、情调、语言,乃至作品中主观或客观塑造的宋玉形象,都无法谐和统一,判若异者。试看两篇作品所描绘的:

《九辩》的内容,是"失职而志不平"的士大夫抒发他对现实政治不满、试图劝谏君王而又不甘屈节的情怀,诗中写道,主人公虽失职,"蓄怨兮积思",却仍渴望"一见君兮道余意"、"专思君兮不可化",希望面见君主,一陈己见;他但愿君主能以尧舜为榜样——"尧舜皆有所举任兮,故高枕而自适"。能学习知人善任的齐桓公——"宁戚讴于车下兮,桓公闻而知之"。而他自己则一再表示宁肯冻饿穷困也不会屈节——"处浊世而显荣兮,将余心之所乐","窃慕诗人之遗风兮,愿托志乎素餐"。全诗的主要特色是悲秋,以悲秋为主旋律,自我情感通过秋思、秋色、秋景著悲而传递,开了后世"悲秋诗"的风气之先。

《高唐赋》则不然,通篇写宋玉陪楚襄王游览高唐,先高唐、巫山背景,次山、水、树、石、草、禽,再是游仙方士、礼神、打猎,结尾讽喻作结,与一般汉赋作品的格局极似。作者的笔力所重,在山形、水势的描摹刻画上,精雕细凿,语言铺张扬厉,文字繁缛重沓,完全形同汉大赋。宋玉的形象在作品中是君王的弄臣,与《九辩》所塑造的宋玉不可同日而语。

正由于两篇作品的巨大差异,引起了诸多学者对《高唐赋》真伪性的怀疑。鲁迅先生说"文字繁缛,时涉神仙"[1],全不像战国时代作

---

[1] 鲁迅:《汉文学史纲要·屈原与宋玉》。《鲁迅全集》第 10 卷,人民文学出版社,1973 年版。

品。郑振铎先生将《高唐赋》与《九辩》比较后，指出了它们间的三大差异，并认为《高唐赋》、《神女赋》、《高唐对》三篇同叙一个事件，显然不可能出于一人之手①。刘大白、游国恩、陆侃如、冯沅君等诸学者也均对《高唐赋》作者是宋玉持否定看法。（宋玉其他赋作自然不能一概而论。）

　　由此，笔者断言，作为后人伪托的《高唐赋》，其赋中所言"礼太一"之类，绝不可能产生于宋玉时代，而只能在宋玉之后。

　　第二个问题，关于《韩非子·饰邪》中一段有关"太一"星的话，这段话被不少学者用来解释东皇太一（如前所引述的"战神说"、"齐国上帝说"）。其实，问题很简单，"太一"在《韩非子·饰邪》中是星名，而不是神名，韩非系战国晚期人，时间上迟于屈原，但因引述者将问题本身说玄了，故我们有必要在此予以澄清。

　　先抄录《韩非子·饰邪》中的原话：

　　　　初时者，魏数年东向攻尽陶、卫，数年西向以失其国。此非丰隆、五行、太一、王相、摄提、六神、五括、天河、殷抢、岁星数年在西也，又非天缺、弧逆、刑星、荧惑、奎台数年在东也。

　　作一些适当的解释。王相，《史记·天官书》载汉中四星，曰天驷，旁一星曰王良，即王相。摄提，星名，《史记·天官书》："（大角）两旁各有三星，鼎足句之，曰摄提。"天河，《晋书·天文志》："天高西一星曰天河。"岁星，《天官书》："岁星赢缩，以其命国，所在国不可伐。"刑星，《星经》："太白主刑杀。"荧惑，《广雅》："荧惑谓之罚星。"

　　从以上简要注解，我们可以看到，韩非子这段话中所列举的一串十五个名词均应为星名（无注解者，因无确凿资料，从上下文推测，应同属一类）。十五个星名中，除岁星、刑星、荧惑可知为行星外，于余十二星应都是恒星，恒星按理不可能每年移动位置（以肉眼观察），那么，为何韩非会说"数年在西""数年在东"呢？何况作为恒星的太一

---

①　郑振铎：《插图本中国文学史·诗经与楚辞》，人民文学出版社，1957年版。

星,居于中宫,更不可能数年一变移。问题实质在于,韩非这段话并不是认为他所列的两组星,其中一组会"数年在西",另一组会"数年在东",而是恰恰相反,韩非的本意认为,这种"数年在西"、"数年在东"的现象是不可能发生的。正是根据事实上的不可能,韩非才驳斥了当时星相家们所认为的象征福与祸的两类星。由王先慎《韩非子集解》说:《天文志》:'岁星所在,国不可伐,可以伐人。'"以及《韩非子浅解》引太田方语曰:"言丰隆以下,所在国胜也。"可知,丰隆、岁星一组乃属福(胜)星。又,由王先慎《集解》说:《天文志》:'荧惑出则有大兵,入则兵散,周还止息,乃为其死丧寇礼,在其野者,亡地,以战不胜。'"及《浅解》引太田方语曰:"天缺以下所在国负也。"可知,天缺、奎台一组乃是属于祸(负)星。星相家们正是根据两组星的福与祸,来判断所在国胜与负的。韩非则正是指出了这是荒谬的。他通过魏国实际胜负的事实作了说明:魏东向胜,福星不可能都在西;西向败,祸星也不可能都在东。因此很清楚,星相家们的谬论是站不住脚的。太一星既不是行星,又居于中宫(一般指北极星,或其附近一颗明星),韩非说它"非……数年在西"是完全正确的,这里既没有改变太一星属于中宫的事实,也没有把太一星改变为神;韩非这段话只能说明太一在战国末期曾被用作星名,除此之外,它始终是个代表混沌本初的概念,至少在战国时代不是一个神。既然如此,我们要考证东皇太一究竟是什么,便主要应由东皇来确定它的身份了。

东 皇 解

　　太一在屈原时代既还不是神,就只能由东皇来确定东皇太一是什么神了。那么,究竟是什么神呢?

　　让我们先看"皇"字。说"皇"必须先要牵涉到"帝"字。上古时代,人们崇奉的至高无上者是"帝",即"上帝"。这可从殷商甲骨文中只见到"帝"字,而没看到"皇"字知晓;也可从《诗经》中"帝"字与"皇"字的不同释义见出。《诗经》中"帝"字共出现了三十八次,它们虽然均没组成"上帝"一词,但其含义均应释作"上帝"。"皇"字在

《诗经》中共出现了四十三次,基本上都作形容词,释为"美、大",故《尔雅·释训》曰:"皇,美也,大也,天之总美大称也。"这抓住了"皇"字在先秦时代的本义。据顾颉刚、杨向奎先生考证①,"皇"字在全文中,是"祖"、"考"、"天王"、"天"、"君"等词的形容词,在《诗》、《书》、《仪礼》等书中是"天"、"帝"、"后"、"王"、"祖"、"考"、"舅"、"姑"、"妣"、"尸"等词的形容词(少数例外)。"皇"字的这种性质与作用,一直到战国时代,才发生了一些变化。战国时代,"帝"字成了人王的代称,如《孟子·万章》载:"帝使其子九男二女百官牛羊仓廪备,以事舜于畎亩之中。""舜尚见帝,帝馆甥于贰室,亦飨舜,迭为宾主,是天子而友匹夫也。"《孟子·公孙丑》也有类似记载。由此,原来专门作为赞美之词的"皇",此时便开始转化为名词,用以称神,如楚辞载"诏西皇使涉予"(《离骚》),"后皇嘉树"(《橘颂》)以及《九歌·东皇太一》中的东皇、上皇(其余的未见,可见"皇"称为神唯楚始现)。

再看"东"。东南西北,四个方位字,东是第一个,最突出,最显要;不仅如此,我们还发现,它除了具有方位义,还包括了时序义。先秦古籍中,我们又发现,只有东皇、西皇,而无南皇、北皇,这自然使我们对东、西方位产生了浓厚兴趣。

远在屈原时代之前,东就有旦的意味(这大概也是日神号以"东君"之名的缘故)。《诗·齐风·东方之日》有云"东方之日兮",《齐风·鸡鸣》有云"东方明矣,朝既昌矣。匪东方之明,月出之光"。很显然,东方与太阳、日出紧相联系,使人自然联想到旦。又,《齐风·东方未明》有云"东方未明,颠倒衣裳。颠之倒之,自公召之","东方未晞,颠倒裳衣。倒之颠之,自公召之"。进一步想想,旦、早晨,不就是开始的意思——一天的开始?既然是一天的开始,也应能表示一年的开始。《大招》首四句有云:"青春受谢,白日昭只。春气奋发,万物遽只。"王逸《楚辞章句》注云:"言岁始春,青帝用事,盛阴已去,少阳受之,则日色黄白,昭然光明,草木之类,皆含气,芽蘖而生。""春,蠢也。发,泄也。""言春阳气奋起,上帝发泄,和气温煖,万物蠢然,竞起而生,各欲滋茂……""青春"、"白日",春与日、与东岂非

---

① 顾颉刚、杨向奎:《三皇考》,载《古史辨》第7册中编,开明书店,1941年版。

一脉相贯？东是旦,是一天的开始,春是一年的开始,万物复苏,草木萌生,象征世上一切都展示了勃勃生机,故而《周礼·秋官》有云:"春始生而萌之。"《礼记·乡饮酒》有云:"东方者春,春之为言蠢也。产万物者圣也。"《尚书大传》云:"东方者,动方也。物之动也。何以谓之春？春,出也,物之出,故谓东方春也。"由此可以认为,东与春在时序义上是一致的,一个是一天的开始,一个是一年的开始,在开始义上可相吻合。因而,就时序义言,东含有开始、萌生、发端之义,在这个意义上,笔者认为,东即是春。

关于东即是春(时序义)的问题,我们继续作些引证阐发。

从东西方关系来看。《诗·小雅·大东》有云:"东有启明,西有长庚。"启明星早晨出现于东方,长庚星傍晚出现于西方,岂非东——旦,西——暮？这使人自然想到了天体(地球)的自西向东运行。古谚有云:"日出而作,日入而息。"说日出东方时,开始劳作,日入西方时,收工返归。这是将东方日出、一天的开始与旦相联,将西方日落、一天结束与暮相联。《山海经·大荒东经》载日月所出之山六座,《大荒西经》载日月所入之山六座,虽然月的东西出落并不确切,但这也透出了东旦西暮观念。《小雅·小明》诗云:"昔我往矣,日月方除。曷云其还,岁聿云莫。"《小雅·采薇》云:"昔我往矣,杨柳依依。今我来矣,雨雪霏霏。""曰归曰归,岁亦莫止。"所说意思很明确:出发时是春天,返归时已是岁暮时节,"莫"通"暮"。宋玉《九辩》也有云:"悲哉秋之为气也……登山临水兮送将归。"诗人由秋而自然触发了返归之念。这使我们产生了古人可能有这种观念:东是旦,是春,是开始;西是暮,是秋,是结束。再联系《离骚》"春与秋其代序",《礼魂》"春兰兮秋菊,长无绝兮终古",鲁国编年史题名《春秋》,我们可以知道,春秋两季在上古时代人们心目中占有特殊地位,他们视春秋为年岁的转折与变化,以春秋两季代表整个一年,故于省吾在《甲骨文释林》中说:"商代的一年分为春秋两季制,甲骨文只以春和秋当作季名,西周前期仍然沿用商代的两季制,到了西周后期,才由春秋分出夏冬,成为四时。"这就自然地能使我们理解,为何先秦古籍只见东皇、西皇,而未见南皇、北皇,问题的关键在于,东与西不仅仅具有方位义,更蕴含了时序义。

　　商代虽无四季名称,但甲骨文中已出现四方神与四方风的观念。杨树达先生在《积微居甲文说·四方神名之意义》中说:"四方与四时相配,为古籍中恒见之说,甲文之四方,因其神人命名之故。知其与四时互相配合,殆无疑问。"对此,我们可作些引申。《诗·唐风·葛生》有云:"夏之日,冬之夜,百岁之后,归于其居。""冬之夜,夏之日,百岁之后,归于其室。"夏与日有关,冬与夜有关;联系上文所说,春与旦,秋与暮,我们自可想到一天的旦暮昼夜与一年的春秋夏冬的互相对应。《邶风·凯风》有"凯风自南"句,《邶风·北风》有"北风其凉"句,岂非南风——凯风,北风——凉风? 是否可进而推断曰:东风——春风,西风——秋风? 这在自然现象上是合情理的。故《尔雅·释天》曰:"南风谓之凯风,东风谓之谷风,北风谓之凉风,西风谓之泰风。"《礼记·乡饮酒》曰:"东方者春,西方者秋,南方者夏,北方者冬。"《礼记·月令》曰:孟春之月,"东风解冻,蛰虫始振"。《山海经》中有关四方神、四方风及四方神之职守的记载,也可资说明,《大荒东经》云:"大荒之中,有山名曰鞠陵于天、东极、离瞀、日月所出。名曰折丹——东方曰折,来风曰俊——处东极以出入风。"清人吴任臣注:"(大戴礼)《夏小正》云:'正月,时有俊风,'俊风,春月之风也,春令主东方,意或取此。"①同时,其他三方是:"有神名曰因乎——南方曰因,来风曰民——处南极以出入风。"(《大荒南经》。从袁珂校注本。)"有人名曰石夷——西方曰夷,来风曰韦——处西北隅,以司日月长短。"(《大荒西经》)"有人名曰鹓——北方曰鹓,来风曰狨——是处东北隅以止日月。"(《大荒东经》)近人学者中对此亦有发表论见者,如董作宾认为:"卜辞中,凡称四方者,无不以'东南西北'为次序,余不备举。而见于古代载者亦然。……四方之所以自东始者,实本于四时之自春始,东南西北,春夏秋冬;是地理与天文之密切联系,亦我古代文化科学与哲学之结晶,历代相承,莫敢更易者。"②徐松石说:"中国人有相当古老而肯定的方向与季节相搭配的观念。这是因为中原地处温带,

①　吴任臣:《山海经广注》。
②　董作宾:《论长沙出土之缯书》,载《大陆杂志》1955 年 10 卷 7 期。

四季分明,景色各不相同,而不是那种老是一面来风的地带。春天来的是东风,夏天来的是南风,秋天来的是西风,冬天来的是北风。所以四方和季节的搭配十分自然而又严格。"①更有说服力的,是《尚书·尧典》中的一段记载:

> 乃命羲和,钦若昊天,历象日月星辰,敬授人时。分命羲仲,宅嵎夷,曰旸谷。寅宾出日,平秩东作。日中星鸟,以殷仲春。厥民析,鸟兽孳尾。申命羲叔,宅南交,曰明都。平秩南讹,敬致。日永星火,以正仲夏。厥民因,鸟兽希革。分命和仲,宅西,曰昧谷。寅饯纳日,平秩西成。宵中星虚,以殷仲秋。厥民夷,鸟兽毛毨。申命和叔,宅朔方,曰幽都。平在朔易。日短星昴,以正仲冬。厥民隩,鸟兽氄毛。帝曰:"咨!汝羲暨和。期三百有六旬有六日,以闰月定四时成岁。允厘百工,庶绩咸熙。"

从《尚书》此段记载,我们可清楚看到,东方、日出、春,这一系列概念是相连贯的;而同时,西方、日落、秋,也是相连贯的。羲仲住东方叫旸谷的海滨之地,恭敬地期待日出,通过观察辨别不同时期日出的特点,以昼夜平分的那天作为春分,以鸟星见于南方正中之时作为考定仲春的依据,这时人民分散于田野内劳作,鸟兽也顺时生育繁殖起来;和仲住西方名叫昧谷的地方,测定日落之处,恭敬地给太阳送行,观察太阳入山时的次第,规定秋季收获庄稼的工作,以秋分这天昼夜交替的时候和虚星见于南方正中之时作为考定仲秋的依据,人民离开高地而住平原,从事收获庄稼的劳动,这时鸟兽毛盛,可以选用。藉此,我们可以充分断言:先秦时代,人们的四方、四时观念已相当明确、成熟;其相互关系是:

春——旦(朝)——东
夏——昼(日)——南

---

① 徐松石:《华人发现美洲考》上册,转引自萧兵《楚辞与神话》,江苏古籍出版社,1986 年版。

秋——暮(夕)——西
冬——夜————北

　　正是由于这四方、四时观念,决定了东在时序意义上是春,从而使我们可以得出结论:东皇乃是春神。

　　在结束本节论述时,笔者尚需指出一点,即在说明四方四时观念中,难免会遇到五行说问题,不少学者对东皇太一的理解与认识是建于五行说基础之上的。

　　不可否认,五行的提法与五行观念在屈原之前已存在,《尚书·洪范篇》中已有五行记载,《左传》《国语》等书中也出现了有关五行的文字。但是,我们注意到,与四方观念相对的五方说,在屈原时代及其前,却并不多见。有人提出,殷商甲骨文中可看到五方观念①,如帝乙、帝辛时卜辞说:

　　　　己巳王卜,贞今岁商受年。王𠃌(占)曰,吉。东土受年;南土受年;西土受年;北土受年。(《殷契粹编》九○七)

又,武丁时卜辞说:

　　　　戊寅卜,王,贞受中商年。十月。(《殷虚书契前编》,八、十、三)

持此论者认为,中商就是中方,是与东南西北四方并列的,从而推出当时已有中、东、南、西、北的崇拜。这种推断是有问题的,何以知道"中商"一定是"中方"(中土)而不是其他含义? 况且两条甲骨文材料出于两个不同时期。一些主张五方说的学者,也不得不承认,殷商卜辞中,难以看到五方的称谓,而四方一词却屡见不鲜②。与殷商有关系的《商颂》诗中多次言及四方,如《商颂·殷武》:"商邑翼翼,四方

　　① 参见杨向奎《周礼的内容分析及其成书时代》,载《绎史斋学术文集》,上海人民出版社,1983年版。
　　② 同上注。

之极。"《商颂·玄鸟》:"古帝命武汤,正域彼四方。"

又有人认为,《墨子·贵义》中已有五方说①。但读《墨子·贵义》,发现所载仅四方,并无五方:子墨子曰:"南之人不得北,北之人不得南,其色有黑者,有白者,何故皆不遂也?且帝以甲乙杀青龙于东方,以丙丁杀赤龙于南方,以庚辛杀白龙于西方,以壬癸杀黑龙于北方。"孙诒让注云:"毕本,此下增'以戊己杀黄龙于中方',云'此句旧脱,据《太平御览》增'。王云:'毕增非也。原文本无此句,今刻本《御览》鳞介部有之者,后人不知古义,而妄加之也。古人谓东西南北者,以其在四旁也。若中央为四方之中,则不得言中方,一谬也;行者之所向,有东有西,有南有北,而中不与焉,二谬也。钞本《御览》及《容斋续笔》所引,皆无此句。'案:王说是也。"②

其实四方与中土至少在《诗经》时代是对立的概念,并不混为一谈,如《小雅·甫田》云:"以我齐明,与我牺羊,以社以方。我田既盛,农夫之庆。"毛传曰:"社,后土也。方,迎四方气于郊也。"说明"社"与"方"并非同一概念,不可相合。又,《大雅·云汉》云:"祈年孔夙,方社不莫,昊天上帝,则不我虞。"郑玄注:"我祈丰年甚早,祭四方与社又不晚。"指出四方与社并不合一。而且,我们发现,《诗经》中四方之称甚多,计有《大雅》十一处,《小雅》二处,《周颂》三处,《商颂》二处,共十八处,而五方则无;如统计先秦其他资料,则言及四方者有:《尚书》七处,《左传》四处,《论语》、《孟子》各一处,而有五方者仅《尔雅》、《礼记》各一处,别处均无。对《尔雅》、《礼记》的产生时代历来有争议,《尔雅》相传为周公撰,或为孔子门徒作,秦汉间人增益而成;《礼记》采自先秦古籍,西汉人编定,即使两书均为战国之前著作,也仅二处提及五方,何况两书成书时有汉代人增益是毫无疑问的。齐思和先生说:"五行的五方说,载《淮南子·天文训》,似出于战国星象家之说。"③恐不无道理。至于五行说理论的系统形成,显然在邹衍之后,其时间就肯定晚于屈原了。

---

① 参见庞朴《阴阳五行探源》,载《中国古代文化史论》,北京大学出版社,1986 年版。
② 孙诒让《墨子间诂》,中华书局,1986 年版。
③ 齐思和:《中国史探研·五行说之起源》,中华书局,1981 年版。

　　鉴此,笔者认为,五方说在屈原时代至少是尚不成熟、尚不流行,而四方说应比五方说更有说服力,可见,我们对东皇是春神的推断完全可以成立。

结　　论

　　以上我们分别剖析了"东皇"和"太一",现在该最后看它们的整体组合了。许多论者均视"太一"为最高神,而对东皇或置于辅次地位,或忽而不论;实际恰恰相反。

　　根据上文的分析考证,既然"太一"在屈原时代并没作为神出现,那么它在"东皇太一"中就不是神的形象或称号。"太一"在这儿究竟是什么含义,起什么作用呢?

　　"一",《说文解字》谓:"一,惟初太极,道立于一,造分天地,化成万物。"《老子》四十二章云:"道生一,一生二,二生三,三生万物。""一"的本义是一切的开始,一切的萌生与开端。"太",即大,《说文》段注云:"后世凡言大而以为形容未尽则作太。"又,"如大宰俗作太宰,大子俗作太子,周大王俗作太王是也。谓太即《说文》夳字,夳即泰字,则又用泰为太"①。故太一即大一,即至大无外,《庄子·天下》曰:"至大无外,谓之太一。"又"主之以太一"句,成玄英注:"太者广大之名。一以不二为名,言大道旷荡,无不制围,囊括万有,适而为一,故谓之太一。"曾国藩释《淮南子·泰族训》曰:"始而又始曰太始;一之又一曰泰一;伯之前有伯曰泰伯;极之上有极曰太极……"②可见,太字是形容、修饰"一"的,"一"是一切的开始、萌生与开端,则"太一"即是始而又始的开始、萌生与开端。明确了这一点,我们再来看"东皇太一"就应该清楚了:东皇太一不是别的,正是春神,象征世间万物萌生、开端的春神。

　　最后的问题是,既然"东皇"已是春神,为何还要再加上"太一"

---

①　《说文解字》"泰"字段玉裁注。
②　曾国藩:《求阙斋读书录》卷五。

呢？这有两种可能性：其一，"太一"本身的含义是始而又始的开始，它与春是完全吻合的，预示年复一年新岁的开始，那么屈原将其置于"东皇"之后，在意义上可以更为鲜明、突出，同时又可与"东君"有所区别，前者"东"是时序义，后者"东"是方位义，前者是春神，后者是日神，不会混淆，所以先秦古籍中"东皇太一"一词仅一见。其二，"太一"在汉代成了神的代称，编集楚辞的刘向一则为了突出《九歌》首篇之神，在"东皇"后添加"太一"，以显示其崇高，二则也是为了与"东君"有所区别，不至于使后人淆而不清；由于《汉郊祀歌》中确也有"奏《九歌》""效太一"，这种可能性在情理上也可通。因目下缺少十分可靠的资料，笔者很难断言这两种可能性何者属实，只能有待于将来某一天的地下出土文物了。

末了，试对《东皇太一》原诗作简单的串说。

诗一开首，先交待了祭祀时日。因是祭春神，故时日当在春天。选择好春日的吉良时辰，准备恭恭敬敬地祭祀上皇——东皇太一——春神，让其愉悦地降临人世，给人间带来万物复苏、生命繁衍、生机勃发的新气象。主持祭祀的主祭者抚摸着长剑上的玉珥，整饬好服饰，恭敬地迎候春神降临。

祭坛上陈放好了祭祀礼节所应备的一切：瑶席、玉瑱，还有供设的许多楚地鲜艳的芳草——它们是春神来临的象征。神堂上摆好了准备款待春神的肴烝肉食、桂花美酒。一时间，举槌击鼓，奏乐浩唱，缓舞徐歌。春神降临了。

扮作春神的巫穿着华丽的盛装，以美妙动人的舞姿，姗姗而至祭堂，其来临给整个祭堂带来了芬芳，带来了春的气息与氛围。于是，鼓钟齐奏，笙箫共鸣，乐声大作，欢乐气氛达到高潮。春神在这繁弦急管的交响声中，显出欣喜安康的神态。

整篇诗虽短小，却自始至终洋溢着庄重、欢快之情，热烈的气氛贯穿于祭祀全过程。它充分表明了人们对春神的敬重，祈望春神多多赐福于人间，给生命的繁衍，给万物的生长，带来春的生机与气息。

求生长繁殖之歌

长期以来,对《九歌》究竟写了什么,为什么而写,始终是个仁者见仁、智者见智、难以说清楚的疑题。由东皇太一是春神(详《东皇太一新考》),结合《九歌》其他篇章的内容及结构,联系上古时代原始初民的宗教风俗,我们可以发现一个重要线索:原始《九歌》乃是处于原始地区人们祈求农作物生长、人类生命繁殖的祈祷词与祝愿歌,它配合祭神歌舞,是原始初民繁殖仪礼形式的反映与表现;虽然现存整组《九歌》未必是某次祭祀祈祷仪式的集中记录,它显然是屈原再创作的产物,但从整体上看,它分明遗存有上述内容的形核。

让我们先将视野拓宽些,从比较宏观的角度了解一下世界范围诸民族历史上的宗教及其礼俗情况。

马林诺夫斯基在他的《巫术科学宗教与神话》一书中写到了弗雷泽有关生长繁殖礼教的内容:

> 弗雷泽研究宗教的第三个题目是生长繁殖底礼教,《金枝》以乃米(Nemi)地方林木神祇骇人心目的神秘仪式作起点,述及形形色色的巫术宗教等信仪。这些信仪都是用以激动天地日雨等长养之力,加以控制的。……死亡与衰老对于初民的主要意义是重生底台阶;秋季丰收与冬季敛藏都不过是春季复兴底序幕罢了。①

这段话告诉我们,世界范围的形形色色巫术宗教信仪,大都与"激动"自然界,使之"春季复兴"、人类"重生"的生长繁殖有密切关

---

① (英)马林诺夫斯基:《巫术科学宗教与神话》,中国民间文艺出版社,1986年版。

系。弗雷泽在《金枝》中也直接表述了类似看法：

　　在四季给人们带来的变化之中，就温带地区来说，最为惊人的乃是那些对植物产生影响的变化。季节对动物的影响虽然也很大，却不如对植物这样明显。因此，在那些表示驱走寒冬、春回大地的巫术戏剧中，所强调的重点在于植物方面，也就是自然而然的了。也就是说，在这类表演中树木和花草比之兽类和禽鸟充当着更为重要的角色。不过，生命形态的这两个方面，植物和动物，在那些举行仪式的人们看来并不是毫无关联的。其实，他们所普遍相信的动、植物世界之间的联系甚至要比动、植物的实际联系还要紧密。因而，人们常常在同一时间内用同一行动把植物再生的戏剧表演同真实的或戏剧性的两性交媾结合在一起，以便促进农产品的多产、动物和人类的繁衍。对他们来说，生命和繁殖的原则，不论就动物而言还是就植物而言，都只是一个不可分割的原则。活着并引出新的生命，吃饭和生儿育女，这是过去人类的基本需求，只要世界还存在，也将是今后人类的基本需求。其他方面可以加上人类生活的富裕及美化，但除非上述需求首先得到了满足，不然的话人类也就无法存在了。因此，食物和孩子这两种东西乃是人们用巫术仪式来表演季节运行所追求的最主要的东西。①

　　弗雷泽在这里实际是指出，原始人常常在大地回春之季举行巫术仪式："在同一时间内用同一行动把植物再生的和戏剧性的两性交媾结合在一起，以便促进农产品的多产、动物和人类的繁衍。"弗雷泽又说：

　　埃及和西亚的人民在奥息里斯、塔穆斯、阿都尼斯和阿提斯的神名下，表演一年一度的生命兴衰，特别是把植物生命的循环人格化为一位年年都要死去并从死中复活的神。在名称和细节

---

① 引自《神话——原型批评》，叶舒宪主编，陕西师范大学出版社，1987 年版。

方面,这种仪式在不同的地点不尽相同,然而其实质却是相同的。①

由弗雷泽这段话可以体会,那个能代表与象征"一年一度的生命兴衰",并与农产品、动物、人类的繁衍有密切关系的神,显然是春之神,尽管不同地点、不同民族对它的称呼可以不同,但实质无疑是一致的。里普斯在《事物的起源》第十三章中也指出:"原来,丰收仪式被认为是促使自然界周而复始的更新,获得雨水以及从而获得田地丰收,迫使植物之神生产出农业果实所必需的。"②

从世界各地区诸民族历史上的宗教情况,我们可以比较清楚地看到一些这方面的例子。据普鲁塔克、希罗多德的史书和其他一些历史文献,远古和埃及、美索不达米亚,以及希腊都有祀神仪式,埃及人祀奉的农神是沃西里斯(Osiris),巴比伦人祀奉的农神叫坦穆兹(Tammuz),叙利亚人祀奉的农神叫阿多尼斯(Adonis),小亚细亚人祀奉的农神叫阿提斯(Artis),各地区祀奉农神的祭典中,添上了用男女交合来象征万物生育的花样,原始人从交感巫术原理出发,以为人间男女交合可以促进万物繁殖,因而祭祀仪式同时伴随象征性的神庙卖淫,或大规模的男女欢会③。澳大利亚中部的部落中曾盛行一种"繁殖礼"(increace rites),这"所谓'繁殖礼',一年一度行之于雨季到来之前,即草木争荣、动物交尾时节。届时,图腾群体成员则在特定的祭地举行法术仪式。他们将血浆洒布于地,口诵咒歌,以促令似在近侧的图腾胚胎离其蛰居之地,繁衍增殖。"④居住于美国西南部印第安人中的普埃布洛部族人盛行一种"舞仪",这种仪式的主旨在祈雨、祛病、祈求年丰岁熟。非洲从事农业的诸民族地区,常举行祈雨形式,甘霖未降之前,雨师竭诚奉职,直至雨降下来,如愿以偿方作罢⑤。弗雷泽认为,水,不仅能给土地带来繁殖力,依照交感巫术原则,它也

---

① 引自《神话——原型批评》。
② 四川民族出版社,1982年版。
③ 参见鲍昌《舞蹈的起源》,《舞蹈论丛》1981年第3期。
④ (苏)谢·亚·托卡列夫:《世界各民族历史上的宗教》,中国社科出版社,1985年版。
⑤ 引同上注。

能使人口、畜群兴旺,这就是将男性生殖力与水等同,将女性生殖力
与大地等同①。例如,古罗马的乃米(Nemi),男性生殖力和女性生殖
力的代表狄阿纽斯(Dianus)和狄安娜(Diana),按其性质的同一个方
面,都被人格化为能赋予生命的水和土地。进而,弗雷泽指出,由水
和大地发展为植物如树木、花草的繁殖,均可与人的繁殖联系起来:

> 我们未开化的祖先把植物的能力拟人化为男性、女性,并且
> 按照顺势的或模拟的巫术原则,企图通过以五朔之王和王后以
> 及降灵节新娘新郎等等人身表现的对树木精灵的婚嫁,来促使
> 树木花草的生长。因此,这样的表现就不仅是象征性的或比喻
> 性的戏剧,或用以娱乐和教育乡村观众的农村的游戏。它们都
> 是魔法,旨在使树木葱郁,青草发芽,谷苗茁长,鲜花盛开。……
> 相应地我们还很可以假定那些习俗的放荡表现并不是偶然的过
> 分行为,而是那种仪式的基本组成部分,根据奉行这种仪式的人
> 的意见,如果没有人的两性的真正结合,树木花草的婚姻是不可
> 能生长繁殖的。②

> 同时,作为橡树之神,他自然是橡树女神的配偶,不管他的
> 名字叫埃吉利娅或狄安娜。他们的联姻,无论怎样进行性的行
> 为,都被认为是大地丰产、人畜繁殖的必要。此外,由于橡树神
> 同时也是天神、雷神、雨神,所以他的人身代表,跟许多其他具有
> 神性的国王一样,就得在适当的时刻行云、司雷、降雨,使庄稼丰
> 收,果实累累,牧草茂盛。③

我们知道,世界上绝大多数民族都曾有同时祀奉农业神、生育
神、春神的仪式,这种仪式上所跳的舞称为"生育舞",它不仅以促进
万物生育为动机,且以模拟表演万物生育过程为内容。世界范围诸

---

① 参《神话——原型批评》。
② (英)詹·乔·弗雷泽:《金枝》,中国民间文艺出版社,1987年版。
③ 同上注。

民族历史上的宗教习俗是如此,中国上古时代的宗教习俗自也不例外。丁山说:"从殷商王朝所遗留的断简残编甲骨文,一直看到《诗》、《书》、《三礼》、《国语》、《左传》,封建主们除了日祭、月祀、时享、岁禘所举行的例祭之外,余则都是禳灾、祈雨,或祈祷疾病的特祭,不离生命与生产的问题。"①

中国上古时代的原始宗教习俗有一个非常重要而又典型的特征,即祭祀与性爱相结合。《墨子·明鬼》云:"燕之有祖,当齐之社稷,宋之桑林,楚之有云梦也,此男女所属而观也。"郭沫若指出:"祖社同一物也,祀于内者为祖,祀于外者为社,在古未有宗庙之时,其祀殊无内外。此云'燕之有祖,当齐之社稷',正祖社为一之证。古人本以牡器为神,或称之祖,或谓之社,祖而言驰盖苟此牡神而趋也。此习于近时犹有存者,扬州某君为余言,往岁于仲春二月上巳之日,扬州之习以纸为巨大之牝牡器各一,男女群荷之而趋,以焚化于纯阳观之前,号曰迎春。所谓'男女之所属而观'者,殆即此矣。"②郭沫若这段话对我们理解上引《墨子·明鬼》的话无疑是有助益的。《周礼·地官媒氏》有云:"媒氏掌万民之判,中春之月令会男女,于是时也,奔者不禁。若无故而不用命者罚之。司男女之无夫家者而会之。凡男女之阴讼,听之于胜国之社。"郑玄注:"中春阴阳交,以成昏礼,顺天时也。"《礼记·月令》有云:"是月也,耕者少舍,乃修阖扇、寝庙必备,毋作大事以妨农之事。"这些记载清楚地表明了上古时代祭祀、性爱相结合的情况。先秦时期,各国的祭祀场所往往是少男少女交际谈情、性欢结合之处,季节上正值农事开始之时。故而《白虎通义·嫁娶》云:"嫁娶必以春日何? 春者,天地交通,万物始生,阴阳交接之时也。"

这里,有两点值得注意:第一,祭祀与农事密切有关,因而与祈雨、求丰收不可分割,而男女性爱又与这两者都发生一定联系;第二,祭祀、农事、求雨、性爱的季节时间都发生于春季——一年开始的二

---

① 丁山:《中国古代宗教与神话考》,龙门联合书局,1961 年版。
② 郭沫若:《甲骨文字研究·释祖妣》,载《郭沫若全集·考古编》第 1 卷,科学出版社,1982 年版。

三月间,春播时节。这两个方面的情况同本文上面叙述引证的世界其他民族求雨祈丰收与男女交媾生殖繁衍的关系是几乎一致的。

《诗经》在这方面有不少记载。《鲁颂·閟宫》一诗所写,即反映了祭生殖神与祭社稷在同一场所:

> 閟宫有侐,实实枚枚。赫赫姜嫄,其德不回。上帝是依,无灾无害。弥月不迟,是生后稷。降之百福……俾民稼穑。……

它说明,远祖姜嫄是在庄严的上帝祭祀中感而怀孕,可见祭祀与男女性爱的关系。《郑风·溱洧》与《鄘风·桑中》如实记载了春日男女发生性爱的状况及其处所:

> 溱与洧方涣涣兮,士与女方秉简兮! 女曰:"观乎!"士曰:"既且。""且往观乎!"洧之外洵訏且乐。维士与女,伊其相谑,赠之以勺药。
>
> ——《郑风·溱洧》

> 爰采唐矣? 沬之乡矣。云谁之思? 美孟姜矣。期我乎桑中,要我乎上宫,送我乎淇之上矣!
>
> ——《鄘风·桑中》

《郑风·溱洧》与《鄘风·桑中》两诗写的是春季青年男女在水边发生的恋爱情欢,它所反映的是古人相沿成习的临水祓禊风格。据孙作云先生考证①,祓禊风俗的形成,起因于古人认为不生子是一种病气,为能促进生育,必须解除病气,至河中洗涤,方可得子,而祭祀目的之一也是为了求子,于是祓禊求子与祭祀无形中发生了关系。实际上,所谓求子,就是"令会男女",也即春季二三月间在溱水、洧水、淇水、桑中等处幽会情欢,这正符合《礼记·月令》所云"仲春之月"、"令会男女"。类似这种记载春季在水边发生男女恋爱的篇章,

---

① 孙作云:《诗经与周代社会研究·诗经恋歌发微》,中华书局,1966 年版。

《诗经》中尚有《郑风·褰裳》、《卫风·淇奥》、《周南·汝坟》、《周南·汉广》等,它们虽不如《溱洧》、《桑中》那么描述直接、浓烈,但也或多或少地透露了这方面的气息。另外,《小雅·斯干》、《小雅·楚茨》等篇叙述了祭庙后燕寝的生活,《大雅·生民》写了姜嫄出祀怀孕而生后稷,这些无疑都表现了祭祀神祇的同时男女发展性爱,反映了祭祀与男女性爱、农事季节的一致性。古代神庙,名义上是享神,实际上祭庙同时也是男女野合之所,由性的交合而结为正式婚姻,并于神庙前举行婚礼,这在南方楚族中较为盛行,《国语·楚语》载观射父对楚昭王言:"百姓夫妇,择其令辰,奉其牺牲,敬其粢盛,洁其粪除,慎其采服,禋其酒醴,帅其子姓,从其时享,虔其祝宗,道其顺辞,以昭祀其先祖;肃肃济济,如或临之。于是乎合其州乡朋友婚姻,比尔兄弟亲戚……合其嘉好,结其亲昵,亿其上下,以申固其姓。"所以郭沫若说:"古人之庙亦有秘密,庙实即古人于神前结婚之所,庙后有寝,以备男女之燕私,诗之《斯干》、《楚茨》等篇,所咏者均是此事。"

值得注意的,是《墨子·明鬼》中说的"宋之桑林",它即是《鄘风·桑中》的"桑中"——桑林中,而桑林也就是桑社,社名为丛,亦可曰林(见《说文解字》),因此"宋之桑林"就是宋的社,那么"齐之社稷"、"楚之云梦",毫无疑问也都是社。据陈梦家先生考证①,桑林还是求雨之所,《吕氏春秋·顺民篇》云:"天大旱,五年不收,汤乃以身祷于桑林。"高诱注:"桑林,桑山之林,能兴云作雨也。"《淮南子·修务篇》云:"汤若旱,以身祷于桑山之林。"高诱注:"桑山之林能为云雨,故祷之。"桑林既为求雨之所,又是男女相会之处,那么楚之云梦同宋桑林一样,是求雨与男女相会的共同场所,这和男女野合是天下雨的感应巫术有关。这就证明了先秦时代包括楚国在内的祭祀与农事、性爱、繁衍相合的事实。《诗经》中一些篇章,如《小雅·甫田》、《小雅·大田》,还有载祭祀、求雨、农事相合者。故而闻一多先生指出:"在农业时代,神能赐予人类最大的恩惠莫过于雨——能长养百谷的雨。大概因为先姚是天神的配偶,要想神降雨,惟一的方法是走先姚的门路,(汤祷雨不就是这么回事?)后来因先姚与雨常常连想

_____

① 陈梦家:《商代的神话与巫术》,载《燕京学报》,第20期。

起,渐渐便以为降雨的是先妣本人了。……而在民间,则《周礼·媒氏》'仲春之月,令会男女'与夫《桑中》、《溱洧》等诗所昭示的风俗……确乎是十足的代表着那以生殖机能为宗教的原始时代的一种礼俗。"①云南大理白族地区流行的一种"绕山林",相传即是一种原始宗教习俗的表现,虽然它在时代上比先秦时期迟,但因地理条件因素,它所反映的风俗,实际上与先秦时期南楚风俗是基本一致的。在白族人聚居的村寨,一般都有年代久远的古槐、古柏,白族人视其为神树(即社),人病了,求大树消灾免难,人死了,求大树给予早日超脱苦海,天旱了,祈求大树赐雨水,祭祀方式与朝社极为相似;与此同时,"绕山林"又是"风流会",白族人一面举行祭祀活动,一面"令会男女",男女青年趁此尽情寻欢对歌,甚而夜宿山林②。这例子也能反映出原始地区祭祀与性爱、农事相合的情况。原始初民正是凭着巫术感应原理,将男女媾合与五谷蕃育相联系,将婚嫁之事与春时农事相结合,这真实地反映了初民们祈求大自然多生殖——子孙、五谷的强烈愿望。

以上的引证与阐述,目的是为了阐明《九歌》的本质意义。以下即结合《九歌》本身作论述。

毫无疑问,我们应首先分清原始《九歌》与屈原创作的《九歌》,两者既有相通处,也有迥异处。由于历史条件的限制,我们已难以判断原始《九歌》的真实面目,但有一点可以肯定,它一定是流传于南楚一带的原始祭歌,因为从屈原创作的《九歌》中我们仍可窥见一些上古原始初民的宗教习俗,以及祭祀与性爱、农事结合的情况(详下文)。战国时代的楚国,很多地区开化较迟,生产力相对北方低下,保留远古传统较多,巫术盛行,这些都为屈原加工改制《九歌》而仍存反映上古时代风俗人情提供了客观依据。可以这样认为,《九歌》从本质上看应是楚民祈雨、祈农业生产并与性爱、生育繁衍相结合的原始祭歌的再创造,它既有庄严的祭神气氛(如《东皇太一》等),又有瑰丽浪漫

---

① 《闻一多全集·神话与诗·高唐神女传说之分析》,生活·读书·新知三联书店,1982 年版。
② 《白族神话传说集成》,中国民间文艺出版社,1986 年版。

的情爱色彩(如二《湘》、《山鬼》等),它是楚人借助祭神配以男女社交风俗的记录与体现,是情爱与祭神相结合的产物,其具体地点发生在"楚之云梦",但不一定是某次祭祀仪式的实录。

我们具体看《九歌》的篇目组成及内容。

《东皇太一》是《九歌》的首篇,这在情理上是通的,因为东皇太一是春神,春神主宰世间万物的滋生、生长,它既唤醒大地上万物的萌发衍生,也关系着人与动物的生殖繁衍,"春风时至,草木皆苏,春神有促进生殖的能力,也就被人重视为生殖大神了"①。农业生产的播种季节在每年的二三月间,男女相会欢乐的时间在春日,《周礼·春官》郑注:"春者出万物。"《大招》王逸注:"春,蠢也。发泄也。"《招魂》王逸注:"春气奋扬,万物皆感气而生。"东皇太一作为主宰世间万物生生不已的神,自然是人们祭祀的主要对象,《东皇太一》篇无疑应当列于首位。

紧接《东皇太一》的是《云中君》,有人以为这样排列是今本《楚辞》之误,《云中君》应在《东君》之后②。这种看法不妥。第一,东君并非太阳,而是日神,是太阳的驾车者羲和,这可由《东君》篇所写见出,"暾将出兮东方,照吾槛兮扶桑",这里,"暾",是旭日——太阳,而"吾"则是东君自指。《尔雅·释天》谓"日御谓之羲和",《离骚》云"吾令羲和弭节兮",可见,羲和非太阳本身是显而易见的。第二,更主要的,作为体现《九歌》之旨,春神之后紧接的应是雨神(云雨之神),而不是其他什么神,原因在于初民祭祀的主要目的之一是祈雨,这与春密不可分(雨寓有自然界与人类生殖的双重含义)。那么,云中君是否是雨神呢?答案是肯定的。王逸注《云中君》曰:"云神,丰隆也。或曰屏翳。"洪兴祖《楚辞补注》亦曰:"云神丰隆也,一曰屏翳。"《天问》有云:"萍号起雨,何以兴之?"王逸注:"萍翳,雨师名也。"林庚《天问论笺》说:"这里指兴云起雨。"《山海经·海外东经》云:"雨师妾在其北。"郭璞注:"雨师谓屏翳也。"雨师为什么叫屏翳

---

① 丁山:《中国古代宗教与神话考》。
② 今人姜亮夫即持此说,参见《楚辞通故》九歌条,齐鲁书社,1985年版。又,清人刘梦鹏《屈子章句》,近人闻一多《楚辞校补》亦持此说。

（滂翳）呢？屏翳，这是描述以翡翠羽为饰的起舞巫师。羽，象征雨，《释名·释天》曰："雨，羽也。"滂，是一种水鸟，呼号则天雨。（据徐焕龙《屈辞洗髓》）颜师古《匡谬正俗》卷四云："鹬，水鸟，天将雨则鸣。……古人以其天时，乃为冠象此鸟之形，使掌天文者冠之。"可见，屏翳是古巫求雨时，头戴鹬冠、身披鹬羽之服而舞的形象，这饰羽之舞，意即求雨。殷商时代人们重视对云雨神的祭祀，甲骨文所载祭云、卜云文字，均与雨有关。如"兹云，其雨？不其雨？"（《殷契卜辞》五五三）又如"来云自南，雨？"（《铁云藏龟》一七二，三）

　　殷商后比较广泛流传的云雨神，其拟人化名称即为云中君。另，《山海经》所载应龙是云雨之神，《大荒北经》曰："蚩尤作兵伐黄帝。黄帝乃令应龙攻之冀州之野。应龙蓄水。"（《云中君》有载："览冀州兮有余，横四海兮焉穷。"恐非偶合。）"应龙已杀蚩尤，又杀夸父，乃去南方处之，故南方多雨。"《大荒东经》曰："应龙处南极，杀蚩尤与夸父，不得复上，故下数旱。旱而为应龙之状，乃得大雨。"可见，云中君应龙是云雨之神，《庄子·天运》也有曰："云者为雨乎？雨者为云乎？""丰隆"、"屏翳"，乃一神异名，"丰隆"是云在天空之堆集（有人认为"丰隆"为雷神，从本质上看，亦可通，因云、雨、雷三者有密切关联），"屏翳"是云兼雨的形象，倘非如此，何不称云君，而要叫云中君呢？云中者，非仅云本身也。从自然现象看，云雨两者实质上也属一类物象，水气凝聚而成云，云积聚多而降雨，云雨在原始初民的想象中，应是一神，否则《云中君》末尾何以会说："思夫君兮太息，极劳心兮忡忡？"这正是楚民盼雨心切，渴望神早赐甘霖的内心吐露。如按本文上述天人感应巫术原理，那么，云中君更应是云雨之神了。这里，我们顺便还应谈及，人们由云雨之神，联想到雨后出现的虹，这在情理上也是可通的，或者说，从现象上看，虹的出现，正是雨之后兆，因而盼虹，实际上是盼雨。而且，在古人看来，虹的出现，与男女性爱有关联，试看《诗·鄘风·蝃蝀》：

　　　　蝃蝀在东，莫之敢指。女子有行，远父母兄弟。
　　　　朝隮于西，崇朝其雨。女子有行，远父母兄弟。
　　　　乃如之人也，怀婚姻也，大无信也，不知命也。

毛亨曰:"蝃蝀,虹也。夫妇过礼,则虹气盛。"孔颖达曰:"言朝有升气
于西方,终朝其必有雨。有隮气必有雨者,是气应自然,以兴女子生
则必当嫁,亦性自然矣。"陈子展《国风选译·蝃蝀解题》说:"蝃蝀就
是虹。按虹字已见于甲骨文,说虹'歠(饮)于河',也说'贞虹佳年'、
'贞虹不佳年',可见殷人以为虹有关于雨水的多少,年收的休咎。"①
高亨《诗经今注》说:"此诗以虹出东方比喻男女私通。"②因此,我们
可以说,《云中君》紧接《东皇太一》之后是完全对的,它反映了人们在
祭春神之后,急盼雨神的心理,而雨神(云雨、虹)的出现,则无论对大
自然农作物的生长,抑或人类的生殖繁衍都是至关重要的。这同我
们上文所谈到的祭祀、农事、性爱相合的情况是完全相符的。

　　《湘君》和《湘夫人》两篇写的是楚境内最大的河流湘水之神,它
们形似两篇,分别冠以"湘君""湘夫人"之题,实际上浑然一体,互为
渗透,反映了湘水之神悲欢离合的恋爱故事。对于"湘君""湘夫人"
各指传说中的什么人物,历来诸说纷纭,有各为舜之二妃说,有"湘
君"为娥皇、"湘夫人"为女英说,有舜为"湘君"、二妃为"湘夫人"说,
有"天帝二女"说,等等。不管何说,诗篇本身所写系神之间生死契
阔、会合无缘的深挚情感,这是毫无疑问的。两首诗笔墨所重,均以
一方候另一方,而始终不见来为线索,于彷徨惆怅中流露哀叹,体现
出神神恋爱、互相信守坚贞不渝爱情的主题。很显然,性爱内容在这
两篇诗中占了主要地位。试看《湘君》所写,通篇是湘夫人思念、期待
湘君之情。一开首便是"君不行兮夷犹,蹇谁留兮中洲?"有点责怪湘
君何以迟迟不至;继之吐露内心焦灼思念之情:"望夫君兮未来,吹参
差兮谁思?""扬灵兮未及,女婵媛兮为余太息。横流涕兮潺湲,隐思
君兮陫侧。"缠绵悱恻之情于此毕现;正由于此,湘夫人才会发出"心
不同兮媒劳,恩不甚兮轻绝"的怨望之辞。然而尽管如此,毕竟两人
情爱绵深,相思难绝,故还是折芳草以寄情:"采芳洲兮杜若,将以遗
兮下女。"这正如朱熹所说:"言湘君既不可见,而爱慕之心总不能忘,
故犹欲解其玦佩以为赠,而又不敢显然致之以当其身,故但委之水

---

① 陈子展:《国风选译》,古典文学出版社,1957 年版。
② 高亨:《诗经今注》,上海古籍出版社,1980 年版。

滨,若捐弃而坠失之者,以阴寄吾意,而冀其或将取之。"①同样,《湘夫人》篇所写,也是感情真切,情意绵绵。应该指出,从体现瑰丽浪漫色彩角度言,二湘篇是《九歌》中色彩最浓的,它们描写男女情爱的成分最多、最真挚。不过,这两篇作品同原始祭祀湘水神的祭词自不可同视,因为它们已经过屈原大手笔的改制,削除了鄙陋猥琐成分,"去其泰甚"(朱熹语),而现出了优美、雅致的色泽。但不管怎样,有一点可以肯定,湘水神之恋爱,所表现的是楚民男女情爱的一种寄托,是他们祈祷男女结合、生子繁衍的一种曲折表达,他们藉湘水神而歌咏爱情,是利用祭祀发展性爱的合乎情理的体现。

《大司命》、《少司命》两篇与本文所述主题关系似更切近。对大司命、少司命的解释,诸家说法不一,以王夫之《楚辞通释》为较确:"大司命统司人之生死,而少司命则司人子嗣之有无,以其所司者甚雅,故曰少;大则统摄辞也。古者臣子为君亲祈永命,遍祷于群祀,无司命之适主,而弗(被)无子者,祀高禖。大司命、少司命,皆楚俗为之名而祀之。"《九歌》有祀司命之神,这本身反映了原始初民对人类生命生存、死亡的意识,司命之神代表并反映了人们对生命具有不可理解而又祈图永年的意念,这与人类的生育繁衍是极有关系的。祈祀者对司命之神无疑充满了热情,"折疏麻兮瑶华"、"结桂枝兮延伫",委婉地表达了对神灵的爱慕;正由于人们认为自己的寿命均掌于神之手,因而特别想求得神的赐福,蒋骥《山带阁注楚辞》说:"神以巡览而至,知其不可久留,故自言折此麻华,将以备别后之遗,以其年既老,不及时与神相近,恐死期将及,而益以疏阔也。"如果说,大司命系主寿夭之神,一定程度上还保存有威严、严肃之态的话,那么写少司命的诗章就不仅仅写了司生之神,而且所言郊禖之事,颇具性爱氛围,透露出较浓烈的抒情味,如蒋骥《楚辞余论》所说:"少司命主缘,故以男女离合为说,殆月下老人之类也。"诗篇所写也确实透出了这方面的气息。一开头四句便写了祀神场所四周的景色,接着是对求子者的慰语,这与少司命之神身份、职责完全相符。值得注意的是,篇中写到了男女间奔者不禁,幽会之乐,难分难舍的景况:"满堂兮美

---

① 朱熹:《楚辞集注》。

人，忽独与余兮目成。""悲莫悲兮生别离，乐莫乐兮新相知。"又写到了郊野之夕宿："荷衣兮蕙带，倏而来兮忽而逝，夕宿兮帝郊，君谁须兮云之际。"此"帝郊"无疑即是郊禖之所。诗篇还写了"与女沐兮咸池，晞女发兮阳之阿"，这不得不令人联想到"夕宿兮帝郊"，并产生男女通淫野合之念，唯因此，翌日晨方可能沐兮咸池，晞发阳阿，而少司命司子嗣与郊禖野合即此一脉相合。

《河伯》篇可以说主要涉及了性爱。楚国祭祀河神，大约始于战国，春秋时代因楚疆域地望尚未抵达黄河，故《左传·哀公六年》载："初，（楚）昭王有疾，卜曰：'河为祟'。王弗祭。大夫请祭诸郊。王曰：'三代命祀，祭不越望。江、汉、雎、漳，楚之望也。祸福之至，不是过也。不穀虽不德，河非所获罪也。'遂弗祭。"而到战国时，楚疆域扩大到了黄河南侧，于是开始祭祀河神，《左传·宣公十二年》载楚师败晋师于邲，祀于河，"楚子曰：'……其为先君宫，告成事而已。武非吾功也。古者明王伐不敬，取其鲸鲵以封之，以为大戮，于是乎而有京观，以惩淫慝。今罪无所，而民皆尽忠以死君命，又可以为京观乎？'祀于河，作先君宫，告成事而还"。不过，毕竟楚国离黄河距离遥远，因而《河伯》所写，对河神的祈祷与礼赞少，而较多的是爱情生活的描写。诗中写到了河伯的恋爱生活，充满了缠绵情意："与女游兮九河，冲风起兮水横波"，"日将暮兮怅忘归，惟极浦兮寤怀"，"乘白鼋兮逐文鱼，与女游兮河之渚"，"子交手兮东行，送美人兮南浦。波滔滔兮来迎，鱼邻邻兮媵予"。清丽委婉的笔调，情真意切的诗句，自然毫无疑问是屈原加工改制的结果，但我们从内容上，恐怕还是多少能体会到原始祭歌中对河神恋爱的曲折表述与寄托。

对《山鬼》篇的山鬼应指何者，历来争议颇大。有认为是鬼怪的，把它看作是夔、狒狒、山魈、猿类，如洪兴祖、朱熹、林云铭、王夫之者；有认为是人鬼的，如胡文英、王闿运者；也有认为是山中女神的，如顾成天、郭沫若、孙作云等。笔者认为，从《山鬼》篇所写和其对于《九歌》的主题内容而言，重点并不在于山鬼指何者，而是诗篇对山鬼恋情的描画，它分明是祭祀山神（山鬼）时发展男女爱情的曲折表现——将山神人格化而赋予其丰富情感。诗中形象地写出了山鬼的所思与所怨："被石兰兮带杜衡，折芳馨兮遗所思"，"怨公子兮怅忘

归，君思我兮不得闲"，"君思我兮然疑作"，"思公子兮徒离忧"，形象
而又真实地披露了山鬼内心复杂的情愫。《山鬼》中还多次写到了
雨："杳冥冥兮羌画晦，东风飘兮神灵雨"，"雷填填兮雨冥冥"，这些描
写，从客观上看，是为了烘托山鬼所居环境气候条件的恶劣，渲染突
出山鬼虽处逆境却依然不移坚贞爱情之志，从而使《山鬼》成了一篇
美丽动人的爱情佳作。这是一方面。另一方面，我们从《山鬼》篇的
写雨，也能体味出祈求降雨，《礼记·祭法》云："山林川谷丘陵，能出
云，为风雨，见怪物，皆曰神。"古人看到从山谷涌出滚滚白云，以为山
峰能兴云作雨，便把山神当作求雨的对象祭祀崇拜，这也是《山鬼》篇
写到雨的原因之一，而这种描写本身，又自然将祭神、性爱、求雨等相
融合了。

　　以上分析了《九歌》的大部分篇章，它们均与原始宗教习俗密切
有关。最后还有《东君》、《国殇》、《礼魂》三篇。《东君》写的是日神，
从祭祀言，日神肯定是不可少的，但从它列在《东皇太一》、《云中君》、
二《湘》、《二司命》篇之后看，日神在祭祀中显然不占主要地位，原因
在于人们祈求的是雨水充沛，使农业丰产、子孙繁衍，因而祭词更多
地偏在于求雨、性爱的内容，而《东君》篇这方面内容几乎不可见，这
就难怪它要被列于次等地位了。这样说，并不等于说日神与农业生
产无关，而是因为古人的这种祭祀和祈求是为了更多地企盼雨水，因
它既能滋润农田，促使农作物生长，又与人类的生殖繁衍有感应关系
（按巫术交感原理）。至于《国殇》与《礼魂》，笔者认为，从祭祀角度
看，它们恐怕与《九歌》其他篇章并不一致（虽然它们肯定是国家或朝
廷祭奠的祷词），这两篇是在组成《九歌》整体时另加上去的。
（详另文）

　　至此，我们可以下一个总结性的结论了。由上述宏观到微观的
叙述论析，我们认为，《九歌》的本质含义应是：它是一首上古楚民求
生长繁殖的艺术之歌，它所反映表现的内容，从根本上说，是人们用
以表达自己希求饮食自存、生命延续和子孙繁衍的强烈愿望。

篇数、原貌及创作时间考证

九歌应是九篇

《九歌》既为"九""歌",何故是十一篇呢?这个问题历来令人感到费解而不易辨清。要搞清这个问题,先得解决"九"的概念及其在《九歌》中的含义。

"九",这是中国古代颇具神秘性的一个数字。清代学者汪中对"九"曾撰写过专文,曰《释三九》①,文章中专门论述了"九"的性质与功用,特别指出了"九"的特性——具有虚指多数的功能:"凡一、二所不能尽者,则约之以三,以见其多;三所不能尽者,则约之以九,以见其极多。"应该肯定,汪中的论述是正确的,他道出了中国古代在数字运用上的习惯及特点。确实,在许多场合,"九"能充作多数之义。例如:《逸周书》云"左儒九谏于主",这儿的"九"乃多次的意思;《孙子·形篇》"善攻者动于九天之上",宋人梅尧臣注云:"九天,言高不可测。"《素问》云:"天地之至数,始于一,终于九焉。""九"在这儿表示极数。屈原作品中这类例子也不少,如《离骚》"余既滋兰之九畹兮"、"虽九死其犹未悔",《抽思》:"魂一夕而九逝",其所写到的"九"均指多次、多数。正由于此,有些学者认为《九歌》的"九"是虚指,如宋人姚宽在《西溪丛话》中说:"歌名九,而篇十一者,犹《七启》、《七发》,非以章名之类。"马其昶《屈赋微》说:"《九歌》十一篇,九者数之极。故凡甚多之数,皆可以九约,其文不限于九也。"今人郭沫若、游国恩等也取此说。

---

① 汪中:《述学·释三九》。

　　持"九"虚指说者,恐怕未能分清,"九"的虚指在句中均作修辞用
(如上引诸例),或形容、或比喻、或描述,并无充作标具体名词用的①;
如是后者,那么"九"的作用显然不是虚指,而应是实指了。试看:

　　《论语·季氏》:"君子有九思:视思明、听思聪、色思温、貌思恭、
言思忠、事思敬、疑思问、忿思难、见得思义。"

　　《左传·昭公二十年》:"一气、二体、三类、四物、五声、六律、七
音、八风、九歌。"

　　《左传·文公七年》:"九功之德,皆可歌也,谓之九歌。六府、三
事谓之九功;水、火、金、木、土、谷谓之六府,正德、利用、厚生谓之
三事。"

　　《周礼·春官》:"钟师掌金奏。凡乐事,以钟奏九夏:王夏、肆
夏、昭夏、纳夏、章夏、齐夏、裓夏、械夏、骜夏。"(另,《周礼》中之"九
职"、"九式"、"九贡"均如此,兹不赘引。)

　　由此,我们可以很明确地说,《九歌》的"九"是实指,而不是虚指,
因它乃标具体名词"歌",而并不修饰、比喻、描述"歌"。我们如看楚
辞中其他以"九"为篇名的诗章,也可说明问题:《九章》(屈原),《九
辩》(宋玉),《九怀》(王褒),《九叹》(刘向),《九思》(王逸),它们无
不是实指——题目的"九"与实际篇数完全一致。不能想象,刘向编
集、王逸作注的楚辞中,凡以"九"为篇名者均实指,唯独《九歌》例外;
倘真如此,人们不禁要问:为何屈原之后的模拟仿作者偏偏都仿《九
章》之"九"而不仿《九歌》之"九"呢? 即使到了清代,王夫之所作《九
昭》,也是九篇,而不是十一篇。可见,《九歌》之"九"应是如《九章》
之"九"一样,系实指而非虚指。

　　不过,问题来了。既然"九"是实指,为何实际上是十一篇呢? 对
这个问题,后世学者作了各种解释,归纳起来大致可分为三大类②:

　　错附说。明人陆时雍《楚辞疏》认为:"《国殇》、《礼魂》不属《九
歌》。想当时所作不止此,后遂以附歌末。"清人李光地《九歌解》、徐
焕龙《屈辞洗髓》赞同此说,以为《国殇》、《礼魂》系错附之,《九歌》本

---

　　①　参见高晨野《九歌结构原貌初探》,《江汉论坛》,1982 年第 6 期。
　　②　参见《楚辞注释·九歌解题》,湖北人民出版社,1985 年版。

应是前九篇。

合篇说。这一说有多种。第一种,主张"二湘"、"二司命"合一。明初人周用《楚辞注略》云:"九歌又合《湘君》、《湘夫人》,《大司命》、《少司命》为二篇。"蒋骥《山带阁注楚辞》云:"两《司命》类也,《湘君》与《湘夫人》亦类也。""神之同类者,所祭之时与地亦同,故其歌合言之。"王邦采《屈子杂文笺略》、顾成天《九歌解》亦持此说。第二种,主张"二司命"合一,《礼魂》系乱辞。汪瑗《楚辞集解》云:"《九歌》乃有十一篇,何也? 曰,末一篇固前十篇之乱辞也。《大司命》、《少司命》固可谓之一篇……"第三种,主张《山鬼》、《国殇》、《礼魂》合一。林云铭《楚辞灯》云:"盖《山鬼》与正神不同,《国殇》、《礼魂》乃人之新死之鬼者,物以类聚,虽三篇实止一篇,合前共得九,不必深文可也。"黄文焕《楚辞听直》赞同此说。第四种,主张去《河伯》、《山鬼》。钱澄之《屈诂》认为,黄河非楚地域所及,而《山鬼》涉于邪,屈子虽仍其名,而黜其祀,故实应九章。第五种认为,《国殇》、《礼魂》是乱辞。王闿运《楚辞释》云:"《礼魂》者,每篇之乱也。""盖迎神之词,十词之所用。""《国殇》旧祀所无,兵兴以来新增之,故不在数。"

迎送神曲说。主张此说的有清人王夫之及近人闻一多、郑振铎、孙作云诸人。王夫之认为,《礼魂》系前十祀所通用之送神曲(《楚辞通释》)。闻一多认为:"迎神、送神本是祭歌的传统形式……本篇既是一种祭歌,就必须有迎送神的歌曲在内。既然有迎、送神曲,当然是首尾二章。"①

笔者认为,上述诸说似均不甚合《九歌》旨意;笔者主张合篇说,但不同于上引五种说法。在未阐发观点之前,先应说清两个问题。

第一,《国殇》与《礼魂》问题。我们通读《九歌》时是否有一个感觉:从《东皇太一》到《山鬼》,写的都是祭神,所描写的是祀神陈设、歌舞场面、神神恋爱以及山川云雨神话,唯独《国殇》例外,内容、气氛与前九篇迥异。《国殇》篇写实成分甚浓,篇中描写了激动人心的战争场面,塑造了威武雄壮、奋勇争先的楚将士形象,自始至终充满了

① 《闻一多全集·神话与诗·什么是九歌》,生活·读书·新知三联书店,1982年版。

慷慨激昂之辞、绘声绘影之气。准确地说,《国殇》与前九篇属于两种
祭祀类型,它纯属屈原为祭祀而写的独力创作,原始《九歌》中当无此
篇。屈原之所以写《国殇》,并将其置于《九歌》之内,主要因为他热爱
楚国、楚民族,视为国捐躯、为民献身的楚将士之魂如神一般高大、令
人敬仰,藉祭祀楚将士之礼,讴歌、赞美之。这是屈原本人高度爱国
主义、民族感情升华的结果,也反映了楚人深沉真挚的民族感情。正
因为如此,篇中才会唱出:"诚既勇兮又以武,终刚强兮不可凌。身既
死兮神以灵,魂魄毅兮为鬼雄。"这就是《国殇》为什么能与祀神之歌
同列于《九歌》中的根本原因——人鬼与神同受祭。

那么,《国殇》后的《礼魂》该如何解释呢? 对《礼魂》,诚如上文
所引述,历来诸家说法不一,有认为它是《九歌》的乱辞,如汪瑗《楚辞
集解》云:"前十篇之乱辞也","前十篇祭神之时,歌之侑觞,而每篇歌
后,当续以此歌也"。有认为它是送神曲,如王夫之《楚辞通释》云:
"凡前十章,皆以其所祀之神而歌之。此章乃前十章之所通用,而言
终古无绝,则送神之曲也。"细辨《礼魂》词,我们发现,他们的说法恐
都不符诗旨。首先,如果《礼魂》是《九歌》十章的乱辞,那如将其一一
套于每篇之末,应该顺理成章,而我们却发觉,它们几乎前诗难搭后
辞,无法理解;如看作是全诗的总乱辞,则问题就更麻烦了,《礼魂》
者,所礼之对象是魂,而按常理,神是无所谓魂的,只有人才有所谓
魂,如对神称魂,则其本身即是对神永恒存在的一种冒犯与亵渎。其
次,认为《礼魂》是送神曲者,是因为视《东皇太一》为迎神曲,从而有
迎送神曲为首尾二章之说。但是,殊不知,这所谓迎送神曲乃取之于
汉郊祀歌,汉郊祀歌的形式并非《九歌》之源,而是《九歌》之流,是祭
祀歌类在汉代的产物,我们今人怎么可以今类古,下本末倒置的结论
呢? 更何况,如《九歌》真有迎送神曲,那《礼魂》也不该叫《礼魂》,而
应改为《礼神》或《送神》才确切。还是林庚先生说得有理:"按《九
歌》的次序,《礼魂》就正在《国殇》之后,《国殇》末后一句说:'魂魄毅
兮为鬼雄。'这是《九歌》里唯一一处提到'魂'的,而下面紧接着就是
《礼魂》,然则《礼魂》岂不就正是《国殇》的乱辞吗?"①《礼魂》词紧接

---

① 林庚:《诗人屈原及其作品研究·礼魂解》,上海古籍出版社,1984 年版。

着《国殇》，第一句是"成礼兮会鼓"，它不正是承着"魂魄毅兮为鬼神"的"魂"吗？倘若不是"礼""魂"，那么该"礼"什么呢？何况，《礼魂》中还有"春兰兮秋菊，长无绝兮终古"，如不是对人魂的礼赞，难道祝愿神"长无绝兮终古"？即使从祭祀看，《礼魂》紧接《国殇》之后，也是合情理的，"先颂而后以舞乐礼之"——先颂国魂，而后以"成礼兮会鼓""礼""魂"，符合祭祀程序。

　　由上可见，《国殇》与《礼魂》当是一篇，后者是前者的乱辞；至于题目《礼魂》，兴许是为了醒目、突出而后加的。

　　第二，《湘君》、《湘夫人》问题。《湘君》与《湘夫人》形式上是两篇，实际上按其内容与结构，应该说是一篇。理由是：其一，题目虽是两个，而实际所祭神是一个——湘水之神；其二，两篇诗章重复回环较多，句式与用语相似处也较多，且看：

朝骋骛兮江皋，　　　　　朝驰余马兮江皋，
夕弭节兮北渚。　　　　　夕济兮西澨。

捐余玦兮江中，　　　　　捐余玦兮江中，
遗余佩兮醴浦。　　　　　遗余褋兮醴浦。

采芳洲兮杜若，　　　　　搴汀州兮杜若，
将以遗兮下女。　　　　　将以遗兮远者。

时不可兮再得，　　　　　时不可兮骤得，
聊逍遥兮容与。　　　　　聊逍遥兮容与。
　　——《湘君》　　　　　　——《湘夫人》

其三，两篇诗在内容上紧相联系、不可分割。《湘君》写期待，《湘夫人》写会合；《湘君》末尾段写到"朝骋骛兮江皋，夕弭节兮北渚"，在"北渚"地方不走了，而《湘夫人》则紧接着从"北渚"开始："帝子降兮北渚，目眇眇兮愁予"，岂非前后照应，上承下启吗？可见，两篇所写实际上是一个完整的恋爱故事，是同一首歌的两章，我们后人不能将

它们割裂开来,当然,或许在祭礼上巫演出时,两篇正好是两幕,那就是诗为一篇,戏为一场两幕了①。

解决了《国殇》、《礼魂》与《湘君》、《湘夫人》各为一篇问题,《九歌》十一篇应当是九篇的问题自然也就迎刃而解了。其实,这样合篇的见解,明人贺贻孙曾说及:"《九歌》十一首。或曰《湘君》《湘夫人》,共祭一坛,《国殇》《礼魂》共祭一坛。此外,一《东皇太一》,一《云中君》,一《大司命》,一《少司命》,一《东君》,一《河伯》,一《山鬼》,各一坛。每祭皆有乐章,共九祭,故曰九歌。"②只是贺贻孙未能作具体分析,会令人发生疑问;但他所说的九祭、九歌,很有道理,王逸在《礼魂》注中也说过:"言祠祀九神,皆生斋戒,成其礼敬,乃传歌作乐,急疾击鼓,以称神意也。"那就是说,我们肯定《九歌》是九篇,并非单纯是为了解决十一篇与九篇的矛盾,也决不是为了凑《九歌》之"九",而是为了说明《九歌》确实是"九"歌:有天神、地祇、人鬼的九神系列,共九祭——东皇太一,春神;云中君,云雨神;湘君、湘夫人,湘水神;大司命,大司命神;少司命,少司命神;东君,日神;河伯,河神;山鬼,山神;国殇,人鬼(神);九个神,九次祭,九次歌,九次舞,九次音乐演奏,如同《汉郊祀歌》所云:"九歌毕奏斐然殊,鸣琴竽瑟会轩朱。"

原始《九歌》与万舞

我们今日所见之《九歌》,与《离骚》、《天问》中述及的《九歌》(即原始《九歌》)并非一回事。那么原始《九歌》大概是怎样的? 它与今存《九歌》有什么样的关系? 要回答这些问题,需先了解先秦典籍中"九歌"的面目。

今可见先秦典籍所载"九歌"大致有以下几处:

《左传·文公七年》:"……子为正卿,以主诸侯,而不务德,将若之何?《夏书》曰:戒之用休,董之用威,劝之以《九歌》。勿使,九功

---

① 林庚:《诗人屈原及其作品研究·湘君湘夫人》。
② 贺贻孙:《骚筏》。

之德皆可歌也,谓之九歌。六府、三事谓之九功。水、火、金、木、土、谷谓之六府。正德、利用、厚生谓之三事。"

《左传·昭公二十年》:"……先王之济五味和五声也,以平其心成其政也。声亦如味,一气,二体,三类,四物,五声,六律,七音,八风,九歌,以相成也;清浊,小大,短长,疾徐,哀乐,刚柔,迟速,高下,出入,周疏,以相济也。"

《左传·昭公二十五年》:"……夫礼,天之经也,地之义也,民之行也。天地之经,而民实则之,则天之明,因地之性,生其六气,用其五行,气为五味,发为五色,章为五声。淫则昏乱,民失其性。是故为礼以奉之,为六畜、五牲、三牺以奉五味,为九文、六采、五章以奉五色,为九歌、八风、七音、六律以奉五色。"

《周礼·春官·大司乐》:"九德之歌,九磬之舞,于宗庙之中奏之。若乐九变,则人鬼可得而礼矣。"

《山海经·大荒西经》:"西南海之外,赤水之南,流沙之西,有人珥两青蛇,乘两龙,名曰夏后开。开上三嫔于天,得《九辩》与《九歌》以下。此天穆之野,高二千仞,开焉得始歌《九招》。"

《离骚》:"启《九辩》与《九歌》兮,夏康娱以自纵。""奏《九歌》而舞《韶》兮,聊假日以媮乐。"

《天问》:"启棘宾商,《九辩》《九歌》。"

以上引述的有关"九歌"的材料,归纳起来大致有以下三方面含义:其一,指"九功之德皆可歌","九德之歌";其二,作为音乐术语,表示九奏、九变(遍);其三,与夏启有关,是传说中的乐名,或谓夏启《九歌》。比较三者,毫无疑问,能引得夏启淫荒与耽溺,以至于"不顾难以图后兮,五子用失乎家巷"(《离骚》)的,只能是夏启《九歌》,而前二者一个歌"九功之德",一个作音乐术语,都不可能使夏启产生恶果。很显然,夏启《九歌》也即原始《九歌》,因为它之所以会引得夏启等人"康娱以自纵"、"聊假日以媮乐",必定其内容包含了相当程度的刺激性,而原始宗教的求雨巫舞,是原始初民祈求自然界的一种表现手段,在原始初民的意识中,以为自然界与人一样,也是通过交媾而成,因而他们的这些巫舞就直接以表现性交或性动作来诱导苍天排水,刺激土地蕃衍,他们想象苍天是男性,大地是女性,农作物的滋生与生儿育女是一回事,从而使得这种巫舞本身充满了露骨的、直率的猥亵、放荡与粗野,于是,观赏这种巫舞,自然就大大刺激了人的感官。这就是夏启等人为什么会观《九歌》而"自纵"、"媮乐"的原因所在。

那么,原始《九歌》的原貌大概是什么样的呢? 笔者发现,它很可能与万舞相类。且简述之。

裘锡圭先生在《释万》一文中指出①,甲骨文中常见"万"字,它的用法可分为三种:一、用为国族名或地名;二、作动词用,类似祭名,如"甲申卜,今日万,不雨"(粹七八四);三、最常见的,用为一种人的名称,如:

□乎(呼)万无(舞)。(甲一五八五)

王其乎万霖(雩)□。(京都一九五四)

王其乎戍霖盂,又(有)雨。

□□卜,王其乎万奏□。(京都二一五八)

万其奏,不遘大雨。(摭续一九三)

□万重□奏,又(有)大〔雨〕。(京都二二一九)

庚午卜,翌日辛万其乍(作),不遘大雨。(安阳一九〇七)

裘先生认为,按引述的卜辞看。"万"显然是从事舞乐工作的一种人,称"万"的人应当是从事万舞一类工作而得名的,他们即是《诗·邶风·简兮》所歌的"公庭万舞"的"硕人"一类人。裘先生的判断对我们很有启发。我们看《邶风·简兮》一诗:

> 简兮简兮,方将万舞。日之方中,在前上处。硕人俣俣,公庭万舞。有力如虎,执辔如组。左手执篇,右手秉翟,赫如渥赭,公言锡爵。……

诗中所写确是万舞,并有从事万舞的人。《墨子·非乐上》有载:"昔者齐康公兴乐《万》,《万》人不可衣短褐,不可食糟糠,曰:'食饮不美,面目颜色不足视也;衣服不美,身体从容丑嬴不足观也。'是以食必粱

---

① 裘锡圭:《甲骨文中的几种乐器名称》附论《释万》,《中华文史论丛》1980 年第2 期。

肉,衣必文绣。"这就是"公庭万舞"者"硕人"的形象。那么,"万舞"本身如何呢? 从《邶风·简兮》可见,它既有"有力如虎,执辔如组"的舞容,也有"左手执籥、右手秉翟"的舞容,毛传云:"以干、羽为万舞,用之宗庙山川。"朱熹《诗集注》云:"武用干戚,文用羽籥也。"这说明,万舞用于宗庙祭祀,它包括武舞与文舞两部分。《礼记·郊特牲》曰:"击玉磬,朱干设钖,冕而舞《大武》。"郑玄注:"《武》,万舞也。"《经学卮言》卷三引郑玄《易》注云:"王者功成作乐,以文得之者作籥舞,以武得之者作万舞。"这种万舞,具体又是什么样的? 闻一多先生在《诗选与校笺》中作了较详明的解释:"(万舞)似是两种不同性质的模拟舞之总称,两种,一曰武舞,用干戚,是模拟战术的,一曰文舞,用羽籥,是模拟翟雉的春情的。""全套的万舞总归是以武舞开始,以文舞结束的。这里,'有力如虎,执辔如组'二句指武舞,'左手执籥,右手秉翟'二句指文舞。文舞所模拟的,上面已说过,是翟雉的春情。""这种舞容,对于熟习它的意义的,是颇有刺激性的。"正由于万舞的文舞能刺激人的感官,因而它在一定程度上可以迷惑、蛊惑异性。楚令尹子元勾引寡妇文夫人即是一例:"楚令尹子元欲蛊文夫人,为馆于宫侧,而振《万》焉。夫人闻之,泣曰:'先君以是舞也,习戎备也。今令尹不寻诸仇雠,而于未亡人之侧,不亦异乎?'"[1]这说明,万舞的尚武部分本是用以习戎备的,而文舞部分确有蛊惑异性作用,令尹子元利用了其文舞部分,用以蛊惑文夫人,引起了文夫人极大反感。可见,万舞的性质是双重的:武者,舞干戚,习戎备,可威慑敌人;文者,舞羽籥,具性感,能刺激人的感官。

　　在上文引述的甲骨卜辞中,我们还注意到,万舞与雨的关系比较密切,几乎每句有关万及万舞的句子,都涉及雨,这使我们自然联想到,万舞很可能是一种祭祀求雨时的舞,或至少文舞部分与求雨有瓜葛,它的所谓蛊惑异性的作用,同上文言及的原始宗教祭祀表现粗野的猥亵、性交动作显然有一致之处,祭祀、性爱、求雨三者合一的歌舞,体现了上古时代人们信奉的巫术交感原理。

　　万舞除了文武兼备、可用以军事及表现性爱外,还可用以祀先姊

---

① 《左传·庄公二十八年》。

祖先。《诗·商颂·那》云:"猗与那与! 置我鞉鼓。奏鼓简简,衎我烈祖。汤孙奏假,绥我思成。……庸鼓有斁,万舞有奕。"这是写祀祖先时用以万舞。《小雅·宾之初筵》也有同类记载:"籥舞笙鼓,乐既和奏,烝衎列祖,以洽百礼。"这里的"籥舞"即指万舞的文舞。又,《鲁颂·闷宫》写祭祀周祖先姜嫄,曰:"万舞洋洋,孝孙有庆。俾尔炽而昌,俾尔寿而臧。"也是万舞用于祭祀先妣祖先的表现,它符合《周礼·春官·籥师》所载:"籥师掌教国子舞羽吹籥,祭祀则鼓羽籥之舞。"

楚令尹子元以万舞蛊惑文夫人,我们已可见万舞具有放纵、冶荡、刺激性感的作用,《墨子·非乐》中所写夏启观万舞的情景,又是这方面的一个佐证,它可以证成本文前已述及的夏启观《九歌》而"自纵""媮乐"的原因:"启乃淫溢康乐,野于饮食,将将锽锽,筦磬以方,湛浊于酒,谕食于野,万舞翼翼,章闻于天,天用弗武。"

另外,万舞在音乐节奏表演上是九奏、九变,对此,《吕氏春秋·古乐》有云:"夏籥九成",孙诒让注:"则《大夏》盖亦九变而终。"指出万舞的文籥舞是九奏(九变、九成与九奏同义)。《史记·赵世家》载:"……我之帝所,游于钧天,广乐九奏万舞。"说明万舞是九奏。

由此,我们系统地阐述了万舞的本义、内容、性质及其表现形式。从以上阐述者,我们发现,万舞与原始《九歌》是非常相类的,因此,我们是否可下这样一个判断,即: 万舞、原始《九歌》与今存《九歌》之间存在着这样的系列演化——万舞↔原始《九歌》→《九歌》。这当中,原始《九歌》与万舞是两个互为类似的东西,是否完全合一,因尚无确凿资料,笔者不敢妄下论断,但至少关系密切,甚至你中有我、我中有你;至于原始《九歌》与今存《九歌》的关系,则毋庸赘言,显然是屈原从中起了再创造的作用,具体来说,原始《九歌》即夏启《九歌》,夏亡后,它逐渐流传至民间,在沅湘一带成为民间祭祀巫歌,屈原藉以加工改制,而成今日我们所见之《九歌》。

《九歌》作于怀王十九年春

《九歌》作于何时? 这是《九歌》研究中一定会碰到的问题。历代学者对此说法不一,大致可分为"不一时"说与"一时说"两类。持"不一时"说者认为:"九歌不知作于何时,其数为十一篇,或亦未必同时作也。"①换言之,在"不一时"说者看来,《九歌》作于何时并不是一个问题,不必深究。赞同这一看法者为数较少②。大多数学者认为,《九歌》系作于"一时",但具体为什么时候,又可分为几种:

(一)放逐说。这一说最早的创始者是东汉人王逸,他在《楚辞章句》中说:"屈原放逐,窜伏其域,忧怀苦毒,愁思沸郁。出见俗人祭祀之礼,歌舞之乐,其词鄙陋,因为作《九歌》之曲。"随后赞同附和者有朱熹(《楚辞集注》)、戴震(《屈原赋注》)、刘梦鹏(《屈子章句》)等,都认为《九歌》乃作于顷襄王时,其时屈原被放逐于江南。清人王夫之虽也赞同放逐说,但他的看法与王逸略有差异,他认为:"《九歌》亦应怀王时作,原时不用,退居汉北,故《湘君》有'北征道洞庭'之句。逮后顷襄信谗,徙原于沅湘则原忧益迫,且将自沉,亦无闲心及此矣。"③

(二)承怀王命说。马其昶《屈赋微》认为,《九歌》作于怀王十七年,系承怀王命而作,他说:"何焯曰:《汉志》载谷永之言云,楚怀王隆祭祀,事鬼神,欲以邀福助秦军,而兵挫地削,身辱国危。则屈子盖因事以纳忠,故寓讽谏之词,异乎寻常史巫所陈也。其昶案:怀王既隆祭祀,事鬼神,则《九歌》之作必原承怀王命而作也。推其时,当在《离骚》前。"赞同此说的,有今人孙常叙、孙作云等人。

(三)早期说。郭沫若《屈原研究》认为,《九歌》是屈原早年得志时候所作,他说:"据我的看法,《九歌》应该还是屈原的作品,当作于他早年得意的时分,而不是在被放逐以后。"又,在《屈原赋今译》中,他又说:"由歌辞的清新,调子的愉快来说,我们可以断定,《九歌》是屈原未失意时的作品。"

对以上诸说,笔者不拟逐一评判。笔者认为,要讨论《九歌》作于何时,所能依据的条件主要是两条:第一,屈原本人的身世经历;第

---

① 蒋骥:《山带阁注楚辞·余论》。
② 清人蒋骥、近人钱穆等。
③ 王夫之:《楚辞通释》。

二,屈原作品(《九歌》)的内证。从第一条看,要确定《九歌》的写作时间,最大的可能性是屈原一生中与祭祀歌舞最能发生关系的时期;从第二条看,必须是最能表明祭祀时期(季节、时间)的诗章或内容。从屈原一生看,他最可能与祭祀发生直接关系的时期,是在他任三闾大夫之职时;从作品内证看,最能反映祭祀时间的是《九歌》中的《东皇太一》与《国殇》,以《国殇》更重要。以下,笔者试对此二证作一阐发,而后再来确证《九歌》的写作时间。

　　屈原的一生,除去童幼年,大致可分为三个时期:早年得志时期,其时任怀王左徒官,甚得怀王信任,出入朝廷,应对诸侯,志满意得;中年任三闾大夫时期,其先虽曾被怀王离疏,但毕竟是贵族后裔,且富才华,尚未完全失意,能有机会出使齐国,归返后仍在朝廷供职,只是因党人进谗,已不如早年那么受信得志;暮年遭放逐时期,远离朝廷与京都,惆怅失望,悲愤郁闷,直至投身汨罗江。这三个时期中,屈原最有机会与可能接触宫廷与民间祭祀的时期,只能是任职三闾大夫时(放逐江南时,虽有可能接触民间祭祀歌舞,但宫廷祭祀恐怕是不可能了)。三闾大夫,王逸《楚辞章句》云:"三闾之职,掌王族三姓,曰昭、屈、景。屈原序其谱属,率其贤良,以厉国士。"《七国考》卷一楚职官三闾大夫条(补)吴永章《楚官考》云:"三闾大夫职掌王之宗族,与周的春官宗伯和秦的宗正类。"①《周礼·春官·宗伯》载宗伯(大宗伯)系掌祭祀礼之职,谓曰:

　　　　大宗伯之职,掌建邦之天神人鬼地祇之礼,以佐王建保邦
　　国。以吉礼事邦国之鬼神祇。以禋祀祀昊天上帝,以实柴祀日
　　月星辰,以槱燎祀司中司命风师雨师。

而秦的宗正,即宗祝,《国语·楚语》注云:"宗主祭祀,祝主祝辞。"容庚先生说:"宗祝,告神之官,亦作祝宗。"②这就说明,楚之三闾大夫,掌王族三姓并兼祭祀祝辞之职,这无疑告诉我们,《九歌》的写作必在屈原

---

① 《七国考订补》,董说著,缪文远订补,上海古籍出版社,1987 年版。
② 引同上注。

任三闾大夫时，因为此前，他不大可能与祭祀有涉，而此后，虽能见到民间祭祀，却本人不会参与其间，要真的创作系统的祭歌，其可能性也不大，如按放逐时期作的观点看，那么，屈原放逐期间的心绪与《九歌》的实际内容似乎不合拍，这用不着笔者详作分析，读者自可显见。

　　再看《国殇》，这是最能说明屈原创作《九歌》时间的一篇。《东皇太一》篇虽能告诉我们祭祀的时令在春天，但具体在哪一时期哪一年，就难以考知了。由《国殇》我们可知，它是祭祀为楚英勇奋战牺牲的将士，藉以颂扬、告慰他们为国、为民捐躯的崇高英魂。其最可能举行的时间是何时呢？据《史记·屈原列传》可知，屈原于怀王十八年出使齐，当年返归后即任三闾大夫，按这个时间推算，并结合《国殇》内容，我们认为《国殇》所写的战争极可能是怀王十七年（公元前312年）秦大败楚军于丹阳、蓝田的战役。原因有二：第一，丹阳、蓝田战役楚受重挫，是楚史上蒙受重大创伤之事，丹阳一战，"斩甲七八万，虏我（楚）大将军屈匄，裨将军逢侯丑等七十余人，遂取汉中之郡"①。紧接蓝田一战，楚又大败。这两场战役大大刺激了楚国上下，楚国为此悼念死亡将士，祭奠他们的亡灵，举行有楚君主亲自参加的隆重国祭，完全有可能；第二，在时间上比较相合，十七年大战，十八年屈原出使齐返归，任掌祭祀之职的三闾大夫。因此，屈原撰写包括《国殇》在内的《九歌》的时间，大约可能在怀王十九年春天；诗章直接反映祭楚将士亡魂的是：《招魂》——《国殇》——《礼魂》。

　　首先，《招魂》与《九歌》，在时间与地点上可相印。《招魂》的时令，在春天，其乱辞有曰："献岁发春"，"极目千里兮，伤春心"，清楚表明招魂仪式举行于春时。《九歌》中的《东皇太一》最明显地标明了时令，因它所祭是春神，自必在春季，这由本文前所论及与农事、生育繁衍相关的祭祀均发生于春时可证。《招魂》的地点，由诗中可知，极可能在水边："路贯庐江兮左长薄，倚沼畦瀛兮遥望博。""湛湛江水兮，上有枫。目极千里兮，伤春心。"其确切地点是云梦——"与王趋梦些，课先后"是明证，《战国策·楚策》所载是佐证："楚王游于云梦，结驷千乘，旌旗蔽日，野火之起也若云霓。"此载虽不能证明《招魂》的内

----

① 《史记·楚世家》。

容,但可反映楚君主有"趋梦"的事实。《九歌》的祭祀地点,由上文(《求生长繁殖之歌》)已知是楚云梦。这就表明了《招魂》与《九歌》在时地上的一致性。

其次,更重要的,《招魂》与《国殇》在先后顺序上符合古人丧礼的程序。古人认为,人死亡就是鬼魂离开人间到阴间生活,故丧礼中先要进行以告别为内容的仪礼,告别之前,先确定人是不是真死了,魂是不是真离开人世了,为此要举行招魂仪式。招魂仪式的产生,正是出于企求复苏的希望,想招魂归来,并同时以呼唤死者名字表示挽留与惜别,《礼记·檀弓下》载,招魂仪式,"复,尽爱之道也。有祷词之心焉。望反诸幽,求诸鬼神之道也"。这招魂之后,即举行哭丧礼,哭丧是人们因亲人死亡心感悲伤的自然流露,同时以丧仪上的哭声通知近邻及亲人,向即将离去的鬼魂表示惜别。哭丧后,死者变为鬼了,《礼记·曲礼》曰:"卒哭乃讳。"于是哭诉,哭诉内容是赞颂死者生前的才能与功德,并进一步表示惜别①。我们看《招魂》,岂不就是丧礼中的招魂仪式?《国殇》岂不就是哭诉? ——赞颂"魂魄毅兮为鬼雄",只是诉而无泪,更为悲壮罢了。

这里,还牵涉两个问题:一、《招魂》究竟是招谁? 笔者认为,毫无疑问,按上述分析,《招魂》所招乃楚将士或曰贵族武士之魂,笔者赞同林庚先生之论:"当然《招魂》中的对象主要的还是一些贵族武士们","他们在为国捐躯这一点上是可尊敬的,但是他们的身份还是贵族,他们平日的生活与爱好也还是贵族的,《招魂》中铺张的描写,富丽的宫室陈设与舞乐,对于这些亡魂来说,乃正是符合于生活真实的"②。从屈原本人来说,他的贵族出身与任职地位,也决定了他会讴歌礼赞这些亡灵。二、既然《招魂》与《国殇》、《礼魂》(后二者关系前已论及,此不赘)的关系如此密切,形同合一,为何《招魂》独立于《九歌》之外而单列篇章呢? 这可能因着两种因素的关系:一是《九歌》体制的约束,不允许《招魂》那样过长篇幅,二是《国殇》、《礼魂》已能表示祭人鬼,则《招魂》完全可独自成篇。至于历来争议的《招魂》是

---

① 参见朱天顺《中国古代宗教初探》,上海人民出版社,1982 年版。
② 林庚:《诗人屈原及其作品研究·招魂解》。

招怀王之魂,乃至屈原自招或宋玉招屈原之魂,恐都不尽合情理。

最后一个问题,《九歌》中的宫廷祭祀与民间祭祀成分问题。笔者认为,屈原写作的《九歌》固然与祭祀有密切关系,有些部分可以说即是实际的祭歌的润色修改之作,但可以肯定它并非是某次实际祭祀的实录,其原因即《九歌》中既有宫廷祭祀成分,也有民间祭祀内容,最明显而有代表性的,前者如《国殇》,后者如《湘君》、《湘夫人》。笔者认为,两种祭祀内容的融于一体,并不奇怪,因为,楚云梦地区的祭祀不会宫廷祭祀排斥民间祭祀,两者完全可同时举行,或同地不同时举行,甚至宫廷祭祀中渗有民间祭祀内容成分,因为楚云梦是楚民传统祭祀与男女情欢乐舞之地;而屈原本人,他写《九歌》,本身是一种文学创作,不会拘泥于某一次的祭祀,我们后人自不可苛求于他。

鉴此,笔者以为,《九歌》创作于怀王十九年春这个时间大致不误。

楚　骚　论

论 楚 骚 美

"金相玉质,百世无匹","气往轹古,辞来切今,惊采绝艳,难与并能",这是刘勰《文心雕龙·辨骚》中对《离骚》及其他楚辞作品所下的褒语。确实,楚骚高度的艺术成就与价值,为当时、为后世树起了一座巍峨入云的丰碑,这丰碑,不仅包容了文学意义——它是文学史上令人敬仰、赞叹而又难以企及的高峰,开创了一代新风,"衣被"了百代词人;而且具有光耀夺目的美学价值,以其"金相玉式,艳溢锱毫",成为我国古代美学宝库中不可多得的瑰宝。

兹拟从五个方面就楚骚美作些阐发。

情 感 美

"书曰:'诗言志,歌永言',哀乐之心感而歌咏之声发。"①"诗赋者,所以颂丑善之德,泄哀乐之情也。"②深深热爱楚国的屈原,由于政治上接连受挫,理想抱负无法实现,遂将满腔激情倾诉于诗章,从而使他的诗章充溢了丰富复杂的情感。这情感,集中体现了儒家理性主义美学基础上的浪漫想象色彩,呈现出斑烂的图案,它以"怨"为核心内容,与理性融贯统一,而又着以多彩的神话、历史、楚文化内涵,产生了激情奔放、极富生机的美感,强烈地撼动了读者之心。

刘勰曾于《辨骚》篇中指出楚骚与《诗经》的"四同"、"四不同",这四同,是楚骚继承儒家理性美学的一面,因而可见它与儒家经典

① 《汉书·艺文志》。
② 王符:《潜夫论·务本》。

《诗经》的相合:"其陈尧舜之耿介,称汤武之祗敬,典诰之体也;讥桀纣之猖披,伤羿浇之颠陨,规讽之旨也;虬龙以喻君子,云霓以譬谗邪,比兴之义;每一顾而掩涕,叹君门之九重,忠怨之辞也。观兹四事,同于风雅者也。"正是因为屈原在理性主义美学上承袭了《诗经》的传统,才会创制出与风雅怨刺能相合的篇章,对此王逸所说是不错的:"屈原履忠被谗,忧悲愁思,独依诗人之意而作《离骚》。"(《离骚叙》)所谓"依诗人之意"也即刘勰之"四同"。但是,"骚"毕竟不同于"风",比之诗,楚骚自有其独特的美感,这美感由"诗人之意"延伸至具体的文学形象,即表现出它与诗的四个方面的差异:"至于托云龙,说迂怪,丰隆求宓妃,鸩鸟贼娥女,诡异之词也;康回倾地,夷羿彃日,木夫九首,土伯三目,谲怪之谈也;依彭咸之遗则,从子胥以自适,狷狭之志也;士女杂坐,乱而不分,指以为乐,娱酒不废,沉湎日夜,举以为欢,荒淫之意也。"这四异,是楚骚超越儒家美学规范,表现出"虽取镕经意,亦自铸伟辞"的独特之处,尤其是所谓"狷狭之志"、"荒淫之意",突破了儒家礼法传统,"凭心而言,不遵矩度"①,是屈原毫无顾忌地发抒内心情感,表达情感美所运用的艺术手段。如果说"诗言志"是《诗经》之精髓所在,那么"骚抒情"则是楚骚之特色体现。

且看楚骚中抒情诗人是如何展示他的情感之美的。

读屈原全部诗作,尤其《离骚》,我们发现,一股澎湃的情感波涛始终不断地在诗人笔下奔涌,它具有极为丰富的内涵力:真诚坦率的内心独白,怒火中烧的厉声叱咤,满腹委曲的倾诉辩解,依依不舍的殷殷眷顾,抑郁不平的极度悲伤……它们交织、流贯于诗章的句里行间,逐渐汇聚成为冲泻而下的感情瀑布,时时冲击着读者心房,给人以美感的享受,喜怒哀乐皆成诗,它们一一织成了审美意象,构成了完美的审美意境。

诗人的理想是追求如尧舜时代的美政,为达此目标,他一心企望楚王能效法前贤,修明法度,举贤授能,振兴楚业,内心的情感复杂而又真挚。《离骚》诗中,他时而赞颂"尧舜之耿介","遵道而得路",时而谴责

———————————

① 鲁迅:《汉文学史纲要·屈原及宋玉》,《鲁迅全集》第九卷,人民文学出版社,1981年版。

"桀纣之猖披","捷径以窘步"。他恳切表白,自己愿"奔走以先后"、"及前王之踵武",只要"皇舆"不"败绩",宁愿"余身之殚殃"。然而,现实是严酷的,"众皆竞进以贪婪兮","各兴心而嫉妒","荃不察余之中情兮,反信谗而斋怒"。诗人的情感不时掀起波澜,他疾首痛心,他感叹万分,他不得不发出怨诉:"初既与余成言兮,后悔遁而有他","怨灵修之浩荡兮,终不察夫民心","闺中既已邃远兮,哲王又不寤";面对奸党们的无耻之行,他愤而斥之曰:"背绳墨以追曲兮,竞周容以为度。"后生们的背叛,他惋惜痛心:"哀众芳之荒秽","哀高丘之无女",整个社会风俗的败坏,他又喟然长叹:"世溷浊而嫉贤兮","世幽昧以眩曜兮"。情感的波涛一发而不可止,奔腾起伏,有怨、有怒、有恨、有愤,错综交织,汇在一起。这情感更冲激了他的爱楚爱民之心:"长太息以掩涕兮,哀民生之多艰","阽余身而危死兮,览余初其犹未悔"。客观现实逼使诗人的情感逐步由高亢型,转向低沉型,精神支柱也由尧舜而为彭咸,进而走与彭咸同向归宿之途①。此时此刻,诗人的情感已发展至极点,虽然是低沉的表现,却是升华后的结晶,是心灵、愿望、情感撞击后的最后美的集中体现,它的撼人之心处就在于此。

应该看到,诗人在展示上述丰富多变而又复杂情感时,其方式有它独特的地方。最明显的,与《诗经》相比,楚骚表现情感显得更为具体、细腻、丰富。《诗经》发抒悲愤之情,集中与《国风》与《小雅》部分,由于篇幅及篇章形式的局限,多半是单纯反复的哀唤与斥责,这同它以四言体制与重章叠句手法为主是分不开的。而楚骚不然,它较之《诗经》篇幅大大加长,字数增多,表现手法也多样纷呈,这就在描画主人公情感变化时显得更多起伏、更为委婉、细腻,可以比较具体地展示情感冲突与波折的过程,从满怀希望、满腔热情到逐渐失望、陷于痛苦之中,进而发展到彷徨四顾而上下求索,直至最终绝望自尽,都能淋漓尽致地表现出来,这是《诗经》远不可比的。而且,楚骚在这种描述展现情感过程中,诗人本身的心理状态、对外界的观察描摹与反映、对历史的回顾和追溯,都一一染上了情与理交融的成分,完全不似《诗经》那种简单的陈述与呼唤。楚骚中,诗人情感的产

___
① 参见林兴宅《离骚探胜》,载《艺术魅力的探寻》,四川人民出版社,1985年版。

生、发展与变化,贯穿了两种无形的冲突力量的消长：诗人和以君主为代表的社会的对抗、冲突；诗人自身积极参政与消极逃逸的心理对抗、冲突；在以上两种冲突的矛盾对抗中,诗人以多种方式展示了情感美：其一,流贯始终的交织痛苦与忧愁情感的语汇与语调；其二,叙事中夹抒情,抒情中反复出现感情的起伏与波涛；其三,情感的激流时而如山洪暴发,汹涌奔腾,时而又如山涧泉流,回环往复,极为真切形象地再现了诗人内在丰富的情感。正是这些非单纯的、非直线型的表现方式,才使人们对诗篇所创造的美留下了极为强烈的感受,那么深刻、那么鲜明、那么难忘。在展示美的过程中,诗人还注意运用了多种修辞手法,特别是比拟与想象,将诗人的内心情感化为了一幅色彩艳丽动人的画面,为读者塑造了一位有血有肉立体的抒情主人公形象,极大地增强了审美感染力；即使是借来作比喻的花草鸟兽,也被一一赋予了感情色彩,拟人化了,为审美对象主人公服务,使读者得以充分领略审美意象,获取美的感受。

形 象 美

可以说,全部二十五篇屈原作品(据《汉书·艺文志》)为读者完整而又立体地塑造了一位志行高洁,"虽与日月争光可也"的高大形象。这个形象充满了美感：他既有"内厚质正"、充实高尚的"内在美",又能处处表现出由"内在美"而生发、延展的外在美；这是个令人崇敬、富有魅力的人物形象。从作品实际,结合屈原身世看,这个人物正是屈原自身形象的写照,是现实与文学写意合于一身的典型。

我们试看诗篇为我们展示的形象。

《离骚》一开篇,即披露了主人公的形象美。"帝高阳之苗裔兮,朕皇考曰伯庸"——这是世系美,屈原的家世具有令人自傲的谱系；"摄提贞于孟陬兮,惟庚寅吾以降"——这是生辰美,恰在黄道吉日降生；"皇览揆余于初度兮,肇锡余以嘉名。名余曰正则兮,字余曰灵均。"——这是命名美；先天即具备如此优越的美因,显然为主人公的形象美提供了基础条件。但这还未包涵内美的全部,《橘颂》中,诗人又吐露了自己先天具有的秉性美："秉德无私,参天地兮","受命不迁,生南国兮","嗟尔幼志,有以异兮。独立不迁,岂不可喜兮"。这还不够。《抽思》曰："善不由外来兮,名不可以虚作。""侨吾以其美好兮,览余以其修姱。"《怀沙》曰："内厚质正兮","文质疏内兮,众不知余之异采"。可见,屈原先天具有的内美,是如此之多,这禀赋素质,在他未登上社会与政治舞台前,即已充分具备了,无疑为整个外在形象美奠下了坚实的基石。

然而,对屈原自己来说,他并不满足于已有的内美,他还要努力追求外在美——加紧修身,以种种美德修养自己,从而不断充实内在美。《离骚》一诗告诉我们,诗人时时处处在注意修饰外在美:"纷吾既有此内美兮,又重之以修能。扈江离与辟芷兮,纫秋兰以为佩。""朝搴阰之木兰兮,夕揽洲之宿莽。""揽木根以结茝兮,贯薜荔之落蕊。矫菌桂以纫蕙兮,索胡绳之纚纚。""制芰荷以为衣兮,集芙蓉以为裳。"这里,江离、辟芷、秋兰、木兰、宿莽等香花美草,在作者笔下,既用作饰身的装饰品,更是修养美德的象征。对这种修身,诗人始终乐而不倦,甚至作为终生努力的目标,"民生各有所乐兮,吾独好修以为常"。"好修"成了铸就他外在美与内在美完整统一的必由途径与手段。正由于坚持"好修",他才会幼年"好""奇服",直至年老而不衰;也正由于"好修",他才会在遭放逐途中遇渔父而以坚定不移的理想追求之辞答之:"吾闻之:新沐者必弹冠,新浴者必振衣。安能以身之察察,受物之汶汶者乎?宁赴湘流,葬于江鱼之腹中。安能以皓皓之白,而蒙世俗之尘埃乎?""好修"使屈原达到了内美与外美高度统一与融合;"好修"使屈原能始终坚持"独立不迁"的人格美、孜孜不倦地"上下求索",即使在极其恶劣的逆境下,也能为完成自身完美人格的塑造而忘却一切,直至生命。车尔尼雪夫斯基曾说:"要是一个人的全部人格、全部生活都奉献给一种道德追求,要是他拥有这样的力量,一切其他的人在这方面和这个人相比起来都显得渺小的时候,那我们在这个人身上就看到了崇高的善。"①这善,也即美——人物的形

---

① (俄)车尔尼雪夫斯基《论崇高与滑稽》,《车尔尼雪夫斯基文集》中卷,生活·读书·新知三联书店,1958年版。

象美、人格美。

读楚骚,展现在读者面前的,确是一个高大的审美形象:他不仅在先秦时代,而且在整个封建时代,都堪为士大夫们的表率——一个有理想、有抱负,为了理想不屈不挠奋斗,直至为之献身的爱国政治家与文学家。我们后人从这个人物形象身上,分明领略到了特有的美。

自　然　美

刘勰在《文心雕龙·辨骚》中曾对楚骚所表现的自然美下过这样的褒语:"论山水,则循声而得貌;言节候,则披文而见时。"此语可谓击中肯綮,形象地勾画了楚骚自然美的特征。

应该承认,屈原时代,文学家对自然山水的描绘尚未成为一种自觉的意识,即并非为画山水而写山水,而只是将山水作为作品中的一种"媒介"——作为陪衬或辅助手段,以通过"比兴",达到抒情感怀的目的。但是,不可否认,楚骚中确实相当多地描画了山水(包括花草鸟兽),这些描画本身,虽主旨并非在于山水,却客观上展示了山水之自然美,给人一种美感,并烘托了主人公形象,渲染了诗旨。

读《离骚》,我们最能清楚看到,诗中大量写到了大自然的诸景诸物,它们或香美、或恶臭,其形、色、味,各具姿色,各寓其意。

当主人公将香花美草"缤纷其繁饰兮",花草们就"芳菲菲其弥章",显示了自然界植物的本色美,寄托了主人公修养美德而展现的形象美。为寻求理想境界,主人公苦苦上下求索时,一句"何所独无芳草兮",似在告诫他:你何必苦苦淹留于故国? 哪里不能施展你的才华? 这芳草,隐喻了楚之外的境界,它比楚境内的状况好得多,这是自然美对政治社会与国度的一种形象借代与折射反照。王逸说得对:"善鸟香花,以配忠贞,恶禽臭物,以比谗佞。"①屈原这样做虽只是将自然界的有机物作为比喻的参照物,然其本身能说明,自然物具有

---

① 王逸:《楚辞章句·离骚序》。

美感,它可作为形象比喻的对象,即使是恶草臭草,也能显示其"丑为美"的特殊审美价值。

楚骚中,描写自然山水的佳句甚多,它们虽说并不是完整典型地表现自然本身,但其对诗中的人物形象,对渲染诗的气氛、体现诗的旨意,是起了一些作用的。例如,《九歌·湘夫人》中描写神神恋爱所涉及的自然山水环境:"帝子降兮北渚,目眇眇兮愁予。袅袅兮秋风,洞庭波兮木叶下。登飨兮骋望,与佳期兮夕张。鸟何萃兮蘋中,罾何为兮木上? 沅有芷兮澧有兰,思公子兮未敢言。荒忽兮远望,观流水兮潺湲。"这里,"袅袅兮秋风,洞庭波兮木叶下"两句,点明了时令季节与湘君身处的地点环境,这时令,这环境,以及秋风木叶下的氛围,让读者能自然地体味人物其时其境下的心理感受。湘君远望之地乃秋草生长之处,目及之物勾起了他的思恋与遐想,那潺潺的流水,既是湘君所目及的,更象征了他的思绪,犹如流淌不止的河水。整个大自然的山水环境与景物,在此诗中极好地烘托了诗的意境与人物的感情心理,令人在品味之余充分领略到了自然美。《九歌·山鬼》一诗,几乎通篇写到了山水之景,前半描绘了山鬼的外貌、神态、动作,以及所处环境,它们无不与自然界的诸景、物联系:"被薜荔兮带女萝","被石兰兮带杜衡,折芳馨兮遗所思","余处幽篁兮终不见天,路险难兮独后来","云容容兮而在下","杳冥冥兮羌昼晦,东风飘兮神灵雨","采三秀兮于山间,石磊磊兮葛蔓蔓"。后半部分诗写山鬼的所思所念,也与自然山水环境紧相联系:"山中人兮芳杜若,饮石泉兮荫松柏","雷填填兮雨冥冥,猿啾啾兮狖夜鸣","风飒飒兮木萧萧"。山鬼在诗中,既是山鬼本身,也是自然的化身——与自然界的山水环境高度化合,使人读之会深深被此境此景中的山鬼所吸引,并从而感受到自然的险美。又如《橘颂》,虽然作者的着眼点并不在于描写橘本身,而是借橘自喻,但诗人笔下橘的形象,却也透出了一种自然美:"绿叶素荣"、"曾枝剡棘"、"纷缊宜修,姱而不丑"、"青黄杂糅,文章烂兮",这美,不单纯是自然美,还蕴含了作者特赋予的人格美:它(橘)具有两重美。

最可表现自然山水之美,并借山水美抒发情怀的,当数宋玉的代表作《九辩》。《九辩》诗一开首即展示了一幅悲凉的秋色图:"悲哉秋之为气也！萧瑟兮草木摇落而变衰。……登山临水兮送将归。泬寥兮天高而气清,寂寥兮收潦而水清。……燕翩翩其辞归兮,蝉寂漠而无声;雁雍雍而南游兮,鹍鸡啁哳而悲鸣。"使人仿佛置身于秋山秋水秋色之中。宋玉的这悲秋佳句,成了历代诗人咏叹秋色、抒发悲凉情怀的典范之句,始终沿袭不绝;而宋玉本人,这种表现本身无疑乃驱自然于笔端,以自然山水展露自我情感,从而使人物的内心感情流露无遗。

当然,我们也应指出,在屈原时代,表现自然美的意识尚属朦胧、萌芽状态,作为一种艺术表现,它也基本上属于比兴手法;尽管如此,从楚骚美角度看,自然美是客观存在的,它对早期诗的审美意象的形成确实起了作用。

悲 剧 美

如果说,屈原一生的实际遭遇与最后归宿是一出历史的悲剧,时代的悲剧,那么,他所写下的全部诗篇,尤其长诗《离骚》,则是这出历史悲剧的真实反映,它们构成了一部具有真实内容、高超艺术魅力、能深撼人心的艺术悲剧。从这个意义上说,屈原堪称中国文学史上的悲剧之父。屈原的艺术悲剧,使每个读者发生共鸣,并随之产生特殊而又崇高的审美感,它能陶冶人的道德情感,使之达到或接近道德判断与实践意志,从而充分领受悲剧美。

从某种角度说,屈原的形象实际即是普罗米修斯式的形象,这个形象,是个甘愿作出自我牺牲而一定要为楚国与楚民利益奋斗的受难者的形象,是个苦恋式的、痛苦追求的悲剧形象。

从楚骚我们可以看出,屈原将自己全部炽热的感情、满腔的哀怨都溶化进了自己毕生的苦苦追求之中,他的诗篇,是这种苦苦追求、艰难奋斗历程的真切记录,是他深挚情感由炽热演化为绝望的如实反射。这记录、这反射,正是艺术悲剧生动形象的展示。屈原是以满怀改革热望登上政治舞台的,然而,由于昏庸君主优柔寡断、反复无常、忠奸不辨、良莠不分,致使屈原由痛心而绝望,由苦闷彷徨而最后

"从彭咸之所居",以悲剧的结局了结了自己的生命。历史的悲剧因此酿成,并自此在九州大地上激成余响,至今不绝。应该看到,屈原这种以身殉理想、以悲剧形式了结一生,并非一般意义上的死亡,他这是以死告诫、警醒君主,企图使他们从他的身亡中有所醒悟——这在当时虽属近乎可笑的举动,但对屈原而言,毕竟是终生追求理想美极度升华的表现,值得钦佩,值得赞颂。鲁迅先生说得好:"悲剧将人生最有价值的东西毁灭给人看。"[1]楚骚也正是如此,它将屈原一生中最有价值、最宝贵的生命的毁灭,活生生地演给了每个人看,使他们在抛洒同情、悲悯之泪的同时,升腾起一种崇敬与仰慕,这个过程,就是悲剧的巨大魅力与艺术感染力在发挥着潜移默化的作用,就是悲剧美的实际效应。

悲剧已经造成了,对于悲剧造成的缘由理该有所追究,以资作为历史的教训——这对探讨悲剧美的产生恐也不无裨益。毫无疑问,社会历史条件,或者说,楚国特殊的政治历史条件,是造成屈原这场悲剧的时代与历史的首要原因;然而仅此并不全面,还有屈原本人的因素——他的孤傲、执著、耿直的个性,倘无此,他恐不至于在那种历史条件下,始终不愿俯就于尘俗,始终不愿出走他乡异国,始终迷赖于君主;悲剧之悲,正在于此——这是绝不可忽视的个人因素;然而也正由于此,后人才会赞美他、讴歌他——一个执著地追求现想的哲人。这是相反相成之理。正因为有了此理,才铸成了悲剧,也才引出了悲剧美。

形 式 美

"其文辞丽雅,为词赋之宗","虽取熔经意,亦自铸伟辞"。这是刘勰高度评介楚骚形式美之语。沈约《宋书·谢灵运传论》一文也褒奖楚骚之形式美,曰"英辞润金石"。就是对屈原持贬抑态度的班固,也不得不叹服楚骚:"其文弘博丽雅,为辞赋宗,后世莫不斟酌其英

---

①　鲁迅:《再论雷峰塔的倒掉》,载《鲁迅全集》第一卷《坟》。

华,则象其从容。"(《离骚序》)确实,楚骚在语言形式上,为当时及后世的辞赋诗文作出了楷模,它巧妙地将作品内在的诉之于理智的善的内容,化作了外在的诉之于感官的美的形式,从而突出了作品的审美价值,使作品具有了浓郁鲜明的形式美。

楚骚的形式美大致反映在三个方面:

(一)结构美。如果我们将楚骚同《诗经》略作对照,会清楚发现,两者在结构上基本迥异。《诗经》篇幅短小,句式大多四言,结构较整饬;而楚骚篇幅宏大(个别除外),句式大多杂言,结构复杂多变,于变化中显统一。值得注意的是,楚骚结构上的这种特点,后世也几乎无可与之匹比者。以《离骚》言,它篇章宏伟,结构复杂,气势不凡,整首诗完全摆脱了《诗经》重章叠句章法结构,而代之以长篇巨制形式,并时有起伏变化。从句式看,诗篇短者五言,长者九言,一般六至七言;从段落层次看,全诗共数十个层次,总结构分为三大层;三百九十三句、二千四百九十字的长诗,毫不显臃肿、庞大;这些,在诗人才思运筹下,叙事与抒情融为一体、记叙与描绘穿插自然、矛盾与情感交相展现,既大起大落、纵横开阖,又互相联结、紧密相扣,行文自如、变化莫测,形成了结构与内容水乳交融的结构美。这种新奇而又和谐的结构美,使《离骚》在诗歌发展演变史上成为独创一格、卓然百代的崭新诗体。

同时需要指出的是,楚骚的结构并不限于《离骚》一式,二十五篇屈原作品,既有骚体型(如《离骚》、《九章》、《九歌》等),也有四言型(如《招魂》、《大招》、《天问》等),又有发问型(《天问》)与答问型(《卜居》、《渔父》);这就充分显示了楚骚多姿多彩的结构美。

(二)行文美。"交错为文,遂生壮采",这是楚骚的又一特色。通读楚骚,我们发现,行文的错综多变,是楚骚行式美的一大特点。以词语为例。《离骚》一诗中,诗人自称之词,有五种之多,曰:余、吾、朕、予、我,一首诗中变换多种人称词,可见作者刻意追求行文多采之用心。动词使用多变亦是一例。"余既滋兰之九畹兮,又树蕙之百亩。畦留夷与揭车兮,杂杜衡与芳芷。"四句诗中,四个动词,表达的意思却是同一的:滋、树、畦、杂——栽培(培植),充分体现了多彩多姿,避免了乏味单一。句式灵活变化又是一例。许多句式采用了置

换手法,或前置形容词,或后置副词,婀娜多姿,令人眼花目眩。如:
"纷吾既有此内美兮"的"纷"字,原应置"此"后,却将其置于句首;
"耿吾既得此中正"之"耿"字特置于首;"高翱翔之翼翼"、"神高驰之
邈邈"均将"翼翼"、"邈邈"后置;这样的变换,使句式不至于呆板,起
到了突出、强调的效果,达到了顿挫、错落之美。在变化的句式中,诗
人还注意了整齐中有变化,统一中显灵活的行文技巧与节奏艺术,如
《哀郢》有曰:"去故乡而就远兮,遵江夏以流亡;出国门而轸怀兮,甲
之朝吾以行;发郢都而去闾兮,怊荒忽其焉极。"六句诗中,奇数行句
式一致,偶数行句式变化,打破了一般诗句只注意对应句句式变化的
陈式。再如"兮"字,作者在运用中避免了划一,并不一律用于句末,
而是依据感情与内容的不同需要,或置句末,或置句中,形成了行文
的错综美,给读者增加了韵味感。至于为节奏变换、避免板滞而生的
别具匠心的生动句式行文,楚骚中可谓比比皆是,不胜枚举。诗人以
其惊人的诗才,自如驾驭诗歌语言,创造了行文句式高度和谐完美的
艺术精品,给后世留下了美的标本。

　　(三)韵律美。读楚骚,我们还有一个共同真切感受,它在诗的韵
律方面也造诣精湛,令人叹服。试看诗章中的韵律安排。据汤炳正
先生考证①,楚骚的韵在诗句中位置变化多端:有第一句首字与第三
句首字相韵,第二句尾字与第四句尾字相韵的"首尾韵";有第一句句
中字与第三句句中字相韵,第二句尾字与第四句尾字相韵的"中尾
韵";有第一句尾字与第三句尾字相韵,第二句尾字与第四句尾字相
韵的"交叉韵";另有"隔句韵"、"句句韵"等等。如此众多的复杂韵
律形式,无疑为楚骚美起了促进作用,更好地造成了回环往复、韵味
浓郁的效果。同时,在韵的使用中,诗人除了运用一韵到底的形式
外,在一些诗章中还出现了"转韵"与"换韵"形式,造成了诗歌韵律上
的渐变与突变:转韵——渐变,换韵——突变,为长篇巨制诗歌展示
诗人丰富复杂内心提供了充分的表现方式,使诗歌语言更趋音乐化,
更生动精彩。可以说,韵律美在诵读或演唱的音乐功能方面,为楚骚
美添了异彩。

---

　　①　参见汤炳正《屈赋新探·屈赋语言的旋律美》,齐鲁书社,1985 年版。

汉代拟骚诗之兴盛

　　屈原作品(简称屈骚)问世以后,影响所至,不仅同时代的宋玉、唐勒、景差等相率仿之,创作出一批骚体诗,其与屈骚一起被后世统称为"楚辞",而且这种影响波及两汉,使两汉文坛辞赋风靡。人们在追溯和探讨屈骚对汉代文学影响时,往往比较注意赋的产生与兴盛,却忽略了汉代诗坛上曾经一度兴盛的文人诗——极度模拟屈骚而生的拟骚诗。两汉文坛,一方面诗歌创作不景气,除乐府民歌外,文人诗无论数量与质量均不甚高,这同文人们由于社会因素影响而大量创制赋有密切关系;另一方面,必须看到,拟骚诗的创作并不寂寞,至少从现存资料可知,当时一批较有影响的文人大多都有作品问世,如:贾谊《惜誓》、淮南小山《招隐士》、东方朔《七谏》、严忌《哀时命》、王褒《九怀》、刘向《九叹》、王逸《九思》(以上据王逸《楚辞章句》),贾谊《吊屈原赋》、《鹏赋》(据朱熹《楚辞集注》),以及扬雄的《反离骚》、《广骚》、《畔牢愁》(据《汉书·扬雄传》)。拟骚诗在汉代的大量出现,毕竟是文学史上一个值得引起注意的文学现象,因而有必要对其产生与兴盛原因作一探讨,以体察文学发展规律。

　　原因之一:闵伤屈原,"彰其志"。

　　拟骚诗之所以产生并兴盛,首先在于创制者感伤屈原的身世遭遇、钦敬他的人格美德。从时间上说,汉代离屈原时代甚近,屈原的影响未泯,对汉代文人自然有所促动。《史记·屈原贾生列传》载:"自屈原沉汨罗后百有余年,汉有贾生,为长沙王太傅,过湘水,投书以吊屈原。"贾谊因有与屈原相似的被贬职流放的遭遇,因而同情悯伤屈原的感情特别深切。他的《吊屈原赋》,思想内容上凭吊屈原,感慨自身,艺术形式上几乎完全仿骚体诗。清人程廷祚《骚赋论》云:"贾生以命世之器,不意其用,故其见于文也,声多类骚,有屈氏之遗风。"司马迁将屈原与贾谊合列为一传,原因即在于此。除贾谊,汉代其他一些撰写拟骚诗的文人,其创作动机也大多与"闵伤屈原""彰其志"有关:淮南小山作《招隐士》,乃"闵伤屈原……虽身沉没,名德显闻,与隐处山泽无异,故作《招隐士》之赋,以彰其志也"。东方朔作《七谏》,为"追悯屈原,故作此辞,以述其志,所昭忠信、矫曲朝也"。严忌作《哀时命》,乃"哀屈原受性忠贞,不遭明君而遇暗世,斐然作辞,叹而述之"。王褒作《九怀》,因"读屈原之文,嘉其温雅,藻采敷衍,执握金玉,委之污渎,遭世溷浊,莫之能识。追而愍之……"。刘向作《九叹》,因"追念屈原忠信之节","叹者,伤也,息也。言屈原放在山泽,犹伤念君,叹息无已,所谓赞贤以辅志,骋词以曜德者也"。(以上引文均据王逸《楚辞章句》)王逸作《九思》与《楚辞章句》,其动机的主要成分,也是"读《楚辞》而伤愍屈原,故为之解","与屈原同土共国",出于"悼伤之情",否则他不会说:"屈原终没之后,忠臣介士游览学者读《离骚》《九章》之文,莫不怆然,心为悲感,高其节行,妙其丽雅。至刘向、王褒之徒,咸嘉其义,作赋骋辞,以赞其志。"这话既点明了西汉人作拟骚诗的缘由,也表白了他本人的心绪。联系司马迁在《史记·屈原列传》中的一段话,更可说明这种分析:"余读《离骚》、《天问》、《招魂》、《哀郢》,悲其志。适长沙,观屈原所自沉渊,未尝不垂涕,想见其为人。"司马迁是历史上为屈原作传的第一人,如不是"闵伤屈原""彰其志",恐不至于写得如此恳切动人。

原因之二:"其文弘博丽雅,为辞赋宗"。

拟骚诗的产生与兴盛,与屈骚高超绝伦的艺术技巧与风格有密切关系。文学史上常有这样的现象:一代文坛上出现某种文体或文学样式的创作高潮,其缘由,除了历史的与社会的因素外,相当程度上与前代或当代文坛上某一著名作家创造了一种新样式的具有巨大艺术魅力与影响的文学作品有关。屈原创作的《离骚》等作品即是一个典型,它们问世以后,风靡文坛,波及后代,折服了无数读者,赢得了人们众口一致的赞赏和风涌般的效仿、模拟。即使指斥屈原、反对屈原"露才扬己"的班固,也不得不为之折服,承认曰:"然其文弘博丽雅,为辞赋宗,后世莫不斟酌其英华,则象其从容。自宋玉、唐勒、景差之徒,汉兴,枚乘、司马相如、刘向、扬雄,骋极文辞,好而悲之,自谓不能及之。"(《离骚序》)王逸的评价更高,他说:"楚人高其行,玮其文采,以相教传。……后世雄俊,莫不瞻慕,舒肆妙虑,缵述其词。……屈原之词,识博远矣。自终没以来,名儒博达之士,著造词赋,莫不拟则其仪表,祖式其模范,取其要妙,窃其华藻。所谓金相玉质,百世无匹,名垂罔极,永不刊灭者矣。"刘勰《文心雕龙·辨骚》中也高度褒扬了屈骚之艺术价值与影响,刘勰指出,后代文人之所以会相率仿效,根本原因在于屈骚乃"词赋之英杰",它"取镕经意","自铸伟辞",具有"惊采绝艳"特色。不过,我们尚需同时指出,尽管屈骚具有高度艺术成就,但它的模拟者大多艺术价值不高,除贾谊《吊屈原赋》、淮南小山《招隐士》尚具特色、为人称道外,其余作品对后世很少影响,其原因主要在于拟骚诗创制者缺乏屈原那样的感性体验与真实感情,艺术造诣也欠缺。这就更加说明文学作品的成败与作家的身世经历、创作激情、艺术功力等均甚有关系。

原因之三:汉代的社会条件与统治者的喜好。

汉代社会,尤其西汉初、中期,政治、经济、军事都出现了空前强盛的局面,《史记·平准书》云:"汉兴七十余年之间,国家无事。非遭水旱之灾,民则人给家足。都鄙廪庾皆满,而府库余货财。京师之钱累巨万,贯朽而不可校。太仓之粟陈陈相因,充溢露积于外,至腐败不可食。众庶街巷有马,阡陌之间成群,而乘字牝者摈而不得聚会。守闾阎者食粱肉,为吏者长子孙,居官者以为姓号。"经济上出现的这种繁荣局面,为统治者实现雄图大略,巩固加强政权,提供了基础。由于君主(尤其汉武帝)的扩展地域、重视经济文化交流,刺激了汉代社会农业经济和工商业的进一步发展,这些都为汉统治阶层享乐腐化提供了客观条件。在国家繁荣昌盛局面出现的情况下,统治者更多地追求声色犬马之类的享乐手段与腐化生活,表现在文化娱乐上,喜好辞赋即是西汉几个帝王的共同兴趣。汉代统治者喜好辞赋,无疑是促使赋在汉代文坛上兴盛的重要原因,而这同时也间接影响了模拟辞的产物——拟骚诗。《汉书·扬雄传》载,汉武帝时,"初,安入朝,献所作《内篇》,新出,上爱秘之。使为《离骚传》,且受诏,日食时上"。《史记·张汤传》载,"始长史朱买臣,会稽人也,读《春秋》,庄助使人言买臣,买臣以楚辞与助俱幸,侍中,为太中大夫,用事"。汉宣帝也喜好楚辞,他认为"辞赋大者与古诗同义",并曾因需修武帝故事而"征能为楚辞九江被公,召见诵读"(《汉书·王褒传》)。不仅如此,汉统治者还以辞赋取官,武帝时,司马相如、东方朔、枚皋等因辞赋而得官,宣帝时,王褒、张子侨,成帝时扬雄等,均以辞赋入仕,这种现象到了东汉,才稍有转变。统治者对辞赋的这种喜好与提携,在汉代形成了一股君倡于上、臣应于下的世势,这对拟骚诗的兴盛,也多少起了一定的影响。

原因之四:崇经风气的影响。

汉代自武帝始,尊崇儒家经学蔚成风气,武帝采纳了董仲舒的主张后,"罢黜百家,独尊儒术"成为汉代统治学术思想界的压倒一切的倾向,在这种倾向影响下,武帝以后的文坛出现了一场对屈原作品是否合乎经义的争论:以扬雄、班固为代表的一派(班为主),认为屈骚"皆非法度之政、经义所载"(《离骚序》),予以斥责非难;以王逸为代表的另一派,针锋相对地持反对意见,认为:"《离骚》之文,依托五经以立义焉。'帝高阳之苗裔',则'厥初生民,时惟姜嫄'也。'纫秋兰以为佩',则'将翱将翔,佩玉琼琚'也。'夕揽洲之宿莽',则《易》'潜龙勿用'也。'驷玉虬而乘鹥',则'时乘六龙以御天'也。'就重华而陈词',则《尚书》、《咎繇》之谋谟也。'登昆仑而涉流沙',则《禹贡》之敷土也。"(《楚辞章句序》)他们的争论都以儒家经义为标准,各抒己见,相持不下,显然是当时崇儒尊经风气使然。这种争论本身,体现了汉代以王逸为代表(也应包括班固等人)的文人们对屈骚的推崇,正由于此,他们才会效而仿作之。(西汉初的拟骚诗与此瓜葛不大,详下。)

原因之五:楚汉文化的继承关系。

这是个不很显著,然也不可忽略的因素。战国时代的楚国,其国祚并没由汉代所承延,中间相隔了秦灭六国并统一中国的历史时期。秦尽管灭了楚国,但楚文化却并没因此被灭绝,也没被秦所同化,相反,它由汉所承继,并得以有了一定程度的发展。其原因,主要在于秦统治历史短暂,秦文化的生命力不如楚文化,且西汉开国初创阶段君主将相大多为出生于楚地的楚人,这些因素,造成了汉代文化是楚文化的延续与发展,这样一个中国文化史上特殊的现象。这种现象的迹象我们可以从保存至今的汉初诗歌中见出。秦末汉初之际,项羽所歌《垓下歌》,刘邦所唱《大风歌》,均系具楚风特征的楚歌;汉朝宫廷中奏唱的歌曲,亦大多为楚声歌,据丁福保《全汉三国晋南北朝诗》卷一至卷三所录汉诗,除民歌及部分五言、杂言诗外,相当部分是楚声诗(楚歌),其中卷一部分十九首诗,楚声诗占了十三篇。另,从考古发掘也可见出,秦暴政并没能截断楚文化传统,大量出土的汉墓文物证实,楚风俗、楚文化对汉代影响甚深。文化传统的继承性告诉我们,汉代文人大量创作拟骚诗并非偶然,其中文化继承因素起了一定作用。(详见下文)

以上我们简略地从五个方面剖析了拟骚诗在汉代产生与兴盛原因。这当中需要指出的是,尊儒崇经思想影响拟骚诗,主要在东汉时期(也包括西汉扬雄),而拟骚诗的主要产生时期在西汉初期,这一时期儒家思想尚不占上风,黄老思想占主要地位,因而其时赋尚未大量出现,属拟骚诗(或谓辞)时代。这是拟骚诗与赋在产生历史时期上因学术思想影响不同而形成的差异。其次,在拟骚诗与赋的兴盛原因上,前者很大程度上由于受了屈原身世遭遇的感染而催生创作之念,后者则与屈原本人经历关系不大(少数例外)。另外,从艺术形式上看,两者虽同是屈骚的衍生物,但毕竟拟骚诗是直接派生物,而赋则应从荀卿、宋玉的赋作中寻绎渊源,屈骚从根本上说,当是赋的远祖。当然,艺术风格与语言特色上,拟骚诗与赋都深深烙上了屈骚的印痕。

汉承楚文化说

历来史家有"汉承秦制"之说。然细加考察,发现此说有偏颇之处:从政治、经济方面看,可以这样说;但从文化的继承和影响看,汉文化并未完全继承秦文化,而是与战国时代的楚文化有着一脉相承的关系。从文化角度言,应该说是"汉继楚绪"(指主导倾向上)。

首先,从出土文物看。湖南长沙马王堆汉墓出土的文物中有帛书《老子》与《黄帝书》,这印证了史家所公认的西汉盛行黄老之说。而黄老之源,实出于楚国。老子原系楚人,《老子》一书是一部产生于南方楚地而又具有楚文化风格的哲理散文。另外,马王堆一号汉墓出土的文物中有汉代乐器瑟,这是迄今发现的唯一完整的西汉初期瑟,而解放前后从楚墓出土的春秋战国时期的瑟约有十六具,其中绝大多数瑟的形制与马王堆一号汉墓出土的相同。一号墓中出土的一件彩绘帛画,所绘内容是楚地当时及古代民间流行的神话传说,它同长沙发现的战国帛画一样为楚地"信鬼而好祀"的风俗提供了具体物证,若将帛画所绘内容及主题与楚辞互为印证,可找到许多可吻合之处。

湖北云梦睡虎地十一号秦墓出土的秦简《语书》,又从另一角度证实了汉楚文化的相互内在关系,并可见出楚文化的顽强生命力。《语书》系秦王政二十年南郡守腾颁发属下各县、道的文书,文书中曰:"古者民各有乡俗⋯⋯今法令已布,闻吏民犯法为间私者不止,私好乡俗之心不变,自从令、丞以下知而弗举论,是即明避主之明法也。"乡俗是文化传统的表现之一,楚国北部被秦军征服后建南郡,至《语书》颁发,已历半个世纪,但楚人依然乡俗不易,致使官方毫无办法,这也说明了楚文化的传统未曾被秦所摧毁,故能沿袭下去。

其次,从保存至今的汉代诗歌也可见汉楚间的文化承绪关系。

据丁福保所辑《全汉三国晋南北朝诗》,其中"全汉"部分的前三卷中均载有同楚辞极相似的楚声诗(或谓楚歌),计有:

> 卷一　高帝《大风歌》
>
> 　　　武帝《瓠子歌》二首、《秋风辞》、《西极天马歌》、《落叶哀蝉曲》
>
> 　　　昭帝《黄鹄歌》、《淋池歌》
>
> 　　　灵帝《招商歌》
>
> 　　　少帝《悲歌》
>
> 　　　赵幽王友《歌》一首
>
> 　　　淮南王安《八公操》
>
> 　　　燕剌王旦《歌》一首
>
> 　　　广陵厉王胥《歌》一首
>
> 卷二　项羽《垓下歌》
>
> 　　　司马相如《琴歌》二首
>
> 　　　(苏李诗《歌》一首、崔骃《安封侯诗》)
>
> 　　　班固《郊祀灵芝歌》
>
> 卷三　乌孙公主《歌》一首
>
> 　　　赵飞燕《归风送远操》
>
> 　　　华容夫人《歌》一首
>
> 　　　唐姬《歌》一首
>
> 　　　(徐淑《答秦嘉诗》)

若去除东汉部分诗,加上逯钦立编《先秦汉魏晋南北朝诗》所称武帝《思奉车子信歌》、枚乘《歌》、司马相如《歌》、燕剌王旦《华容夫人歌》等,共达二十五首之多,而加上东汉部分的话,则有三十余首。汉代诗坛应该说是比较沉寂的,除乐府诗兴盛外,文人诗并不热闹,而在这沉寂中,居然会有如此之多楚声诗保存至今日,可见汉文化承袭楚文化在当时是多么明晰。

　　再看占西汉文坛主导地位的文学形式——赋。赋在两汉热闹到什么程度,仅只看文学史上所冠名词即可明晓,曰:汉赋,这充分标明了一代有一代文学的鲜明特征。赋在汉代之所以兴盛,除了其他原因之外,重要因素之一是汉代承袭了楚文化,因为赋这种形式,从本质上说,其形体之源,乃是楚文化的一种——楚辞,即如刘勰所云:"讨其源流,信兴楚而盛汉矣。"(《文心雕龙·诠赋》)这恐怕也是汉人辞赋不分,笼而统之称谓的原因。另外,在赋兴盛的同时,汉代文坛上同时涌现了一批不可忽视的拟骚诗,它们则无论内容、语言、风格却极度模拟屈骚,更直接地表现了继承楚文化,这些诗是:贾谊《惜誓》、《吊屈原赋》、《鹏鸟赋》,东方朔《七谏》、严忌《哀时命》、王褒《九怀》、刘向《九叹》、王逸《九思》以及扬雄《畔牢愁》《反离骚》等。

　　如从汉代承袭楚文化风俗言,那么其表现形式也许更多些。这里,我们不妨摘引张正明《楚文化史》所载的部分内容,以资说明:

　　　　秦末起义的主力是楚人,他们愤于秦对楚文化的排斥和摧残,一时掀起了复楚文化之古的狂热。

　　　　起义的楚人所用的官名,都是楚国旧有的。

　　　　刘邦利用楚俗尚赤传统,自托为赤帝子。刘邦立汉王后,以十月为岁首,沿用楚历,色上赤,沿袭楚俗。

　　　　鸿门宴席次排位,按照楚俗:东向,最尊;南向,次尊。

　　　　刘邦爱楚服,爱楚冠。项羽爱楚歌,被困垓下,尚唱楚歌。刘邦亦然,《汉书·礼乐志》曰:"高祖乐楚声。"

　　　　萧何主持建造未央宫,按楚俗设计,有东阙、北阙,而无西阙、南阙。

　　　　即便到汉武帝时,成体系的楚文化已不复存在,但楚文化的一些个性仍存于汉文化之共性中。如:崇巫好祠乃楚人旧俗,而汉武帝时最烈;汉武帝尊凤,亦楚人旧俗之遗存;汉武帝自制楚歌《秋风辞》,又好读汉赋;汉代民间在汉武帝时们仍以赤色为尚;汉俗仍承楚俗以东向坐为尊;王延寿所著《鲁灵光殿赋》中记述的壁画,与楚先王之庙与公卿祠堂的壁画如出一辙,仍有楚文化的诡谲风采;等等。

鉴此,我们完全可以断言,汉文化确实承袭、融化了楚文化。

那么,人们不禁要问:导致文化上"汉继楚绪"的原因究竟何在呢?(说"汉继楚绪"并非否认汉完全不承秦文化;这是就主导倾向而言。)笔者以为,原因大致有这么三条:

其一,秦虽实施暴政,吞并了六国,一统了天下,但毕竟因统治时间短暂,且自身文化传统不强,难以替代被占领被统治地区的文化;何况,文化习俗是很难用暴力手段强制推行的,即使一时行得通,时间一长,人们的传统习惯也会顽强地表现出来,这是不以人的主观意志为转移的客观规律,任何人都违背不了。

其二,楚文化由于历史悠久,深入长江中下游地区的人心,且比当时海内其他许多地区(如西部、东部与南部的秦、蛮夷等地)发达,而秦文化本身不发达,又不可能在短期内新创一种先进文化,自然无法完全排斥、替代楚文化了。历史上倒有这样的例子:落后文化的民族征服了先进文化的民族,虽欲强制推行自身民族的文化,却反而暗暗被先进文化民族的文化所同化。

其三,西汉一代的开国君主,如汉高祖、汉武帝,或为出生于楚地的楚人,或为楚人后裔,汉朝君臣中,楚人不少,这在一定程度上为恢复和实行楚文化起了作用,他们自身对楚文化的自觉或不自觉的嗜好与身体力行,多少影响或制约了他们所统治国朝的文化。

辞　赋　论

屈 赋 辨 析

被誉为"逸响伟辞,卓绝一世"的屈原作品,千百年来众口赞颂,衣被百代,影响深巨,然而,屈原作品究应何称? 却迄今莫衷一是:有曰屈赋者,有曰楚辞者,有曰屈骚者。

究竟应冠屈原作品以什么名称,才能恰如其分、名符其实? 似不可不辨。

先看屈赋一称。赋是什么? 一般来说,讲到赋,人们自然会联想到两个概念:其一,作为"诗六义"之一的赋,它属于"诗"的艺术手法之一,朱熹《诗集传》曰:"赋者,敷陈其事,而直言之也。"可谓的论;其二,乃是文体之一种,系由诗发展而来,至汉代达到兴盛。对"屈赋"名称而言,恐怕上述两者均有瓜葛,然更多的则牵涉到后者。

班固《两都赋序》曰:"赋者,古之诗也。"刘勰《文心雕龙·诠赋》曰:"然赋也者,受命于诗人,拓宇于楚辞也。于是荀况《礼》《智》,宋玉《风》《钓》,爰锡名号,与诗画境,六义附庸,蔚成大国。遂客主以首引,极声貌以窈义;斯盖别诗之原始,命赋之厥初也。"章学诚《汉志诗赋第十五》曰:"古之赋家者流,原本诗骚,出入战国诸子。假设问对,《庄》《列》寓言之遗也。恢廓声势,苏、张纵横之体也。排比谐隐,韩非《储说》之属也。征材聚事,《吕览》类辑之义也。"上述说明:赋作为一种文体,乃远源于《诗经》,近源于《楚辞》,产生于荀况、宋玉。可见,屈原作品并不属赋体。

我们从分辨诗(以《诗经》为代表)、骚(楚辞)、赋三种文体的差异中,亦可看到屈原作品不属赋体。诗、骚、赋三者,从同属韵文角度言,有其共同之处:均讲究声韵(程度不一),有一定的语言节奏,句式上都有各自较为统一、整齐的规范。然它们更多的是差异:诗以四言为主,骚一般六言,加"兮"字为七言(也有四言或杂言),赋多为四六言句式；诗、骚基本无散句，极少用联结语，而赋则多联结语和散句；赋比诗、骚少抒情成分，多咏物说理成分，"铺采摛文，体物写志"（《文心雕龙·诠赋》），诗味淡薄，散文气息较浓。刘勰在辨析文体时，很清楚地于《诠赋》外另立《辨骚》，以区别赋与骚（屈原及宋玉等人作品）。任昉《文章缘起》将赋、《离骚》与《反离骚》分为三种文体：赋，楚大夫宋玉所作；《离骚》，楚屈原所作；《反离骚》，汉扬雄所作。萧统《文选》于赋外，特立骚目，专录楚辞作品（主要是屈原作品）。对于骚赋的区别，明人胡应麟在《诗薮·内编卷一》中有较清晰的说明："骚与赋句语无甚相远，体裁则大不同：骚复杂无伦，赋整蔚有序；骚以含蓄深婉为尚，赋以夸张宏巨为工。……骚盛于楚，衰于汉，而亡于魏。赋盛于汉，衰于魏，而亡于唐。"清人程廷祚的《骚赋论》清楚地辨析了诗、骚、赋三者的异同："声韵之文，诗最先作，至周而体分六义焉。其二曰赋。战国之季，屈原作《离骚》，传称为贤人失志之赋。班孟坚云：'赋者，古诗之流也。'然则诗也，骚也，赋也，其名异也，义岂同乎？……故诗者，骚、赋之大原也。既知诗与骚、赋之所以同，又当知骚与赋之所以异。诗之体大而该，其用博而能通，是以兼六义而被管弦。骚则长于言幽怨之情，而不可以登清庙。赋能体万物之情状，而比兴之义缺焉。盖风、雅、颂之再变而后有《离骚》，骚之体流而成赋。赋也者，体类于骚而义取乎诗者也。故有谓《离骚》为屈原之赋者，彼非即以赋命之也，明其不得为诗云尔。骚之出于诗，犹王者之支庶封建为列侯也。赋之出于骚，犹陈完之育于姜，而因代有其国也。骚之于诗远而近，赋之于骚近而远，骚主于幽深，赋宜于浏亮。"

由此可见，"屈赋"并非赋，实应属于骚——楚辞。然则何以历代均有"屈赋"之称？对此，胡应麟有一番解释："世率称楚骚汉赋，昭明《文选》分骚、赋为二，历代因之，名义既殊，体裁亦别。然屈原诸作，当时皆谓之赋。《汉艺文志》所列诗赋一种，凡百六家，千三百一十八篇，而无所谓骚者。首冠屈原赋二十五篇，序称楚臣屈原离谗忧国，作赋以风，则二十五篇之目，即今《九歌》、《九章》、《天问》、《远游》等作，明矣。所谓《离骚》，自是诸赋一篇之名。太史传原，未举《离骚》而与《哀郢》等篇并列，其义可见。自荀卿、宋玉，指事咏物，别为赋体。扬、马而下，大演波流，屈氏诸作，遂俱系《离骚》为名，实皆赋一体也。"这说明,屈原作品被称为"屈赋",最早可能同班固《汉书·艺文志》的记载有关,《诗赋序》曰:"春秋之后,周道寝坏,聘问歌咏,不行于列国,学诗之士,逸在布衣,而贤人失志之赋作矣。大儒孙卿及楚臣屈原,离谗忧国,皆作赋以风,咸有恻隐古诗之义。其后,宋玉、唐勒;汉兴,枚乘、司马相如,下及扬子云,竞为侈丽闳衍之词,设其风谕之义。"《艺文志》的书目上冠屈原作品曰:"屈原赋",于是后代相沿传袭,误称为"屈赋"了。其次,汉代人视辞与赋为相近之文体,认为楚辞即楚赋,用赋声调读楚辞("不歌而诵谓之赋"),故称屈原作品为"屈赋"。这点,连司马迁也不例外,他在《史记·屈原贾生列传》中曰:"屈原既死之后,楚有宋玉、唐勒、景差之徒者,皆好辞而以赋见称。"对此,刘熙载《艺概·赋概》有曰:"古者辞与赋通称。《史记·司马相如传》言'景帝不好辞赋',《汉书·扬雄传》'赋莫深于《离骚》,辞莫丽于相如',则辞亦为赋,赋亦为辞,明甚。"实际上汉代人已知道分别屈原作品与赋作,分称为"诗人之赋","辞人之赋"(扬雄语),只是没能意识到,既有别,何故再用混淆之名?

　　我们已明白了"屈赋"之称从文体上看,于屈原作品是不恰当的,那么,究竟该怎么称才恰切呢?

　　楚辞,这是西汉人刘向在编集战国时代楚国诗歌作品时所定的名称,它包括屈原以及宋玉、唐勒、景差等人作品(后王逸、朱熹等将部分汉代模拟作品也包括在内)。王逸《楚辞章句》对此说道:"至于孝武帝,恢廓道训,使淮南王安作《离骚经章句》,则大义粲然。后世雄俊,莫不瞻慕,舒肆妙虑,缵述其词。逮至刘向典校经书,分为十六卷。"班固《汉书·艺文志》曰:"至成帝时,以书颇散亡,使谒者陈农,求遗书于天下;诏光禄大夫刘向校经、传、诸子、诗赋……"《四库全书总目提要》曰:"裒屈宋诸赋,定名楚辞,自刘向始也。"从屈原(包括宋玉等人)为楚人,屈原作品"皆书楚语、作楚声、记楚地、名楚物"(黄伯思《翼骚序》)看,冠以楚辞之名应该说是名符其实的,这还能在一定程度上反映出屈原作品是楚文化的代表,是继承楚民歌传统而生的产物,能表明楚在战国时代高度发达的经济文化。但是,从严格的意义上讲,以"楚辞"称屈原作品,未免在概念上宽泛了,两者不能完全相符,因为楚辞中尚包括宋玉等人及部分汉人作品。可以说,屈原作品是楚辞的主要部分,是楚辞的代表,却不能说楚辞即屈原作品。

鉴于此,笔者认为,比较符合屈原作品实际的简称,以屈骚为好。理由是:一、屈原作品中以《离骚》为核心代表作,它是屈原所有作品中成就最高、流传最广,且是屈原心声与人格的象征;二、屈原在中国文学史上创立了一种独特的诗歌体裁,它有别于前代与后代的任何一种韵文,人们习惯称其为"骚体",它具有自身独备的诗体语言、句式与风格;三、称"屈骚",既能清楚地区别于它种文体(如赋),又可与宋玉等人作品不相混淆,令人一目了然。

赋　概　说

　　说到赋,先应辨清有关赋的几个概念。赋在古代文学史上主要包涵三种含义:其一,赋是一种文学表现手法,最早见于《周礼·春官》,后由《毛诗序》归为诗六义之一:"诗有六义,一曰风,二曰赋,三曰比,四曰兴,五曰雅,六曰颂。"其特征,钟嵘《诗品》曰:"直书其事,寓言写物,赋也。"其二,"不歌而诵谓之赋"(《汉书·艺文志》)。其三,赋乃一种独立的文学体式。刘熙《释名·释书契》曰:"敷布其文谓之赋。"陆机《文赋》曰,"赋体物而浏亮",刘勰《文心雕龙·诠赋》曰:"赋者,铺也;铺采摛文,体物写志也。"这种文体的主要特征是"铺采摛文,体物写志",其形式则介于诗与散文之间,是一种非诗非文、半诗半文、或诗或文的特殊文学形式。

　　以下,我们拟着重对作为文体形式的赋加以阐发,以探讨它的产生与发展历史,及其在文学史上的地位、作用与影响。

　　(一)赋作为一种独立的文体,它的产生,既承袭了"诗六义"之一——赋的表现手法,是诗基础上的发展,也与诗以后产生的新体式——楚辞有着渊源关系;它是社会发展需要的产物,也是文学发展到一定历史阶段的必然产物。

　　关于赋的产生问题,刘勰在《文心雕龙·诠赋》中有一段话说得较清楚,可谓抓住了实质:"然赋也者,受命诗人,拓宇于楚辞也。于是荀况《礼》《智》,宋玉《风》《钓》,爰锡名号,与诗画境。六义附庸,蔚为大国。遂客主以首引,极声貌以穷文,斯盖别诗之原始,命赋之厥初也。"班固《两都赋序》也说:"赋者,古诗之流也。"这是不错的,无论从赋文体重在铺陈的表现手法,或其赋作品中往往附以规劝讽喻文字(尽管不少赋作实际上讽喻仅为点缀而已),都可见出赋承继诗的痕迹。因而,赋之名称由诗而来,它与诗有着密切关系,应该没有什么问题。但是汉代的班固在讲到最早的赋家时,是与后来的刘勰不同的。他认为:"春秋之后,周道寖坏,聘问歌咏,不行于列国,学诗之士,逸在布衣,而贤人失志之赋作矣。大儒孙卿及楚臣屈原离谗忧国,皆作赋以风,咸有恻隐古诗之义。"(《汉书·艺文志》)这里有两个问题:其一,最早的赋家究竟是谁?其二,屈原作品是否属于赋?楚辞与赋有否区别?对第一个问题,我们认为,从赋的特征上看,荀卿是最早的赋家,这无疑义,因为从文学史上看,最早以赋命名作品的,即起始于荀卿,且他的《赋篇》已具备了赋体的基本特征:咏物、铺陈——虽然其文学价值不高,对后世影响也不大。另一个最早的赋家,应如刘勰所说,是宋玉,而不是屈原。宋玉的《风赋》、《钓赋》,内容为咏物,以不带抒情成分的客观者口吻描述,符合"直书其事"、"体物写志"的特征。那么,何以认为屈原不是赋家,其作品也非赋呢?谈这个问题,我们首先应肯定,赋与楚辞(屈原作品)在渊源上有继承关系,这只要细读楚辞作品即可发现:楚辞中出现了铺陈现象,有些篇章显然已具备较多赋的成分,如《离骚》的部分段落及《招魂》、《大招》。但是,楚辞毕竟又不同于赋,其理由是:(1)楚辞一般六言,加"兮"字为七言,而赋多以四六言为主;(2)楚辞基本无散句,极少用连结词语,赋则多用连结词语,篇章中常夹杂散文句式;(3)楚辞内容多诡异谲怪,长于"言幽怨之情",抒情成分浓,而赋"铺采摛文,体物写志",抒情成分淡,咏物说理多;故而,刘勰《文心雕龙》将骚(楚辞)与赋分章辨析(《辨骚》、《诠赋》),任昉《文章缘起》将骚赋分为别体,萧统《文选》于赋目之外,另立骚目,胡应麟《诗薮》云:"骚与赋句语无甚相远,体裁则大不同:骚无复杂之论,赋整蔚有序;骚以含蓄深婉为尚,赋以夸张宏距为工。"程廷祚《骚赋论》云:"骚则长于言幽怨之情,而不可以登清庙。赋能体万物之情状,而比兴之义缺焉。盖风雅颂之再变而后有《离骚》,骚之体流而成赋。赋也者,体类于骚而义取乎诗者也。"由此可见,称屈原作品为赋,以为屈原为赋家是不恰当的。之所以造成此种谬误的原因主要在于汉朝人视辞、赋为一家,辞赋通称,以赋声调读楚辞,加上史籍记载"屈原赋二十五篇"(《汉书·艺文志》),史家称"屈原放逐,乃赋《离骚》"(司马迁《报任安书》)。相沿承袭,便谬称屈原为赋家、屈原作品(楚辞)为赋了。

　　当然,辨明楚辞不是赋,并不能否认楚辞与赋之间的渊源承继关系,严格地说,楚辞应是赋的近源(《诗》是远源);何况,两位最早的赋家与楚均有密切关系、荀卿终老于楚,宋玉本身是楚人。

　　(二) 赋在战国后期形成后,秦时只产生了一些杂赋。到汉朝,尤其汉武帝时期,突发勃兴,涌现出大量的赋家及其赋作品,呈现出文学史上一个时代一种文体特别兴盛的局面,故而王国维《宋元戏曲考》说:"凡一代有一代之文学,楚之骚,汉之赋,六代之骈语,唐之诗,宋之词,元之曲,皆所谓一代之文学,而后世莫能继焉者也。"自然,王的说法未免抬高了汉赋,但赋在汉代文坛上占有重要地位,确是凿论。之所以造成这种状况,有社会客观原因;如汉帝国的强盛,使帝王贵族奢侈淫逸之风滋长,伴之歌功颂德文学发展;献赋制度的产生,促使文人竞而群起撰著赋作;"罢黜百家、独尊儒术"学术思想的影响,束缚了文人的创作;等等。而从汉赋本身看,它的体制形式与内容,也导致了赋在汉代的发达(尤其汉大赋):汉赋作品大多并不妨碍封建帝王贵族在物质享受方面穷奢极欲的追求,有些甚至还给他们以诗意的美感,满足他们的感官刺激;不仅不对荒淫奢侈予以谴责,相反在某种程度上还美化了帝王贵族,所谓"仁爱之心""与民同乐",无非对帝王贵族虚荣心是一种满足,而又点缀了帝国王朝的歌舞升平,这怎能不使读赋的统治者欢欣悦目而益发宠爱赋作者呢?于是升官加爵、晋阶厚禄,自是顺理成章之事,而效尤者也就如蜂般涌现,整个文坛便蔚成风气了。

　　汉赋兴盛的原因既如上述,但综观全部汉代赋作,其内容、形式并非划一,其中仍不乏颇具历史价值与认识价值者。例如,占相当数量的描写汉帝国繁荣声威的赋作,虽内容不外乎都市繁华、宫殿壮丽、帝王声色犬马,但透过表面文字的描写,我们从侧面似可窥见汉代社会上升阶段国力强盛的面貌——国土辽阔、城市繁荣、物产丰盛、农业发达等,从认识价值上说,它们比一般史书的记载更真实、全面、生动;即使是直接描述帝王淫佚生活的作品,讽谏作用自然谈不上,但客观上无疑勾画了帝王贵族的真实面目,有助于后人的认识,这比一般史书的记载恐怕更真实些。至于一些直接反映社会动乱、人民受难的作品,如班彪《北征赋》、贾谊《旱云赋》、蔡邕《述行赋》、司马迁《悲士不遇赋》等,一些记叙汉代科技、文化、艺术状况的作品,如王逸《机妇赋》、傅毅《舞赋》、张衡《观舞赋》、王延寿《鲁灵光殿赋》等,一些描写汉代都市规模、建置、宫殿建筑艺术的作品,如班固《两都赋》、张衡《二京赋》,则都应该说是有相当价值的,它们对后人认识与研究汉代社会的政治、历史、文化、风俗、地理、艺术等都具有不可忽视的意义。

尽管汉赋的思想内容有上述一些价值,但它的过于追求词藻、堆砌铺陈、多奇字僻字,无疑给后人阅读增加了困难。造成这种状况的原因是多方面的:其一,赋本身所要求。司马相如认为,赋应"合纂组以成文,列锦绣而为质,一经一纬,一宫一商",其构思要符合"心迹",其内容要"包括宇宙,总揽人物"(《西京杂记》)这就使赋的文辞胜于文理,以至"繁华损枝,膏腴害骨"(《文心雕龙·诠赋》)了。其二,当时的赋作大都写给帝王贵族看,内容虽含讽喻,毕竟不能直抒胸臆,于是,适合帝王贵族口味的,只能是铺叙、夸张、大肆渲染了。其三,赋因长于铺陈,自不免失之繁琐、累赘、堆砌。其四,赋家中有不少文字学家,他们有时喜好故弄玄虚、炫耀才华,这就使得所作赋中奇僻字大量涌现,令人难以卒读。

赋的上述缺点的确是客观事实,但我们却不能因此否定它的艺术价值,从而贬低它在文学史上的地位与影响。汉赋的艺术价值,至少可包含以下几点:一、汉代除大赋外,尚有不少抒情小赋,如贾谊《吊屈原赋》,司马迁《悲士不遇赋》,王褒《洞箫赋》,班彪《北征赋》,张衡《归田赋》、《思玄赋》,蔡邕《述行赋》等,这些赋大多感情真挚,文字易读,有的借物寄情,讽喻现实,具有较高的文学价值;二、即使一些大赋,虽极力铺陈,但它们的文辞与音节客观上能在读者视听上造成快感、愉悦感(作者主观上追求一种有节奏的语辞美),同时其铺张手法充分显露了事物的繁丽色彩与雄伟气势,一定程度上能激发人的想象力,倘非如此,恐难以激起帝王贵族们的阅读兴趣;三、汉赋虽说是"劝百讽一",毕竟还是运用了讽喻手法,这种手法的运用往往比较谦恭、柔顺,便于统治者接受,这在艺术上就显得含蓄、委婉、曲折,尤其那些启发性讽喻(如枚乘《七发》),对比性讽喻(如司马相如《子虚》、《上林》),解嘲性讽喻(如东方朔《答客难》、扬雄《解嘲》),

丰富了赋的表现手法,增强了艺术感染力;四、汉赋作品由于注重铺陈事物,因而大多描写细致、具体,语言上注意锻字炼句,这一特点,启发了建安以后的不少诗人,他们从汉赋的描写中得到借鉴,有的明显化用了汉赋的句式、语汇而注入新的内容;五、汉赋铺叙的描写手法,造成了被描述对象的集中化与突出化,这给后代诗文叙述事件、刻画人物、运用铺叙、夸张手法创造了先例;六、汉赋尽管艺术形式与结构上显得呆板、滞重、粗拙,但它能在读者面前展示一幅幅繁荣、兴盛、充满活力的图像,使读者在这宏大、沉雄画面前心胸为之开拓,耳目为之一新,造成了汉代文学独特的气象与风格,而后世文学则莫能企及。(即李泽厚《美的历程》所指"描述领域、范围、对象的广度上")

(三)赋发展到魏晋时期,开始出现一种新的趋势:篇幅减小,题材扩大,抒情成分增多。这种趋势,虽然汉时已萌发,并出现过一些抒情小赋,但在整个文坛未能形成风气,数量也不多,主宰文坛的仍是大赋。而到魏晋时,由于赋在风格特征上逐步趋向于诗歌化,因而在赋史上开始了一个新的阶段。

赋到魏晋,为何篇幅会趋于减小呢?原因在于魏晋文人创制赋的动机与前不同了。建安以后的文人作赋,大多旨在抒情,而不注重献赋媚上,赋成了抒情的工具,其内容也不再偏于描述京都、宫馆。虽然这一时期还有像潘岳《西征赋》、左思《三都赋》那样的大赋,但在整个文坛上,它们已属晨星寥若,成不了气候了。另外,这一时期的赋,多半系产生于宴席、聚会上,文人常是即席、命题作赋,因而,篇幅不可能长。于篇幅减小的同时,赋的题材内容也发生了变化,登临、凭吊、悼亡、伤别、游仙、招隐等,均出现了,且不限于咏物,抒情、叙事、咏物并见,抒情味增浓,文字清丽,逐步摆脱了汉大赋铺陈堆砌辞藻的陋弊,作品中反映现实、表现人生、追求理想、描画田园山水的内容显然占了主要地位。这一阶段的赋以曹植、王粲、潘岳、陆机等人所作的文学价值较高:曹植《洛神赋》,承法宋玉《神女赋》,而情节结构、人物形象更加完美、细腻,更富感染力;王粲《登楼赋》,抒怀乡恋土之情,感情充沛、深撼人心;潘岳《秋兴赋》、《闲居赋》,语言明净,辞藻绚丽,情韵富美;陆机《文赋》,比喻贴切,语言工丽,论述深入,是一篇精美的文艺理论佳作。另外,像张衡的《鹦鹉赋》,向秀的《思旧赋》,陶渊明的《感士不遇赋》、《闲情赋》等,都是这一时期的佳作,它们大多感情真挚,清雅动人,展现了魏晋小赋的新风貌。

赋在魏晋时期之所以会形成新的阶段,展现新的风貌,除了社会历史条件与汉代不同,主要由于赋的作家继承恢复了楚骚的抒情传统,积极地接受了乐府民歌的影响,吸取了建安诗歌的比兴手法,使赋这一文学形式充分发挥了它的特长,避免或减弱了它的弊病,体现出了以文寓情、借文寄情的文学特性,从而提高了文学鉴赏性与审美性。

(四)南北朝时期,赋走上了骈丽阶段,追求形式技巧,讲究韵律音节。这一阶段,虽然赋的语言技巧显然有所提高,出现了一些雕琢新奇、修辞雅致、音律和谐的作品,但总的水准减低了,内容单薄,文学价值削弱,"左陆以下,渐趋整炼;齐梁而降,益事妍华,古赋一变而为骈赋。"(孙松友《国粹学报·述赋篇》)可以说,赋由汉代的大赋、魏晋的小赋,到此时,开始了骈赋阶段。从总体上说,这一阶段,艺术形式的追求大大强于思想内容,文辞的骈偶化,成了一种时尚,与文坛上崇尚骈丽紧紧相呼应。不过,感情蕴藉、形象生动的作品也有,如鲍照的《芜城赋》,气势变化多端,文辞繁丽形象,颇具感染力;谢惠连、谢庄的《月赋》,江淹的《恨赋》、《别赋》,或清美鲜丽,或感慨深重,很能感人;庾信的《枯树赋》、《小园赋》、《哀江南赋》,伤怀故国,悲感身世,显出意绪苍凉、辞气雄健的特色;它们均为赋史上值得一提的佳构。

赋从开始产生、发展,到南北朝,已走过了大赋——小赋——骈赋的历程,从一种文学形式来说,它已走向了衰落。到唐宋以后,虽则还存在律赋与文赋两种形式、两个历史阶段,但从赋的本质特性言,这已经是它的衰亡期了,章炳麟《国故论衡·辨诗篇》说:"赋之亡盖先于诗,继隋而后,李白赋《白堂》,杜甫赋《三大礼》,诚欲为扬雄台隶,犹几弗及,世无作者,二宋亦足以殿。自是赋遂泯绝。"从唐宋时代文人所作律赋看,基本上一味讲究音韵、对偶,很少顾及情韵与内容,有的还限题与限韵,几乎与后世八股文无甚差异,谈不上什么文学价值。而文赋,从文学价值看,不少作品在文学史上很有地位与影响,如杜牧《阿房宫赋》、欧阳修《秋声赋》、苏赋《赤壁赋》等,但仔细辨之,它们已基本上接近散文,丧失了作为赋文体的基本特征,只是标以"赋"题而已,故而其价值与声誉似乎不能全记在赋的账上了。

　　以上我们对赋这一我国文学史上独特的文学形式作了简括而又综合性的论述,我们的宗旨与认识是:既不因它在文学史上曾遭讥贬而对它有所忽视,也不因其曾在某一历史阶段特别兴盛而予以不恰当的拔高;文学史上的任何一种文学形式,唯有从历史角度出发,作实事求是的考察分析,才能得出较为客观公允的结论。我们对赋的看法与认识,即是基于这个准则来加以历史地辨析、研究与判断的。

历代赋论述要

赋作为一种独立的文学体式,虽然严格地说,乃产生于战国末季,最早的赋家是宋玉、荀卿,但它真正的兴起,并作为一种文坛上的新型文体为文人们所群起创制,还是在汉代,汉代文坛上,赋成了一大宗,作品纷呈,赋家蜂起。而与赋兴起的几乎同时,赋的研究——赋论,也随之伴生,它沿着与赋发展并不合一的轨迹在文学批评史上留下了不可磨灭的印记。

历史地看,赋论在整个古代文学批评史上可以大致分为四个阶段,两汉、魏晋南北朝、唐宋元、明清。以下拟对这四个阶段的概况作些评述。

(一) 两汉时期,是赋的鼎盛期,也是赋论的发轫期。最早对赋这种文体及其创作发表见解的,据史料(《西京杂记》)记载,是司马相如。司马相如本人是赋大家,一生创作了不少有影响有代表性的赋作,在汉代乃至整个赋史上,均甚有地位与影响,因此,他直接阐述对赋的看法,能击中肯綮。《西京杂记》载录了他回答盛览作赋方法的一段话:"合綦组以成文,列锦绣而为质,一经一纬,一宫一商,此赋之迹也。赋家之心,包括宇宙,总览人物,斯乃得之于内,不可得而传。"(此书虽属小说,但从西汉时代及司马相如本人实际情况看,其记载具可信性。)

在这段话中,司马相如提出了"赋迹"与"赋心"两个概念。"赋迹",讲赋的形式,是对赋文体特征的认识,认为作赋须辞藻华美、音律和谐;"赋心",是作赋的方法论,说明赋家创作赋时要对外界事物作艺术概括;两者均与赋文体本身及创作赋的实际要求基本相符。这是赋论史上最早论赋的文字。

与司马相如差不多同时代的司马迁,在《史记·司马相如列传》

与《太史公自序》中,分别评论了司马相如的赋创作:

> 相如虽多虚辞滥说,然其要归,引之节俭,此与《诗》之风谏何异?

> 《子虚》之事,《上林》赋说,靡丽多夸,然其指风谏,归于无为。

司马迁既肯定了司马相如的成就与特色:"与《诗》之风谏何异","其指风谏,归于无为",也同时指出了他的不足:"多虚辞滥说"、"靡丽多夸",可谓褒贬分明。司马迁的评说,开了赋论史上评论赋家及其作品得失的风气之先。

汉代对赋采取始肯定后否定态度的,是扬雄。他初"好辞赋",对司马相如"弘丽温雅"的赋作甚为钦慕,下决心模拟之;然而,赋"靡丽多夸"的形式与实际讽谏作用之间的矛盾,使曾创作过《甘泉》、《羽猎》、《长扬》、《河东》等赋作品的扬雄,开始认识了赋的弊端与局限,决心弃而不为,并因此作了批判。他说:"或问:吾子少而好赋?曰:'然。童子雕虫篆刻。'俄而曰:'壮夫不为也。'"(《法言·吾子》)扬雄之所以认为作赋是"童子雕虫篆刻"、"壮夫不为",原因在于赋不能真正起到讽谏作用,它"极靡丽之辞",只是让读者欣赏其华丽辞藻从而达到娱人耳目的作用而已,《汉书·扬雄传》载:"雄以为赋者,将以风之,必推类而言,极靡丽之辞,闳侈巨衍,竞于使人不能加也。既酒归之于正,然览者已过矣。往武帝好神仙,相如上《大人赋》欲以风,帝反缥缥有凌云之志。繇是言之,赋劝而不止,明矣。"鉴此,扬雄分赋为二:一曰"诗人之赋",一曰"辞人之赋",他认为,此二类赋虽均具"丽"之特征,但前者"丽以则",后者"丽以淫","丽以则"者,系诗人所作,"丽以淫"者,乃辞人所为,他为此比较了诗人代表屈原与辞人代表司马相如之间的特色差异,指出,屈原"上援稽古,下引鸟兽",其着意是"过以虚""华无根"的司马相如"亮不可及"的。扬雄的这一分类评价,具有一定的理论概括性,指出了西汉时代赋忽视思想内容、崇尚靡丽形式的弊病,对后代论赋作家影响颇大。

　　两汉时代对赋作较多方面评论的,是东汉的班固,班固分别在
《离骚序》、《两都赋序》中论及了赋,并在其编著的《汉书·艺文志》
中特立"诗赋略",其中内容虽大多引述刘歆主张(《艺文志》基本取之
《七略》),然也一定程度上反映了他本人的看法。概括起来,他的论
赋见解与贡献主要有:第一,简要叙述阐明了赋的产生及其在西汉两
百多年中的历史发展;第二,肯定汉赋歌功颂德的思想内容("抒下情
而通讽喻","宣上德而尽忠孝"),称汉赋是"雅颂之亚"、"炳焉与三
代同风";第三,不赞同扬雄对辞人之赋的批判,肯定司马相如作品的
积极意义与历史地位;第四、在《汉书·艺文志》中特立"诗赋略",将
诗赋作品分成屈原赋、陆贾赋、孙卿赋、杂赋、歌诗等五类,这是他重
视诗赋的体现,也是文学与学术著作分离意识的早期萌芽。从班固
的论赋见解我们可以看出,他过分注重了赋的文辞,偏重于赋的歌功
颂德,显然具有片面性,这同他贬斥屈原及其作品的人格与思想内容
在倾向上是一致的,《离骚序》中他说:"今若屈原露才扬己……亦贬
絜狂狷景行之士……谓之兼《诗》风雅而与日月争光,过矣。"不过他
对屈原作品的艺术形式持首肯态度,同文中说:"然其文弘博丽雅,为
辞赋宗,后世莫不斟酌其英华,则象其从容。"承认屈原作品在艺术形
式上是汉赋之宗。

　　(二)魏晋南北朝时期的赋论,呈现以下三个特点:① 这一时期
比较重要的批评家,如曹丕、陆机、刘勰、钟嵘、萧统、颜之推等,均有
论赋的文字或文章,说明赋在这个时期虽地位影响已不及汉代,但依
然是文坛一宗,被视为独特的文体,为人们所重视;② 晋代出现了赋
论专文,如左思《三都赋序》、皇甫谧《三都赋序》等,加上南朝刘勰的
《诠赋》,表明魏晋南北朝较之两汉,对赋的研究显得更理论化、系统
化;③ 体大思精的《文心雕龙》一书,不仅有《诠赋》篇,且其他篇章也
有论赋文字,构建了独特的赋论体系,对汉代以来赋的理论作了系统
的总结与创造性的理论阐发,值得重视。

　　曹丕、陆机、萧统等人在他们各自论著中一一表述了对赋的看
法,其共同点是:文字不多,但都能抓住赋的根本特征。如曹丕《典论
论文》说"夫文,本同而末异,盖奏议宜雅,书论宜理,铭诔尚实,诗赋
欲丽",用一"丽"字突出了赋的特点;陆机《文赋》比曹丕概括得更具

体明确:"诗缘情而绮靡,赋体物而浏亮,碑披文以相质,诔缠绵而凄怆,铭博约而温润……"把"赋"的文体特征与"赋"本文联系了起来,抓住了实质;萧统的《文选》虽是一部文学作品选本,却也体现了萧的文学观点与主张,不论文章的选择与编排,还是《序》中所阐述,都表现出重文采、重辞赋的鲜明倾向,他的选文标准是"能文为本",所谓"能文",即是对辞藻、音律等语言技巧方面的要求,《序》首论赋,而后依次为诗、箴、论、铭、诔等文体,足见赋在萧统心目中的地位。

晋代的二篇《三都赋序》及挚虞的《文章流别志论》,是魏晋南北朝时期比较值得注意的赋论。左思在《三都赋序》中提出了与前人不同的论赋标准,他认为,赋不能过于虚夸,其内容、文辞的取材需有根据;"盖诗有六义焉,其二曰赋。……先王采焉,以观土风。见'绿竹猗猗',则知卫地淇澳之产;见'在其版屋',则知秦野西戎之宅;故能居然而辨八方。"他自己撰写《三都赋》也实践了这一标准——辞必征实:"其山川城邑,则稽之地图;鸟兽草木,则验之方志;风谣歌舞,各附其俗;魁梧长者,莫非其旧。"为什么要如此征实呢? 他认为:"发言为诗者,咏其所志也;登高能赋者,颂其所见也。美物者贵依其本,赞事者宜本其实,非本非实,览者奚信?"由此,他在《序》中指责了不少汉代赋家作品中记载失实之处:"然相如赋《上林》,而引'卢橘夏熟';扬雄赋《甘泉》,而陈'玉树青葱';班固赋《西都》,而叹以比目;张衡赋《西京》,而述以游海若;假称珍怪,以为润色,若斯之类,匪啻于兹。考之果木,则生非其壤;校之神物,则出非其所。于辞则易为藻饰,于义则虚而无征。"左思的指责,应该说有其一定意义,他批评了汉代这些赋家过于追求文辞虚夸的弊病,但他一味讲究"征实",强调知识的真实,则也不免求之过甚,模糊了文学作品与学术论著的区别。

皇甫谧的《三都赋序》系赞誉左思《三都赋》而作,故在赋的内容"征实"上,与左思主张毫无二致,他称赞《三都赋》:"其物土所出,可得披图而校;体国经制,可得按记而验;岂诬也哉!"他同时指责汉赋的失实之弊:"而长卿之俦,过以非方之物,寄以中域,虚张异类,托有于无。"皇氏与左思同犯了一个毛病。不过,皇氏这篇《序》同时也阐发了他自己对赋的看法,有二点很明显:其一,皇氏重视并强调赋的艺术表现形式,认为赋是"美丽之文"——"文必极美"、"辞必尽丽",

如不符"美丽"标准者则称不上赋,据此,他肯定了汉赋在艺术形式上的一些成就:"初极宏侈之辞,经以约简之制,焕乎有文,蔚尔鳞集,皆近代辞赋之伟也。"其二,比较详尽地论述了赋产生以来的情况,对主要代表作家,一一予以评价,所论文字,有褒有贬,不偏不激。

挚虞的《文章流别志论》是一篇探讨各种文体性质与源流的专论,其中论赋的一段,提出了一些见解。受扬雄"诗人之赋丽以则,辞人之赋丽以淫"观点影响,挚虞对"辞人之赋"明显持贬抑态度,他说:"前世为赋者有孙卿、屈原,尚颇有古诗之义,至宋玉则多淫浮之病矣。"接着,他指出"辞人之赋"有"四过":"夫假象过大,则与类相远;逸词过壮,则与事相违;辩言过理,则与义相失;丽靡过美,则与情相悖。"这"四过"的危害是:"背大体而害政教",造成"四过"的原因,是因为辞人们忽略思想内容、偏重形式所致——"以事形为本,以义正为助"。可见,挚虞与左思、皇甫谧不同,他比较重视赋的思想内容。之外,他在论述"七"体时,述及枚乘《七发》既具有讽喻意义,又开了后世淫丽之先,比较符合事实。

刘勰对赋的理论见解,主要体现于《诠赋》篇中,其他篇章也略有涉及。总括起来看,刘勰的论赋主张及观点,大致包含以下几点:

第一,明确了"赋"的真切含义及其源流。刘勰以前,对赋究竟指什么,从何起源,争论颇多。刘勰在列举前人论述基础上指出:赋是《诗》六义之一,"赋者,铺也,铺采摛文,体物写志也。"而作为文体的赋,则是"受命于诗人,拓宇于楚辞",其始端是荀卿的《礼》、《智》,宋玉的《风》、《钓》,后之赋家枚乘、贾谊、司马相如、扬雄等皆系楚辞所"衣被"。刘勰对"赋"概念的定义,比较准确地抓住了作为《诗》六义之一"赋"的实质,后世论者一般皆以此为准则来评析赋,同时,刘勰对赋文体起源的说法,符合赋产生发展的实际,"讨其源流,信兴楚而盛汉",可谓不移之论。

第二,指出了大赋与小赋的区别及其特点。对赋作大、小之分的,始于刘勰,他在《诠赋》中按赋作品的不同特点,分大、小赋两类,谓大赋类是:"京殿苑猎,述行序志,并体国经野,义尚光大。既履端于倡序,亦归余于总乱。序以建言,首引情本;乱以理篇,迭致文契。……斯并鸿裁之誉域,雅文之枢辖也。"谓小赋类是:"草区禽族,庶品杂类,则触兴致情,因变取会。拟诸形容,则言务纤密;象其物宜,则理贵侧附。斯又小制之区畛,奇巧之机要也。"这个概括,包含了内容与形式两个方面,很显然,大赋题材广,有序有"乱"辞,艺术特征是典雅,小赋题材狭,描写细密,艺术特征是奇巧。刘勰的这一分类,后世一直沿用,成了文学史上的专门分类名词。只是他的这一概括,尚有欠全面处,大赋也有描写细密、富奇巧者,小赋则并非单纯奇巧特征。

第三,总结了赋的创作原则。《诠赋》篇指出,"立赋之大体"应是:"义必明雅","词必巧丽","丽词雅义,符采相胜;如组织之品朱紫,画绘之著玄黄;文虽新而有质,色虽糅而有本。"在刘勰看来,作赋必须符合内容与形式两方面的要求,缺一不可,倘若舍本逐末,只追求文采,不讲究内容,则"虽读千赋"也会"愈惑体要",结果"繁华损枝,膏腴害骨;无贵风轨,莫益劝戒"。可见,刘勰既重视赋的文辞标准,要求"写物图貌,蔚似雕画",同时也坚持"体物写志"、"情以物兴"、"风归丽则,辞剪美稗",力求内容与形式的统一与完美。

第四,对战国以迄魏晋有代表性的赋家及其作品,刘勰均作了评判,有客观惬当之论,也不免失之公允之说。例如,说"陆贾扣其端,贾谊振其绪,枚马播其风,王杨骋其势",符合汉赋发展实际,评价恰如其分;说"相如《上林》繁类以成艳","文丽而用寡者长卿","子渊《洞箫》,穷变于声貌","延寿《灵光》,含飞动之势",堪称中的之论;而举魏晋赋家杰出代表,不适当地抬高了郭璞、袁宏,却忽略遗漏了江淹、鲍照、庾信,似有失公正。

第五,指出诗人的创作是"为情而造文",辞人作赋是"为文而造情"。这显然是扬雄观点的引申。刘勰认为,诗人创作,"志思蓄愤""吟咏情性",是"为情而造文",符合文学创作的规律,作品富有艺术价值,是"约而写真";而辞人创作,"心非郁陶,苟驰夸饰,鬻声钓世",乃"为文而造情",因而其文"淫丽而烦滥"。刘勰在这里实际上提出了两个看法:一是认为创作必须"为情而造文"才符合创作规律,才能创制出高质量的好作品;二是辞人作赋违背创作规律,颠倒了创作顺序,所产生的作品,势必缺乏艺术价值。这看法符合文学创作的基本规律,至今仍有现实意义。

（三）唐、宋、元三代是赋论的低谷期，无论赋的研究者与有关赋的论著均少于唐以前元之后，其原因恐怕主要因为赋在这三代处于衰落期，其时，"正宗"的赋已几乎不见，文坛所产生的赋，或则谈不上艺术价值，纯系为考试而生的律赋，或则是名为赋实属散文的文赋。不过，这一阶段还是出现了一些论赋文字，它们主要散见于唐代一些史学著作及宋代一些诗话与文人的书信、序中。值得注意的是，这低谷期的三代中，却异军突起地出现了一部比较系统的赋著作——元人祝尧编的《古赋辨体》，此书主要是为汉魏六朝赋作品作注，同时辨析赋的特征、赋文体的源流，并对各代赋家及作品作评论，是一部有价值的赋方面的著作。

唐、宋二代的赋论，基本上沿袭前代观点，无甚新见；值得一提的，是南宋朱熹的《楚辞后语》，它是《楚辞集注》一书的一部分，其中论及赋家的一些见解，可以参考。朱熹在注司马相如《哀二世赋》时指出，司马相如作品"能侈而不能约，能谄而不能谅"，其《子虚》、《上林》两篇，因"夸丽而不能入于楚辞"，《大人赋》"终归于谀"，《哀二世赋》是"顾乃低徊局促，而不敢尽其词焉，亦足以知其阿意取容之可贱也"。很显然，朱熹的这些评语立足于司马相如作品的思想内容，对其作了毫无保留的贬抑，我们如联系对照司马相如实际作品，发现朱论不无可取之处；然如作全面衡量，则会觉得朱有重义理轻文采之偏颇。不过，这种偏颇在论班婕妤时却难以见出了。朱论班婕妤的《自悼赋》云："至其情虽出于幽怨，而能引分以自安，援古以自慰，和平中正，终不过于惨伤。"认为其"词义"与《柏舟》、《绿衣》（《诗经》作品）"同美"，且班本人是"德性之美，学问之力，均有过人处"。看来，朱熹的评注，褒贬寄寓十分鲜明，我们从中也可见出朱熹本人对赋的好恶态度。

祝尧《古赋辨体》的论赋主要包括三方面：辨赋体、论赋家、析赋作。对赋体，祝尧引证前人观点，指出：楚骚乃赋之祖，而骚由诗变之，因此为赋者，须深谙诗骚，并辨明赋与诗骚之异同，（"异同两辨，则其义始尽，其体始明。"）方能"情形于辞""意思高远"，"辞合于理""旨趣深长"，为此，祝氏"以历代祖述楚语者为本，而旁及他有赋之义者，因附益于辨体之后，以为外录，庶几既分非赋之义于赋之中，又取有赋之义于赋之外,严乎其体,通乎其义",以一助赋家,辨明赋义;同时,为使赋体源流能清晰可辨,祝氏在外录部分的骚与赋之中,特录了"后骚"部——居"屈宋之骚"与赋之中。特别应提到的是,祝氏对赋的情辞关系,在扬雄观点基础上又有了发挥("发明扬子丽则丽淫之旨"),他认为,"辞人所赋,赋其辞","诗人所赋,赋其情";"古之诗人"均因对古、今、事、物有情怀感触才下笔作赋,故其辞乃情怀感触之寄托;而"后之辞人"则不然,作赋"惟恐""一语未新"、"一字未巧"、"一联未偶"、"一韵未协",求妍求奇,却结果"情直外焉"。祝氏论析赋家作品以辞、理、情三者为评判准则,视情为赋之本,理为辞与情之中介,而辞则居最下。这对过分讲究辞藻、忽视思想内容的倾向无疑是针锋相对,甚有价值,但祝氏似乎有些过分强调了情、理,而忽略了辞的作用,不免失之偏颇。在祝氏看来,为辞"须就物理上推出人情来,直教从肺腑中流出,方有高古气味",他甚至认为:"本于人情,尽于物理,其词自工,其情自切,使读者莫不感动。"反之,"辞愈工则情愈短,情愈短则味愈浅,味愈浅则体愈下",这便有些走到了另一极端。祝氏还因此而认为先秦至三国六朝,辞"一代工于一代",情则一代不如一代。实际情况恐并非如此。有情能动人,能富有艺术感染力,自然正确,但这并不意味着辞工就一定不动人,一定不富有艺术感染力,况且先秦至三国六朝赋的实际发展并不是"一代不如一代",祝氏的判断显得有点绝对化、片面化。

《古赋辨体》的主要篇幅是对赋家及其作品的论析,祝氏在这方面颇花了些笔墨,全书论及汉魏六朝赋家近二十位,作品二十余篇,其数量之多、范围之广,为汉以迄之冠。这些评述相当部分赞同、沿袭前代成说,然也有一些个人的见解与发挥。如论荀卿之赋,云"既不先本于情之所发,又不尽本于理之所存",与风骚相比有差异,所言甚是;又如,认为"赋之问答体,其原自《卜居》、《渔父》篇来,厥后宋玉辈述之,至汉,此体遂盛"。符合实际;又如,评价司马相如赋,谓:"《子虚》、《上林》较之《长门》,如出二手,《子虚》、《上林》尚辞,极靡丽,不本于情,无深意远味,而《长门》情动于中形于言,不尚辞而辞在意中。"颇有道理;又如,对扬雄的好用奇僻字,甚为不满,谓:"益趋于辞之末,而益远于辞之本也。"贬扬雄《长杨赋》曰:"此等之作,虽名曰赋,乃是有韵之文,并与赋之本又失之噎!"可谓中的之论;再如,称誉祢衡《鹦鹉赋》曰:"凡咏物题,当以此等赋为法。"所誉甚当;等等,均为有参考价值的论见。

　　(四)明清时期,是赋论史上的多产期,这一时期,虽然赋的创作已在文学史上几乎不提及,也谈不上有什么赋家(文赋、律赋的创作仍存,且清人有"当代"赋作编集问世,如《赋海大观》等),但赋的编集与评论,却空前的多,据笔者粗略统计,西汉至清末民初之间所有论赋作者及文章(文字),明清时期(包括清末民初)占了一半多。明清的赋论,以辑录、沿用前人观点主张者居多,独抒己见、自成体系者较少。在赋作品的汇编出版上,这一时期出现了《历代赋汇》、《七十家赋钞》、《赋钞笺略》等大部头编著,为系统了解历代赋创作的面貌,提供了助益。这期间问世的由清人李调元编的《赋话》,是一部值得一提的赋论资料。另外,一些诗话著作也多少收辑了论赋材料,其中有些融入了编著者自己的研究成果,如明人胡应麟的《诗薮》、清人刘熙载的《艺概·赋概》等,很有参考价值。

　　《诗薮》是一部评论历代诗歌的诗话著作,由于作者广涉书史、学问淹博,故书中征引甚富,其中对赋作品的篇目与渊源继承,考证阐述得较细密;一些品评文字,虽承袭前人成说颇多(往往以王世贞《艺苑卮言》为标准),然可取之处也有。例如,胡应麟认为,骚与赋艺术形式上的区别主要在于:骚复杂无伦,以含蓄深婉为尚,赋整蔚有序,以夸张宏巨为工;骚、赋的兴衰变化是:骚盛于楚、衰于汉、亡于魏,赋盛于汉、衰于魏、亡于唐。胡氏指出,骚与赋是两种文学体裁,然前人总好统称,混而不分,自萧统《文选》分骚、赋为二后,历代便承因之,使名实相符。须指出的是,因《诗薮》以王世贞《艺苑卮言》为评判准则,跳不出王氏框框,而王氏论赋基本上均承前人说,这就限制了《诗薮》本身的发挥。

　　清人程廷祚的《骚赋论》是一篇有价值的赋论,该文着重辨析骚与赋的共同点与不同处,对历来这两种文体上的不同看法提出了个人的看法。程氏的辨析从区别诗、骚、赋三者同异入手,他指出,诗骚赋三者,有渊源承续关系:诗是骚、赋之源,诗变而后有骚,骚之体流而成赋,"赋体类于骚而义取乎诗"。接着,他区别了骚与赋的不同特点：骚"近于诗"，"具恻隐、含讽谕"，赋则"专于侈丽闳衍之词"，"有助于淫靡之思，无益于劝戒"。在辨析骚赋异同时，程氏同时评论了自荀、宋至魏晋历代赋的特点，及一些赋家与作品。他称道贾谊、司马相如，曰："贾生以命世之器，不竟其用，故其见于文也，声多类骚，有屈氏之遗风。""长卿天纵绮丽，质有其文；心迹之论，赋家之准绳也。"他认为，西汉一代，"首长卿而翼子方"，"赋家之能事""至是"毕；东汉则"体卑于昔贤，而风弱于往代"，然"赋至东京，长卿子云之风未泯，虽神妙不足，而雅瞻有余"。魏晋时期赋，虽"规制分明"，但"古人之行无辙迹者，于是乎泯矣。其气不足以发，其神不足以藏"，"赋道"至此已衰，只是仍贤于六朝；六朝时期，"义取其纤，词尚其巧"，"虽世俗喜其忘倦，而君子鄙之"。"唐以后无赋，其所谓赋者，非赋也。"

《读赋卮言》是清人王芑孙所著的一部有关赋的著作，全书为帮助读者理解赋作品，按导源、审体、谋篇、小赋、律赋、总指等项分类编次，其所录内容虽多系前人成说，但这种分类编排，对读者无疑是一种指途识津，有助于读者了解赋的来龙去脉、体式类别。

李调元《赋话》一书全部是历代有关赋文字的汇编，分"新话"、"旧话"两部分，"新话"部分主要辑录"当代"赋话，"旧话"部分主要收编"历代"赋话。由于作者的旨意系为门生提供一部指导作赋之法门的书，因而该书相当篇幅偏重于作赋法的内容（尤"新话"部分），对于赋论而言，可取部分在"旧话"之中，内容包括赋义辨析、赋体源流、赋家及其作品评论等，其范围上自汉初、下迄明清，广涉史书、诗话、小说、笔记等多种资料。本书的特点是：收集的时间跨度大，汇集的材料范围广，包含的内容较丰富，但遗憾的是，从总体上看，赋"话"多，赋"论"少，且多为前人之说汇编，编者本人见解不多，未免是一大缺憾。

《艺概》是一部谈各种文体艺术的著作，全书涉及的文体范围广泛，包括《文概》、《诗概》、《赋概》、《词曲概》等，其中《赋概》部分，作者以简练的语言，"触类引申"，对赋家及其作品、赋体形式流变、赋的艺术特点，在总结汲取前人研究成果基础上提出了一些不囿于传统的有识之论。刘氏在评论赋作品价值时，能注意同作家的品格密切相联系，他说："志士之赋，无一语随人笑叹。故虽或颠倒复沓，纠缭隐晦,而断非文人才客,求慊人而不求自慊者所能拟效。"为此,他极力推崇屈原与贾谊,云:"读屈贾辞,不问而知其为志士仁人之作。"认为他们的作品与人品是统一的,值得仿效。刘氏反对一些评论家对文体流变拘泥于所谓"正变"的传统观念,他指出:"赋当以真伪论,不当以正变论,正而伪不如变而真。"反映了他敢于冲破传统陈见,正视文学的现实。刘氏在论述赋家的艺术特色时,善于以寥寥数语勾勒艺术特征,如他说:"屈子以后之作,志之清峻,莫如贾生的《惜誓》,情之绵邈,莫如宋玉'悲秋',骨之奇劲,莫如淮南《招隐士》。""贾生之赋志胜才,相如之赋才胜志。""相如之渊雅,邹阳、枚乘不及;然邹、枚雄奇之气,相如亦当避谢。"在诗与赋的关系上,刘氏认为:按《诗经》风、雅、颂三类,可将赋分为言情、陈义、述德三种;诗为赋心,赋为诗体;诗辞情少而声情多,赋声情少而辞情多。对赋的内容与形式方面的要求,刘氏提出了他自己的标准,认为赋应:"实事求是,因寄所托","必有关着自己痛痒处","取穷物之变","须曲折尽变";赋家应"兼才学",其"心"是"其小无内,其大无垠";等等,这些标准,均能抓住赋的本质特征,为赋的创作与评论指了方向。

最后,还应提及清末民初章炳麟的《国故论衡·论诗》篇,该文在论诗中也涉及了赋,特别提到了《汉书·艺文志》分赋为四类的原因,颇有参考价值。章氏据《汉书·艺文志》所列四家赋,按其内容性质,分别说明:屈原赋系言情之赋,陆贾赋是纵横家之赋,孙卿赋乃"写物效情"的效物赋,杂赋均杂咏之赋,既解释了《艺文志》分类的缘由,也为读者阅读理解这四类赋指点了门径。

以上我们简要而又概括地评述了我国古代赋论在四个历史阶段中的发展沿变及其特点,从中可以见出,赋论在古代文学批评史上与文论、诗论、词论等一样,是古代文学理论的重要组成部分,有其丰富的内容、众多的论家、自身发展的历史(本文仅择其要者略加评述),我们切不可因历来忽视赋而将这份理论遗产置之一边,使之湮没无闻。应该肯定,无论赋和赋论均是我国古代文学创作与文学理论的珍贵遗产,我们今人当不可轻忽之。

楚 学 论

汉代楚辞学

屈原作品问世以后,不胫而走,广为流传,不仅仿而效之者有,更有悉心研究者,历久而不衰,以至形成一专门学问——楚辞学。从时代上看,楚辞学的开创期在两汉时代,汉代的楚辞研究具有不容忽视的开创之功,在楚辞研究史上影响甚巨。本文拟就两汉的楚辞研究代表人物及其主要学说观点作些评述。

(一)西汉是楚辞研究的初创期。据现存资料可知,这一时期的楚辞研究代表人物是:刘安、司马迁、刘向、扬雄。淮南王刘安是文学史上第一个评介楚辞者;司马迁第一个为屈原作传,并评介了屈原及其作品;刘向是第一个裒集屈原及宋玉等人作品,并定集名为楚辞者;他们的工作,为楚辞得以保存、流传,供后代研究借鉴,作出了重要贡献。

1. 淮南王刘安——楚辞研究的发轫者

淮南王刘安是目今可知文学史上最早的楚辞研究者,《汉书·淮南王传》载:"淮南王安入朝,献所作《内篇》,新出,上爱秘之。使为《离骚传》,旦受诏,日食时上。"颜师古注云:"传谓解说之,若《毛诗传》。"可惜由于历史原因,淮南王这部《离骚传》今已不复见,唯司马迁《史记·屈原贾生列传》、班固《离骚叙》、刘勰《文心雕龙·辨骚》等处尚存一段评骚文字:"国风好色而不淫,小雅怨诽而不乱,若《离骚》者可谓兼之。蝉蜕浊秽之中,浮游尘埃之外,皭然泥而不滓,推此志,虽与日月争光可也。"仅从此段文字,我们即可明晓刘安对屈原及其作品的认识:其一,《离骚》言情不过分,讽刺得体,兼有"国风""小雅"之长;其二,屈原品格高洁,志可与日月争辉。刘安这一高度评介,对后世影响不小,王逸《楚辞章句序》云:"孝武帝恢廓道训,使淮南王安作《离骚经章句》,则大义粲然。后世雄俊,莫不瞻慕,舒肆妙虑,赞述其词。"不过,我们也应看到,刘安的这一评介,是以《诗经》作为评判的典范,显然顺应了汉代"依诗立经"的风尚,这是他的局限性。

2. 马司迁的高度评介

马司迁在所撰《屈原列传》中直接引用了刘安的评语,仅此可见他与刘安在观点上的一脉相承之处;然而,较之刘安,司马迁的评介显然更为深刻。司马迁指出:屈原创作《离骚》,是在"忧愁幽思"条件下动笔的——"盖自怨生也",造成这一情况的原因,是因为"(楚)王听之不聪也,谗谄之蔽明也,邪曲之害公也,方正之不容也",以致"正道直行"、"竭忠尽智"的屈原反而"信而见疑,忠而被谤"。司马迁的这些论见符合屈原生平史实,切合屈原创作思想。他对屈原作品思想内容的剖析也能令人首肯:"其志洁,其行廉……其志洁,故其称物芳;其行廉,故死而不容自疏。"司马迁之所以能言中肯綮,同他自身经历遭遇与屈原有着本质相似之处有很大关系,可以说,司马迁的"发愤著书"说与屈原的"发愤抒情"说是相通的。正由于此,司马迁才会说:"余读《离骚》、《天问》、《招魂》、《哀郢》,悲其志。适长沙,观屈原所自沉渊,未尝不垂涕,想见其为人。"故而刘熙载《艺概》有云:"太史公《屈原传赞》曰'悲其志',又曰'未尝不垂涕,想见其为人',志也,为人也,论屈子辞者,其斯为观其深哉!"章学诚《文史通义·知难》有云:"人知《离骚》为词赋之祖矣,司马迁读之而悲其志,是贤人之知贤人也。"

在肯定屈原其人及其作品思想内容的同时,司马迁对《离骚》的写作艺术也作了剖析,他指出:《离骚》"其文约,其辞微……其称文小而其指极大,举类迩而见义远"。高度概括了《离骚》的艺术特色:文约,辞微,称小指大,言近意远。与此同时,司马迁还对屈原的创作动机作了分析:"上称帝喾,下道齐桓,中述汤武,以刺世事。明道德之广崇,治乱之条贯,靡不毕见。"(《屈原列传》)"作辞以讽谏,连类以争议。"(《太史公自序》)指出屈原的创作旨在"讽谏",而宋玉、唐勒、景差之徒与屈原的主要差别也正在此:"然皆祖屈原之从容辞令,终莫敢直谏。"说明司马迁评论屈原及其作品重在政治态度与思想内容。

3. 刘向对楚辞研究的贡献

"楚辞"之所以会成此名并流传后世,刘向之功不可没。王逸《章句》云:"逮至刘向,典校经书,分为十六卷。"《四库全书总目提要》云:"初刘向衰集屈原《离骚》、《九歌》、《天问》、《九章》、《远游》、《卜居》、《渔父》,宋玉《九辩》、《招魂》,景差《大招》,而以贾谊《惜誓》、淮南小山《招隐士》、东方朔《七谏》、严忌《哀时命》、王褒《九怀》,及向所作《九叹》,共为楚辞十六篇。是为总集之祖。"正式定屈原等人作品为"楚辞"之名也始于刘向①,刘向的这一定名,使屈原等人作品成为能区别于诗与赋而在文学史上独立的一种文体——辞(或谓"骚体")。楚辞能成为一部具有浓厚地方特色与民族风格的诗歌总集并在后代经久流传,刘向及其子刘歆是有功的。另外,据王逸《天问叙》云,刘向还曾对《天问》作过研究,只是因为所著《天问解》亡佚过早,连王逸"亦不能详悉",我们今人更无法知晓了。

4. 扬雄的矛盾态度

汉代著名的辞赋家扬雄对楚辞及屈原采取毁誉参半、褒贬不一的态度。《法言·吾子》中扬雄说道:"或问景差、唐勒、宋玉、枚乘之赋也益乎?曰:必也淫。淫则奈何?曰:诗人之赋丽以则,辞人之赋丽以淫。"这里,扬雄把景差、唐勒、宋玉等人的赋归为"辞人之赋",并不言及屈原,这是有意将屈原划为"诗人之赋"之列,认为屈原之赋符合"丽以则"。两汉时代,辞赋合称,扬雄作为赋家,对辞赋的这种区分,清楚表明了他对屈原作品的推崇。同文中,扬雄又说:"或问屈原智乎?曰如玉如莹,爰(奚)变丹青,如其智,如其智。"这里又称扬了屈原。另外,《汉书·扬雄传》中所载,扬雄虽有不理解且不满屈原投江自尽的做法,但也同时有对屈原遭遇同情的一面,我们可读原文:

> 又怪屈原文过相如,至不容,作《离骚》,自投江而死,悲其文,读之未尝不流涕也。以为君子得时则大行,不得时则龙蛇,遇不遇命也,何必湛身哉!乃作书,往往摭《离骚》文而反之,自岷山投诸江之流以吊屈原,名曰《反离骚》。又旁《离骚》作重一篇,名曰《广骚》,又旁《惜诵》以下至《怀沙》一卷,名曰《畔牢愁》。

---

① "楚辞"一词最早出处为《史记·张汤传》。

应该肯定,扬雄与刘向、司马迁在对屈原的看法上有很大不同,即不能理解屈原不屈的斗志和献身于理想的信念,因而会认为"遇不遇命也,何必湛身哉!"但同时也应看到,扬雄还同情屈原:"自岷山投诸江之流以吊屈原",曾被屈原的作品所感动:"悲其文,读之未尝不流涕也"。这是扬雄肯定屈原及其作品的地方。即便从扬雄模拟前代作品中,我们也可见出他对屈原作品的推崇,《汉书·扬雄传赞》曰:"以为经莫大于《易》,故作《太玄》,传莫大于《论语》,作《法言》,史篇莫善于《仓颉》,作《训纂》,箴莫善于《虞箴》,作箴。"他作《反离骚》、《广骚》、《畔牢愁》,相当程度上也是因"赋莫深于《离骚》",这就足以见出,在扬雄心目中,《离骚》与《易》、《论语》等儒家经典是居于相当地位的,否则他不至于会模拟达三篇之多。

由于受汉儒思想影响,扬雄对文学作品的浪漫特色认识不足,这影响了他对屈原作品文学价值的认识与评介。他在比较屈原与司马相如两人作品时,曾说:"或问:屈原、相如之赋孰愈?曰,原也过以浮,如也过以虚。过浮者蹈云天,过虚者华无根。"①认为屈原"过以浮"、"蹈云天",这显然是对浪漫超脱想象的一种贬抑。当然,仅就屈原与司马相如的作品优劣论,扬雄也还是有自己的主见的,他在同一文章中又说:"(屈原作品)上援稽古,下引鸟兽,其着意,长卿亮不可及也。"并不一味颂扬司马相如。

扬雄虽属汉代贬抑屈原及其作品之一员,但毕竟褒贬皆备;汉代真正对屈辞施诸贬词的,是东汉人班固,他的评论,引起了东汉一场学术是非的论辩,对后世产生了一定影响。

(二)东汉时代楚辞研究的第一个主要特点,是在对待屈原及其作品功过是非评介上出现了一场争论,争论的焦点在于:一是如何在政治上评介屈原;二是如何从思想意义上评介屈原的代表作《离骚》。这场争论在学术史上是有意义、有影响的,它推动了楚辞研究的深入,是文学史上第一场有影响的学术论争。

1. 班固基本否定屈原

班固对屈原基本持批评态度。《离骚序》中他否定了淮南王刘安

---

① 《文选·谢灵运传论》李善注引《法言》。

的赞语,认为:"斯论似过其真","谓之兼诗风雅而与日月争光,过矣"。他以和扬雄相同的儒家明哲保身观点指责屈原:"且君子道穷,命矣。故潜龙不见是而无闷,《关雎》哀周道而不伤,蘧瑗持可怀之智,宁武保如愚之性,咸以全命避害,不受世患。故《大雅》曰:'既明且哲,以保其身。'斯为贵矣。今若屈原,露才扬己,竞乎危国群小之间,以离谗贼。然责数怀王,怨恶椒、兰,愁神苦思,强非其人,忿怼不容,沉江而死,亦贬絜狂狷景行之士。"班固对屈原如此责难,与刘安、司马迁观点显然形成了尖锐对立。同时,与扬雄相同,对屈原作品的浪漫特色班固也缺乏理解,他认为屈辞"多称昆仑冥婚宓妃,虚无之语,皆非法度之政,经义所载"。这正如刘勰所指出的:"班固以为露才扬己,忿怼沉江;羿、浇、二姚,与左氏不合;昆仑、悬圃,非经义所载;……四家举以方经,而孟坚谓不合传……"(《文心雕龙·辨骚》)。同样受儒家思想影响,同样以"依经立论"评判,班固的看法独显与众不合之处,表明了他对屈原非难的态度与立场。

当然,班固并非全盘否定屈原,他的《离骚序》、《离骚赞序》、《汉书》等论著中,仍可见对屈原及其作品的肯定之语,如《离骚序》评屈辞曰:"然其文弘博丽雅,为辞赋宗,后世莫不斟酌其英华,则象其从容。自宋玉、唐勒、景差之徒,汉兴,枚乘、司马相如、刘向、扬雄,骋极文辞,好而悲之,自谓不能及也。虽非明智之器,可谓妙才者也。"又如《离骚赞序》全文精神基本沿袭了《屈原列传》,《汉书》中则多次肯定了屈原及其作品,《艺文志》有云:"楚臣屈原离谗忧国,皆作赋以风,咸有恻隐古诗之义。"《地理志》有云:"始楚贤臣屈原,被谗放逐,作《离骚》诸赋,以自伤悼。"《贾谊传》有云:"屈原,楚贤臣也,被谗放逐,作《离骚赋》。"《古今人表》中将屈原与伊尹、傅说、伯夷、叔齐、管仲、颜渊、孟子等圣人贤士列于同栏之内。由此可见,班固也有其自相矛盾之处:基本一面否定,对艺术特色持肯定态度,又将屈原列入贤士之列。

2. 王逸对班固观点的反驳

王逸的反驳,首先在明辨品评人物政治表现的标准上。班固以明哲保身标准衡量人物,王逸则不然,他认为:"且人臣之义,以忠正为高,以伏节为贤。故有危言以存国,杀身以成仁。……若夫怀道以建国,详愚而不言,颠则不能扶,危则不能安,婉娩以顺上,逡巡以避患,虽保黄耇,终寿百年,盖志士之所耻,愚夫之所贱也。"依据这个标准,王逸认为屈原是个值得大大颂扬的人物:"今若屈原,膺忠贞之质,体清洁之性,直若砥矢,言若丹青,进不隐其谋,退不顾其命,此诚绝世之行,俊彦之英也。"紧接此论,王逸直截了当地对班固的谬论提出了发难:"而班固谓之露才扬己,竞于群小之中,怨恨怀王,讥刺椒、兰,苟欲求进,强非其人,不见容纳,忿恚自沉,是夸其高明,而损其清洁者也。……引此比彼,屈原之词,优游婉顺,宁以其君不智之故,欲提携其耳乎?而论者以为露才扬己,怨刺其上,强非其人,殆失厥中矣。"王逸的驳斥立论鲜明,说理充分,有力地反驳了班固的观点。在充分肯定屈原其人同时,王逸还高度评介了屈原作品:"屈原之词,诚博远矣。自终没以来,名儒博达之士,著造词赋,莫不拟则其仪表,祖式其模范,取其要妙,窃其华藻。所谓金相玉质,百世无匹,名垂罔极,永不刊灭者矣。"①王逸的这一评介是基于他对照比较了屈辞与《诗》、《易》、《书》之后下的结论,这就针锋相对地与班固所谓非"经义所载"迥异,严正驳斥了班氏谬论。

东汉时代楚辞研究的第二个主要特点,是出现了楚辞研究史上第一部完整的注本(保存至今者)——王逸的《楚辞章句》,这是迄今最早最完整的楚辞研究著作。王逸之前,据现存资料可知,也有人作过屈辞注释工作,如前述刘向《天问解》,以及贾逵、马融的《离骚注》等,但都未能包容全部楚辞作品,又早失传,故而王逸此本《章句》愈加显得珍贵。

王逸这部《楚辞章句》是在刘向校辑《楚辞》十六卷基础上"又益以己作《九思》,与班固二《叙》为十七卷,而各为之注"。(《四库全书总目提要》)《章句》不仅每篇作品均作注,且有阐明各篇旨意的序和总序《章句序》,这些序一以贯穿了王逸对屈原、楚辞作品的全部系统观点与看法。

简而要之,王逸《章句》有以下几项特点:

① 驳斥班固谬论,率直表白对屈原及其作品的评介与看法。(上

---

① 以上引文均见《楚辞章句序》。

文论及,此不赘。)

② 集汇诸说,保存了不少先秦两汉时代诸家研究成果。《四库提要》云:"逸注虽不甚详赅,而去古未远,多传先儒之训诂,故李善注《文选》,全用其文。"冯绍祖观妙斋《重校楚辞章句议例》云:"东汉王逸,汇其故为章句,盖其详哉! 至宋洪兴祖、朱晦翁俱有补注。总之不离王氏者居多。"王逸自己在《章句序》中也说:"今臣复以所识所知,稽之旧章,合之经传,作十六卷《章句》。虽未能究其微妙,然大指之趣略可见矣。"确实,从《章句》各篇注中,我们可以发现,王逸无论训解文字、诠发大义,还是列举、引证先儒诸说,均不发空言,不无据妄证,显示出广采博取的特色。可以推测,他很可能是参考酌取了刘安、班固、贾逵等前代与当代诸学者的研究成果,并在此基础上有所生发,否则他不至于会说"复以所识所知,稽之旧章"。遗憾的是,他所引证的先儒诸说,因未言明作者与出处,我们后人无法据以考证核实,这对学术研究而言,不免是个缺憾。

③《章句》所附各篇序,虽或未及确言,或迄今仍有争议,然毕竟为后人提供了诸如作品之作者及其生平、作品的背景、内容概要及艺术特色等有价值的材料。

例如,《离骚经序》阐述屈原创作《离骚》的动机与原因是:"屈原执履忠贞,而被谗邪,忧心烦乱,不知所愬,乃作《离骚经》。"《九歌序》说《九歌》写作原因是:"屈原放逐,窜伏其域,怀忧苦毒,愁思沸郁;出见俗人祭祀之礼,歌舞之乐,其词鄙陋,因为作《九歌》之曲。"《天问序》述创作缘由为:"屈原放逐,忧心愁悴。彷徨山泽,经历陵陆。嗟号昊旻,仰天叹息。见楚有先王之庙及公卿祠堂,图画天地山川神灵,琦玮僪佹,及古贤圣怪物行事。周流罢倦,休息其下,仰见图画,因书其壁,呵而问之,以渫愤懑,舒泻愁思。"这些,都大致能切合屈原身世及作品实际,为后世读楚辞者提供了极有价值的参考。

又如,《离骚经序》中论述《离骚》的艺术特色,能抓住关键根本特征;"依诗取兴,引类譬喻",尤其"引类譬喻"一项,王逸还作了引申分析:"故善鸟香草,以配忠贞;恶禽臭物,以比谗佞;灵修美人,以媲于君;宓妃佚女,以譬贤臣;虬龙鸾凤,以托君子;飘风云霓,以为小人。"具体而又明了地让读者认识了《离骚》的艺术风格与特色。

又如,《九歌序》中明确指出了《九歌》产生的地理、风俗条件:"昔楚国南郢之邑,沅湘之间,其俗信鬼而好祠。其祠必作歌乐鼓舞以乐诸神。"为读者认识《九歌》的原貌提供了线索。

王逸《章句》虽然具有以上一些长处,却也同时存在一些不足之处。

首先,受汉武帝以后"罢黜百家、独尊儒术"风气影响,在评论屈原作品时不免落入儒家"依经立论"之窠臼,在这点上,他与班固几无二致。例如论《离骚》曰:"夫《离骚》之文,依托五经以立文焉。"(《章句序》)并同时将《离骚》中的诗句分别与《诗》、《易》、《书》等一一对照比附,表面上是抬高,实质上却贬低了《离骚》的艺术独创性,反而令人感到牵强附会。对此,刘勰之语可谓中的之论:"王逸以为:诗人提耳,屈原婉顺。《离骚》之文,依经立文;……褒贬任声,抑扬过实,可谓鉴而弗精,玩而未核者也。"

其次,王逸的一些序中所言屈原生平事迹,若与他所作注进行比较对照,会发现一些违戾不合之处。如,"《九歌序》明言屈原放逐沅湘后所作,其在顷襄之世无可疑者。《湘君》'横大江兮扬灵'句王逸注云'冀能感悟怀王,使还己也'。又《山鬼》'留灵修兮憺忘归'句注云'言己宿留(宿留,汉人语,有所须待意。)怀王,冀其还己,心中憺然,安而忘归'。文作于易世之后,情则属望于拘留不归之王,屈原不其慎乎?叔师作注于易代之后,又有何疑忌而不敢明言顷襄乎?"①

另外,《章句》中一些训诂释义,也有欠确之处,洪兴祖《补注》及后世研究著作对此均有所指正。

然而,从总的方面看,王逸的《楚辞章句》毕竟瑕不掩瑜,无论在楚辞研究史上抑或对阅读楚辞本身,它的价值都是十分显要的;尤其从时代上看,它距屈原生活时代最近,这就更显珍贵了。

---

① 蒋天枢:《楚辞论文集·论〈楚辞章句〉》,陕西人民出版社,1982 年版。

魏晋迄唐楚辞学

魏晋以迄隋唐，研究楚辞者代不乏人，仅据《楚辞书目五种》（姜亮夫编）、《离骚纂义》（游国恩主编）载，此阶段中出现的各类楚辞研究专著计有：

辑注类：《楚辞注》三卷（晋　郭璞）

《参解楚辞》七卷（晋　皇甫遵）

《文选离骚注》（唐　陆善经）

《文选五臣注》（唐　吕延济　刘良　张铣　吕向　李周翰）

音义类：《楚辞音》一卷（晋　徐邈）

《楚辞音》一卷（南朝宋　诸葛氏）

《楚辞音》一卷（孟奥）

《楚辞音》一卷（隋　释道骞）

考证类：《楚辞草木疏》（梁　刘杳）

除此而外，当还有今未见载而其时曾问世的专著；见诸文章及诗中的有关文字或更多些。因历史的种种缘故，以上著作大多亡佚，仅存的几种也是片言只章了。这段历史时期楚辞研究有以下情况：一、整个阶段内没有如东汉王逸《楚辞章句》那样包括楚辞全部作品的完整注本（或研究著作）；二、除齐梁时代的刘勰在所著《文心雕龙》中有《辨骚》一章专论楚辞外，几乎再无其他专论；三、现可供作今人研究、评述的文字，绝大部分散见于文章或诗作中。这是魏晋迄隋唐七百多年间楚辞研究有别于前代（汉）与后代（宋、明、清）的特殊之处。尽管如此，作为一个历史时期内的楚辞研究状况，我们仍应加以认真地整理、评述与总结，以利系统地了解整个楚辞研究史的面貌及成果，从中汲取有益的东西。

下面,试分魏晋南北朝与隋唐两个时期作简略评述。

(一) 魏晋南北朝时期,曾对楚辞(包括屈原、宋玉其人,及其作品)作过研究或评论的,今粗计有:魏曹丕,晋郭璞、皇甫谧、挚虞,南朝梁沈约、刘勰、萧统、裴子野,北齐颜之推等人。其中研究最全面、最深入,见解最精辟,对当时与后代的楚辞研究以及由此相关的文学理论批评发生重大影响的,当推著名文学批评家刘勰。他的《文心雕龙》一书,不仅专辟《辨骚》一章论述楚辞,且在其他篇章中也有不少处涉及楚辞(包括屈、宋其人),无论从广度还是深度言,刘勰的研究都是魏晋迄唐期内成就最高、影响最巨的。因篇幅所限,刘勰的研究楚辞,拟专文论述,此不赘及。

这一时期的研究,主要反映在对屈原与宋玉的评价上。

1. 肯定屈原的品格及作品的成就

与汉代出现两大分歧对立的学派(班固与王逸为代表)不同,整个魏晋南北朝时期,褒扬与肯定屈原其人与作品占着绝对优势(也有持异议者),这恐怕和时代条件的不同密切有关。汉代由于儒家思想占着统治地位(武帝后),整个社会自上而下地独尊儒术,影响到学术文化,依经立论空气十分浓厚,似乎与经义不合,或有违儒教精神者,一概在摒斥之列。这种现象,到了魏晋南北朝,出现了很大改变。

魏曹丕首先从艺术风格上肯定了屈原作品。他将屈原作品的特色与汉代大文学家司马相如作品作了比较:"或问:'屈原相如之赋,孰愈?'曰:优游按衍,屈原之尚也;穷侈极妙,相如之长也。然原据托譬喻,其意周旋,绰有余度。长卿子云,意未能及已。"(《北堂书钞》卷一百引《典论》)他认为,屈原与司马相如的作品相比,两者虽各有所长:一"优游案衍",一"穷侈极妙",但屈原作品更有其远胜司马相如之处:"据托譬",不仅使"意周旋",且"绰有余度",在诗的意境蕴藉上远非相如能比。《典论·论文》中,曹丕认为,作品风格的形成,主要决定于作家的气质才性,"文以气为主,气之清浊有体,不可力强而致"。他对屈原作品的中肯评价,与"文气"说不无关系,这当中多少包含了对屈原品格的肯定。

晋人皇甫谧对屈原作品的产生及其成就,作了首肯之语,他在《三都赋序》中说:"至于战国,王道陵迟,风雅寝顿;于是贤人失志,词赋作焉。是以孙卿、屈原之属,遗文炳然,辞义可观。存其所感,咸有古诗之意;皆因文以寄其心,论理以全其制,赋之首也。"从这段话中,我们可以体会:第一,皇甫谧对屈原作品产生的时代与原因,剖析是得理的,正是由于战国纷乱时代,"贤人失志"条件,屈原才愤而挥笔,作品中确实寄托了屈原的心;第二,他对屈原作品的成就评价也是高的,认为"遗文炳然,辞义可观","咸有古诗之意",是继"风雅寝顿"之后出现的杰出作品;第三,他将孙卿、屈原的作品列为"赋之首",固然不错,但从赋的文体概念上严格论,这种讲法毕竟欠严密(屈原作品应属骚体,有别于赋);且孙卿赋在文学价值上远不及屈原作品,不可同日而语,这也是皇甫谧的疏略之处。

与皇甫谧同时代的挚虞,从文体角度评论屈原及其作品,他在《文章流别志论》中讲到赋时以十分推崇的口气评价了屈原与楚辞:"前世为赋者,有孙卿、屈原,尚颇有古诗之义,至宋玉多淫浮之病矣。楚辞之赋,赋之善者也。故扬子称赋莫深于《离骚》。贾谊之作,则屈原俦也。"从这段文字,我们可以体会:一、挚虞认为,屈原作品是赋的开创者,与古诗有渊源关系,这从文体演变发展角度看,无疑是正确的,楚骚确属介于诗赋两者之间的文体;不过,他把楚骚称作赋,则有偏颇,严格地说,楚骚并非赋体,它是既与诗、赋有联系,而又与两者有区别的、具有独特形式特征的文体,在文学史上可谓独树一帜。二、挚虞在肯定屈原及其作品的同时,对宋玉略有微词(详下),恐欠允当。

到南朝梁代,对屈原的评价更进了一层。沈约在《宋书·谢灵运传论》中论述汉魏以来诗赋发展时说:"周室既衰,风流弥著。屈平、宋玉等清源于前,贾谊、相如振芳尘于后,英辞润金石,高义薄云天,自兹以降,情志愈广。……源其飚流所始,莫不同祖风骚;徒以赏好异情,故意制相诡。"沈约在这篇论中有一个重要的观点,即主张文学作品应"情志互用",他认为屈原作品正是符合这种主张的典范——既有"英辞润金石",更有"高义薄云天",致使"情志愈广",成为对后世文学产生巨大影响的"导清源者"。值得提出的是,沈约在这里将屈原作品——骚,与《诗经》——历来被儒家奉为经典的作品相提并论,同奉为祖源,谓"源其飚流所始,莫不同祖风骚",不仅是对楚辞的高度赞赏与推崇,且为后世文学发展标举了源头和楷模——"风骚"成了历代各种文学作品的最高典范。

以《文选》而著称于文学史的梁代文人萧统,在他所精选的《文选》中,特列"骚"类,选录了屈原的绝大部分作品,这充分体现了萧统对楚辞(主要是屈原作品)的认识与重视。不仅如此,萧统对屈原的遭遇与为人品德,也作了确当的评论。他在《文选序》中专门谈到了屈原:"又楚人屈原,含忠履洁,君匪从流,臣进逆耳,深思远虑,遂放湘南。耿介之意既伤,壹郁之怀靡愬;临渊有怀沙之志,吟泽有憔悴之容。骚人之文,自兹而作。"这里,萧统既表达了对屈原不幸遭遇的同情之感,又恰切地道出了屈原创作的缘由,他的这些看法与司马迁的观点一脉相承,是符合屈原史实的。萧统从屈原身世角度揭示其创作动机,体现了他与魏晋南北朝时期其他研究者评论侧重点的不同;如从《文选》选文重文采角度看,这评论更显得不易。

2. 对宋玉的褒贬不一

魏晋南北朝时期在对宋玉的评价上,出现了一褒一贬两种倾向。褒者,如梁代沈约,将宋玉与屈原并论,认为两人均"导清源于前","英辞润金石,高义薄云天,自兹以降,情志愈广"。他所称誉的"风骚",其中"骚"当不仅限于屈原作品,也包含了宋玉作品。然而也有贬者,其代表主要是晋人皇甫谧与挚虞。他们在充分肯定屈原的同时,却对宋玉发了贬词:"及宋玉之徒,淫文放发,言过于实,夸竞之兴,体失之渐,风雅之则,于是乎乖"(《三都赋序》),"至宋玉多淫浮之病矣"(《文章流别志论》)。他们认为宋玉作品迥异于屈原作品,其特征主要是"淫浮"——"淫文放发,言过于实,夸竞之兴,体失之渐",以使"风雅之则"丧失。从文学史上看,无论屈原与宋玉都曾遭人褒贬,但相较之下,对宋玉的贬抑更多些;魏晋南北朝这一时期的贬宋,无疑对后代产生了一定影响。(刘勰对宋玉作品也有贬词)

3. 对屈原的贬抑与轻视

魏晋南北朝时期对屈原持贬抑与轻视态度者,以梁代裴子野与北齐颜之推为代表。裴子野在《雕虫论》中曾说:"古者四始六艺,总而为诗,既形四方之风,且彰君子之志,劝美惩恶,王化焉。后之作者,思存枝叶,繁华蕴藻,用以自通。若悱恻芳芬,楚骚为之祖,靡谩客与,相如扣其音。……"裴子野在这里对屈原作品特点的评价是较合分寸的,谓楚骚"悱恻芳芬";但他说"思存枝叶,繁华蕴藻",却不免流露出了轻视态度,对屈原不免有所贬抑。颜之推虽很重视作家的品质,评论作家时必联系其人品质,然其所用标准,则是封建道德的尺寸,因而自然对屈原发了贬语:"然而自古文人,多陷轻薄:屈原露才扬己,显暴君过。"(《颜氏家训·文章篇》)颜氏的这一看法显然是班固说的沿袭。

4. 楚辞注本

从现存资料看,这一段历史时期的楚辞注本已基本不存。唯可一提的,是晋人郭璞的三卷《楚辞注》。我们从隋释道骞《楚辞音》(现存巴黎博物馆)残卷中可以发现鳞爪痕迹。闻一多说:"郭注鳞爪,复在其(指《楚辞音》)中。"(《敦煌旧钞楚辞残卷跋》)周祖谟认为,《楚辞音》中发现郭注,说明"骞公之学,与郭璞之关系殊深,似不容忽视"(《骞公楚辞音之协韵说与楚辞》)。可以推测,倘郭注价值不高,骞公恐不至于引及或保存之;读郭璞今存之《尔雅注》、《方言注》、《山海经注》、《穆天子传注》等书,我们可发现,郭在训诂学方面造诣甚深,其所著《楚辞注》价值当不可忽视。

(二)隋唐时期的楚辞研究同魏晋南北朝相比,有两个显著不同之处:其一,出现了专门研究楚辞音韵的著作——隋释道骞的《楚辞音》;其二,一些大诗人,如唐代李白、杜甫,不仅有评论楚辞的诗,且在创作中继承并体现了屈骚风格与精神。这一时期研究楚辞者大致是:隋释道骞、唐刘知幾、李白、杜甫、白居易、柳宗元、皇甫湜、李贺、皮日休及陆善经等人。

1. 楚辞音韵的研究

《隋书·经籍志》叙曰:"隋时有释道骞,善读楚辞,能为楚声。音辞清切,至今传楚辞者,皆祖骞公之音。"释道骞所著《楚辞音》是一部研究楚辞音韵的重要著作,在当时和后代均产生过较大影响。可惜这部著作早在宋代已不存,朱熹《楚辞集注·序》谓:"今亦漫不复存,无以考其说之得失。"今人姜亮夫在《楚辞书目五种》中说:"按骞公此书,中土久佚。敦煌石室有藏本,为法人柏里和(Paul Pelliot,又译伯希和)盗去,现庋于巴黎国民图书馆写本部。""凡存八十四行,起《离

骚》'驷玉虬以乘鹥兮'句,至'杂瑶象以为车'句。凡释《离骚》正义
一百八十八、注文九十六。为今存《楚辞》最早之本,可贵也。"此仅存
的残卷,闻一多先生认为至少有以下几点价值特色:"(1)以今本《楚
辞章句》校此卷。……自余异文,十九胜于今本。(2)至夹注中往往
引《章句》语,其有裨于校勘者。(3)卷中所引古籍,今不少已佚,当
有裨于辑佚工作。(4)至于所注音读二百八十余事,自为研究隋唐古
音之正确资料。"(《敦煌旧钞楚辞残卷跋》)周祖谟先生认为:"观残
卷所出之音义,诚为遍洞字源,精闲通俗者之所为。""皆以《说文》《广
雅》为宗,于或体通假,尤能明其原委,出其异同。""及至骞公,妙睹此
理(按:协韵说),善为楚声,故同韵所被,士流景慕焉!"(《骞公楚辞
音之协韵论与楚音》)即此,我们足可明晓释道骞《楚辞音》的成就与
价值。

2. 高度评价楚辞,并承继屈骚精神与风格

唐史学家刘知幾曾在其所著《史通·自序》中说:"余幼喜诗、赋,
而壮却不为,耻以文士得名,期以述者自命。"他成为史学家的缘由恐
亦在此。然《史通·载文》云:"夫观乎人文,以化成天下;观乎国风,
以察兴亡。是以文之为用,远矣大矣。若乃宣、僖善政,其美载于周
诗,怀、襄不道,其恶存乎楚赋;读者不以吉甫、奚斯为谄,屈平、宋玉
为谤者,何也?盖不虚美不隐恶故也。是则文之将史,其流一焉,固
可以方驾南、董,俱称良直者矣。"从这段话中,我们可以看出:其一,
他将楚辞与《诗经》相提并论:"若乃宣、僖善政,其美载于周诗,怀、襄
不道,其恶存乎楚赋。"表明楚辞在他心目中的地位之高;其二,赞美
楚辞"不虚美不隐恶",认为其客观作用与《诗经》的美刺同;其三,将
文学作品的楚辞(屈宋作品)与他推崇的史家与史学著作并置——
"方驾南、董","俱称良直",显然不囿于他的壮不为诗赋,"耻以文士
得名"之见;"文之将史,其流一焉"的评价充分体现了他对屈宋辞赋
的高度褒扬和对楚辞价值的认识与重视。从中我们也可以体会出,
他并非一般地反对辞赋作品,对有助于教化的辞赋作品,还是十分重
视的。

大诗人李白是屈原以后杰出的浪漫主义诗人,他在诗歌创作中
深受屈原影响,不仅浪漫风格酷似屈原,且不少诗篇中有仿骚佳句,

宋曾季狸《艇斋诗话》云："古今诗人有《离骚》体者,惟李白一人,虽老壮亦无似骚者。"李白对屈原作品也作了崇高评价："屈平词赋悬日月,楚王台榭空山丘。"(《江上吟》)他赞美时人崔某学习屈原作品后使他自己作品"逸气顿挫,英风激扬,横波遗流,腾薄万古"(《泽畔吟序》),也从侧面反映出他对屈原作品的高度赞赏。

杜甫十分重视诗歌的思想内容,常在自己的作品中慨叹、赞誉楚辞,《偶题》云："骚人今不见",《咏怀古迹》中表现了追慕宋玉的文采,《戏为六绝句》则直接抒发了仰慕与推崇："窃攀屈宋宜方驾,恐与齐梁作后尘。"

柳宗元对楚辞深有研究,这表现在两方面,其一,宋人严羽谓:"唐人惟柳子厚,深得骚学。"(《沧浪诗话》)柳在给友人的书信中屡屡对屈原作品作高度赞扬,并将屈原与六经、孔孟老庄并列;其二,柳宗元是中国历史上唯一对屈原《天问》所提问题作出回答者,这是他深入研究、透彻理解《天问》后,参以自己广博的自然科学与历史科学知识,充分施展文学才华,综合无神论、反天命思想而化成的结晶,这篇《天对》,无论从文学上或哲学上言,都是一篇有魄力、有卓识、极富才华的作品,辞中所述虽基本依据了王逸《楚辞章句》的注解,不免舛误之处,但对后人理解与研究《天问》无疑是有益的。

李贺对楚辞作品(主要屈骚)曾逐篇下过一番功夫,并几乎又逐一作了评论,其所下案语,皆能言之成理,且颇切中题旨,如,论《离骚》:"感慨沉痛,读之有不欷戯欲泣者,其为人臣可知矣。"论《九歌》:"其骨古而秀,其色幽而艳。"论《九章》:"其意凄怆,其辞瑰玮,其气激烈……"论《天问》:"语甚奇崛,于楚辞中可推第一。"论《远游》:"铺叙畅达,托志高远,取意可也。"论《卜居》:"为骚之变体,辞复宏放,而法甚奇崛;其宏放可及也,其奇崛不可及也。"(均引自蒋之翘《七十二家评楚辞》)其中尤以论《天问》语为最,至今仍为不移之论。

皇甫湜在《答李生第二书》、《答李生第三书》中,也曾高度评价了屈宋作品。晚唐诗人皮日休受屈原影响,创作过《九讽》,旗帜鲜明地表示要继承屈原的创作精神。

3. 白居易对屈原的评论

大诗人白居易对屈原与楚辞作出了不恰当的评论,他在《与元九书》一文中说:"《国风》变为骚辞,五言始于苏李。苏李骚人,皆不遇者,各系其志,发而为文。故河梁之句,止于伤别,泽畔之吟,归于怨思,彷徨抑郁,不暇及他耳。然去《诗》未远,梗概尚存。故兴离别则引双凫为喻;讽君子小人,则引香花恶鸟为比。虽义类不具,犹得风人之什二三焉。于时六义缺焉。"由这段文字,我们可看到,白居易虽能认识屈原作品的思想内容——"不遇","系其志","泽畔之吟,归于怨思,彷徨抑郁",也能鉴别屈骚的艺术特色,但他却以《诗经》为衡量标准,流露了不满:"义类不具",仅得"风人之什二三焉","六义缺焉",反映了诗人对楚辞浪漫主义风格特色的认识不足。在一些诗作中,白居易还将屈原与贾谊作对比,表达了同情贾谊而对屈原略有微词之感:"士生一代间,谁不有浮沉。良时真可惜,乱世何足钦,乃知汨罗恨,未抵长沙深。"(《咏史诗》)

4. 楚辞注本

隋唐留传至今的楚辞注本,今可见者,大约仅有陆善经的《离骚注》与唐五臣(吕延济、刘良、张铣、吕向、李固翰)的《文选五臣注》楚辞部分了。这两者,后者注释基本沿用了王逸《楚辞章句》的注,不必赘言;前者今可见日本藏唐写本,饶宗颐《楚辞书录》有辑录,尚能简单作些评述。

陆注总的看来,注释符合诗意,文字训解也较确切,不蹈前人成说,颇能掺合己见。如"惟草木之零落兮,恐美人之迟暮"句,释曰:"迟暮,喻时不留,已将凋落,君无与成功也。"比较明确地言明"美人"系屈原自指,切合诗意。又如,"何桀纣之猖披兮,夫唯捷径以窘步"句,释曰:"窘,迫也。尧舜行耿介之德以致太平;桀纣猖狂,唯求捷径,而窘迫失其常步,以至灭亡。""纷总总其离合兮,斑陆离其上下"句,释曰:"言欲求贤君也。"等等。陆注不失为保存至今有一定参考价值的《离骚》注本。

以上我们对魏晋迄唐期间楚辞研究的概貌仅作了粗线条的勾勒,恐远未包容该历史阶段楚辞研究之全貌;虽如此,我们也足以见出,此一阶段之描述,是整个楚辞研究史上的一个有机组成部分,当不可予以忽略。

刘勰论楚辞

自汉代而始的楚辞研究，至齐梁时代，树起了一座里程碑——这就是刘勰的《文心雕龙》，该书不仅专章论评楚辞，且全书不少处涉及了屈原、宋玉及其作品，从而有机地形成了较为全面、系统论述楚辞的构架，为楚辞研究史提供了极有价值的材料。

纵观《文心雕龙》全书，我们发现，刘勰研究楚辞有以下几个特点：

1. 充分肯定楚辞的价值与历史地位

《文心雕龙》全书共五十篇，大致可分为总论（"文之枢约"），文体论（"论文序笔"），创作论（"剖情析采"），批评论（或谓文学评论），总序（《序志》）五部分。其中总论，即刘勰所谓"文之枢纽"部分，是全书的核心与总纲，如《序志》云："盖《文心》之作也，本乎道，师乎圣，体乎经，酌乎纬，变乎骚：文之枢纽，亦云极矣。"这"枢纽"部分，包括《原道》、《征圣》、《宗经》、《正纬》、《辨骚》五篇。楚辞如以文学史上出现的一种独立文体（"骚体"）为标准，则《辨骚》篇理应归入文体论内，属"论文叙笔"类；如按"论文叙笔"类篇章的叙述层次："原始以表末，释名以章义，造文以定篇，敷理以举统"，将《辨骚》篇与之相对照，亦基本可通。但刘勰不然，他却将《辨骚》划归与《原道》、《征圣》、《宗经》等同列的"文之枢纽"中，这就显可见其用心：其一，撰《辨骚》之旨并非专为"辨"骚，而是"变乎骚"，也即为总结与吸取自《诗经》至楚辞间文学变化的经验，阐明文学创作与文学发展的原理，这与《原道》——要依据道，《征圣》——要以圣人为师，《宗经》——要学习经典的写作方法，《正纬》——要酌纬以寓言一样，均属围绕论"文"中心阐发作文要义的一个方面。其二，体现了刘勰对楚辞的看重，对楚辞历史地位的充分认识。这些，我们可以从《文心雕龙》的具体论述中见出。

《辨骚》开首即云:"自《风》《雅》寝声,莫或抽绪,奇文郁起,其《离骚》哉!""轩翥诗人之后,奋飞辞家之前。"这里,刘勰清楚指出,《离骚》(楚辞)是继《诗经》之后郁然而起的奇文,它介于《诗经》之后,辞赋之先。同篇中他又说:"固知《楚辞》者,体慢于三代,而风雅于战国。"这是指明了楚辞的体制,系从夏、商、周三代经典而来,是战国时代的《诗经》。又,《诠赋》篇云:"故知殷人辑颂,楚人理赋,斯并鸿裁之寰域,雅文之枢辖也。"《定势》篇云:"是以模经为式者,自入典雅之懿者;效骚命篇者,必归艳逸之华。"这就将楚辞与儒家经典《诗经》完全相提并论了。不仅如此,在对楚辞辞采的评价上,刘勰的褒誉甚至超过了《诗经》:"故能气往砾古,辞来切今,惊采绝艳,难与并能矣。"(《辨骚》)"观其艳说,则笼罩雅颂。"(《时序》)至于以经典为标尺,将楚辞作比较,找出两者之"四同",更可见出刘勰对楚辞价值与地位的推崇(虽然这本身有"依经立论"之弊,详见下文):

> 故其陈尧、舜之耿介,称汤、武之祇敬:典诰之体也。讥桀、纣之猖披,伤羿、浇之颠陨:规讽之旨也。虬龙以喻君子,云霓以譬谗邪:比兴之义也。每一顾而掩涕,叹君门之九重:忠怨之辞也。观兹四事,同于《风》《雅》者也。(《辨骚》)

2. 抓住楚辞的根本特征,高度评价其艺术特色与成就

刘勰研究楚辞的重要成果之一,是他独具慧眼地抓住了楚辞异乎前后代文学作品的独特之处:"观其骨鲠所树,肌肤所附,虽取镕经意,亦自铸伟辞。"(《辨骚》)这是刘勰对楚辞风格特征由来的高度概括。楚辞确实是"取镕"了"经意",这首先表现在上文所言及的"四同"上,更表现在它的符合儒家经义的部分诗章内容上,刘勰这虽是从依经立论角度下判语,但它毕竟还符合事实。然楚辞更重要的特征是它的"自铸伟辞"——即它的独创性,它的鲜明的时代、民族风格与浓郁的地方特色,这是它之所以姓"楚"的根本原由,也是它具有浓厚浪漫风格的缘故所在。正由于此,刘勰才会十分重视研究并阐发"变乎骚"的经验,以给当世的文学创作提供借鉴。

　　结合"自铸伟辞"的根本特点,刘勰恰如其分地逐一评述了楚辞各个篇章:"故《骚经》、《九章》,朗丽以哀志;《九歌》、《九辩》,绮靡以伤情;《远游》、《天问》,瑰诡而惠巧;《招魂》、《招隐》,耀艳而深华;《卜居》标放言之致,《渔父》寄独往之才。""山川无极,情理实老。金相玉式,艳溢锱毫。"(《辨骚》)"及三闾《橘颂》,情采芬芳,比类寓言,又覃及细物矣。"(《颂赞》)可以看出,这些评语中,既有结合思想内容表述艺术特征的,如"朗丽以哀志""绮靡以伤情";也有一语勾勒绝妙艺术构思的,如"瑰诡而惠巧"(指《远游》、《天问》)"寄独往之才"(指《渔父》)。不仅如此,对楚辞总的艺术特色及成就,刘勰也充分作了肯定:"及灵均唱骚,始广声貌"(《诠赋》),"诸子以道术取资,屈宋以楚辞发采"(《才略》),"故其叙情怨,则郁伊而易感;述离居,则怆怏而难怀;论山水,则循声而得貌;言节候,则披文而见时"(《辨骚》),"屈平联藻于日月,宋玉交彩于风云。观其艳说,则笼罩雅颂,故知炜晔之奇意,出乎纵横之流俗也"(《时序》)。这些评述,既体现了刘勰深湛的艺术分析与鉴赏力,也充分反映了刘勰对楚辞艺术成就的极度赞赏。

3. 总结汉代楚辞研究的成绩与不足

　　楚辞研究肇始于汉代,汉代涌现了淮南王刘安、司马迁、扬雄、班固、王逸等楚辞研究学者,由于主客观的各种原因,导致了这些学者对楚辞(包括屈原)发表了褒贬不一或毁誉参半的意见,形成了汉代(包括西汉、东汉两代)截然相反对立的两大派。刘勰对此作了总结性的概括:"昔汉武爱骚,而淮南作结,以为《国风》好色而不淫,《小雅》怨诽而不乱,若《离骚》者,可谓兼之;蝉蜕秽浊之中,浮游尘埃之外,皭然涅而不缁,虽与日月争光可也。班固以为:露才扬己,忿怼沉江;羿、浇、二姚,与《左氏》不合;昆仑、悬圃,非经义所载。然其文辞丽雅,为词赋之宗,虽非明哲,可谓妙才。王逸以为:诗人提耳,屈原婉顺。《离骚》之文,依经立义;驷虬、乘鹥,则时乘六龙;昆仑、流沙,则《禹贡》敷土;名儒辞赋,莫不拟其仪表;所谓'金相玉质,百世无匹'者也。及汉宣嗟叹,以为皆合经术;扬雄讽味,亦言体同《诗·雅》。"从两汉具体情况看,刘勰的概括符合实情。刘安、司马迁、王逸高度评价屈原及其作品,认为"虽与日月争光可也";司马迁特别结合身世遭遇,指出《离骚》"盖自怨生","其文约,其辞微……其称文小而其指极大,举类迩而见义远"(《史记·屈原列传》),击中肯綮;王逸的《楚辞章句》堪称文学史上第一部研究楚辞的专著,开了后世楚学风气之先,且他对否定屈原及其成就者的驳斥,有理有据;班固是极力否定并贬抑屈原的,指责他"露才扬己"、"虚无之语,皆非法度之政,经义所载"(《离骚序》)。唯有扬雄褒贬各半,始扬后抑。针对汉代各家的歧异看法,刘勰一针见血地指出了原因所在:乃"鉴而弗精,玩而未核",才会导致"褒贬任声,抑扬过矣"。他认为,要正确评价与估量楚辞,需采取正确的态度,即要"将核其论,必征言焉",这是他对学问采取实事求是态度的表现,也反映了他的楚辞研究大多是建筑在有事实、有证据基础之上的,并非空发议论。

4. 指出楚辞在文学史上的重大影响

楚辞诞生以后,在当时及后世文坛上产生了巨大影响(这里主要指屈原作品),这一情况在刘勰笔下得到了生动反映:"自《九怀》以下,遽蹑其迹","是以枚贾追风以入丽,马扬沿波而得奇,其衣被词人,非一代也"(《辨骚》)。"爰自汉室,迄至成哀,虽世渐百龄,辞人九变,而大抵所归,祖述楚辞,灵均余影,于是乎在。"(《时序》)仅以模拟者而言,近者,有仿效楚辞而写拟骚诗者,如王褒(《九怀》)、东方朔(《七谏》)、刘向(《九叹》)、庄忌(《哀时命》)、贾谊(《惜誓》)等,稍远者,有撰写汉赋——楚辞之发展体的,如枚乘、司马相如、扬雄等。值得注意的是,刘勰在指出"衣被词人,非一代也"的同时,还指出了一个现象,即尽管后世(包括当时)大批文人群起效尤,却无一能追及者:"而屈宋逸步,莫之能追。"(《辨骚》)这是个值得思考的问题,它反映了文学创作中一个重要规律:求形似而神不似者,是徒劳无益的。这些仿效的文人尽管富有文才,形式上的模拟本领也不小,但毕竟徒具外形,不可能也没有得楚辞(严格说,应是屈骚)之精髓,故而他们只能"才高者菀其鸿裁,中巧者猎其艳辞,吟讽者衔其山川,童蒙者拾其香草",无一能创制出思想内涵与华美形式高度统一的艺术精品,以至"后进锐笔",只能"怯于笔锋"(《物色》)了。

5. 总结了文学创作的重要经验

针对后代文人不能达到楚辞的高度,刘勰结合楚辞的特质与风

格,以及《诗经》以后文学创作发生的变化,总结了一条文学创作的重要经验:

"若能凭轼以倚《雅》、《颂》,悬辔以驭楚篇,酌奇而不失其真,玩华而不坠其实;则顾盼可以驱辞力,欬唾可以穷文致,亦不复乞灵于长卿,假宠于子渊矣。"这段话的关键是"酌奇而不失其正,玩华而不坠其实"两句。刘勰认为,文学作品当应符合奇而不失正、华而不坠实的标准,倘奇正、华实不一,或比例失当,均不堪为艺术佳品。那么,如何才能达到这一标准呢?刘勰指出,唯一的途径是依靠《诗经》并掌握楚辞,此两者能有机结合,灵活掌握,则既能得奇,又不会失正,既可有华,又不致违实,兼而得之,符合奇正、华实统一论。(这里,奇正、华实的统一,乃指词采与思想内容、幻想与现实的和谐统一。)《文心雕龙》其他篇章也说到了奇正、华实统一问题:"览华而食实,弃邪而采正"(《诸子》),"奇正虽反,必兼以俱通","执正以驭奇"(《体性》),这儿的"执正以驭奇"是如何处理奇正关系的最好注脚。从刘勰写《辨骚》旨在"变乎骚",我们应了解到,这是刘勰认为从《诗经》到楚辞,文学在主要倾向上发生了变化,由正开始变为了奇,由实开始变为了华,这种变化的出现,促使刘勰要从中总结与汲取经验,提出一条符合文学发展规律的原则,以指导文学创作。这是问题的一个方面。另一个方面,从楚辞本身看,与前后代文学作品,尤其《诗经》相比较,楚辞奇与华的成分显然浓得多,按刘勰的说法,这种奇与华在某种程度上即指"艳说",它不仅超越了《诗经》,而且大大影响了后代辞赋。但刘勰没有因此认为楚辞违背了奇正、华实统一论,相反,他正是于《辨骚》中充分论述了楚辞的成就与特色后,提出了"若能凭轼以倚《雅》《颂》,悬辔以驭楚辞,酌奇而不失其正,玩华而不坠实";如认为楚辞不符合奇正、华实统一,刘勰决计不会说"悬辔以驭楚辞",并将其与雅颂同作为奇正、华实的楷模与规范,这点我们从刘勰总论楚辞时完全可以看出(已如上述)。

刘勰总结的这条创作经验无疑是对古代文学创作与文学理论的一个重要贡献。

6. 高度赞扬屈原之人品

刘勰在肯定楚辞成就的同时,也高度赞扬了屈原其人。《辨骚》

赞曰:"不有屈原,岂见《离骚》?惊才风逸,壮志烟高。"这是对屈原惊人才华的颂扬,也是对他人格的肯定:没有"壮志",即便"才"再惊人,恐怕也不会产生出《离骚》这样的杰作。这是毫无疑问的。《明诗》篇写道:"逮楚国讽怨,则《离骚》为刺。""楚襄信谗,而三闾忠烈,依诗制骚,讽兼比兴。"这里明确指出《离骚》的创作并非无病呻吟,而是出于"忠烈"动机的讽谏之作,与司马迁所说"作辞以讽谏,连类以争议"精神是一致的。《礼器》篇中,刘勰在指出司马相如、扬雄、管仲、吴起等几十个文士将相的"疵咎"后,说:"若夫屈贾之忠贞……岂曰文士,必其玷欤?"并在"赞"中说:"瞻彼前修,有懿文德。声昭楚南,采动梁北。"言辞间充分流露出对屈原忠贞品格的首肯与对屈原其人的钦敬、仰慕。

刘勰对屈原与楚辞虽作了高度评价,但由于主客观的种种局限,致使他在楚辞研究上也出现了一些偏颇,大致表现在以下几方面:

1. 未能摆脱汉儒"依经立论"的框框

刘勰在《辨骚》中针对汉人"褒贬任声、抑扬过实"的情况,提出了自己经"征言"而得出的结论,这本身是实事求是的;但刘勰在"征言"过程中,却重蹈了汉儒的旧辙:汉儒"四家举以方经,而孟坚谓不合传",刘勰则将楚辞与儒家经典一一对照,找出"四同"、"四不同"。姑且不论"四同"、"四不同"正确与否,单就与经典作比照,按经典标准评判是非美恶言,即是汉儒"依经立论"的重现;更何况,刘勰论《辨骚》旨在阐发"变",以为楚辞之出现,乃是儒家经典文风的一大变,其具体表现特征为"四不同",这就足以说明刘勰受儒家思想束缚的状况了。另外,我们从《文心雕龙》"文之枢纽"部分《征圣》、《宗经》篇的设立,它们的内容本身,以及刘勰对楚辞产生原因的分析("依《诗》制《骚》"——《比兴》),均可见出:刘勰的文学观,基本上是承继了儒家的诗教论,主张实用,反对荒诞不经,提倡诗歌有益于政教,以儒家经典为标准衡量一切文学作品,这些几乎贯穿了整部《文心雕龙》,不仅仅限于论楚辞的文字。正由于此,刘勰在褒扬楚辞的同时,也不乏贬抑之词,这尤其反映在与《诗经》作对比时:"(诗)并以少总多,情貌无遗矣。虽复思经千载,将何易夺?及《离骚》代兴,触类而长,物貌难尽,故重沓舒状,于是'嵯峨'之类聚,'葳蕤'之群积矣。……所谓诗人丽则而约言,辞人丽淫而繁句也"(《物色》),"又诗人浮韵,率多清切,楚辞辞楚,故讹韵实繁"(《声律》)。

2. 对浪漫风格持片面认识

刘勰在将楚辞与儒家经典作比较时,指出了它们两者之间存在的"四异":"至于托云龙,说迂怪,丰隆求宓妃,鸩鸟媒娥女:诡异之辞也。康回倾地,夷羿弊日,木夫九首,土伯三目:谲怪之谈也。依彭咸之遗则,从子胥以自适:狷狭之志也。士女杂坐,乱而不分,指以为乐,娱酒不废,沉湎日夜,举以为欢:荒淫之意也。摘此四事,异乎经典者也。"这"四异",刘勰认为是"夸诞"的表现,因为它们违背了儒家"子不语怪、力、乱、神"的教诫,违背了明哲保身、温柔敦厚的诗教原则。显然,"四异"说对楚辞是贬抑的。然而,对照楚辞作品,我们却发现:所谓"诡异""谲怪",虽"异"于经典,却并不失正,只是在表现手法上运用了浪漫手法,借助了丰富想象,掺入了大量神话传说,从而超越了经典之"轨";所谓"狷狭之志",乃是屈原不忍见楚国危亡,以身殉国、殉理想的集中体现,怎能谈得上是"狷狭"?所谓"荒淫",实际上是宫廷生活的如实写照,如果真要说作者有"荒淫之意",倒不如说是楚国君主荒淫;由此可见,与其说"四异"是楚辞的弊端,倒不如说它正是楚辞在内容与形式上异乎寻常的独特表现。刘勰的"四异"说,无疑反映出他对浪漫主义文学作品的片面认识。

3. 对"楚艳"的偏颇之见

刘勰在《时序》篇中说楚辞的"艳说""笼罩雅颂",这是对楚辞的一种肯定;但与此同时,他却又对楚辞的"艳说"作了不恰当的评价。《宗经》说:"楚艳汉侈,流弊不还。"《定势》说:"效骚命篇者,必归艳逸之华。"《才略》说:"相如好书,师范屈宋,洞入夸艳。"《通变》说:"商周丽而雅,楚汉侈而艳。"《情采》说:诗三百"为情而造文","约而写真",受楚辞影响而生的辞赋(包括楚辞本身)是"为文而造情"、"淫丽而烦滥"。这些,略加体味,分明可以看出一种倾向:后代辞赋(主要汉赋)之所以会"侈"而"淫丽烦滥",其根源在于"楚艳","楚艳汉侈"四字正是最好的说明;故而纪昀《评〈辨骚〉》说:"词赋之源出于骚,浮艳之根亦滥觞于骚,辨字极为分明。"可见,在刘勰看来,汉赋是"逐奇而失正"的产物,其缘故在于"楚艳"。必须指出,刘勰这一看法是偏颇的：第一，"楚艳"、"汉侈"，两者尽管在辞采上有沿承之迹可寻，但思想内容上却距离甚大，前者充实，后者大多虚浮，前者有明确的深刻主题，后者大多"劝百讽一"，大同小异；第二，汉赋之"侈"弊的产生，主要责任并不在楚辞，关键在于创作者本身的毛病，以及汉代时尚"夸诞"的风气，汉赋作者是仿了楚辞之形，而未能得屈骚之"神"。（个别篇章例外——如贾谊的《吊屈原赋》等）

4. 其他疏略

《文心雕龙》一书虽博大精深、体周思密，然细读慢嚼，也会发现一些疏漏不照之处。如论述楚辞的篇章文字中即有几处失误：

其一，《招魂》一诗，按文体形式，理当《辨骚》、《诠赋》篇论之，而作者却将其列入《祝盟》篇，似欠妥。

其二，《章句》云："又诗人以'兮'写入于句限，《楚辞》用之，字出句外。"比照楚辞，发现未必尽然。《九歌》、《九章》中不少"兮"字均入于句限，如："吉日兮辰良，穆将愉兮上皇。"（《九歌·东皇太一》）"浴兰汤兮沐芳，华采衣兮若英。"（《九歌·云中君》）"操吴戈兮被犀甲，车错毂兮短兵接。"（《九歌·国殇》）"被明月兮佩宝璐"，"驾青虬兮骖白螭，吾与重华游兮瑶之圃"（《涉江》），等等。

其三，《辨骚》论评楚辞各篇作品时，将《招隐士》亦一并论及，这从文体上看是不恰当的。淮南小山所著《招隐士》理应划归拟骚诗，不属楚辞范围，它无论时代和作品形式体裁均不姓"楚"。

简括上述，我们认为，刘勰研究楚辞虽存在一定的局限与不足，但其成果与贡献却是主要的、难以抹煞的，他的精辟的论断、透彻的分析、对研究采取的态度与方法，无论在中国古代文学批评史上，还是楚辞研究史上，均堪称独树一帜，其影响与作用，不可低估。

近代楚辞学

近代的历史，一般认为起自 1840 年鸦片战争，终至 1919 年"五四"运动。这是中国历史上一段特殊的时期，它前继漫长的封建社会，是清季之余绪，后启现代史的开端，是中国新时期历史的前夜。从楚辞研究史来说，汉代创建的楚辞学，到清代末期，已走过了漫漫的长途，进入了又一个时期——如果说，汉代是开创期，魏晋南北朝唐代是继承期，宋代(主要南宋)是崛起期，元代是沉寂期，明清(尤其清代)是高峰期，那么近代就是高峰期转向现代新时期的过渡期。这个时期的楚辞研究总体上呈现以下几个特点：一、由于历史年代较短——比起数百年之久的明清期，它仅有短短八十年，因而，毫无疑问，无论研究论著与研究学者均不如明清时那么多而热闹；二、从研究的风格特点看，这一时期既有承袭明清传统朴学风格之处，也出现了以较新的视角与方法看待历史文化遗产的研究者及其著述；三、虽然这个时期呈现相对冷清现象，但不可忽视，这个时期中的一些研究(包括角度、方法与见解)，开了 20 世纪整个现当代楚学的先声，特别是梁启超、王国维等人的一些创见卓识，影响了后时一些楚学家，为楚辞研究的深入开拓，起了促进作用。

下面，我们拟分别评述近代楚辞研究的代表人物及其著作与见解。

从时间上看，近代最早涉猎楚辞的，是清人王闿运的学生廖季平，他的《六译馆丛书》中收录有关楚辞研究著述共三种：《楚辞新解》、《楚辞讲义》及《离骚释例》，但遗憾的是，这位老先生好发怪论，无实事求是的治学态度，他的这几部著述，观点混乱，内容庞杂，同异不一，甚至用天人之学，否定屈原及其作品，或以为楚辞是"孔子天学"，或以为楚辞系秦博士作。钱穆先生《中国近三百年学术史》中有一段话切中了这位老先生治骚之弊:"不幸而季平享高寿,说乃屡变无已。……使读其书者,回皇炫惑,迁转流变,渺不得真是之所在。盖学人之以戏论自衔为实现,未有如季平之尤也。"看来,廖季平是楚学史上少有的一位不严肃的学者。

近代能对楚辞作实事求是研究的学者,当推马其昶、梁启超、王国维与刘师培①。

马其昶(1855—1930),字通伯,晚号抱润翁,安徽桐城人。他是清末民初的著名古文家,曾参与撰修《清史稿》,著述颇丰。马其昶的研究见解主要见于《屈赋微》一书。他赞同《汉书·艺文志》所录"屈原赋二十五篇"之说,认为《九歌》共十篇,《礼魂》是前十篇的通用送神曲,《招魂》为屈原所作,屈原作品合计正好二十五篇。《屈赋微》的突出之旨是一改清及其前学者彰扬屈原忠君之说,而专显其爱国思想。该书《自序》特别强调,屈原的感人之处在于他眷恋故国,至死不渝的坚贞气节与高尚品质,马氏说:"淮南王安序《离骚传》,以谓兼《国风》、《小雅》之变,推其志,与日月争光。太史公采其说入本传,而益反复明其存君兴国之态,无可奈何,而继之以死。"在《离骚》首句的注中,马氏曰:"……屈原者……楚之同姓也。同姓之臣,义无可去,死国之志,已定于此。"开宗明义地点明了屈原的爱国之志。在屈原作品的其他注释中,马氏也都注意突出了这个旨意,不少释语均发之于"存君兴国"之义,体现了一以贯之的爱国思想主旨。《屈赋微》的另一个特点是在广采前人之说基础上作综合概括,博观约取,发抒己见。据约略统计,该书所录注家自汉迄清不下四十余家,且以清代居多,在采择前人成说时,马氏客观公允、精择约取,不拘一家之说,不盲从任何名家名著。例如《离骚》有"昔三后之纯粹兮"句,句中"三后"究为何人,历来诸说纷纭,王逸以为是禹、汤、周文王,朱熹以为乃少昊、颛顼、高辛,汪瑗以为系楚先君祝融、鬻熊、熊绎,戴震以为应是楚先王熊绎、若敖、蚡冒,马氏从这些说法中采取了戴震之说,认为较合情理,并申发补充了理由,谓:"熊绎为楚始封君,若敖、蚡冒为楚人

① 这一时期尚有郭倬莹,他有稿本《读骚大例》、《屈原章句古微》、《屈赋内传》、《屈赋外传》,因非正式印行,故不拟述及。

之所常诵,三后当指此。将溯皇舆之启,故先述先君以戒后王。"从而使"三后"之说具有比较圆通的解释,能令人信服。在篇名、词语等注释诠解上,马氏也是精审谨慎,不多发己见;然有新说,必求新颖独到。例如《惜诵》题解,马氏引《说文》《诗经》为据,释曰:"《说文》:'惜,痛也',惜诵犹痛陈也。《诗》云:'家父作诵,以究王讻。'"此解虽未必为人所公认,却不无新意,持之有故,言之成理。有学者将马其昶《屈赋微》譬为清代注屈鼎足而三之著(另二部是屈复《楚辞新注》和戴震《屈原赋注》),虽不免过誉①,却多少能见出该书之学术分量。

　　不过,马其昶的《屈赋微》基本上还是沿袭了历代注骚传统,体现了清代朴学风格,近代最早全面评价屈原其人及其作品,具有突破前人传统格局特点,并提出一系列新见卓识的,当推杰出的近代启蒙主义者、著名文学批评家梁启超,他的《论中国学术思想变迁之大势》一文中的论骚文字,以及20世纪20年代先后发表的《屈原研究》、《要籍解题及其读法》②,高度评价了屈原及其作品,采用新角度、新视野、新方法作研究,开了楚学史上的新风气,值得一书。

　　梁启超(1873—1929),字卓如,号任公,自号饮冰室主人,广东新会人。他博闻强记,广涉文史哲,著述甚富,有《饮冰室合集》传世。他研究楚辞角度新颖,从纯文学与文学发展史角度切入,以宏观视野俯瞰世界文学大背景,从比较中把握楚辞的特点,认识屈原的地位与楚辞艺术的价值,一扫过往学究式的考证旧习,为楚学注入了活力。

　　梁氏的研究包含以下几方面内涵与特点:

　　第一,充分肯定屈原其人及其爱国思想,认为屈原作品能"唤起同胞之爱国心"。

　　梁氏认为,屈原的最终殉身于理想,是他对楚国人民怀有热烈情感的结果,从某种程度上说,这是一种殉情的表现——正是由于屈原对楚国与人民怀有深深的同情与热爱,才会面对灾难深重的祖国与

①　一般认为清代比较有代表性的三部注屈著作为:王夫之《楚辞通释》、蒋骥《山带阁注楚辞》、戴震《屈原赋注》。
②　严格地说,20世纪20年代应属现代,此处为论述便,归于近代,因梁启超主要属近代史人物。

苍生,不忍离弃,唯以死报之;屈原的这种自尽,是"义务的""光荣"的自尽,是他眷恋祖国不愿向黑暗势力妥协屈服的结果,正因此,才使他具备了伟大的人格,并在其作品中闪烁出爱国精神的光辉,从而成为彪炳史册的伟大爱国诗人。由此,梁氏认为,屈原作品是今世唤起同胞爱国之心的好教材,他说:"吾以为凡为中国人者,须获有欣赏楚辞之能力,乃为不虚生此国。"梁氏高度赞美屈原的人格,说屈原是"情感的化身",是"多情多血的人",他对楚国倾注了"极诚专虑的爱恋"、"万斛情爱";他看到"众生苦痛",如同他自己身受一般;他敢同恶势力斗争,直至"矢尽援绝的地步"、"力竭而自杀"。屈原的自杀,梁氏作了很高的评价,他说:"这汨罗一跳,把他的作品添出几倍权威,成就万劫不磨的生命","彼之自杀实其个性最猛烈最纯洁之全部表现,非有此奇特之个性不能产此文学,亦惟以最后一死能使其人格和文学永不死也"①。像梁启超这样极度颂扬屈原人格及其爱国思想的,楚学史上恐前无古人。

第二,突破前人的传统研究角度与方法,从文学发展史角度、运用比较方法客观评价屈原及其作品的地位与价值。

作为中国近代学术思想的启蒙者,梁启超研究屈原,较之汉代王逸以来的传统研究角度与方法,有了不少新意与突破。他认为,从文学发展史角度认识,屈原的意义与价值,首先是他的作为文学家的独创,在屈原之前,中国只有文字,没有文学家,屈原是中国文学家的第一人,他的作品中第一次表现了个性,这在中国文学史上是开天辟地头一遭,任何一个后世文学家无法也不能与他相比;屈原的作品,想象丰富,气魄宏伟,色彩瑰丽,它开启了文人诗歌创作的先河,遥领百代,衣被后世,创造了诗歌史上的新诗体、新流派——骚体诗,建树了中国诗歌史上一座难以攀越的高峰。梁氏的这些见解确实发前人之所未发,角度新,见解新,令人耳目一新。特别值得重视的是,梁氏在研究中运用了比较的方法,既有纵向的比较,也有横向的比较,全方位、多角度、多层面,从而得出更为科学、合理的结论。纵的方面,梁氏指出,楚辞比其前的《诗经》更为进步,表现在:三百篇为"中原遗

---

① 引自《屈原研究》。

产"，"大端皆主于温柔敦厚"，而楚辞则为"南方新兴民族所创之新体"，"大端在将情感尽情发泄"，它创始了不歌之诗，且体格上是空前独创；三百篇为集体创作，反映了时代共性，而楚辞则为个人独创，饱含个人理想情感，是文学向更高阶段发展的标志；三百篇是"极质正"的现实文学，楚辞是"富于想象力之纯文学"，"从想象中活跳出灵感来，才算极文学之能事"，以此点论，屈原在中国文学史上可谓前不见古人，后不见来者。横的方面，梁氏将屈原置于世界文学的大背景中作考察，他指出，楚辞中所描写、运用的神话传说，堪与古希腊神话传说媲美，《离骚》、《九歌》中所展示的丰富想象力与惊人描写，世界文学史上除了但丁《神曲》之外，罕有其匹，而在时间上，屈原比但丁足足早了近十六个世纪，这就足以见出屈原在世界文学史上不可动摇的崇高地位。运用比较方法从纵横两方面对屈原与楚辞作研究的，楚学史上梁启超是第一人，即使在中国近现代比较文学发展史上，梁启超也是作跨国度比较文学研究的第一人。

第三，对楚辞产生的原因及作品的具体理解提出了一系列真知灼见。

梁启超在探讨楚辞产生的原因时，运用进化论观点、联系时代与社会背景，作了比较切合实际的有价值的结论。他首先提出了一个有较广泛意义的理论，谓：文学之盛衰与学术思想的强弱往往成比例，学术思想全盛之时，文学也必然受影响而趋于兴盛；战国时代，学术繁荣，哲学勃兴，这种氛围，自然为文学的产生与兴盛创造了有利条件，加以《庄子》、《孟子》等书本身所蕴含的文学旨趣，自然引发了文学的勃兴。梁氏的这一观点既具有普遍的文化意义，又实际针对了战国时代屈原诗歌的产生。其次，梁氏又指出，春秋中叶以后，楚文化逐步吸收了中原文化，这种吸收融化本身，触发生长了新东西，这是具有神秘意识、虚无理想、浓厚巫风影响的南方文化同"中原旧民族之现实的伦理的文化"相接触而生发的新生之物——文学，这个文学由生活于南方特别环境中并有特殊遭遇的屈原创制，从而铸就了流传至今的楚辞；此见解之新，前无先例。

对楚辞的具体作品，梁启超在《屈原研究》与《要籍解题及其读法》（楚辞部分）中提出了一系列不囿于前人成见的个人见解。他认为,《离骚》"好像一篇自传",是"全部作品的缩影",《天问》是"对于万有的现象和理法怀疑烦闷,是屈原文学思想出发点"。《九歌》是楚辞中"最'浪漫式'的作品",《九章》在思想内容上是"《离骚》的放大",《远游》是"屈原宇宙观人生观的全部表现,是当时南方哲学思想之现于文学者"。《招魂》"写怀疑的思想历程最恼闷最苦痛处",《卜居》、《渔父》说"两种矛盾的人生观"。这些一语中的的见解,颇能得骚人之旨,甚裨于对楚辞作品的理解。在作品的真伪方面,梁氏也提出了一些值得参考的看法,如指出《大招》是明显的摹仿《招魂》之作,其辞靡弱不足观,而《招魂》对于"厌世主义与现世快乐主义两方面皆极力描写","实全部楚辞中最酣畅最深刻之作",其著作权当属屈原。此说颇得要理。但他认为《九辩》可能是屈原作品,《九歌·礼魂》是前十篇之"乱辞",《惜往日》为后人伪作等看法,则或显然有误,或证据欠足,难以令人首肯。梁氏对汉以后历家注骚著作作了一些评判,不无价值,但他认为历代评注之作中名物训诂有可取之处,阐发大义多陈词滥调而不足取,却有失偏颇,实际上,前人阐发的骚人之旨未必都不可取,其中亦不乏可资今人借鉴参考之处。另外,在论述屈原的学术思想渊源流派时,梁氏以为屈原作品反映了道家的出世思想,是继承南方老子一派思想的产物,属自成体系的道家的一个支派。这一点,梁氏的看法有些片面,其实细读屈原作品,我们可以清楚发现,其中既有道家思想的影响,也有儒家思想的反映表现,还有法家、阴阳家、纵横家等影响成分,不能说他一定属于某家某派,而只能说他是战国时代一个受诸子思想影响,兼有儒、道、法等多家思想而又自成体系的文学家①。

与梁启超几乎同时的近代著名学者、文艺理论家王国维,虽然对楚辞用力不多,但他有关屈原与楚辞的论述文字,却也不容忽视。王国维(1877—1927),字静安,号观堂,浙江海宁人,著述甚多,有《海宁王静安先生遗书》。王国维十分推崇屈原的人格,他认为,屈原正是由于有了"高尚伟大之人格",才会写出"真正之大文学"。《文学小言》一文中他说:"三代之下诗人,无过于屈子、渊明、子美、子瞻者。

① 有关这方面论述,可参见前文《屈原论·屈原思想辨析》。

此四子者若无文学之天才，其人格亦自足千古。故无高尚伟大之人格，而有高尚伟大之文章者，殆未有之也。"《屈子文学之精神》一文中，王氏集中阐发了他对屈原文学思想、成就及其形成原因的看法。他认为，屈原是生活于南方文化氛围中的诗人，南方人特别具有"诗歌的原质"，"南人想象力之伟大丰富，胜于北人远甚。彼等巧于比类，而善于滑稽……此种想象，决不能于北方文学中发见之"。这是他从《庄子》《列子》等书中总结出的一条艺术表现规律，他认为它同样适用于屈原作品，正是由于有了这种"想象力"，屈原才会写出北方文学所未有的"大诗歌"，想象力在屈原创作中起了重要作用，是神奇壮丽、想象奇特的神话传说赋予了屈原作品以鲜活的艺术生命力。王国维对想象力的这一鲜明揭示，抓住了屈原创作的艺术真谛，无疑是对楚辞研究的一个贡献。

在肯定屈原文学思想具有南方基质的同时，王国维进而提出了北方文化思想对屈原影响的问题，他说："观屈子之文，可以征之。其所称之圣王，则有……贤人则有……暴君则有……皆北方学者之所常道，而于南方学者所称黄帝、广成等不一及焉。"这个看法是有道理的。只是王氏在论述此点时，认为北方派专有诗歌，北方文化思想是产生诗歌的因素，而南方文化思想"长于思辨，短于实行"，"遁世无闷"，超然社会之外，不会产生诗歌而"仅有散文"，屈原之所以会写出诗歌，是因为向北方派学习的结果，他是身为南人买是"学北方之学者"，这个看法就显然有失偏颇了。我们认为，屈原之所以会成为一个大诗人，除继承学习北方诗歌（《诗经》）、北方文化（儒家文化、齐国文化）外，主要是他生长于南方，受南方山水熏染，南方文化（楚歌、老庄散文等）影响，加上本人的天才因素才促成他在主客观因素具备的条件下写出了一系列诗歌作品，从而成为一位大诗人。王国维能较早地看到并提出南北文化溶合促成屈子文学形成这一现象，应该说是值得充分肯定的，但他看法中的片面之处，我们也应实事求是予以指出，使之更符合客观历史与社会实际。

在南北文化问题上提出见解的，近代还有著名文史学家、学者刘师培。刘师培（1884—1919），字申叔，号左盦，江苏仪征人，有《刘申叔先生遗书》传世。他对中国古典文学颇有研究，所著长篇论文《南北文学不同论》,从南北风俗习惯对文学的不同影响上,论述中国南北文学的特点与差异,其中涉及屈原与楚辞部分,有与王国维见解不尽相合之处。刘氏在文章中指出,形成南北文学不同特点的原因有多种,如语言的不同——夏声与楚声,风俗、习惯的不同——尚实际与谈鬼神,地理条件的不同——山国与泽国,学者风格的不同——坚忍不拔与遗世独立,等等,这些原因造成了南北方文学在风格特点上的差异。刘氏认为,屈原作品在文学风格上主要继承了南方文学的传统,它与《庄子》、《列子》很有关系,他说:"叙事记游,遗尘超物,荒唐谲怪,复与《庄》、《列》相同。"因而,"宋玉、屈平之厌世,溯其起源,悉为老耼之支派。此南方之学所由发源于泽国之地也"。刘氏的这一观点与梁启超颇为相合。不过,刘氏在他的另一篇文章《文说·宗骚篇》中,却又提出屈原作品系"隐括众体"之产物,它分别是《易》、《书》、《诗》、《春秋》等儒家经典的支流,也是墨家、法家、纵横家的支流。我们认为,刘师培能从地理环境、社会习惯、风土人情等多种因素出发,考证屈原作品属于南方文学,有别于北方文学,并同时肯定它还继承了北方文化,有受北方诸子文化影响的成分,进而得出它继承融合南北文化之长,在"隐括众体"基础上独创新体的结论,这在客观上符合屈原创作的实际,打破了历代片面看待屈骚仅出一源的狭隘之见,对楚学是一个创造性贡献。只是在具体论述这一看法时,刘氏的论证不免有受传统经学思想影响的成分,好以六经的思想或句式作比附,显得有些穿凿。

刘师培另有校雠楚辞的专著《楚辞考异》,这是他集中研治楚辞的成果,全书共十七卷,其主旨"以胪列异文为主",重在"订正误字",对"章句是非,概弗议及",书中以楚辞正文为主,兼及王逸序文及《章句》,案语中广引《文选》、《史记》、《汉书》、《尔雅》等古籍,考证文字异同,略加含以己意的断语。由于刘师培汉学根底深厚,因而该书考订异文颇显功力,对后世研究有一定影响;但因书中取材广泛,且草创而成,不免选择欠精,时有错讹,这是本书的缺憾。

这里,附带述及一下现代楚辞研究概况(时间下限至1949年)。

现代三四十年间,楚辞研究又上了一个台阶,涌现了一批运用新视角、新方法研究楚辞的学者,他们中,以鲁迅、陆侃如在时间上居早,以闻一多、郭沫若、游国恩在成果数量与影响上为大,其中尤其是郭沫若,既有研究,又有今译,双管齐下,引人注目;同时,这一阶段中还应提及一位现居香港的学者饶宗颐,他的研究独辟一径,颇显功力。

鲁迅直接或间接论述、评价屈原(及宋玉)的文字较多,但比较散见,他集中述及屈原与宋玉的地方,大约要数《汉文学史纲要》中的〈屈原与宋玉〉一章了。在这段评论文字中,鲁迅有意识将楚辞与《诗经》作了比较,指出,楚辞"较之于《诗》,则其言甚长,其思甚幻,其文甚丽,其旨甚明,凭心而言,不遵矩度","然其影响于后来文章者,乃甚或在三百篇之上"。这段话高度评价了楚辞,被后来许多学者引为精辟论断。与此同时,鲁迅还深刻指出了《离骚》与《诗经》之异,认为,其关键在于形式文采,而这与两者产生的时代、风俗、地域不同有密切关系,这就站在了历史唯物论的高度分析问题,比前代学者的研究高了一个层次。

陆侃如曾针对"屈原否定论"写过一些文章,并有《屈原》、《屈原与宋玉》等论著问世,其中对屈原生平及其作品的研究,以及对宋玉的看法,颇有自家见解,在当时有一定影响。

游国恩是现代一位专研楚辞的专家,20世纪三四十年代,他先后问世了《楚辞概论》、《读骚论微初集》。《楚辞概论》是一部系统研究楚辞的专著,它将楚辞作为一个有机整体,不仅研究其本身,还探讨它的来龙去脉,以历史的眼光看待分析楚辞,其见解与认识达到了前所未有的高度;作者的研究态度求真求实,既有纵横上下的精到议论,也有审慎严密的详尽考证,其中的新颖见解,发前人之所未发,例如,释"离骚"篇名为楚曲"劳商"的音转,被许多学者认为是有说服力的权威一说;历史的方法,考据的精神,构成了游国恩现代与传统相结合的治学风格特色,这使他在楚辞研究上取得了突破性的成绩。

闻一多在古典文学的考证方面卓有建树,这也体现在了他的楚辞研究之中。闻一多自称他研究楚辞旨在说明背景、诠释词义、校正文字,他的《楚辞校补》以及由后人整理出版的《天问疏证》、《离骚解诂》等,都着重于校正文字与诠释词义。在楚辞文字的考订上,闻一多确实下了极深的功夫,他的"校补",包括"据别本以正今本之误"、"证今本似误而实非误"、"据别本正字以说明今本借字之义"、"改各本皆误而有待证明"、"今本所误,诸家已揭示而论证不详而加以补证"等内容,显示了扎实深厚的功力。特别要指出的是,他的诠释词义,既总结了前人的研究成果,也提出了自己的独到见解,所言均确凿有据,材料笃实,决不人云亦云、强不知以为知,体现了实事求是的治学风格。

郭沫若分别有《屈原研究》及屈原作品今译问世。他的研究,考证用力深湛,尤其在考订屈原生卒年、放逐年代、作品撰作时间,以及《离骚》名物方面,充分显示了他的学识渊博之长,不少地方他还运用了自己所擅长的历史学与甲骨金文知识,提出了颇有说服力的看法;他的今译,在努力尊重原著的基础上,发挥了再创作之功,诗人天赋与深厚的文字功力,使他的译诗博得了广大读者的赞誉。郭沫若的《屈原研究》一书被公认为是考证详明、征引宏富、体现求实精神的具有较高学术价值的研究专著。

饶宗颐在20世纪40年代问世了《楚辞地理考》一书,书中对楚辞出现的历史地名及其沿革,作了审慎详尽的考证,这些考证,有驳正前人谬说之处,也有自立新解者,而不管哪一方面,著者都是在充分占有大量资料的基础上予以爬梳澄清、总结归纳,从而匡谬纠误、提出新见。饶氏的《楚辞地理考》填补了近现代楚辞研究中的一项空白。

从总体上看,现代的楚辞研究与近代既有紧密衔接的一面,也有自具一格的地方:以传统治学方式作诠释、考订,这是近现代浑然一体的特色体现,也是继承古代学者治学风格的延续;而以新视角、新方法作历史的整体评价与探讨,并提出一系列新看法,是现代较之近代更进一层深入研究的表现;不过,从全局整体看,近现代是楚学研究史上一个比较相近的块面、链环,故而我们将对现代的简略评述附于近代部分。

综上所述,近代(包括现代)的楚辞研究可用十二个字简括之:时间短、学者少、成果新、影响大;在楚学史上,这个阶段可以视作承上启下时期,它是旧时期与新时期的过渡期,是旧传统与新方法的转折期,值得引起楚学史研究的重视。

宏观比较论

屈原在世界文学史上的地位

1953 年,世界和平理事会向全世界郑重公布了当年要纪念的世界四大文化名人,中国的屈原被列为其中之一。这表明,屈原不仅是中国的伟大诗人、文化名人,也是为世界公众所承认的伟大诗人、文化名人。这是值得华夏子孙引以为豪的。然而,究竟屈原以其成就、贡献与名望,在世界文学史上应占有何等地位,对此似迄今尚无确论。本文试图从纵横两个方面,将屈原置于世界诗坛上作一比较审视——横向:扫视上古时代的世界诗坛;纵向:鸟瞰上古至 19 世纪末叶世界诗歌发展史;以期对屈原在世界文学史上的地位作出较为客观的科学评价。我们的论述好比在世界文学的大坐标中寻找确切的位置,其横轴是时代,纵轴是历史,两者的交合点,即是我们的目标。

比较之一：横向扫视世界上古时代诗坛

习惯上,我们将世界历史的发展分为几个大阶段:上古、中古、近代、现当代;从屈原所处时代看,应属于世界历史的上古阶段,具体为公元前 3 世纪之前①。我们试扫视一下此阶段世界诗坛的概貌及其特点,并同时与屈原诗歌作一比较。

公元前 3 世纪之前的世界诗坛,有成就、有影响并可与中国诗歌相比较的,大致上是古巴比伦、古埃及、古印度、古希伯来及古希腊,从历史上看,这些国家与地区在世界上开发最早,具有发达的早期文

---

① 迄今为止,对屈原生卒年有多种说法,但均不迟于公元前 3 世纪,故本文以此为断限。

明,他们的文学也相应发展较早,有其灿烂的篇章。

　　我们首先可以发现,这些国家与地区的早期文学创作,与中国一样,比较突出的形式都是诗歌(包括歌谣、民谣以及一些神话传说),他们以诗的语言记录了人们对大自然与人生的祈求、探索、想望,借此表达自己喜怒哀乐的情感。这种现象本身,反映了人类在幼年时代语言的创造组合与思维方面具有大致相同的能力与特征,它并不因地区与民族的不同而表现出差异,这是人类在这个时代整个生产力水平低下所造成的。正是这个原因,使我们惊异地看到,这些国家和地区的诗歌作品中所反映的内容,与屈原诗歌所记录的,有着近乎一致的相似。古巴比伦产生于公元前 15 世纪至前 14 世纪的创世神话《埃努玛——埃立什》,是世界上最早关于创世故事的神话之一,它以诗体写成,内容描述开天辟地的经过,歌颂巴比伦主神的强大。神话中写到了太古之初,混沌一片,无“天”无“地”,只有分属阴阳两性的咸水与甜水,它们是最初的神,结合后造就了众神,由于众神间的矛盾与争夺,互相残杀,最终以神的尸体构筑了穹隆、大地,以神的血造出了人类,从而开始了天地、人类的历史。古希伯来《旧约·创世纪》中,写到了神创造宇宙一切,它第一日创造了天地昼夜,第二日创造了空气和水,第三日创造了海陆及草木果蔬等植物,第四日创造了日月星辰、岁时节令,第五日创造了鱼鸟动物,第六日创造了野兽、昆虫和人,第七日创造完毕;同时,神又造了亚当,并从亚当身上抽出肋骨,造出了夏娃,由亚当、夏娃的结合,繁衍了人类。《创世纪》中还写到了洪水神话,说洪水泛滥,水势浩大,闹了一百五十天灾,最后由神唤风吹地,水势才退去。古巴比伦史诗《吉尔伽美什》中也记载了类似洪水的故事。这些关于天地开辟、人类创始与洪水的神话传说,屈原作品《天问》中有明确的记载,诗人以发问的形式,写到了天地开辟的传说:“曰:遂古之初,谁传道之? 上下未形,何由考之? 冥昭瞢暗,谁能极之? 冯翼惟像,何以识之? 明明暗暗,何时何为? 阴阳三合,何本何化?”“圜则九重,孰营度之? 惟兹何功,孰初作之?”对人类的产生,他问道:“女娲有体;孰制匠之?”对洪水泛滥,他问道:“不任汩鸿,师何以尚之? 佥曰何忧,何不课而行之? 鸱龟曳衔,鲧何听焉? 顺欲成功,帝何刑焉? 永遏在羽山,夫何三年不施? 伯禹腹鲧,夫何以变化? 纂就前绪,遂成考功。何续初继业,而厥谋不同? 洪泉极深,何以窴之?

地方九则,何以坟之? ……鲧何所营? 禹何所成?"有趣的是,同样以发问
方式叙述创世神话的,古印度《梨俱吠陀》中也可见:"一切东西都不曾存
在,光明的天空不曾在彼处,广大的苍穹也不曾在上面展开。什么东西遮
住一切? 什么东西曾掩护着? 什么东西曾隐蔽着? 这曾否是无底的深
渊?"古埃及曾兴起过一股对太阳神的崇拜,他们的诗歌作品中将太阳神
奉为最高神,对其高度礼赞,一首《阿顿颂诗》写道:

> 在天涯出现了您美丽的形象,
> 您这活的阿顿神,生命的开始呀!
> 当您从东方的天边升起时,
> 您将您的美丽普施于大地……

读这几句颂辞,我们似感到与屈原《九歌·东君》的开首有些相似:

> 暾将出兮东方,照吾槛兮扶桑。
> 挽余马兮安驱,夜皎皎兮既明。

这里的"暾"即太阳,而"东君"则是太阳的御神,诗篇讴歌太阳御神,
实际也包含了礼赞太阳。这样的赞颂,古埃及《亡灵书》中也可找见,
古埃及歌颂太阳的诗特别多,也特别突出,从时代上说,它堪称世界
诗坛上最早颂赞太阳的上乘之作。

屈原诗歌在内容上所表现的,如上所述,同世界上古时代其他国
度与地区的诗歌作品有着很大的相似与合拍,而在诗歌的体裁形式
上,屈原则显示了自己独特的个性:无论古巴比伦、古埃及、古希腊、
古印度,他们的诗歌体裁基本上都是以叙事为主体的史诗形式,篇幅
宏大,以故事情节展开诗章,比较典型的如古巴比伦的《吉尔伽美
什》,古希腊荷马的《伊里亚特》、《奥德赛》,古印度的《梨俱吠陀》等,
而屈原则不然,不论《离骚》、《天问》、《九歌》、《九章》,基本上以抒情
为主,叙事为次,即便《离骚》,虽前半段叙事成分较浓,总体上也属叙
事性抒情长诗,以抒情为主,绝称不上史诗。从抒情诗角度看,能与
屈原作品相比较的,大概上古时代主要是古希腊抒情诗人萨福与阿

尔凯奥斯,萨福是古希腊堪称最杰出的抒情女诗人,被誉为"女荷马",她与阿尔凯奥斯的创作使古希腊抒情诗创作达到高峰,但是比起中国的屈原,他们的作品无论结构、气势、内涵,均略逊一筹,缺乏大诗人的气魄;古埃及的《亡灵书》具有抒情性,但它大多是与宗教有关的赞美诗,颂赞神与国王,与诗人(写诗者)本人的身世经历、思想情感无直接关系,不属于诗人的个人创作,而系带有颂赞性质的史诗;至于其他一些国家和地区这个时代诗人创作的少量抒情小诗,那就不论艺术上还是影响上都无法与屈原相比了。

由以上对公元前 3 世纪之前的世界上古诗坛作扫视,我们是否可以得出以下一些看法:

一、无论中国还是东西方任何一个早期文明古国,在其文学发展的初期阶段,都是以诗歌表达人们对外界大自然的描摹与渴望,抒发自身情感的,诗歌语言是人类最早用以表述情感、认识世界、倾吐理想的工具;在这个工具的运用方面,中国的屈原毫不逊色于世界任何一个文明古国的任何一位诗人(有名记载的诗人或无名记载的群体)。

二、由于共通的人性和人类早期极为低下的生产力水平,导致人类在早期阶段具有相类似的认识能力,反映在诗歌作品中,便出现了共同的表现人类与大自然关系的内容;屈原作品中所反映和表现的内容,表明了它与世界其他国家与地区的诗歌在这方面具有共性,它是一棵立于世界上古诗林中具有共性特征的大树。

三、屈原作品的长于抒情的特色与成就,体现了中国传统诗歌与诗教的特点,与世界上其他国家的诗歌相比较,从诗歌体裁形式看,它无疑是世界诗歌史上抒情诗早期发达的标志,是抒情诗发展长河中第一块里程碑,而屈原本人可称为世界诗歌早期史上第一位杰出的抒情大诗人。

比较之二:世界诗歌发展史的纵向鸟瞰

如果我们将视野转向对世界诗歌历史发展的纵向鸟瞰,那么,从上古一直到 19 世纪末(不计现当代),最可与中国屈原作比较的一流大诗人,应当是相传为古希腊著名史诗《伊里亚特》、《奥德赛》的作者荷马,他是欧洲文学史上第一位伟大诗人①,他的两部宏伟史诗使他成了西方文学史上至高无上的诗圣,且其时代要比屈原早四至五个世纪。但是,屈原与荷马毕竟创作成就的范畴不一,一为史诗,一为抒情诗,难以在诗歌的具体艺术成就与价值上作同类比较;当然,有一点是明确的,若以成就与影响言,屈原在中国诗坛犹如荷马在欧洲诗坛,两人的地位,应该是大致相当的,完全可以相提并论,只是由于客观原因(详"结语"),屈原的名望较之荷马要小得多。

从诗歌创作的多方面考察,我们认为,屈原应该也可以同西方诗史上出现的一流杰出大诗人意大利但丁、英国莎士比亚、弥尔顿、德国的歌德、俄国的普希金等相比较,这能使我们更具体清楚地看清屈原在世界文学大坐标中的位置。(他们的创作中,既有史诗,也有抒情诗。)

我们试从三个方面作些考察、评析:

(一)在充分汲取民歌养料基础上独创新诗体

诗人的创作往往离不开民族民间的深厚土壤,越是成功的代表诗人心声的作品,越是渗透了丰富的民族民间气息,饱含有浓郁的民歌养分。正是由于充分汲取了这些养分,加以自己的天才创作,诗人才创制出了别具一格的新诗体,为诗坛奉献了前不见古人、后不见来者的千古绝唱。

与上述一些大诗人相比,屈原是最早在这方面作出突出成就的。他创作的诗歌中,可以充分体现楚地民歌影响的色彩。楚辞"姓楚",这本身就是一个显证,宋人黄伯思说它书楚语、写楚事、用楚韵、具楚味即是说明。以《离骚》而言,它明显地突破了前代《诗经》的格局,创了新体——骚体:句式为杂言体,运用语气词"兮"字,大大打破了重章叠句、四言句体式,换之以篇幅加长、结构复杂、气势宏大的特点,这些特点除了诗章本身内容需要外,主要格局来之于楚地民歌,从

---

① 对荷马是否确有其人,两部史诗是否确为荷马所作,迄今尚有争议。据19世纪60年代德国人亨利·谢尔曼考古发掘与20世纪30年代美国考古队勘察,发现了特洛伊城遗址,其与荷马史诗所叙可相印证,从而增加了荷马史诗的可信性。

"徐人歌"、"越人歌"到"孺子歌",屈原充分予以吸收借鉴,从而形成了骚体模式。而《九歌》组诗,更是直接在楚地民歌基础上艺术加工后形成,带有浓重的楚歌气息并去除了芜杂成分。在这方面,堪与屈原媲美的,主要是意大利诗人但丁。但丁的代表作《神曲》是一部用三韵句写成的长诗,这种三韵句是但丁根据意大利当时民间诗歌常用的一种格律为基础创制的。整部《神曲》中但丁没有采用当时正统的官方语言拉丁文,而是使用了佛罗伦萨——托斯堪尼地区的地方语,同时在诗章中借鉴了许多民间行吟诗人的作品与民歌,穿插了大量民谣与民谚,为此他成了意大利文学史上第一个杰出的民族诗人。除但丁外,普希金也在其创作中大量吸收了民间养料,他的《鲁斯兰与柳德米拉》一诗即是根据民间故事传说用民族语言写下的长诗,这部作品被认为是俄国文学史上诗歌转变的开始,建立了浪漫诗歌的自由文学形式与创作方法。正由于普希金在自己创作中多方面广泛地运用了俄国民间素材与民族语言,他被公认为是俄罗斯文学的"始祖"、"俄国诗歌的太阳"。不过,与屈原、但丁相比,他似乎没能创制出新的诗体。英国的莎士比亚是以创作剧体诗享誉诗坛的,然他的十四行诗创作同时被认为是英国乃至世界十四行诗创作空前绝后的高峰,人们称他创制的十四行诗体韵式是"莎士比亚式"或"英国式",可惜,莎氏的这一新诗体并非来源于英国民间,而是属于舶来品,它最早创立于意大利的彼特拉克,16世纪初由英国两位贵族爵士移植到了不列颠。当然,我们完全可以说莎士比亚所创作的大量戏剧作品(剧体诗)中相当部分的内容、人物、情节乃至语言,一定是充分汲取了英国民间的养分的(或故事传说,或历史题材,或民间语言),但毕竟在创制新诗体的贡献上,莎氏显得不很突出,至少较之屈原、但丁而言。

(二)将宗教与诗歌创作高度溶合创奇幻之作

将传统宗教或原始宗教的内容与形式注入诗歌创作之中,使之化为作品内涵的有机组成部分,让作品染上奇幻瑰丽的色彩,这是诗人创作具有独特艺术风格、浓郁民族地方特色作品的重要前提,在这方面,屈原与但丁、弥尔顿、歌德等人取得了异曲同工的成效。

但丁的《神曲》实际上是一部受中世纪宗教文化影响、具有宗教神秘主义色彩的宏伟诗篇,诗人巧妙地运用基督教的神话传说作为素材,糅合了意大利当时时代的重大政治事件与政治人物,从中反映表现意大利社会与诗人本身的思想感情。具体地看,诗歌中的宗教成分反映在:作品的整体构思设想,即主人公在梦幻中由维吉尔、贝雅特分别作向导,从地狱经炼狱到达天堂的游历、修炼过程,它是基督教说教的具现;其中三个境界中的人物安排,是宗教道德观念与诗人自身情感融合的产物;诗人的创作这部作品,完全是以中世纪宗教的梦幻形式来构思布局的,它使作品在具有丰富内涵的同时染了浓烈的浪漫瑰丽色泽①。弥尔顿的三部杰作《失乐园》、《复乐园》、《力士参孙》,其故事题材分别取之于《圣经》中的《创世纪》、《路加福音》与《士师记》,诗人以《圣经》中这些篇章的有关情节与人物形象为蓝本,展开情节与想象,化成三部分别具有高昂雄浑风格、璀璨瑰丽语言、汹涌澎湃感情的史诗、剧体诗,使之成了名垂诗史的杰作,弥尔顿自己也因此被诗坛誉为与莎士比亚并举的英国大诗人之一。歌德的宏篇巨作《浮士德》,是歌德一生创作的最高峰,其中靡非斯特的形象也取之于基督教的《圣经》,诗开首部分的《天上序幕》与第二部结尾,均系受《约伯记》启发写成;诗中靡非斯特之所以会同浮士德一块云游世界,并最后灵魂升天,也是得助于宗教影响,歌德自己曾坦率表白:"得救灵魂升天这个结局是很难处理的。碰上这种超自然的事情,我头脑中连一点儿影子都没有;除非借助于基督教一些轮廓鲜明的图景和意象,来使我的诗意获得适当的、结实的具体形式……"②屈原诗歌这方面的特征似更为显著,只是他与但丁、弥尔顿、歌德等人有所不一的是,诗歌中所染着的色彩是原始宗教的巫风巫术。我们读《离骚》、《九歌》、《招魂》等诗,几乎比比可见巫教痕迹。试看,《离骚》中,当主人公在天国巡游求女时,因"理弱而媒拙"、"哲王又不寤",他便"索琼芳以筵篿兮,命灵氛为余占之";当"欲从灵氛之吉占兮","心犹豫而狐疑",他便求"巫咸将夕降兮,怀椒糈而要之";当"灵氛既告余以吉占兮",他便"历吉日乎吾将行";整个在天国的过程

---

① 　参见拙作《文学与宗教》,载《中州学刊》1988 年第 2 期。
② 　引自《歌德谈话录》,人民文学出版社,1985 年版。

几乎都与求灵氛占卜、巫咸降神有关,这种占卜、降神即是楚地巫教的浓重体现,诗人将其化入了诗章之中,使诗章自然带上了奇幻色泽。另外,《九歌》中分祭天、地之神,以祭祀祈祷形式载歌载舞地迎神、颂神,《招魂》、《大招》中呼唤四方,以招人之魂,以及《卜居》中请太卜郑詹尹端策拂龟卜测,等等,都是楚地巫教的具体体现。正是这些内容与成分的有机溶入诗歌作品,才使屈原的作品具备了楚风特色,富有了更深一层的魅力,形成了浪漫奇特的风格①。

可见,正是由于诗人们在创作中有意识地运用了宗教的内容或形式,使作品带上了宗教色彩,才在艺术上显著地体现了奇幻、瑰丽、浪漫特色(诗人本人并非一定是宗教徒),在这方面,上述几位大诗人的努力虽有程度不同,但艺术效果却都是成功的,相比起来,屈原要比他们几位在时间上早得多。

(三)超时空想象的天才发挥与多风格样式的综合体现

比较屈原与世界一流大诗人的诗歌创作的共同特点,我们发现,超时空想象的天才发挥是十分显明的表现,他们的作品都以超乎寻常的思维方式,作超越时间与空间的艺术构思,设想诗人或诗篇主人公离开现实人世,进入宇宙天际,作奇异浪漫的"仙游""神游",或上天入地,或求神问鬼,在读者眼前展示以宇宙空间为背景的画面,画面上活动着的是大自然与人世间的神怪鬼物,其情节荒诞离奇,其色彩变幻莫测,其风格神奇浪漫②。例如,但丁《神曲》中描述了诗人在向导引导下经历了奇特的"三界":地狱——巨大无比、如漏斗状的深渊,直达地心,这里是痛苦与绝望的处所;炼狱——耸立在南半球海洋中的雄伟高山,气氛柔和,弥漫着宁静与希望;天堂——充满了喜悦、幸福,整个是光辉照耀;这"三界"的旅行虽说系受中世纪宗教梦幻启发,然诗人将其化作诗歌的内容,溶入了丰富的想象与大胆的构思,其中尤其是进入天堂后的奇妙境界描绘,纯是诗人天才想象的结果,人们在惊异这"三界"的大胆设想之余,不得不佩服诗人的艺术才

---

① 对屈原作品的真伪确数,历来说法不一,本文拟从《汉书·艺文志》所录,二十五篇均为屈原所作。理由从略。

② 参见下文《中西神游诗论》。

华横溢。歌德的《浮士德》中,写了靡非斯特与浮士德两人遨游世界的情节,靡非斯特把黑色外套变成了一朵浮云,将浮士德与自己同载去云游世界,他们飞到了阿尔普司山麓,神游了希腊,又和希腊神鬼们共同参加了夜会,最后,天界的仙使们将浮士德救出,让浮士德灵魂升入天堂。屈原的《离骚》、《远游》在表现想象力的丰富大胆上毫不逊于但丁、歌德。《离骚》后半部,诗人设想自己离开了人世,"驷玉虬以乘鹥兮,溘埃风余上征",到宇宙天际去寻找理想境界,他令御使羲和策马,命月神望舒为先驱,嘱风神飞廉作追随,"览相观于四极兮,周流乎天余乃下";《远游》篇中更是通篇在天际遨游,一开首便"轻举而远游",继而是"载营魄""掩浮云",自始至终"经营四荒"、"周流六漠",使诗篇充满了玄虚、神仙色彩,倘无奇绝的天才想象力,如此神游,简直不可思议①。

奇特的构思,丰富的想象,确实为读者铺展了一幅幅神奇绮丽的画卷,令读者读之心驰神往、不绝赞叹。相比之下,屈原的《离骚》、《远游》在构思的整体构架与想象的规模气势上,似不及但丁《神曲》与歌德《浮士德》,但其想象的奇幻与构思的精巧却未必逊于它们,从世界文学史的发展轨迹看,屈原在运用超时空想象手法上要远远领先于但丁、歌德以及其他一些大诗人。

屈原作品还有一个十分突出的特点明显长于其他大诗人,即在作品的多风格多样式综合体现上。屈原的二十五篇作品呈现出多姿多彩的面貌:既有相当叙事成分,并富一定现实性的作品,如《离骚》、《九章》,也有浓厚抒情色彩,并有突出浪漫风格的作品,如《九歌》、《招魂》、《远游》;既有杂言句式结构的骚体型作品,如《离骚》、《九章》、《九歌》,也有四言句式结构的《诗经》型作品,如《招魂》、《大招》,还有发问式结构的发问型作品,如《天问》,和答问式结构的答问型作品,如《卜居》、《渔父》;既有结构宏伟的长篇巨制,也有篇幅短小、结构简单的小诗;真正是繁花纷呈,体式多变,后人欲步其后尘而又不得不慨叹难以企及。在这方面,虽然但丁、莎士比亚、歌德、弥尔顿、普希金等大诗人也各显其姿,却不如屈原那样在为数不多的作品

---

① 此节论述参见《中西神游诗论》。

中(共二十五篇)表现出如此多变。但丁写过抒情诗《新生》,也有史诗《神曲》,后人编定的《歌集》中,还收录了他写的多种题材作品——爱情诗、赠答诗、寓意诗、道德诗。莎士比亚主要创作剧体诗,这是一种无韵的诗歌(类似散文诗),另外他还写了大量十四行诗。弥尔顿早年写过十四行诗,晚年创作了三部不朽的史诗。歌德除了《浮士德》长诗外,还写过许多生动活泼、充满热情的抒情小诗。普希金一生写了八百多首抒情诗,十几部叙事诗,它们的形式与韵律也呈现了丰富多样的特点,表现出这位俄罗斯大诗人的过人才华。毫无疑问,多风格、多样式是这些大诗人的共同特点,只是这一特点在屈原作品中显得尤为突出,因为他的作品数量相对最少(留存至今),而变化却相对最多。

结　语

毫无疑问,从以上我们所作的横向与纵向的比较中,可以充分看到,中国的屈原完全是一个能够傲立于世界一流大诗人行列之中而绝无愧色的伟大诗人,他的作品的价值,他的艺术的成就,决定了他绝对是世界文学史上少数几位第一流大诗人之一。有人曾经这样说过,在中国这样一个诗的国度里,如要列出一百位诗人向世界作介绍,屈原不用说理所当然地是其中名列前茅者;要列出十大诗人,屈原也必定是其中之领先者;如要推出一位能代表中国诗歌的成就与特色,并具有中国诗人人格与风格的大诗人,恐怕也是非屈原莫属,其他诗人虽各有所长,却都无法替代他。按此理推之,我们列出全世界范围一百位杰出诗人,不用说,屈原必定是其中佼佼者;即使要列出世界十大诗人,笔者以为,屈原也一定能跻身其列而绝无问题。屈原其人及其作品,不仅艺术成就令世人惊羡,其人格与作品内涵所包容的真挚情感、真诚呼唤、爱国激情,也足以激起人们对他的尊敬、热爱与钦佩,他是一位为民族生存而歌唱终生的民族歌手,在这一点上,其他一些世界大诗人未必都能与他相比。

然而,尽管如此,我们毕竟还是要面对客观现实。比起荷马、但丁、莎士比亚、歌德等大诗人,中国的屈原在世界上的知名度与影响力要小得多,虽然世界和平理事会将屈原列入了世界文化名人之中,但那终究只限于某个年度,世界范围内,知道荷马、但丁的读者远远胜过屈原,这是为什么呢? 其原因是多方面的。首先,中国这个长期封建的国度,历来闭关自守,罕与外界交往,这在很大程度上影响了外界对中国的了解(相对而言);其二,虽然中国文化也早有输出,尤其元代以后,随着马可·波罗的来到中国,以及西方传教士们的频繁往来,使西方逐步了解了中国,但这种了解毕竟比较肤浅,加以屈原作品本身文字艰深,翻译困难,自然增加了传播与流传的困难;其三,屈原作品中所表现的浓重的民族伦理文化内涵,在中国人看来是可以接受的、值得颂扬的,而在西方人却未必容易接受,他们的审美意识、传统观念决定了他们在理解、接受屈原的思想与作品时会有相当距离与鸿沟;正是这种种原因,有意无意地削弱并影响了屈原的地位与知名度。

今天,我们的国门已广开,我们应当让世界更多地了解中国,让中国尽快地走向世界,这就有必要也有可能将中国传统文化的杰出代表人物之一、伟大诗人屈原介绍给世界,让世界人民了解屈原、理解屈原、尊重屈原、崇扬屈原,这是我们每个屈学研究者责无旁贷的神圣义务。

与日本学者商榷
——论《天问》与《橘颂》的题旨与来源

日本学者三泽玲尔先生在其所著《屈原问题考辨》一文(原载日本《八代学院大学纪要》第 21 号)中,对屈原的《天问》、《橘颂》两篇作品阐述了如下见解:

"古以色列《旧约》中的《约伯记》,在主题上和超越世俗的态度上都与《离骚》相同,它的主人公有热烈而虔诚的信仰,但在不断遭遇不幸时却开始怀疑和咒骂神明,结果,在宇宙创造的秘密问题上连续受到神的质问,他无言答对,终于又否定了自己,最后还是托神的恩惠才改变了命运。这一构思使我想起了楚辞中《离骚》之外的两篇诗,一篇题为《天问》,写的是宇宙创造的秘密和历史的质问;一篇题为《橘颂》,是对橘树的赞歌。也就是说,假设《离骚》与古代的迎春仪式有联系,歌咏正义之士的超越世俗的态度及其灵魂的苦难,并因此与《约伯记》有共同点,那么《天问》就很可能不是别的,而正是上帝对《离骚》主人公的告诫,因为他由于遭遇不幸而忘记了遵循天命。还可以考虑,如果认为《离骚》的主人公以此完全否定了自身,并从此改变了自己的命运而托橘复活,则《橘颂》就是其复活的赞歌。""另外,在《橘颂》的正文中,有'苏世独立','文章烂兮','秉德无私,参天地兮','行比伯夷'等句,这些都是拟人之句。由此看来,只能把《橘颂》看作是明显歌颂《离骚》主人公复活的作品。"

三泽先生上述关于《天问》、《橘颂》之题旨与来源的推断,似乎大胆了些;对照诗的原作,以及有关屈原及其作品的资料,我们不得不有所质疑,以求教于三泽先生。

由于《考辨》一文所涉问题甚多,本节仅对《天问》、《橘颂》之题旨与来源作阐发,其他如屈原其人及《离骚》旨意等诸问题,不拟赘及。

（一）三泽先生将古以色列的《旧约·约伯记》与《离骚》作对照比较，进而联想到《天问》一诗的题旨是上帝对《离骚》主人公的告诫，因为他——《离骚》主人公由于自身遭遇不幸而忘记了遵循天命。

这促使我们也去翻阅了一下《旧约》（《圣经》）。我们发现，与其由《约伯记》篇对照《离骚》引而阐发《天问》题旨，不如将《创世纪》篇与《天问》直接比较，更能有所启迪，从两者中找出共通之处。《创世纪》篇的主要内容记载了物质宇宙的起始，人类的起始，以及人类犯罪、救恩预示、家庭生活、无神文化、国家组织等的起始，其间充满了人的失败与神的恩典与工作；与《天问》比较，在天地起源、人类起源、洪水泛滥等内容方面，颇有类似之外，它所叙述的有关昼夜、天地、植物、星辰、飞禽走兽以及人类始祖亚当、夏娃诸事，与《天问》中所问及的问题，有相类同的感觉。这说明了什么呢？说明人类在宇宙开辟、人类起源问题上，并不因地域有异而产生差别，相反，由于人类早期生活的方式及内容的大致相同，导致了其在原始文化艺术（包括艺术想象）方面无地域差别的一致性，这一点不仅仅反映在古以色列人的《旧约》与屈原的《天问》中，还反映在古希腊罗马的荷马《史诗》、古印度的古经、我国的《山海经》等早期创作记载中；即使美洲的印第安人、波利尼西亚人等民族中也有同类说法。这是文化人类学理论中的一个重要内容。不过，在将《创世纪》与《天问》作比较时，我们同时发现，它们两者还有着根本的不同：前者偏重于创造者是谁、创造经过了多少时间，目的旨在渲染和突出神；后者着重在天地万物起源之说由谁传下来、如何知晓其起源并怎样起源与创造的？可见，一个是有神论的典型反映；一个是不信天地万物由一个神一时有意创造的朴素无神论的体现，——其作者不过是借发问的形式，借神话驰骋想象，寄托丰富的感情，从艺术手法言，乃是古典浪漫主义手法的充分运用。读《天问》，使我们借此窥见了我国上古时代社会发展变化之轨迹。从社会条件看，《天问》产生于屈原时代也不是偶然的，郭沫若在《屈原简述》一文中曾说："本来在屈原时代的中国思想界是有惊人的发展。天文、历法、数学都有相当的高度的发展，逻辑的观念也很普遍。与屈原同时代而稍早的一位南方人黄缭，曾经向北方一位擅长逻辑的学者惠施,问过天地何以不坠不陷、风雨雷霆之故,惠施曾经答复了他。可见关于天体构成的疑问,在当时的知识界是有普遍的关心的。"从《天问》与《创世纪》的出现,可以说明一点:世界文化史上,每一重要文化的产生,大都有其最初的宇宙起源论、天地万物起源论,以及与之相关的神话传说,有的则随之产生史诗和宗教赞美诗。

那么,《天问》的确切旨意是何? 屈原创作它时究竟凭借了什么呢?

我们还是先看前人怎么说的。

王逸《天问序》说:"《天问》者,屈原之所作也。何不言问天? 天尊不可问,故曰天问也。屈原放逐,忧心愁悴。彷徨山泽,经历陵陆。嗟号昊旻,仰天叹息。见楚有先王之庙及公卿祠堂,图画天地山川神灵,琦玮僪佹,及古贤圣怪物行事。周流罢倦,休息其下,仰见图画,因书其壁,何(一作呵)而问之,以渫愤懑,舒泻愁思。楚人哀惜屈原,因共论述,故其文义不次序云尔。"

洪兴祖《楚辞补注》说:"《天问》之作,其旨远矣。盖曰:遂古以来,天地事物之忧不可胜穷。欲付之无言乎? 而耳目所接、有感于吾心者,不可以不求也。欲具道其所以然乎? 而天地变化岂思虑智识之所能究哉? 天固不可以问,聊以寄吾之意耳。楚之兴衰,天邪? 人邪? 吾之用舍,天邪? 人邪? 国无人,莫我知也;知我者其天乎? 此《天问》所为作也。太史公读《天问》悲其志者以此,柳宗元作《天对》失其旨矣。王逸以为文义不次序,夫天地之间千变万化,岂可以次序陈哉?"

李陈玉《楚辞笺注》说:"天道多不可解;善未必蒙福,恶未必获罪,忠未必见赏,邪未必见诛,冥漠主宰政有难诘,故著《天问》以自解。此屈子思君之至,所以发愤而为此也。不曰问天,曰天问者,问天则常人之怨尤,天问则上帝之前有此一段疑情,凭人猜揣,柳子《天对》失其旨矣。"

戴震《屈原赋注》说:"问,难也。天地之大有非恒情所可测者,设难疑之;而曲学异端骛为闳大不经之语,及夫好诡异而善野言,以凿空为道古,设难诘之;皆遇事称义,不以次,聊舒愤懑也。"

　　参照上述前人之说,再仔细阅读《天问》原诗,我们认为:(1)屈原确是在政治上遭到不幸条件下愤而书下这首诗作的;其目的并非真在问天——为何自己会受到如此遭遇,但诗中多少融入了身处其时其地的悲愤感情,这是无疑义的。(2)王逸说得不错,从各方面因素看,《天问》确是屈原在见到祠堂壁画(或谓宗教画)后,触发情感,唤起想象力,引发了创作动机(详下文)。(3)《天问》,决非天(或称上帝)对人(三泽先生谓:《离骚》主人公)的告诫,而是天道不可解,存有疑情,遂谓"天问",也即天的问题,或叫上帝的疑问;也非王逸所说"天尊不可问"、洪兴祖所说"天固不可问",而改问天为天问。它实是屈原借"天之问",发抒其时其境下他自己的种种疑问和感慨。(4)从《天问》诗本身看,诗序十分清晰:首述天上事,次及地上事,再讲人间事,末尾关于屈原自己(以令尹子文寓之)与楚国的一段历史;一百八十八句明显分为两大部分,前为问天地——有关大自然形成的传说,内容涉及混沌初开、天宇形成、日月星辰、洪水及其他异闻传说(此部分酷似《旧约·创世纪》内容),后为叙人事——问有关人间盛衰兴亡的历史传说,包括夏、商、周三代,兼及部分秦楚史。全诗虽不免因流传年代久远而存错字、错简,但总的来说,脉络清楚,重点突出。观其内容,我们无论如何不能想象,这乃是上帝对作者的告诫——因他忘记了遵循天命。

　　再看《天问》题材内容的来源,更可以证成上述的《天问》题旨。根据现存史料,楚辞的各种注本,以及文物考古材料,我们认为:《天问》源之于《山海经》和壁画。(其中壁画的内容,很可能也是依据了《山海经》一类的古史资料画成。)

　　先说《山海经》。陈逢衡《山海经汇说》之《山海经是夷坚作》篇说:"夫谓之闻,则非禹益同时人可知。……或谓夷坚是南人,其书留传楚地,至屈原作《天问》时,多采其说而问之,实通论也。"这是说《天问》系《山海经》所本。我们粗略对照《天问》与《山海经》,发觉陈逢衡之论断不假。《山海经》中的《西次三经》、《海内西经》等篇叙及昆仑山,《天问》有曰:"昆仑悬圃,其尻安在?"《山海经·海外西经》载:"大乐之野,夏后启于此儛《九代》。"郝懿行《笺疏》云:"《九代》,疑乐名也。《竹书》云:'夏帝启十年,帝巡狩,舞《九韶》于大穆之野。'《大

荒西经》亦云:'天穆之野,启始歌《九招》。'招即韶也。疑《九代》即
《九招》矣。"《天问》有云:"启棘宾商,《九辩》《九歌》。"《山海经》曰:
"禹治水,有应龙以尾画地,即水泉流通,禹因而治之也。"《天问》有
曰:"应龙何画?河海何历?"《山海经》有云:"浮山有草;其叶如臬。"
"南海内有巴蛇,身长百寻,其色青黄赤黑,食象,三年而出其骨。"《天
问》有曰:"靡薄九衢,枲华安居?灵蛇吞象,厥大何如?"等等,诸如此
类例句甚多。据茅盾《神话研究·中国神话初探》、胡厚宣《甲骨学商
史论丛·甲骨文四方风名考证》、袁珂《山海经写作时地及篇目考》等
考证,《山海经》非一人一时所作,其中保存了不少古史神话传说的原
始材料,其最初成书当在屈原创作《天问》之前,且其书大致是先有图
画,后有文字,文字因图画而作。这就为了解《天问》的产生与理解
《天问》的内容提供了线索与依据。

再说壁画。屈原时代的楚国是否已有壁画? 答案是肯定的:其
一,近几十年来,长沙、寿县、信阳等地均相继发现并出土了楚壁画、
帛画、缯书等物,其内容大多属宗教艺术范围的神物。《考古学报》载
湖南省博物馆的《长沙楚墓》一文说:"很多漆器上面绘有瑰丽的龙凤
纹、几何纹,或狩猎纹图案,线条生动,不仅是当时日常生活中实用的
器皿,而且是一种出色的工艺美术品。"《楚文物展览图录序》说:"楚
文化在晚周到秦汉之间,已经发展到很高的程度。这些文物具体说
明了当时……等制度,在历史研究上提供了不少新资料。……其中
的龙凤人物帛画,是我国现在所知道最早的一幅绘画,也是研究绘画
史的重要资料。"其二,前人的记载与研究也提供了依据。王逸在时
代上离屈原不远,他曾明确指出,《天问》系屈原见楚先王之庙与公卿
祠堂上的壁画而呵问之作(《天问序》)。丁晏《天问笺叙》说:"壁之
有画,汉世犹然。汉鲁殿石壁及文翁《礼殿图》,皆有先贤画像。武梁
祠堂有伏羲祝诵夏桀诸人之像。《汉书·成帝纪》申观画堂画九子
母,《霍光传》有《周公负成王图》,《叙传》有《纣醉踞妲己图》。《后汉
书·宋弘传》有屏风画《列女图》。《王景传》有《山海经》、《禹贡图》。
古画皆征诸实事,故屈子之辞指事设难,随所见而出之,故其文不次
也。"这是以西汉有壁画、石刻画,来证明晚周屈原时代有壁画。如果
晚周之际无壁画,那么汉代王延寿《鲁灵光殿赋》、何晏《景福殿赋》等

赋所描述的壁画,不可能一下子出现那么多,那么丰富多彩。其三,从世界文化发展史看,用石器刻画或用手指涂画于岩洞壁上,乃人类史前时代的共同现象。法国、西班牙境内曾发现过不少史前人的洞穴壁画,法国史前考古中心的史前博物馆内收藏有丰富的史前彩画刻像(据林惠祥《文化人类学·原始艺术》、裴文中《法国史前遗址采访记》)。北美洲的大湖地区发现有很多印第安人的原始崖画,秘鲁纳斯加山谷的地面上考古工作者发现了古代的巨画,画中有各种几何图形,有各种动物、植物和人的形象(《考古》1972年第4期)。法国考古学家在佩里格附近一个废弃石灰场发现一个堵塞的洞口,他们进入洞口以后,一个保存完好的画廊立即展现在面前。洞壁上画着数不清的猛犸、野马等动物及各种各样的花纹图案。……据统计,目前法国保存有古代壁画的洞穴约有一百二十处。(《光明日报》,1984年3月21日,题名:"两万五千年前的画廊")这些都证实了人类在史前时代曾留下洞穴壁画、崖画等的共同性。其四,战国时绘画艺术已相当发达。《庄子·田方子篇》、《韩非子·外储说》、《说苑》、《水经注·渭水篇》等均有关于绘画的记载。以上这些归总一点:楚国在屈原时代完全可能已有壁画。那么,屈原是否能见到这些壁画并借此发抒情感呢?从屈原身世经历可知,他自郢都出走后,曾被流放,徘徊在汉北一带,而汉水上的宜城即是春秋时楚昭王的都都,《天问》一诗问历史传统正好到楚昭王时代为止,这无疑为我们理解解释屈原能"仰观图画"于"先王之庙"提供了一个依据。

鉴此,我们可以得出结论:

《天问》决非三泽先生所言,是上帝对作者的告诫,而是作者——屈原在政治上遭流放后,于汉北见楚先王祠庙壁画,触景生情,借神话的浪漫手法,以天问形式,一气发了一百八十多个问题,这些问题依次为:大自然的发展史——天体、洪水、大地;人间历史——夏、商、周三代兴亡史及秦楚部分历史;通过这一系列问题的发问,达到充分发抒胸臆、寄托内心复杂的感情;读者从中既感受了作者的脉搏,也汲取了广博而又深邃的知识。

(二)《橘颂》一诗是否如三泽先生所言,是《离骚》主人公托橘复活的赞歌呢?首先,我们应当承认,华夏民族同世界上其他国家和地区的民族一样,在上古时代均曾出现过祭祀祖先、祭祀大自然之类的祭典(神)仪式,这是由于那时的人们在生产力极度低下的水平下,无奈何大自然的威力,而进行的祈祷上帝(神)降恩赐福的类似原始宗教性质的仪式,因着各国家和地区的社会发展进程的不同,这种祭神仪式表现出不同的规模、程度和方式。我国屈原时代的楚国在这方面的典型体现即是巫风(巫术)盛行,表现在楚辞中,反映这种形式最典型的,乃是在楚民歌基础上经过屈原艺术加工而成的《九歌》;而《橘颂》则全不如三泽先生所言,是属于这种性质的所谓"复活的赞歌"。下面,我们试对《橘颂》诗的题旨及其来源作简略剖析。

《橘颂》,从题名看,顾名思义,乃是颂橘;实际上,读者细读全诗,会发现,作者"醉翁之意不在酒",并非为颂橘而颂橘,即诗本身的旨意不是为了单纯地咏物、颂物。从艺术手法的继承关系上说,这是作者承继了《诗经》的比兴手法,并在此基础上有所创新发挥,不只"感物造耑"、以比兴发端,且试图用一物比兴整篇:前半说橘,将橘人格化,颂橘以自比;后半说人,把人物性化,自颂即以比橘;前后两部分浑然一体,达到了"物我双关"的地步。这是我们读《橘颂》首先需明晓的。

三泽先生认为,《橘颂》一诗是《离骚》主人公在《天问》中完全否定了自身,并从此改变自己命运后而托橘复活的赞歌;这不符《橘颂》的写作时间。

《橘颂》作于何时? 陈本礼《屈词精义》说得对:"《橘颂》乃三闾大夫早年咏物之什,以橘自喻;且体涉于颂,与《九章》文不类,应附于末;旧次未分;且有谓《橘颂》乃屈原放逐于江南时作者,未为可据。"从诗本身看,也能见出创作时间。诗中写"闭心自慎",说明作者创作此诗时正值被谗遭诬之时,尚未被放逐,故情绪不十分激动;诗最后一句写"行比伯夷,置以为象兮",透出他辩诬自白的严正态度,这是上官大夫诬语"每一令出,平伐其功"(《史记·屈原列传》)的有力回答;从时间上看,这些都发生在屈原的早期,至少不会在《离骚》《天问》之后,故姚鼐《古文辞类纂》说:"鼐疑此篇首言后皇,末言年岁虽少,与《涉江》年既老之时异矣。而闭心自慎之语,又若以辨释上官所云'每一令出,平伐其功'之为诬也。"另,诗中还有"年岁虽少,可师长兮"之句,这是写屈原早年任三闾大夫之职事。三闾大夫一职系掌管楚王室屈、景、昭三姓贵族子弟教育,否则"年少"为"师长"就难以解释了。对照《离骚》:"余既滋兰之九畹兮,又树蕙之百亩,畦留夷与揭车兮,杂杜衡与芳芷。冀林叶之峻茂兮,愿俟时乎吾将刈。"可以互为印证。即便从《橘颂》与《九章》其他篇章相比较,也可见出,它们之间无论从体裁、风格与情趣上,均迥然相异,足以证实《橘颂》创作时间不在晚期,而系早年作品。

那么屈原写《橘颂》据何取材呢?《晏子春秋·内篇》说:"橘生淮南则为橘,生于淮北则为枳,叶徒相似,其实味不同。所以然者何?水土异也。"王逸《楚辞章句》说:"言橘受天命生于江南,不可移徙,种于北地,则化而为枳也。屈原自比志节和橘,亦不可移徙。"这里指出:一、橘是生于南国的一种植物。其他同类记载也证实了此点,如《吕氏春秋·本味》曰:"橘之美者,江浦之橘,云梦之柚。"《战国策·楚策》载苏秦游说赵王时语:"楚必致橘柚云梦之地。"《史记》、《汉书》亦云"江陵千树橘",《水经注》载,宜都郡故城,北有湖里洲,"洲上橘柚蔽野,桑麻暗日"。二、生长于南国楚地的屈原,对自己的故乡故土怀有特殊的感情,作为喜好吟诗作歌的文人,以自己家乡的某种植物作比兴,写咏物诗以寄情抒怀,当属合情理之事,不足为怪;而且,从某种角度言,橘不能移徙其种植地,否则要变其种性,屈原正是抓住此特性以喻自己爱国、爱故乡的丰富感情,王逸所说是有一定道理的。

由此,我们就可以明晓《橘颂》的真实含义了。林庚先生说得对:"《橘颂》所写的是一种性格,这也正是屈原的性格,战国时期正是国家观念将要形成还未形成的时期。当时的才智之士往往漫游诸国之间,以求得王霸之道的发展,那原是一时的风尚。但是屈原的性格却与此相反。他是一个乡土观念极重的人。《离骚》里说:'何处独无芳草兮,尔何怀乎故宇?'正是屈原所不愿做的事。这乡土的观念,在《橘颂》里表现得非常明白。所谓'受命不迁,生南国兮','深固难徙,更壹志兮'。便正是屈原自况之辞。屈原于当时游说之士没有国家观念,认为是一种不好的品行,而这种不好的品行正是战国期间最流行的风气,屈原赞美那种好的品行,所以说'独立不迁,岂不可喜兮?

深固难徙，廓其无求兮！……'最后说'行比伯夷'，正因为伯夷乃是不食周粟的。""屈原一生的悲剧也因为他对于楚国过分的爱恋。然而这种爱恋是可宝贵的，屈原因此成为中国最伟大的诗人。"（《释橘颂》）我们无需对《橘颂》一诗的题旨再赘言了，林庚先生简洁而又明了地揭示了它的全部含义和作者的意图。由此，三泽先生所引述的诗中拟人之句"苏世独立"、"文章烂兮"、"秉德无私，参天地兮"、"行比伯夷"等，仔细体味，实在是屈原既以之比拟橘，表现橘的特性与象征，更借以比喻自己的品格与形象；正因为屈原早年即具备了如橘一般纯洁高尚的品格，才铸成并造就他后来终于成为一个划时代的伟大爱国主义诗人；橘的品格与特征，贯穿了他一生的言行与全部创作。

于此，我们可以下一断语：《橘颂》决非祭典仪式中为神的复活（托橘）所唱的赞歌，而是作者以形象比拟的手法，借植物寄托自己的高洁品格与毕生遵奉的准则，它为当时和后世树起了一个崇高的形象；从屈原本人来说，此后他的所言所行，始终未曾脱离《橘颂》中所标举的规范，这在他以后创作的《九章》、《离骚》、《天问》等诗中足以见出，直至以尸为谏，身沉汩罗江。

三泽先生在《考辨》一文末尾写了一篇附记，云："至于有关《天问》、《橘颂》等篇的推断，现在我也不得不承认自己的思想飞跃了一些，请先生们彻底批评。"我们佩服三泽先生在学术研究上的大胆突破、勇于畅述新见；我们也欣赏三泽先生的坦率与诚恳。对待学术问题，有时候确实需要一种敢于冲破陈见、大胆设想、大胆创新的精神。不过，这种勇气与创新精神需建筑于充分掌握大量可靠、扎实的材料基础之上，而不是凭空臆想所能奏效的。我们认为，倘若三泽先生对《天问》、《橘颂》的推论是基于中国历史上确有屈原其人，且《离骚》等作品确系屈原所作的结论之上，那么，《考辨》中有关《天问》、《橘颂》的论断不妨存为一说，对今人研究楚辞或不无参考价值；然而，遗憾的是，三泽先生的推论完全是由否定屈原其人及其作品的前提推导而成，这就不免成了沙砾上建屋，完全没有基础了。

中西神游诗论

我们在浏览中西传统诗歌作品时，会发现，无论西方还是中国，都有一些描写诗人或诗篇主人公离开现实人境、进入宇宙天际的作品，这些作品中离奇的描述，独特的表现力，极大地引发了我们的兴趣，使我们的研究视角自然移向了这类诗歌的特点、产生原因及其相互间的异同。

让我们先看一些具体作品。

意大利诗人但丁的《神曲》，为读者描述了他的奇特经历：从地狱经炼狱，到达天堂的"三界"旅行，整个旅程如一幅奇妙的画卷，展示了"三界"内的神奇境界：

地狱——巨大无比、如漏斗状的深渊，直达地心，形同圆形剧场，这里是痛苦与绝望的处所，充满了阴暗色调。

炼狱——一座耸立在南半球海洋中的雄伟高山，它色调柔和，弥漫着宁静与希望。

天堂——由九重天与净火天构成，光辉耀眼，充溢着喜悦的气氛。

诗人分别在向导维吉尔和贝雅特引导下，从地狱来到了天堂，即从人境登上了宇宙天际，充分领略了喜悦、幸福与光耀。

德国诗人歌德根据民间传说创作的《浮士德》，写了魔非斯特与浮士德两人遨游世界的情节，靡非斯特把黑色外套变成一朵浮云，将浮士德与他自己载着去云游世界。第二部中，浮士德乘着云，飞到了阿尔普司山麓，神游了希腊，参加了"古典的瓦普几司之夜"，夜会的参加者均为希腊神话中的神与鬼。结尾时，天界的仙使们把浮士德从靡非斯特那儿抢救了出来，于是，浮士德的灵魂升入了天堂，他毅然地同"尘世的羁绊与旧日的尸骸"分离，从"云霞的衣被"中焕发出"新生的青春力量"，诗篇至此，进入了"天上序曲"。

英国诗人弥尔顿的长诗《失乐园》，描写撒旦纠合一部分天使与上帝作战，失败后，被打到地狱受难，在自知无力再反攻天堂之后，撒旦企图毁灭上帝创造的人类，以作间接报复，诗篇借此塑造了撒旦的形象，并同时描述了地狱、混沌、人间奇特壮阔的背景。

英国诗人雪莱《麦布女王》一诗，以梦幻形式写了仙后麦布女王带领熟睡的纯洁少女伊昂珊的灵魂，到宇宙中去观察人类的过去、现在与未来，少女的灵魂看到了人民受饥的状况和守卫森严的城市，看到了人类未来的美景——大地上笼罩着幸福与科学。

中国最早表现这类内容的诗篇是产生于战国时代的屈原的《离骚》，以及著作权尚有争议的署名屈原的《远游》。《离骚》前半部分写了诗人在现实世界的屡遭困厄，理想抱负难以实现，后半部分诗人便设想自己离开人世，"驷玉虬以乘鹥兮，溘埃风余上征"，到宇宙天际去寻找理想境界，他令御使羲和策马，命月神望舒为先驱；嘱风神飞廉作追随，"览相观于四极兮，周流乎天余乃下"；"三求女"而不得，又从灵氛吉占，请巫咸降神，历吉日再行，驾飞龙，乘瑶车，"路修远以周流"，直至最终无法寻得理想去处，恋旧乡而重归。《远游》通篇描写了遨游天际，从开首即"轻举而远游"，至末尾仍"经营四荒"，"周流六漠"，整个遨游过程均"载云魄""掩浮云"，较之《离骚》更具有神仙色彩。

之后，秦始皇时期出现了《仙真人》诗（今已失传，参见《史记·秦始皇本纪》），东汉时代又有乐府诗《王子乔》、《步出夏门行》等，其间已有明显描写神仙幻游之迹，如《王子乔》："王子乔，参驾白鹿云中遨。……东游四海五岳，上过逢莱紫云台。三王五帝不足令，令我圣明应太平。……"

魏晋时期，曹操的《气出倡》、《精列》，曹植的《五游咏》、《远游篇》、《仙人篇》，以及被萧统《文选》明确分类为"游仙诗"的何劭、郭璞的作品，均已专属描写神仙幻游一类诗而为后世注目，如郭璞的《游仙诗（之一）》："京华游侠窟，山林隐遁栖。朱门何足荣，未若托蓬莱。临源挹清波，陵冈掇丹荑。灵溪可潜盘，安事登云梯。……高蹈风尘外，长揖谢夷齐。"

到唐代，陈子昂《与东方左史虬修竹篇》，李白《古风》组诗中的部分、《元丹丘歌》、《梦游天姥吟留别》,韦应物《王母歌》,李贺《梦天》、《瑶华乐》等,都分别写到了梦游、仙游。唐以后,虽典型表现此类内容的作品似已不多见,但前代流波仍存,只是未及唐以前那么有代表性了。

细读上述中西诗歌,我们发觉,这是一类具有特殊内容题材与艺术表现手法的诗歌,其所展示的,是诗人在主观情感冲动条件下,以超乎寻常的思维方式,作超越时间与空间的艺术构思,设想诗人或诗篇主人公离开现实人世,进入天际宇宙,作奇异浪漫的"仙游"、"遨游",或上天入地,或求神问鬼;读者眼前展现的,是以宇宙空间为背景的大舞台画面,是大自然与人世间的神怪鬼物、诸景诸物,其情节近乎荒诞离奇,其色彩令人变幻莫测,其风格极为神奇浪漫。这类诗歌,我们可以总称之为"神游诗",它们以描写神游、表现神游过程中的诗人心态为总特征。但是,需要指出的是,这些作品中,相当部分又并非专为描写神游而写,往往诗中的神游只是诗人的一种遐思、一种寄托——以超脱人间现世,进入天际宇宙寻找理想境界,作为感情的依托,因而诗章中虽不免虚幻成分,然其情感内涵与诗旨则泰半是深沉而颇耐咀嚼的。例如屈原的《离骚》,这是一篇现实与幻想交织的抒情性叙事长诗,诗篇展现了诗人神游天地、"上下求索"的幻想境界,他乘龙驾风,驱月使云,"周流上下",由一个幻境进入另一个幻境,然而却又处处碰壁,强烈的恋乡恋国感情,致使他终于"蜷局"而不愿远行,仍重返楚国故土。诗篇所铺展的天国神游图并非一幅单纯的游历天际的图画,诗人在其中所寄寓的其实是一腔丰富复杂的情感——炽烈的爱国之心、执著的理想信念、孜孜不倦的求索精神、九死不悔的坚定意志;理想天国的遨游只是诗人的一种遐想,这种遐想从另一个角度强烈表现了诗人的爱国爱民感情与为理想实现而不倦求索的顽强精神,读者透过此神奇绚丽的天国神游画卷可以窥测到诗人激烈跳动的心。

以上列举的神游诗,按其内容与艺术表现形式综合来看,大致可以分成两大类:第一类,着重表现诗人现实遭遇与理想追求之间的矛盾冲突,以抒发内心不平、抨击社会为主线,诗章中往往现实与幻境不脱离,或交织出现,或你中有他,他中有你,诗人则借助这种或虚或实的描写,寄托理想,反映矛盾心理;这一类诗歌中的神游,完全是诗人追求理想的艺术表现:神游过程即是追求理想的过程,神游的宇宙天际,即是理想境界之所在。例如但丁《神曲》的"三界",实际上即是诗人有意识安排的三种境界,他把实际的现实人境以幻想的方式作了艺术的再现,喻示了理想追求的三个阶段,它告诉人们,罪恶的人们只能永远被置于地狱之中,而试图获得理想实现的人们,则一定要经历千辛万难,通过炼狱(又称"净界"),方能升入天堂——进入理想境界。故这一类诗应以但丁《神曲》、屈原《离骚》等为代表。中国唐代继承屈原传统的诗人李白,其部分作品也体现了这类诗的特点,例如《古风》("西上莲花山")一诗,表现诗人追求理想、离开尘世进入天境的内容,只是因最终眷恋人世,不忍离弃,诗篇又展现了"俯视"人间之图,其丰富复杂的情感极类于《离骚》末段。全诗如下:

> 西上莲花山,迢迢见明星。素手把芙蓉,虚步蹑太清。霓裳曳广带,飘拂升天行。邀我登云台,高揖卫叔卿。恍恍与之去,驾鸿凌紫冥。俯视洛阳川,茫茫走胡兵。流血涂野草,豺狼尽冠缨。

诗人在诗中表达的感情显然是理想与现实的矛盾,力图改变现实却又身不由己的矛盾。

第二类,诗歌描写神游似并不与诗人的身世遭遇与社会现实直接发生关系,读者只能透过诗章曲折体味之,其中有些多半掺杂仙道成分,有些则借宗教内容表现神游。这一类诗,中西方显示了较大的差异,不同于第一类诗,我们试对它们作些比较。

先看中国。中国传统诗歌中反映这一类情况的,主要是所谓的"游仙诗",这是中国诗歌史上具有特殊题材内容与表现方式的一类作品,其有史记载的最早诗歌,是秦始皇时代的《仙真人》诗,而后是汉代的诗(如前述)。但从渊源追溯,这种表现游仙的题材恐怕最早渊之于产于南方的庄子《逍遥游》与屈原《远游》,其中浪漫的想象、天上人间的奇特幻游,无疑呈现了"游仙诗"的端倪。到萧统时代前,创作"游仙诗"已成了文学史上的一种风气,故而《文选》中萧统专设了"游仙诗"一栏,列何劭、郭璞作品于其内,其中郭璞的作品很能体现"游仙诗"的特征,他往往被认为是"游仙诗"的代表诗人。从一般表现游仙的作品看,"游仙诗"的基本特征是:以游仙为题材,诗中创造了虚幻不实、神奇瑰丽的仙境,借以抒发诗人的情感与志向;这类诗,诗人在创作时有些并非真为求仙而作(肇始期例外),也并不通过诗篇表达试图成仙的意愿,只是借创仙境、入仙境这种出世的形式,反映自身入世的不遂,诉说厌世情绪,流露人生短促、世事无常之叹。例如,曹植《五游咏》有云:"九州不足步,愿得凌云翔,逍遥八纮外,游自历遐荒。"曹植自身经历多蹇,而又无法摆脱,便萌生离开现实人世,去天际翱翔,寻求"逍遥"与乐趣,他借入仙境的描写,抒发了这种情感,类似的作品还有《仙人篇》,其云:"四海一何居,九州安所如。……俯视五岳间,人生如寄居。"一般地说,同样是借神游抒情言志,"游仙诗"与《离骚》类诗(即第二类与第一类)相比,虽然两者均将视野从现实人生拓宽到宇宙人生——即从宇宙角度透视人生,但第一类诗人执著于有限人生,出世终究归向入世,出世反衬、服务于入世;而第二类诗人则多半通过透视后,否定人生,厌恶人世,最终企图逃避人世,幻灭人生。故而清人朱乾在其《乐府正义》中对这两类诗有较为明确的界别:"游仙诸诗嫌九州之局促,思假道于天衢,大抵骚人才士不得志于时,借此以写胸中之牢落,故君子有取焉。若秦皇使博士为《仙真人》诗,游行天下,令乐人歌之,乃其惑也,后人尤而效之,惑之惑也。诗虽工,何取哉?"(卷十二)朱乾这里所指"游仙诸诗",包含了我们所说的两类诗,实际上即是指神游诗,其中他划分的秦始皇《仙真人》诗及其后之仿作,应视为第二类的"游仙诗"。当然,我们这里把曹植、郭璞等作品划入第二类,是依其主要倾向而定,并不否认它们也有同第一类相似的"写胸中之牢落"之处,只是诗作本身表现不明确,情调较低沉,因而属第二类范畴。自然,严格地说,不同历史时期的"游仙诗"作者,其作品的个性特色及其表现也是不同的:曹操是在道教方士风气中以出世形式传达惜时延年的感叹;曹植将视野转向天际,试图追求别一个广阔的空间,聊以离开"相煎"的现实;郭璞借描写虚无缥缈的仙境,抒发对现实苦闷的心理,进而反映企图超脱现实而又实际不可能的矛盾;等等。概而言之,他们的"游仙诗"基调大致是相同的：借助理想中的天国广阔空间,建立自身的理想境界——个体不受压抑的、脱离尘世的世界,以与现实的伦理宗法世界相对抗,从而摆脱有限人生与尘世凡俗,获得所谓的纯粹精神自由,实际是逃避现实与人生。正由于此,这些"游仙诗"无不以超现实的幻想为其创作内容,以奇幻怪诞为中心,运用奇特夸张的手法,抒发诗人自身或愤懑、或悲郁的情感。到唐代,这类"游仙诗"的格调开始有所变化,从专写游历仙境、脱离尘俗,转向了叙述诗人情怀、描写仙人游历人间之事,与前代有所不同了。

　　西方属于第二类的神游诗,主要指歌德《浮士德》、弥尔顿《失乐园》之类作品,它们所表现的神游,一般都为诗歌的宗教(基督教)内容服务,或情节需要,或人物形象(宗教人物)需要,这显然迥异于中国。《浮士德》中的浮士德,在靡非斯特带领下,两人同云游世界,并最终由天使仙女将浮士德救出,升入天堂,这设想和表现,是歌德从基督教的教义中借取的。弥尔顿的《失乐园》,整个诗篇实际是扩大了的《圣经》有关撒旦的故事(有所改编),其中有关神游的情节内容,是撒旦在这个故事中必须表现的。为何中西方在这类诗中表现出如此差异呢? 特别是,西方的这类神游诗尽管也有仙女出现,但诗歌本身却丝毫不涉及诗人(或诗篇主人公)的成仙呢? 这很大程度上取决于中西方所受宗教影响的不同。欧洲中世纪及其后,基督教的势力影响很大,文学创作自然也不能避免这种影响,即便一些作家(诗人)本人不是宗教信徒,其作品并不单纯表现宗教题材,也往往多少能辨其中影响的痕爪。这是一方面。另一方面,基督教宣扬人类从始祖起就犯了罪,指出,唯有信仰上帝及耶稣基督,才能使人的灵魂获救(基督教神学的主要课题之一即是"灵魂论"),而人的灵魂一旦得到基督救赎,便可升上天堂,永享福乐,反之,则下地狱永受惩罚。这种宣扬与说教,使得人们将对上帝的信仰视作拯救一切的灵丹妙药。而中国"游仙诗"所宣扬的人成仙之说,受的大多是道教的影响,道教几乎同"游仙诗"产生于相同时期,道教中的瑰丽神奇的色彩、神仙鬼怪的意象(仙境、法术等),给诗歌创作注入了超时空的想象力,尤其是那些神人结驾同嬉、飘然天外等的内容,刺激了诗人的创作思维,使诗人在创作的内容上无不与仙境、仙人、成仙等挂起了钩,构成其诗歌的意象与意境,形成了与西方宗教诗殊异的仙道色彩。可见,中西方不同的宗教内容影响决定了神游诗的不同内涵与风格色彩。

由第二类诗的比较,我们显然清楚看到,神游诗与宗教有着十分密切的关系,即使中国"游仙诗"在道教产生之前的那部分,如秦始皇时代的《仙真人》诗,其实也与宗教有关,它是神仙方术——原始巫教导致产生的,原始巫教是道教的前身——中国早期的原始宗教。与"游仙诗"不属一类的《离骚》作者屈原,其所生长的南方楚地,保存有浓重的原始巫教遗存,屈原一系列的作品中,几乎处处可显巫术巫教影响痕迹:《卜居》、《九歌》、《招魂》中是比比可见,《离骚》中也是又请灵氛占卜、又请巫咸降神,充满了巫教色彩。唐代诗人李白身上与其说具有儒家色彩;倒不如说更多些道教影响,他的不少诗歌——尤其表现神游的作品,很能让人辨识道教的气息。西方更是如此。但丁是个虔诚的天主教徒,他的《神曲》,实际上是中世纪宗教影响下梦幻文学的产物,他是借用宗教形式来诅咒中世纪黑暗的宗教制度,表达内心的向望与追求。弥尔顿也是个虔诚的教徒,他青年时便立志要写出服务于心目中上帝的不朽之作,在经历了政治理想破灭、本人的巨大磨难后,他利用《圣经》中有关撒旦的故事情节,写出了洋洋万余言的《失乐园》,以撒旦形象的塑造表达自己对理想的追求与不屈的意志。雪莱说得好:"文明世界的古代宗教深深浸润了但丁与弥尔顿,它的精神存在于它们的诗中,正如它的形式残留在近代欧洲尚未改革的宗教崇拜中,两者的成份也许相等。"[①]歌德虽不是教徒,但他曾坦率地承认,他的《浮士德》中有宗教影响的地方:"得救的灵魂升天这个结局是很难处理的。碰上这种超自然的事情,我头脑里连一点儿影子都没有;除非借助于基督教一些轮廓鲜明的图景和意象,来使我的诗意获得适当的、结实的具体形式……"[②]这就很清楚表明了,神游诗的产生,从某种角度看,是宗教影响、刺激的结果,宗教刺激了文学家(诗人)的想象力,使其萌生了宗教的思维方式,形成了超时空

---

① (英)雪莱:《为诗辩护》引自《19世纪英国诗人论诗》,人民文学出版社,1984年版。

② 《歌德谈话录》,(德)爱克曼录,朱光潜译,人民文学出版社,1978年版。

的意识和神奇瑰丽的意象群,从而由人间世界升华至非人间世界——天国境界,上帝与神仙的居所;而对文学家(诗人)本人言,他可以是宗教徒,也可以仅仅生活于宗教氛围中或曾受濡染。宗教与诗歌创作这种发生联系的过程,实际上是诗人借助宗教的天国世界建立自己美学理想的过程,在这个过程中,外在的宗教天国逐步演化成了诗人心灵内的天国,并最终达到升华或幻灭。

不过,要真正推究神游诗产生的原因,宗教也还是催生的间接因素——虽然是必不可少的重要因素,因为尽管宗教能刺激诗人的想象力,但归根结底,还是想象起了主要的作用:是想象,使广漠宇宙成了诗人笔下驰骋遨游的大舞台、大背景;是想象,使日月星辰、风云雷电成了任意驱遣的对象;想象是比摹仿更灵巧的艺术。很难设想,没有想象,诗人们如何会在自然科学条件尚未达到飞向宇宙的时代,生造出遨游宇宙的神话;从这个意义上理解,宗教本身实际上也是想象的产物,它是人类在生产力水平低下,客观生活环境与条件不能满足欲望之时,以想象中的造物主与天国世界作为自身精神寄托的化生物。宗教完全是依赖着人们的想象力才构造起其神谱,从而维系他人的信仰的。当然,同样是想象的产物,宗教比起文学(诗歌)来,更多地缺乏艺术的灵性与光泽,尤其后世的宗教,更走向了唯心的极端,有时几乎成了野蛮、残酷、专制的象征,而文学则依赖想象,创造美的意境,让文学家借以抒情、述怀、言志。柯尔律治曾特别论述了想象在诗歌创作中的地位与作用:"诗的天才以良知为躯体,幻想为服饰,行动为生命,想象为灵魂,这灵魂无所不在,它存在于万物之中,把一切形成一个优美而智慧的整体。"①(欧洲的批评家们对幻想与想象曾有过不同的理解,此处拟不展开。笔者以为两者虽有区别,但本质上并无两致。)雪莱在《为诗辩护》一文中也曾说到,但丁和弥尔顿之所以能走过"无穷无尽的时代",正是由于他们把"灵界的事物理想化了","穿戴着想入非非的斗篷与面具"。可见,正是由于想象的力量与作用,导致中西神游诗的作者会在其创作中不约而同地把

---

① (英)柯尔律治:《文学生涯》,引自《19 世纪英国诗人论诗》,人民文学出版社,1984 年版。

天界视作理想境界,设想出现实世界的人去天界遨游、去寻觅心中的理想。这是一种艺术的契合。

中西方的批评家在这方面也有相通的论述。刘勰在《文心雕龙·神思》中述及艺术创作的构思时说:"文之思也,其神远矣。故寂然凝虑,思接千载;悄然动容,视通万里。吟咏之间,吐纳珠玉之声;眉睫之前,卷舒风云之色:其思理之致乎!故思理为妙,神与物游。"刘勰的这段话形象而又恰切地抓住了艺术构思的精髓,同时也道出了想象的力量,它能"思接千载""视通万里",其妙极之际,能达到"神与物游",此"神与物游"之论,乃是陆机《文赋》所言"精骛八极,心游万仞"的继承与发展,而"精骛八极,心游万仞"则正是想象的实质与力量。在陆机看来,创作构思的想象,既与现实世界紧密结合,是不脱离现实世界的具体形象的思维活动,又具有无限的广阔性与丰富性,它不受任何时间与空间的限制束缚,可以达到"观古今于须臾,抚四海于一瞬"的效果。陆机的论述是中国批评家较早认识想象作用的反映。康德认为,作为一种创造性的认识能力,想象力"是一种强大的创造力量,它从实际自然所提供的材料中,创造出第二自然。在经验看来平淡无味的地方,想象力给我们提供了欢娱和快乐。我们甚至用想象力来重新把经验加以改造……正是用这个办法,我们感到了从联想律中解放出来的自由(联想律从属于想象力在经验中的运用),其结果,我们就可以把从自然中按照联想律所借用来的材料,加以加工,改造成为另外的某种东西——也就是超过自然的某种东西。"①黑格尔更是具体形象地道出了想象的力量与作用:"它用图画般的明确的感性表象去了解和创造观念与形象,显示人类最深刻最普遍的旨趣。"②很显然,艺术的想象绝非胡思乱想,亦非任意堆砌,而是一种有意识的设计与组合,它将一些不可思议的事物与现象转变为美妙神奇的事物,它不分国界与民族,超越时间与空间,具有无限的广阔性与丰富性,它把诗人内在的理性意蕴化为可以观照的感性的具体形象,化为超乎实际现实生活的世界,借此,中西诗人共

---

① (德)康德:《判断力批判》,引自《西方文论选》,上海译文出版社,1979年版。
② (德)黑格尔:《美学》第一卷,朱光潜译,商务印书馆,1979年版。

同创造出理想的天国世界,并幻想在天国世界内遨游,寻找理想的目标与归宿。

毫无疑问,想象导致产生了神游诗这一为中西诗界所共有的特殊的诗歌类型,想象使中西诗人的思维插上了飞腾的翅膀,从人间飞向广漠无垠的宇宙,在那里纵情遨游,给世界诗坛和后人留下了神奇绚丽、璀璨悦目的诗章。

附：论楚文化的起源、发展及特点

楚文化的起源

世界上有四大文明古国——巴比伦、埃及、印度、中国。这四大文明古国在人类历史的长河中,最早从野蛮时代跨入到文明时代,最早产生代表文明的灿烂文化,从而形成高度发达的自成体系的古代文明。

从考古发现知道,中国至少在七千年之前已产生了早期文化,即已进入了新石器时代,出现了农业的定居;到四千年前,黄河流域建立了夏王朝,进入到了文明时代。

然而,考古发掘也同时告诉我们,在黄河流域产生早期文化、形成早期文明的时候,长江中下游地区也几乎同时形成和发展着原始文化,最有力的证据,是在浙江余姚河姆渡遗址发现的距今六千多年前的新石器时代文化,以及同黄河流域的仰韶文化、龙山文化几乎相当的大溪文化、屈家岭文化等。这就清楚地表明,长江中下游地区同黄河流域一样,有着悠久的历史,曾产生过毫不逊色于黄河流域的早期文化。这种文化,大致上以今天的湖南、湖北为中心,兼及河南、安徽等省,其地区涵盖为长江中下游的江汉地区及其周延部分。在这个地区,滋生、繁衍着一种与黄河流域的北方文化既有区别又有联系的南方文化,历来将其称作楚文化,因为江汉地区及其周围历史上基本上是楚人活动的范围。

楚文化是由楚人所创造的一种物质文化与精神文化的遗存。这种文化,如果从楚人正式建国到秦统一中国,这段时间大约八百多年。如果从它的起源开始,一直到它绵延影响汉代及其后,那它的历史就有二三千年甚至更长了。从广义的角度看,楚文化是中华文明的不可缺少的组成部分,虽然它的主要地区是在长江中下游地区(集中于江汉地区),然而,它的涵盖影响面却要波及到大半个中国,它的丰富的内涵、多异的色彩,使它成了神州文化中不可或缺、影响深远、具有特异风格的地方文化之一。

那么楚文化是如何起源的呢? 谈这个问题,我们必须追溯到远古的先楚时代。

考古学界比较一致的看法认为,分布于江汉地区的屈家岭文化,可以被视作先楚文化,因为从考古发掘资料看,无论陶器的陶系和形制,都有明显的与春秋战国时期楚文化特征相沿袭渊源的关系。对屈家岭文化本身的起源,虽然考古学界意见尚不一致,有认为它是由仰韶文化发展而来的,有认为它是由大溪文化发展而来的,也有认为它与螺蛳山文化存在渊源关系,其中,赞同由大溪文化发展而来的比较多,但不管怎样,屈家岭文化是代表先楚文化这一点大概无疑问,它中间融化着仰韶、大溪等文化的成分也是完全可能的。对这个问题,俞伟超先生有一段论述:"探索楚文化的渊源,就是要研究周初以后典型的楚文化遗存,究竟是由土著文化发展出来,还是从外地迁移而来,或者是综合了多种文化才形成的? 判断这个问题,自然关系到对长江中游乃至远为广阔的地区的新石器至青铜文化发展谱系的了解程度。就鄂西及湘北地区而言,在 20 世纪 70 年代中,通过宜都红花套、枝江关庙山、澧县丁家岗、梦溪三元宫、当阳季家湖等地点的发掘,已基本认识了从大溪经屈家岭阶段而至相当于龙山阶段的发展序列;在 80 年代初,又通过宜昌县白庙子的试掘、江陵荆南寺的发现以及石门皂市、澧县斑竹、松滋苦竹寺、沙市周梁玉桥等遗址的发掘,开始看到了这一带相当于二里头、二里岗至安阳各阶段遗存的文化面貌。把它们串联起来并同其他地区的文化系列加以比较,就知当地的大溪至屈家岭阶段的遗存,是一支属于长江中游文化圈而又具有区域特征的土生土长的原始文化。在其内部,虽然还可划分为一些不同的、较小的区域类型,总的来看,大致到相当于庙底沟二期阶段时,这支土著文化受到很多来自东方及黄河中游的龙山文化的影响;后来又受到一些二里头文化的影响;至二里岗上层阶段时,则大量渗入了长江以南几何形印纹陶文化和黄河中游商文化的因素；在安阳阶段，甚至出现了类似长江下游湖熟文化所给予的影响。……如果寻找这些遗存之间的直接继承关系，可以看到，从大溪经屈家岭文化再经相当于龙山阶段的季家湖下层和江陵蔡台中层而到相当于二里岗上层的石门皂市中层，以及相当于安阳阶段的沙市周梁玉桥、松滋苦竹寺下层、澧县斑竹等遗存，大体是一个相承关系直接的文化系列。当然，这片地区还存在着一些较小的区域类型……这个疑问，只能靠以后的工作来解决。在这样一些材料的基础上，可以推测西周的楚文化，是在从大溪到周梁玉桥等遗存的这个行列的基础上，再加入了周人的新的文化因素而发展来的。如果这样来估计，楚文化就是在土著新石器文化的基础上，到青铜时代之时，大大地从东、北、南、西四方汲收其他文化的养料而逐步形成的。"①俞伟超先生也同时指出，这个结论中尚有些缺环，已有的发掘材料，还有欠缺，还需要考古工作者继续寻找一些遗存，才能使我们探索楚文化渊源的考察更为完满，更令人信服。

因此，要真正寻找楚文化之源，从比较实证的材料看，还要在文献资料中找到佐证，因为目前考古发现的资料毕竟还有限，而且由于年代久远，说服力还不十分充足。

据《史记·楚世家》与《国语·郑语》等典籍记载，楚人应是祝融的后裔。《史记·楚世家》载："重黎为帝喾高辛居火正，甚有工（功），能光融天下，帝喾命曰祝融。共工氏作乱，帝喾使重黎诛之而不尽，帝乃以庚寅日诛重黎，而以其弟吴回为重黎后，复居火正，为祝融。"这段话中，帝喾即是高辛，重黎与吴回是兄弟俩，火正是五行之官，这个官的职司，据《汉书·五行志》说是专掌祭火星，行火政的，他生为火官之长，死为火官之神，是半神职的官，凡是当上这种官的，都是社会上有很高威望、被认为最有学问和地位的巫司。高辛先命重黎为火正，由于他有功，因而命名他为祝融，意为光融天下，后共工氏作乱，帝喾命他讨伐之，他没有尽到职责，于是被高辛诛杀，又命重黎兄弟吴回为火正，命名为祝融。楚人对祝融是十分敬重的（即对重黎、

---

① 参见《楚文化考古大事记》，楚文化研究会编，文物出版社，1984 年版。

吴回兄弟俩),《左传》上记载,夔子不奉祀祝融,楚人便非难斥责之,以为大逆不道。当然,由于高辛与祝融是君臣关系,楚人也特别敬重高辛,他们甚至把高辛奉为宇宙的主宰,长沙子弹库楚墓出土的帛书上有"帝夋乃为日月之行"的句子,帝夋,即帝俊,高辛的别称。

从火正职司看,可以知道,楚人在很早的时候即已产生了对天文历象的认识,并且具有了观象的经验,用这些经验来为当时原始的农业生产服务。《左传·襄公九年》载:"古之火正,或食于心,或食于咮,以出内火。是故咮为鹑火,心为大火。"这就是说,上古时代的火正,有时观测大火,有时观察鹑火,看这些对象的演变情况,这些对象(即大火、鹑火)都是星座的名称,它们的出现与农时的节气有十分密切的关系,如大火,夏代中期时昏见在春分时节,而到商代,要到春分后好几天才昏见①,由于这个变化,影响到农时节令也应作相应变化,农事的播种等工作也就随之有所改变。

当然,我们也应同时指出,楚人在把祝融奉祀为祖先的同时,也将其视为神,并随之产生各种有关的神话传说,这在相当程度上影响到了后代的文化。例如,《庄子·胠箧篇》、《礼记》、《白虎通》等典籍中,把祝融列为与伏羲、神农齐驾的三皇之一,《山海经·海外南经》中更把祝融的形象神话化了:"南方祝融,兽身人面,乘两龙。"又由于祝融是火正,于是楚人便将其列为炎帝之下司夏属火之神,《山海经·海内经》中还专门介绍了炎帝与祝融的关系,《吕氏春秋》、《淮南子》等书中也有如此之说,长沙子弹库楚墓出土的帛书中也有"炎帝乃命祝融以四神降"之句。更有甚者,汉人的传说中,将祝融视为凤的化身,《白虎通》中即有此说,这大概应是承袭楚人的传统观念。楚人在早期的意识中始终将凤看作至善至美之神鸟,从出土文物中,我们可以看到许多凤的图像,它们代表了楚人的某种意识与信念。

作为楚人先祖世族的祝融,今天看来,实际上代表了一个原始氏族部落联盟,祝融本身是这个部落联盟的代表,他们活动于今天的长江中下游地区、尤其集中于江汉一带,因而到商代时,殷人称祝融部落为荆,荆是一种丛生的灌木植物,它盛长于长江中游地区。在夏商

---

① 　参见张正明《楚文化史》,上海人民出版社,1987 年版。

时代,祝融部落的八姓逐渐在上古民族迁徙的冲突中解体并被夏、商所灭,其中残部活动到了丹阳一带,引出了后来的楚族与楚国。

　　应当指出,这个地区天然的地理、气候等客观条件,是形成楚文化特色与体系的重要原因,后人将其称为"江山之助",这是恰如其分的话语。刘勰在《文心雕龙·物色》、王夫之在《楚辞通释·序例》中都曾谈到这一点,他们指出,"山林皋壤","实文思之奥府","叠波旷穹",可以荡摇性情,"江山光怪之气",确能促发人的才性。楚这块地域,在华夏大地上是一块十分丰饶多产的土地,它东接庐湿,西通巫巴,南极潇湘,北带汉沔,境内有衡山、九嶷山、荆山、大别山,有湘江、沅江、澧江、洞庭湖,山林葱郁,江湖浚阔,山川形美,民丰土闲,这样的地理环境,加以风调雨顺的气候条件,自然使得在这块土地上休养生息的人们其所创制、形成的文化能迥异于北方黄河流域的文化。这块土地上的丰饶物产,也为楚人的经济发展打下了良好基础,《墨子·公输》、《汉书·地理志》、《战国策·楚策》等中都详列了楚地的丰富物产,江南地广,民以渔猎山伐为主,食物常足,不忧冻饿,这就使他们有可能清慧,爱美,富于想象,形成浪漫奇特的风格,染上玄妙、奇丽的色彩,从而铸就了楚文化的迥异于其他民族与地区的特征。

楚文化的发展

1. 萌芽期

　　祝融后代的八姓,历史上称为"祝融八姓",其中之一为季连,姓芈;祝融八姓先后为夏、商所灭,留存残部活动到了荆楚地区,其中有季连后代以芈姓为主的楚族,因此,季连成了楚史上继祝融之后的一个著名先祖。

　　活动于长江中下游地区的芈姓楚族,其命运并不怎么好,他们被北方中原人视作蛮族,《史记·楚世家》载楚人"或在中国,或在蛮夷",意即他们的活动地域有时在黄河流域,有时在长江流域,当时的长江流域被称为"蛮夷地区"。殷商对这些居住于南蛮地区的楚族常加挞伐,殷商军队甚至打到了楚境内,俘虏其不少将士,这种不时地侵扰对楚的发展无疑起了很大的遏止作用,而且北方中原人根本瞧不起南方楚人,他们称楚为楚蛮、荆蛮,蛮夷本身,即是一种蔑视的体现。

楚在华夏舞台上崭露头角的时期,开始于商朝末期与西周初期。其时,楚出现了一位较有作为的君主——鬻熊。鬻熊统治下的楚国虽然臣服于商,但由于其时的商已控制于暴君纣之下,纣的倒行逆施引起了商人的极大不满,国基已呈分崩离析之势,而西部的周族却在逐渐崛起,鬻熊为求楚族的生存与发展,同周建立了密切联系,他还亲往周谒见周君主西伯姬昌,颇得赞赏,《史记·周本记》载周君主"日中不暇食以待士","太颠、闳夭、散宜生、鬻子、辛甲大夫之徒皆往归之",其中太颠、闳夭、散宜生是周族重臣,辛甲大夫弃商归周,位至公卿,鬻子与他们同列,可见其在西周君主心目中也是一个显要的人物。这便大大提高了楚的声誉与地位,此后,楚国君便以熊为氏,其子孙为熊丽、熊绎等,后代楚人还曾以夔子不祀鬻熊而认为大逆不道,足见鬻熊在楚人心目中的地位,他是仅次于祝融、季连后的第三位楚史著名人物。

楚获得西周天子的第一次正式封号是在熊绎时,《史记·楚世家》载,周成王时,"封熊绎于楚蛮,封以子男之田,姓芈氏,居丹阳"。而熊绎则"事成王"。对楚国来说,这实际上还是没能改变它的臣属地位,也没有表明北方中原对它态度的变化,仍称其"蛮",只是承认了它实际存在的事实。这本身对楚而言,却也是不容易的,它是楚几代君主努力的结果。熊绎及其部众就在这块号称"楚蛮"的土地上耕耘着,奋斗着。《左传·昭公十二年》有记载说:"昔我先王熊绎,辟在荆山。筚路蓝缕,以处草莽。跋涉山林,以事天子。"这里,"辟在荆山",十分清楚地点明了楚人其时的奋斗之状,"筚路蓝缕,以处草莽",更是形象地画出了楚人清苦生活与荒凉简陋环境的实景。

楚族的艰苦进取,一时上并没改变西周王朝对它的态度,仍视其为"蛮夷之邦",并对其采取歧视政策,贬低它的地位。周成王分封诸侯后,曾在岐阳(今陕西省岐山县东北)会盟天下诸侯,确定天子权威,加强周王朝统治基础,熊绎也被应召,然却命他做一些事务性工作。《国语·晋语》记："昔成王盟诸侯于岐阳，楚为荆蛮，置茅蕝，设望表，与鲜牟（卑）守燎，故不与盟。"这是说，熊绎的工作，一是会前将滤酒用的香草树立在会场的座席上，二是放置可以望见的木牌标志，标明天子与诸侯的尊卑座次，三是正式盟会时他与东夷族的鲜牟（卑为误）国君一同看守大殿前庭院中燃烧的火炬。楚在诸侯会盟时是如此的地位，自然引起楚人的很大不满，楚周关系也就渐为恶化了。周成王晚年时，楚的青铜器生产已大为增加，但它没有满足周王朝对青铜的要求，致使周天子不惜远征，率军南伐，强掠楚国，这些情况在铜器铭文中有记载。到周康王、昭王时，周率师南征的情况更为多见，"昭王五十六年伐楚荆"，"昭王五十九年"南下伐楚，然结果却未必使周满意，有几次，周师反遭败北（如昭王五十九年汉水一战），这表明，楚的实力在逐步增强，已经开始可以同周天子的力量相抗衡了。

楚国到熊渠时，懂得了与周围蛮夷之邦的睦和，《史记·楚世家》载"熊渠甚得江汉间民和"，反映了楚睦邻政策的成功。同时，熊渠也凭其军事实力向外扩张，尤其是征服占领了鄂国，给楚的发展带来了很大好处。鄂地土地肥沃，物产丰富，且地理位置重要，尤其是其中的铜矿资源，促进了楚的青铜器的发展。这时的熊渠，翅膀渐丰，他打算自主了。《史记·楚世家》记："熊渠曰：'我蛮夷也，不与中国之号谥。'"这就是说，熊渠虽仍自认"蛮夷"，但这"蛮夷"已非昔日之"蛮夷"，而是可以不必遵奉北方中原地区（中国）的名号了。熊渠开始自封自己的儿子为王，大儿子为句亶王，二儿子为鄂王，三儿子为越章王。不过这个封王由于周厉王的多次讨伐，熊渠不得已暂时予以取消，目的是为了保存实力，避免矛盾。但是周宣王时，周朝军队还是出师征伐楚国，"蠢不荆蛮，大邦为仇"，"征伐狁犹，蛮荆来威"，《诗经·小雅·采芑》所写即是这次讨伐的记录，而且周宣王又同时把王舅申伯迁到谢邑，建立一个申国（今河南南阳一带），以遏止楚的势力，这一来，楚在西周末年与春秋初期，发展势力受到了暂时的牵制，这个时期楚的君主若敖、霄敖、蚡冒依然继承了先辈的传统，"筚路蓝缕，以启山林"（《左传·宣公十二年》），披荆斩棘地建设奋斗。

楚从先祖开始创业，经过许多代君主率臣民的艰苦奋斗，到若敖、蚡冒时的西周春秋时,走过了它第一阶段的艰难创业历程。在这一阶段中,楚文化尚属于萌芽状态,这一方面是因为楚人本身尚处于初创期,落后的生产条件和简陋野蛮的生活方式,使他们尚难以创制出自己的有特色的文化,因而这一时期的楚文化,同华夏文化分别不大,同蛮夷文化也接触不多,不论是考古遗迹还是文献记载,这一阶段都显得不十分鲜明突出,只能看作介于华夏文化与蛮夷文化(楚四周蛮夷小族的文化)之间,略有分别而标志不明显。不过,这一时期还是有些值得注意的文化现象。例如,鬻熊生前据记载曾写过一些文章,发表过一些政治见解,后人将其汇编成《鬻子》一书,此书列入《汉书·艺文志》中。又如,周成王时曾一度亲自率军南征楚,要想得到楚的青铜器,说明楚在其时的青铜器生产已相当发展,特别是后来楚占取了鄂国的大冶铜绿山铜矿,这大大促进了楚国兵器、礼器等的冶铸制造。据考古发掘报告,铜绿山矿区在西周或西周前即已有古冶炼场地,遗留矿渣甚多,累计推算其时的铜产量不少于八到十二吨,一些炼铜炉出土时,推测其炼炉的年代均在西周晚期到春秋早期①。青铜器的冶铸,标志着楚国当时的生产力水平已达到相当高度,它在当时诸侯各国中比较早地进入了青铜器时代,这是楚国生产力发展和社会文化发展的标志之一。

2. 勃兴期

楚文化的真正产生与形成,并得到勃兴,是在楚进入春秋中期,即武王、文王时期以后,其时的楚文化,才开始有别于华夏文化与蛮夷文化,成为自身具有丰富内涵与特色的独立文化。正是由于楚走着一条逐步由弱小到强盛的独立发展道路,才使楚文化有了它自己发展的契机与动力,这是楚文化之所以能自立于华夏文化、蛮夷文化之中而独树一帜,成为中华文化重要一支的根本原因。

经过若敖、蚡冒等君主的励精图治、艰苦创业,和楚人在君主带领下的勤奋创业,楚国的国力逐臻强大,到熊通时,已能雄视汉水流域。熊通也是个楚史上比较著名的人物,他胸怀抱负,雄心勃勃,立志于楚国的强盛。他自号武王,在诸侯中先声夺人,并且同时向四周

---

① 参见黄德馨编著《楚国史话》,华中工学院出版社,1983年版。

扩张。他首先进攻随国，这一方面因随国在四周小国中相对比较强大，降服随可威慑其他小国，更主要的，随国是周王朝的同姓国，他的这一举动无疑是向周王室发信号，要求晋封爵号，因而他在世时曾三次伐随。随禁不住楚武王的数番攻打，不得已臣服。这期间，楚的农业、手工业、青铜兵器制造业均大为提高，大大增强了国力与军力。楚武王在三伐随国的同时，还开拓了江汉之地，打败吞并了四周的其他几个小国，如邓国、权国、罗国等，使楚的实力大增。武王死后，文王继位，把国都由丹阳迁到郢，由于郢的客观地理优势条件，使它成了楚史上长达四百余年的政治、经济、文化中心。文王继位后，又相继消灭了申、吕二国，并开始北进，这不仅摧败了周王室遏制楚北进的防线，而且使楚登上了与北方中原诸国争霸的历史舞台。

楚文王在北进的过程中，首先灭掉了息国与蔡国，这使它的势力又向东北方面扩进了。与此同时，楚文王开始设置县制，这些县直接属于中央管辖，这在春秋战国时期的诸侯国中是个首创。

如果说，楚文王时已开始登上中原争霸的历史舞台，那么，真正在这个舞台上演出活剧的，应该说是文王之后的成王，楚成王时期，楚国的历史进入了一个新的发展阶段。

楚成王一登基，就做了几件巩固统治、增强国势的事情。他一面主动与各诸侯国搞好和睦关系，一面派人送礼品给周天子。待成王平定了国内的夷越之乱，同时将势力扩张到洞庭湖，整个疆域达到南北千里时，他就停止了进贡礼品给周天子。紧接着，成王就开始了他争霸中原的一系列行动。他先派兵连续进攻郑国，郑国向齐告急，齐桓公便率领八国军队南下讨楚。面对强大的以齐国为首的八国联军，楚成王沉着冷静，一面亲率大军准备还击，一面选派能言善辩的大夫屈完同齐谈判，结果，慑于楚的充分准备，齐只得同楚谈判，和谈成功，各自退兵，楚解除了一场严重的军事威胁。不久，齐桓公病死，齐国内乱，楚便乘机向中原扩展。这时，宋国国君宋襄公试图继齐而起，他邀齐楚在鹿上会盟，要求中原诸侯奉自己为盟主。然而，宋襄公没有料到楚成王中途有诈，活捉了他，而后又释放了。宋襄公决计报仇，于是两国便在泓水相战，由于宋襄公的一味讲"仁义"，不谙军事战术，结果遭大败，自己也随之一命呜呼，楚成王获得了大胜。他接着又同晋文公展开了城濮之战，但是，这一战楚军败北，晋军大胜，晋文公成为煊赫一时的霸主，而成王却从此一蹶不振，并被其子威逼而死。

成王在位四十六年，其间分别战胜了齐、宋，使楚的实力有了进一步的增强，在中原争霸过程中显示了他的气魄。后来由于用人不当，号令不严，致使晋楚之战遭失败，但他本人仍不失为楚史上一个重要人物。

从武王、文王的悄悄崛起，到成王的争霸中原，这一历史时期内，楚虽然还未真正成为华夏一大国，国力也有待进一步增强，但这一时期楚的迅速发展则是无可非议的。伴随着国力的逐步强盛，楚国文化的各个领域都较前一历史阶段大有发展，呈现出勃勃向上的气象。最明显的表现是农业生产的火耕水耨、筑陂灌田，青铜器的采掘、冶炼、铸造，以及兵器、礼器等的制造，都有了长足的进步。从铜器铭文的考证看，楚国的文字也已形成，它与北方夏商文字既有相合处也有迥异处，具有楚地自己的思维特征。最能表现时代特征的陶器的纹饰、形制、式样等也都起了较大的变化。毫无疑问，楚文化之所以能发展并形成自己的独特风格，其重要因素之一，是它在楚国逐步扩张发展中采取了"兼收并蓄"的方针，即不管是北方的文化，还是四周蛮夷之族的文化，它都吸收进来，这样一来，自然大大促发了本国本族文化的长进，也刺激了它对外来文化的兴趣与积极性。从许多出土文物中我们看到，即使是一些小国的文化特征，也能在楚器中找到痕迹。用张正明先生在《楚文化史》一书中的观点来说，楚的这种文化发展方针，叫做"师夷夏之长技而力求创新"，这种说法是比较符合楚国当时的实际情况的，否则便难以理解为何楚文化会伴随其国力的强盛而同步发展，更难以理解何以代表楚文化的器物上会染有北方中原文化与四周蛮夷小国文化的印记。

3. 鼎盛期

楚国的鼎盛期，在楚庄王时期。这一时期，无论政治、经济、文化等各方面，都在楚历史上写下了辉煌的一章。

然而，鼎盛气象并非庄王一登基即形成了。庄王继父位登基时，年纪还轻，这位胸有韬略的年轻君主，居然在即位伊始的三年中，不问政业,只顾纵情享乐,游猎酗酒,沉涵于声色之中,大臣们朝见,他一概不闻不问,也不发布任何号令,朝廷上下忧心如焚。此时大夫伍参冒死进谏,楚庄王回答:"三年不飞,一飞冲天;三年不鸣,一鸣惊人。"伍参大惊,深感庄王气度不凡。果然在庄王发现苏从是个人才,可委以重任时,便一改往态,与之促膝长谈。庄王三年不理朝政,表面上装糊涂,实际上则是在增长阅历,考察忠奸,了解动向,一旦物色到了社稷之臣,他便专心致志的治理朝政了。

当然,此时楚国的问题成堆,庄王先是任命一批才德兼备的大臣担任重职,同时削弱乱党势力,杀了几个奸臣,而后对付外来侵敌,率军迎击庸军,消灭了庸国,这使楚国顿时转危为安,稳定了楚国上下,改变了局面。之后,庄王便施行整肃内政的方针,严明赏罚,力倡勤俭,重视生产,以祖先"筚路蓝缕"精神策励国民,同时训导军队官兵,要他们提高戒备,加强训练,不要骄奢淫逸,并同时改革兵制,改进战车,经过几年努力,楚国出现了一派富国强兵的新气象,于是,庄王便决定与中原各国争霸,并企图吞并天子,问鼎中原,威震天下。周天子闻讯大惊失色,派王孙满探情,言谈中,庄王傲慢地询问象征天子权力的九鼎之大小轻重。由于王孙满的一番陈说,庄王辨到了问鼎的利害得失,便改变策略,以尊奉周天子为旗号,用威德兼用手段,达到称霸目的。

在整个实现霸业的过程中,楚庄王在以下几个方面作了努力:第一,镇压了国内的若敖氏叛乱势力,去除了一个大隐患;第二,善于容忍部下小过,抚慰人心,博得部下对他的忠效之心;第三,虚心听取进谏,改进自己的缺失;第四,善于任用贤人能臣。这当中,特别是善用人才,极大地有助于庄王的国内统治与称霸事业,其突出事例,即是对令尹孙叔敖的重用。孙叔敖聪明好学,机智仁厚,成年后曾主持修建水利工程期思陂,这个工程是古代最早的一项大型水利工程,它比魏国西门豹的邺渠、秦国都江堰、郑国渠等都要早几百年,影响很大,这项工程的建成,大大促进了农业生产。孙叔敖受重用后,果然不负庄王所望,他办事认真,广搜人才,力倡法制,成了楚庄王的得力助手,《史记·滑稽列传》载:"孙叔敖之为楚相,尽忠为谦以治楚,楚王得以霸。"在实行以上几个方面策略的同时,庄王又粉碎了戎、庸等国的围攻,巩固了南方,与吴越结盟,免除了东部之忧患,改革了内政,发展了经济,使国力日臻上升,威望日隆。继之,他又威降陈国与郑国,同晋国进行泌地之战,打败了称霸几十年的晋国军队,制服了宋国,致使陈、郑、宋三国均投降楚国,与晋国形成南北分霸局势,并终于在中原诸侯会盟时,理所当然地成了盟主,使其霸业达到巅峰。

庄王在位共二十多年,这二十多年时间,楚国由一个试图称霸的一般诸侯国,成为中原盟主地位的泱泱大国,这相当程度上应该属于庄王的作为与贡献,他自然成了楚史上著名的有作为的国君之一。在此同时,楚文化也伴随楚国国力的趋于鼎盛而呈现繁荣景象,表现于文化领域的各个方面。当然,从时间上说,楚文化的这种鼎盛期,并不仅仅表现于庄王一朝的二十多年时间,它一直延续到了楚国的中后期,基本上到吴起变法之后。

这一阶段的楚文化,主要反映在以下一些方面:首先是影响决定经济发展的铜器和铁器有了发展,青铜冶铸业的技术比前更进了一步,青铜器的品种也呈现更为繁多的势态,伴随这种繁多品种的出现,风格样式也更趋向于具有南方楚地的特征,同时铁器有了进一步普及与提高,不仅运用于兵器、礼器,还广泛用之于生产和生活的其他方面,出现了各种形式的制品。丝织、刺绣出现空前景象,无论这些工艺品的制作技术,还是式样、花纹、装饰,都具有比较高的水平,尤其花纹,呈现出具有楚地动植物样式的特征。另外,木雕、竹编、漆绘等都形成了一系列的生产工艺流程,其装饰艺术也具有较高水准,富有楚的特殊风格。在早期天文历法知识基础上,对星象的观察,对天文的了解,取得了可喜的进展。反映艺术面貌的帛画、壁画、乐舞等,都在这一时期表现出相当的水准与风格。总之,伴随楚国国力的趋于鼎盛,楚文化在这一历史时期气象繁荣,众花齐放。这里特别需要提到的是青铜冶铸技术、冶铁技术,以及农业生产技术、制革业、商业等,例如大型水利工程期思陂,是目前为止我国文献可考的最早的水利建设,它对以水稻为主的楚国农业生产的迅速发展曾起过重大作用。楚国的农业生产在这一阶段已大量使用铁制锄、铲、镢等农具,铁制农具在楚国的农业生产中已占主要地位。《荀子·议兵》中指出"楚人鲛革犀兕以为甲,鞈如金石",说明楚的制革业已相当发达,也可以想见楚兵士装备已相当先进、精良。商业在这一阶段也已相当发展,随着楚势力的不断扩张,楚同周邻国家与地区的贸易往来更为频繁,"通鱼盐之货,其民多贾"(《史记·货殖列传》),就很可见出一斑。

4. 转化期

楚庄王完成霸业后,楚国同晋国与吴国又曾进行了争衡,楚晋之间有过两次弭兵之会,楚吴之间也发生了一些摩擦争端,但是,总的来看,这些抗争都已不如庄王时期那样,能使楚国的国势上升,尤其楚灵王之乱、白公胜之乱以及吴兵入郢等创伤,使楚国始终处于贫弱局面,为此,到楚悼王时,决定起用吴起,实行变法,以重振楚国。

吴起是个很有军事才能的人物,他曾根据自己的军事经验著成《吴起兵法》一书,全书四十八篇,流传很广,秦汉之前可与《孙子兵法》、《孙膑兵法》齐名,今虽仅存《吴子》六篇,但保存了他的许多独到的军事思想。吴起先在魏国任职,后因遭人忌恨、诬害,投奔到楚国,被楚悼王任命为令尹,辅助处理全国军政要务,对楚悼王的知遇之恩,吴起决心以实行变法来报效。针对楚国"大臣太重,封君太众"的现状,吴起决定从先打击旧贵族势力着手,他规定了封君子孙到第三代以后取消爵位与禄秩,旧贵族及所属族众迁移到偏僻地方去开荒,并整顿朝廷上下的风气等项措施,这些措施客观上极大地有利于楚国新兴地主阶级势力的发展,符合楚国国情,收到了富国强兵之效。但是,吴起变法的结果,触犯了楚国奴隶主旧贵族的利益,楚国由于政治制度、国家法制因素(宗法制沿袭),奴隶主旧贵族的势力甚大,新兴地主阶级力量不强,因而吴起变法的主要靠山——楚悼王一死,吴起便立即遭到了围攻,最后,他伏在楚悼王的尸体上被乱箭射死,并遭车裂,变法遭到了失败,旧贵族势力又重新占了上风,继位的楚肃王完全废除了吴起颁布推行的新法。

吴起变法,是楚国由盛转衰过程中的一个转折点。在吴起变法之前,楚国实际上已出现由盛转衰的迹象,楚悼王还试图任用吴起实行变法,以改变这种态势,而吴起变法失败,则从根本上标志着楚国的国势将从此走下坡路,不可逆转,直至由衰而亡。吴起变法之后的整个中国历史,由春秋时代进入到了"七国争雄"的战国时代。

楚怀王时期,七国之间出现合纵与连横状况:六国合纵,秦则试图破坏合纵而搞连横。本来,楚若与齐联合,凭着它的当时国势以及怀王的纵长地位,是能够与秦抗衡的,但怀王一误再误,而秦利用张仪施行连横之术,挑拨六国关系,结果反而达到目的,楚怀王终于落得个客死他乡的悲剧。从张仪出使楚国到怀王客死,其间约共二十年,这二十年时间中,楚国外交上、战场上屡遭失败,导致国土丧失,兵力受削,已无力再与齐、秦抗衡,到楚顷襄王时,只能眼睁睁看着秦军拔取郢都,毫无招架之力,顷襄王自己唯有仓皇出逃,迁国都于陈。作为楚国绵延四百余年的国都郢,曾经是政治、经济、文化中心,是个繁华富庶的城市,保存了许多楚文化的真迹,它的丧失,标志了楚的进一步走向衰亡。

到秦王嬴政时,楚国的国力更不如前,楚军的斗志也经多次恶战而松弛,于是在秦将王翦的大军攻击下,楚军大败,都城寿春失守,楚王负刍被俘,至此,楚国最后一位君主告终,结束了楚国的历史。然而,楚的文化、楚人的兴楚意识并未因此而中止,而是绵延影响至后代数百上千年。

楚文化在从楚悼王开始到负刍被俘、楚国最后灭亡这一阶段,可以说是它的转化阶段,即由繁荣兴盛逐步转向保持延续楚文化内涵而代之以汉文化名称的特点。这里总的呈现两个时期:第一个时期,上承着鼎盛期,其主要体现于文学、哲学方面,这两个领域,可以说是完全处于楚文化在这方面的巅峰,出现了极富生命力、影响极大而又代表了最高水平的伟大诗人屈原及其后继者宋玉等人创作的楚辞,以及老子、庄子的道家哲学和庄子的散文,无论从认识价值、艺术价值,还是文学史、哲学史角度而言,屈原的楚辞和老庄的哲学(包括庄子散文)都不仅代表了楚文化的最高价值表现,而且具有空前绝后的地位与影响,成为中国历史上的高峰,这是楚文化的最精华部分,也是楚人的最大骄傲。楚文化在文学和哲学方面的这种成就之所以会在这一时期产生,除了楚国历史与社会条件外,乃是楚文化经过漫长阶段的延续、积累、发展的经历,长期的文化氛围、文化创造积淀,为它们的破土而出创造了充分的土壤、气候条件,才导致在历史条件成熟时,由屈原、宋玉、老子、庄子等人创立而成。第二个时期,是楚国在由强变衰过程中文化的相应反映时期,国土的大片沦丧,楚国经济的严重受打击,使得本来发达的丝织业、刺绣业等手工业都因此而委顿、消衰,难以维继,楚墓出土的这一时期文物(战国晚期),很难看到这方面精巧的第一流的工艺品,同时勃兴期与鼎盛期比较多见的礼器、乐器等亦不多见,代之的是兵器,兵器在这一时期不仅多而且制作工艺、冶铸水平均较前先进,很明显地体现了这个历史时期多战争的特点,这也是楚文化呈现转化的一个明显标志。另外,出土文物中货币显著增多,表明政治风云多变之时,商业不仅未见衰退,反而益加繁盛,人们的商业贸易活动更为频繁了。文学、哲学、艺术在第二时期,总的倾向自然不如第一时期,但也并非完全退化。如文学,继宋玉之后,有景差、唐勒;哲学在老庄之后,有南方的黄老之学。另外,应该提及著书终老于南方的荀子,他虽生长学成于北方,但后半生或晚年活动于南方楚地,多少曾受到楚文化的濡染,所创学说自然也多少可作为对楚文化的贡献之一。这里,特别要指出的,楚文化到了这个时期,早已越出楚国的界限,向四邻地区与国家扩散了,其影响波及不仅有南方,也有北方,这种影响终于导致它自身虽然被秦所灭,却未能阻遏楚文化那强大生命力支配下的巨大影响,使它能穿越秦的强权专制而延续到汉代,成为历史上一种特有的文化现象:名冠以汉而实际内涵多含楚文化的"汉楚文化"。自然,严格讲起来,汉代的汉文化,毕竟不纯是楚国的楚文化,其中已高度融合了黄河流域的中原文化,只是它的印记中,后代的人仍极易分辨出楚文化的面目与色彩。

楚文化的特点

楚文化是中华文化中一支具有自己独特风格的地域性民族文化,概括起来看,它具有以下一些比较显著的特点:

第一,源远流长,历史悠久。从考古发现与文献记载可以证实,自从楚人开始它早期的生存斗争与活动之后,便诞生了楚文化,从时间上说,它至少已距今六七千年,而且,伴随着楚人的逐步开化与发展、楚国的建立与由弱转强,楚文化日益显示出它的南方文化的特长与风格,它形成了自己拥有数千年历程的长江流域古老文化的体系,成为中国、亚洲乃至世界上古黎明时期为数不多的古老文化之一。

第二,涵盖广域,融合夷夏。由于楚在它的兴起发展过程中,逐步由小变大,由弱渐强,它所统辖的地域面积也越益广大,这给楚文化的发展提供了充分广阔的领地,既使楚族的文化影响波及了四周邻国,扩大了楚文化的范围与影响,同时由于四邻诸族包括北方华夏文化更多地渗透到楚文化之中,使楚文化逐步成为以自身固有文化为主干、融合夷夏诸族文化因子、涵盖长江流域整个中下游地区,并波及黄河流域、珠江流域的文化体系①。

第三,内容丰富,风格独特。从我们前几章的阐述中可以看出,楚文化确实包含了丰富的内容,它既有奇诡的风俗民情,又有发达的科学技术,它的工艺品精美绝伦,它的文学作品璀璨惊世,它的艺术楚楚动人,它的哲学玄妙奇瑰,有些内容,如庄子散文、屈原诗歌、老庄哲学等,是中国文化史上的高峰,即使在世界文明史上也有其一席之地。楚文化尤为主要的特点是它的迥异于它地区它民族的独特的风格,虽然它的身躯血肉中溶化有北方中原文化的细胞,渗透着南方诸多蛮夷民族文化的因子,但不可否认,它最显著、最重要的特征是姓"楚",它是长江中下游特定地区文化的象征与代表,无论是陶器、青铜器,还是礼器、乐器,也无论是巫风巫术、文学哲学,乃至音乐歌舞,它们都具有楚地出产的浓烈印记,使得楚文化能自立于中华诸地域与民族文化之林而独树一帜,即使在楚国被灭亡之后数百上千年,人们也能在其他朝代、其他地域分辨出它的影响痕迹,描画出它的形象与面貌,寻找出它的胎记。它不像北方文化那么厚重、质朴,而是奇艳、浪漫,它没有北方文化那么多框框束缚,显得更为自由、大胆、色彩浓烈,北方的周礼、孔教,在它身上很少体现,它更多的是原始、神秘、奇丽、玄妙,不拘一格。

从考古出土的文物中,人们发现,真正体现楚文化生命力的,是它在楚国灭亡之后,所表现出的对秦汉时代乃至以后时代文化的影

---

① 据考古发现,广西、广东、云南、贵州等地区也有楚文化影响的文化遗址与遗物。

响。比较典型的例子是马王堆的汉墓出土、湖北云梦睡虎地秦墓出土与安徽阜阳双古堆汉墓出土。例如睡虎地秦简的出土表明，虽然秦朝试图用秦国传统文化统一中国文化，禁绝楚文化的流播，但楚文化仍顽强存在、影响不绝，其中《语书》即是一个例子，它是秦始皇时期南郡守腾颁发属下各县、道的文书，说秦军征服楚北部南郡以来已有半个世纪，但当地老百姓乡俗不移，与秦的律令制度格格不入，致使秦官吏束手无策，楚文化影响于此可显一斑。又如秦简中有一部《日书》，它所体现的并非秦的世俗，而是楚人的传统信仰，反映了楚人尊尚巫鬼的习俗，其中还专门附了一份秦楚月名对照表。马王堆汉墓中发现有《黄》、《老》帛书之卷，它证明了盛行于汉初的黄老之学，来源于楚国，是楚文化影响的产物，其中《黄帝书》的文字同《文子》、《鹖冠子》等楚地典籍类似。另外，一些帛书显然具有楚文化成分或出于楚人之手笔，如《篆书阴阳五行》含有大量楚国古文成分，《木人占》、《相马语》、《五十二病方》、《养生方》、《胎产书》、《杂疗方》等或显楚地色彩，或出楚人之手。考察证明，马王堆帛书虽出土于汉墓，但内中显著的楚文化影响痕迹证明了楚文化从战国到汉代的传流，显示了楚文化的生命力。其实，早在春秋战国时代，楚文化就已输出了，这不仅是随着楚国疆土扩张的文化输出，而且有人材的"外用"，即所谓"楚材晋用"（春秋时），"楚材秦用"（战国时）。到秦末汉初时，这种现象更为突出了，一些著名的人士都是楚人，如：刘邦，崇尚楚俗，自托为赤帝子，爱楚服楚冠；刘邦和项羽都爱楚歌，刘邦曾歌《大风歌》，项羽曾歌《垓下歌》；汉武帝，身为建立大一统汉帝国的君主，仍可见楚文化对他的影响，如十分浓烈的崇巫好祠，他亲自规定的岁时纪历、服色，以及一些制度俗令等，汉武帝本人还喜好楚歌，作了《秋风辞》等。当然，汉文化并非楚文化，汉文化中已较多地融入了南北多种文化，但其中楚文化因子的明显存在，是客观事实，它表明了楚文化的顽强存在，否则人们不大会将汉文化与楚文化统称为"汉楚文化"，这说明它们两者之间有显而易见的因袭传统，有共通相合之处。

毋庸置疑，楚文化在先秦时代乃至整个中国文化史上有其特殊的重要地位，它是我国南方长江流域一个古老的文化体系，在先秦时代,它几乎是同北方黄河流域文化并峙,成为组成中华上古文化的重要部分之一。楚文化的数千年发展历史和它包容的丰富内涵,铸成了中华文化上源的一部分。可以说,在人类早期阶段的文化中,楚文化是值得注意、值得研究与探讨的对象之一,它反映表现的不仅仅是楚人和楚地的文化,更是人类幼年时期亚洲地区文明的缩影之一。楚文化组成部分的哲学、文学等分支,其成就、价值与影响,远远超越了时间与空间的限制,成为中国文学史、中国哲学史、世界文学、哲学、文化史上不多见的奇葩,闪发出熠熠光彩,成为世界文化宝库中的珍宝。

后 记

由于版权关系,二十年前问世于台湾的拙著《楚辞综论》一直没有大陆版,大陆的学者和读者很多人看不到此书,不少人甚至不知道我还有这本楚辞研究的专题论文集。

有幸的是,2014年初,我被甘肃省学位委员会和甘肃省教育厅评聘为"飞天学者"讲座教授,来到西北师范大学讲学,热心的赵逵夫教授向我提出,可以为他主编的"先秦文学与文化研究丛书"提供书稿,作为加盟西北师大的成员,我自然乐意有这样的好事,这也使我这本台湾版的楚辞研究论文集有了在大陆问世的良机(二十年后,不存在版权问题了)。根据赵教授的意见,我将台湾版论文集做了适当整理编排,以现有面目奉呈于读者前。自《楚辞综论》出版后,我又陆续在海内外的学术刊物上发表了十多篇有关楚辞研究的论文,它们大多已收入最近出版的我的荣休文集《楚辞研究与中外比较》(上海古籍出版社2014年版),有兴趣的读者可以参看。

在此,我要真诚感谢赵逵夫教授,没有他的主动热情,此书的大陆版至少近年内很难与读者见面。

特此记。

徐志啸写于西北师范大学专家寓舍
2014年6月15日